ENSAIOS

Títulos originais dos ensaios:
«Autobiographical Note»; «Literature and the Left»; «You and the Atom Bomb»; «Antisemitism in Britain»; «Writers and Leviathan»; «Notes on Nationalism»; «A Hanging»; «Shooting an Elephant»; «Letter to Brenda Salked»; «Charles Dickens»; «Rudyard Kipling»; «Arthur Koestler»; «The Art of Donald McGill»; «Raffles and Miss Blandish»; «Riding Down from Bangor»; «Decline of the English Murder»; «As I Please» (*Tribune* 21 January 1944); «Some Thoughts on the Common Toad»; «Pleasure Spots»; «The Moon under Water»; «The Lion and the Unicorn».

Organização, prefácio e tradução: Jacinta Maria Matos

Revisão: Diogo Paiva

Capa: Edições Almedina

Imagem de capa: Popperfoto / Getty Images

Depósito Legal n.º 477847/20

Biblioteca Nacional de Portugal – Catalogação na Publicação

ORWELL, George, pseud.

Ensaios. - (Extra-coleção)
ISBN 978-972-44-2397-5

CDU 821

Paginação:
João Jegundo

Impressão e acabamento:
Forma Certa
para
EDIÇÕES 70
janeiro 2021

EDIÇÕES 70, uma chancela de Edições Almedina, S.A.
LEAP CENTER – Espaço Amoreiras
Rua D. João V, n.º 24, 1.03 - 1250-091 Lisboa – Portugal
e-mail: editoras@grupoalmedina.net

www.edicoes70.pt

GEORGE ORWELL
ENSAIOS

Organização, prefácio e tradução
de Jacinta Maria Matos

70

ÍNDICE

I

PREFÁCIO

PREFÁCIO

O Orwell ensaísta que o público português conhece, através da publicação em tradução de algumas coletâneas dos seus ensaios, é essencialmente o Orwell político. Nem tal nos deve surpreender, dada a merecida fama do autor como um dos grandes escritores políticos do século XX. Os textos que têm vindo a ser privilegiados são, por regra, os que refletem diretamente sobre as grandes questões ideológicas e históricas da sua época, ajudando também a construir o cenário que serve de pano de fundo aos seus romances mais lidos, *A Quinta dos Animais* e *Mil Novecentos e Oitenta e Quatro*.

A intenção da presente coletânea é ligeiramente diferente. Sem descurar o Orwell político, disponibilizando alguns ensaios ainda inéditos em Portugal, bem como outros centrais ao pensamento orwelliano, pretende-se dar a conhecer várias outras facetas do autor, discerníveis em particular na sua produção jornalística e ensaística, que frequentemente ficam esquecidas ou são menosprezadas. O objetivo não é, evidentemente, «despolitizar» Orwell (como já alguns tentaram; valha a verdade, sem sucesso), mas, pelo contrário — e por mais paradoxal que isso pareça — reforçar precisamente uma vertente que o autor indicou sempre como primordial em tudo o que escreveu, e que é, de facto, incontornável na sua obra. Com efeito, o «político», para Orwell, situa-se muito para lá do partidário ou do estritamente ideológico, sendo o impulso central da nossa relação com o mundo nas suas múltiplas dimensões, cruzando-se, assim, com a arte, a cultura, a identidade e até a vivência do quotidiano. Um dos grandes méritos da escrita orwelliana é precisamente a de nos lembrar as relações, tantas vezes insuspeitadas, entre os grandes problemas filosóficos ou os sistemas ideológicos e o modo como reagimos aos pequenos detalhes, concretos e palpáveis, com que nos deparamos no nosso dia-a-dia.

E, se a organização do presente volume arruma os ensaios por secções, de modo a tornar mais visíveis os temas a que deu atenção e os prismas sob os quais olhou o mundo à sua volta, ela não se destina a criar fronteiras rígidas ou selos herméticos à volta de cada uma delas. O/a leitor/a facilmente encontrará ecos, justaposições, variações, coincidências e até contradições entre o que se discute num ensaio sobre os postais de praia e noutro sobre o nacionalismo, ou num acerca das roseiras compradas num armazém popular e noutro sobre a produção da bomba atómica. Na boa tradição do ensaio, Orwell passeia pelo mundo, parando aqui e ali, observando o detalhe, meditando sobre ele, «ensaiando» explicações possíveis para isto ou para aquilo, pensando alto, e assim envolvendo os/as leitores/as no seu processo de descoberta do real.

*

O ensaio é, assim, um género que lhe assenta como uma luva e que praticou desde cedo na sua carreira das letras, atingindo o auge durante os anos de guerra, quando o conflito o impediu de se dedicar à escrita de obras mais extensas. O Orwell dos ensaios e do jornalismo literário e cultural é, hoje em dia, reconhecido como um dos melhores praticantes de um género de longas tradições na cultura inglesa, que o autor teve o mérito de revitalizar e adaptar às circunstâncias e exigências dos meados do século XX.

Para entender o seu papel neste processo e a utilização particular que Orwell fez dessa forma de escrita, lembremos rapidamente como surgiu a forma do ensaio e a sua evolução em particular na literatura inglesa, antes de nos determos nos traços principais do ensaio orwelliano.

Se não há concordância crítica na definição do que é um ensaio, forma tão esquiva que divide opiniões e resiste a categorizações, há pelo menos unanimidade na afirmação de que o género foi inaugurado por Michel de Montaigne, o primeiro praticante sistemático dessa forma de escrita e o responsável pelo nome com que ainda hoje a identificamos. Os três volumes que recolhem os seus textos, escritos ao longo de quase duas décadas, exibem já algumas das características típicas do género: a diversidade de temas (da «Vaidade» aos «Canibais», dos «Livros» à «Experiência»); a flexibilidade do registo (do filosófico ao comezinho, do abstrato ao pessoal); a centralidade de um Eu pensante e observador do real; e acima de tudo um espírito de ceticismo relativamente a verdades estabelecidas e de interrogação sobre ideias feitas e noções convencionalmente aceites.

Não é coincidência, de facto, que o ensaio surgisse nesse período de transição entre o final do Renascimento e o Século das Luzes, momento de mudança de paradigmas, quando se começa a rejeitar a ideia do conhecimento total, baseado na autoridade dos autores antigos, e se dá mais atenção ao empírico e ao subjetivo, valorizando o espírito crítico de um Eu que pensa por si. A partir de Montaigne, habituámo-nos a olhar para o ensaio como resultado de um sujeito autónomo, um observador atento e curioso, tentando fazer sentido de um mundo onde não há certezas, e em que tudo se abre à reflexão, interrogação e problematização. A «verdade» que o ensaio oferece não é absoluta nem inequivocamente universal; antes limitada, provisória, sempre pronta a ser revista e contestada, vivendo de epifanias momentâneas e reconhecendo humildemente que a investigação de determinado tema nunca está completa ou definitivamente encerrada.

Essa verdade do aqui e do agora tem forçosamente de interagir com o real circundante, partindo da experiência particular e dos poderes de observação do Eu no seu «ensaiar» de uma explicação para esse mundo caótico e amorfo, em constante mutação, que se vai revelando, transitoriamente, ao entendimento de um sujeito sem ideias pré-concebidas ou certezas absolutas. O espírito de independência, a curiosidade intelectual, a recusa do dogma, a perspicácia da observação e o sentido crítico são qualidades que se esperam do ensaísta, e a sua autoridade advém precisamente de saber tirar partido delas, convidando os/as leitores/as a segui-lo no seu processo de pensar o real e de refletir sobre a nossa relação com ele. Isto pressupõe, também, um/a leitor/a de mente aberta, disposto/a a ver as suas ideias refutadas ou, no mínimo, questionadas, revistas e redirecionadas. A retórica do ensaio é, assim, essencial para convencer o/a leitor/a a acompanhar o ensaísta na exploração do mundo nas suas várias, e às vezes opostas, dimensões. O ensaísta, dialogando antes de mais consigo mesmo, colocando hipóteses, mudando de perspetiva, alterando a ótica, dialoga também, inevitavelmente, com quem lê o texto, suscitando reações de espanto, de assentimento, de rejeição ou de revolta.

O bom ensaio obriga-nos a pensar, exigindo o nosso envolvimento no processo de descoberta e nas conclusões retiradas pelo/a autor/a a partir da experiência ou do detalhe que inicialmente suscitou a reflexão. O que era familiar torna-se estranho, o que está à frente dos olhos, por mais paradoxal que pareça, torna-se visível pela primeira vez. Desfamiliarizar e deslocar, isolar e acentuar são processos essenciais à mecânica do ensaio, de modo a fazer-nos olhar para a realidade com olhos de ver. Montaigne bem o conseguiu, fazendo com que os seus contemporâneos repensassem, por exemplo, a natureza «bárbara» dos canibais ou a relação da arte com a natureza. E os seus seguidores, entusiásticos e imediatos, potencializaram a forma do ensaio como veículo de expressão dos seus impulsos contestatários e, acima de tudo, de criação de uma esfera pública de discussão e debate de ideias.

Na Inglaterra de finais do século XVI, Francis Bacon foi um dos primeiros a abraçar o género e a tirar partido do carácter eclético da forma, bem como da sua maleabilidade e flexibilidade. Menos introvertido do que Montaigne, Bacon deita um olhar crítico ao social, um dos muitos ingredientes futuros do ensaio. A tradição empírica do pensamento inglês, avessa a filosofias abstratas e teorias puras, adquire, com Bacon, uma excelente oportunidade para manifestar e valorizar as bases concretas a partir das quais se desenvolvem a reflexão sobre a sociedade em geral e as questões de classe muito em particular, bem evidentes em muitos dos seus sucessores, nomeadamente George Orwell. A simplicidade e a economia do estilo, e alguma propensão aforística, são também legados de Bacon que se reconhecem na tradição subsequente do ensaio e de que o nosso autor também é devedor.

O século XVIII e o dinâmico ambiente intelectual do Século das Luzes foram particularmente propícios ao desenvolvimento do ensaio, a que não esteve alheia a proliferação das revistas e dos periódicos que mantinham aceso o debate público sobre questões não só de ordem política, mas também literária e cultural. Joseph Addison foi uma figura central neste processo, fundando duas revistas (primeiro *The Tatler*, depois *The Spectator*) cuja intenção expressa era retirar a literatura do ambiente bafiento das estantes das bibliotecas e arejá-la perante um público de classe média com claras aspirações de ascensão social, que agora se congregava, para debater essas e outras questões, no cenário mais democrático dos clubes e das *coffee houses*. O estilo simultaneamente informal e urbano, coloquial e erudito, acenava tanto à cultura livresca, que mantinha ainda a sua autoridade cultural, como aos desejos e exigências de um público novo de classe média, cada vez mais numeroso, e que reclamava ser ouvido, respeitado e levado a sério pelo poder. Este impulso democrático do ensaio e o seu papel no moldar da opinião pública é ainda bem discernível, séculos depois, na ensaística orwelliana.

Samuel Johnson, o lexicógrafo responsável pelo primeiro dicionário da língua inglesa, foi também, nalguns dos ensaios que escreveu e agrupou num volume sintomaticamente intitulado *The Rambler*[1], um dos pioneiros da crítica literária, outro antecessor ilustre de George Orwell, que abriu caminho ao repensar da língua tanto quanto ao das suas manifestações artísticas. A partir do século XVIII, já estabelecido como género respeitável, se bem que menor, na constelação da escrita literária, muitos foram os vultos das letras que, nesse século e no seguinte, usaram o ensaio esporadicamente, à margem da sua produção, culturalmente mais valorizada, de romances. A forma permitia, de facto, uma liberdade de movimentos e um deambular incerto que não caberiam na estrutura mais rígida e regrada do romance. Uns mais

[1] *To ramble* significa passear, vaguear sem destino, indicando deste modo a multiplicidade dos temas dos ensaios e o seu carácter aparentemente aleatório.

preocupados com a exploração de estados de espírito, como William Hazlitt e Charles Lamb, outros, como Robert Louis Stevenson e Rudyard Kipling, inspiraram-se nas suas viagens para meditar no que as distantes terras lhes podiam ensinar sobre a sua e sobre eles mesmos, como George Orwell fará, também ele, nalguns dos seus ensaios. E até se encontra quem, como o nosso autor, se debruce sobre a literatura popular: o ensaio de G. K. Chesterton, «A Defence of Penny Dreadfuls»[2] (e pese embora a opinião pouco favorável que Orwell tinha da figura) foi certamente lido pelo autor de «O Declínio dos Assassínios Ingleses», «Bons Maus Livros» e «À Vinda de Bangor».

O modernismo do século XX encontrou na incompletude intrínseca do ensaio o correlato exato da sua visão de um mundo caótico, fragmentado, aleatório, desprovido de sentido e de valores orientadores. Virginia Woolf utilizou-o tanto para refletir sobre a sua escrita e a dos seus antecessores como para recolher as impressões mais triviais e efémeras do seu quotidiano. E até T. S. Eliot, o grande teorizador do movimento, cujos ensaios se consideram hoje pertencer à crítica literária, exerceu sem dúvida uma influência nítida (quando mais não seja por contraste) nas tentativas de George Orwell de discutir a literatura no seu contexto sociológico, cultural e identitário. O modernismo, programático e panfletário, criou também o ambiente propício à revitalização de revistas ou periódicos de intuitos mais ou menos eruditos, dirigidos a um público de cultura alta ou média-alta.

A década de 1930 foi particularmente fértil na criação de publicações regulares que pretendiam debater temas literários, políticos, ideológicos e sociológicos de cariz nacional ou

[2] *Penny dreadfuls* eram revistas sensacionalistas e baratuchas que exploravam o mundo da criminalidade do século XIX.

internacional, reagindo aos acontecimentos tumultuosos do mundo entre as duas guerras. George Orwell teve a sorte de conhecer pessoalmente algumas das figuras que impulsionaram esta cultura dos periódicos, como Richard Rees (editor do *The Adelphi*) e Cyril Connolly (fundador da *Horizon*), que lhe abriram as portas das respetivas revistas e o deram a conhecer a um público leitor exigente, intelectualmente curioso e amante das letras. Mas Orwell não se limitou a escrever para o que era, afinal, um número reduzido de leitores/as de bom nível cultural. Pelo contrário, a diversidade das revistas e periódicos em que publicou os seus textos denotam a sua preocupação de atingir públicos menos previsíveis, mais diversificados e politicamente motivados. Sem ir mais longe, a presente coletânea inclui ensaios saídos a lume num jornal de grande circulação como o *The Evening Stardard*, numa revista judaica norte-americana e no diário *Tribune*, de inspiração socialista e lido maioritariamente por membros e simpatizantes do Partido Trabalhista, de que foi editor literário entre 1943 e 1945 e onde manteve uma coluna semanal intitulada «As I Please». Seria cómodo afirmar que Orwell adaptou as suas contribuições ao espírito de cada uma destas publicações. Mas se é verdade que a discussão sobre o *pub* ideal em «A Lua sob as Águas» não faria sentido entre as capas de uma revista de elite, como a *Horizon*, no espírito de contradição que lhe é próprio o autor não se coibiu de presentear esta revista com um ensaio sobre os postais de praia e a cultura popular — «A Arte de Donald McGill». E num jornal de pendor claramente político-ideológico, a coluna semanal do *Tribune*, como se verá adiante, valeu-lhe críticas de leitores/as por não ser suficientemente intelectual, polida e — diríamos hoje — politicamente correta.

O universo dos muitos jornais, revistas e periódicos onde publicou os seus ensaios consolidou, no entanto, a sua fama como crítico literário, analista político e especialista em questões sociais, mas, acima de tudo, constituiu o fórum ideal para a democratização do saber e o debate de ideias que Orwell tanto se esforçou por conseguir. Descendente da ilustre linhagem de ensaístas, nomeadamente ingleses, cujos textos tornaram visíveis aquilo que a nossa indiferença, cegueira ou aceitação do dogma mantinha oculto, Orwell é hoje reconhecido como um dos grandes ensaístas da cultura anglófona, praticante, como muitos deles, do chamado *plain style*: um estilo (porventura enganadoramente) simples, direto, sincero, coloquial, informal e desassombrado, mas nem por isso menos exigente ou correto, evitando tanto os arrebiques pretensiosos como a vulgaridade dos coloquialismos e os clichés da moda.

*

Uma análise detalhada da mecânica do ensaio tal como Orwell o pratica ocuparia mais espaço do que é permitido a um prefácio, mero aperitivo que se deve limitar a abrir o apetite para o prato principal a que o/a leitor/a está com pressa de chegar. E uma vez que cada uma das secções terá a sua apresentação particular, contextualizando a temática do grupo de ensaios aí reunidos, resta chamar a atenção para um ou dois traços que individualizam a ensaística orwelliana e lhe conferem um sabor muito próprio e universalmente reconhecido.

O ensaio típico de Orwell, em particular os de índole político-ideológica, começam por uma afirmação de carácter geral, a premissa inicial que depois será qualificada, ilustrada com exemplos concretos, discutida nas suas várias facetas e finalmente refutada, reafirmada ou, em muitos casos, subtilmente modulada. Assim se inicia, por exemplo, o ensaio sobre Dickens (um autor «que vale sempre a pena roubar» e que tem, efetivamente, sido roubado, tanto pela esquerda como pela direita), ou o texto sobre Koestler (cuja frase inicial sobre uma literatura inglesa dominada por estrangeiros faria estremecer muitos/as leitores/as), ou ainda o artigo, investigando as relações entre aos partidos de esquerda e os escritores, que acusa toda a nação de ter, como desporto favorito, a caça ao intelectual. Retoricamente eficazes, as primeiras linhas dos ensaios, afirmativas, aparentemente categóricas e muitas vezes chocantes, destinam-se a prender a atenção do/a leitor/a e a provocar reações imediatas — de assentimento ou discordância — que o restante texto se encarregará de questionar e problematizar. Os ensaios de base autobiográfica e os que se ocupam da natureza ou do mundo do quotidiano usam uma estratégia ligeiramente diferente: a referência a um detalhe observado, curioso ou significativo, que desencadeará a análise do fenómeno em causa a partir da reação intensa do Eu, também ela posteriormente sujeita a revisões e reformulações. Nestes se observa a frequência de verbos ligados aos sentidos e a descrição pormenorizada da superfície do real, detalhes concretos que ajudam a visualizar a cena e ancoram o texto na materialidade das coisas.

Mais filosófico ou mais descritivo, mais abstrato ou mais subjetivo, Orwell potencializa sem dúvida a plasticidade do ensaio. Mas, em todos os casos, a relação estreita, quase pessoal, entre um «*I*» e um «*you*» (notória no original inglês, mas infelizmente diluída, em português, no coletivo «nós» ou no pronome clítico «se», de valor indeterminado) é essencial ao funcionamento e ao sucesso dos mesmos. Isto não significa, contudo, que as cumplicidades criadas entre os dois sejam simples ou lineares, porque o Eu, uma entidade textual, é uma *persona* construída em função do texto, adquirindo, deste modo, as características que a cada um convêm. O narrador implícito dos ensaios tanto pode ser a figura de classe média-alta que partilha preconceitos e ideias-feitas com um/a leitor/a da mesma classe como o observador distanciado que desfamiliariza o óbvio e o convencional, como ainda o confidente que, em tom mais intimista, nos revela as fragilidades e vulnerabilidades do protagonista de um determinado episódio. Por vezes taxativa, sentenciosa, categórica, outras vezes insegura, hesitante e irresoluta, a voz que emerge da ensaística orwelliana é um dos seus maiores atrativos. Mesmo quando dela discordamos ou nos suscita objeções ou reservas, temos sempre a sensação de que aqui está alguém que nos leva a sério — e às nossas opiniões, por mais erradas que estejam — e que nos interpela no pressuposto de que, como ele, queremos entender melhor o mundo à nossa volta.

Orwell lutou sempre contra a passividade, a aceitação do dogma e a subserviência perante a ortodoxia. O diálogo que mantém, nos ensaios, com outras vozes, dando constantemente espaço a opiniões contrárias ou argumentos que o contradizem, estende-se também ao seu público[3], parte integrante de uma visão política inclusiva e intransigentemente democrática. A sua proverbial honestidade, a sinceridade com que se expõe publicamente, o risco, assumido deliberadamente, de pensar alto em reação ao transitório e ao efémero tanto quanto às questões mais profundas que governam as nossas vidas são qualidades que todos (mesmo os seus inimigos declarados) têm forçosamente de lhe reconhecer. Junte-se-lhes a perspicácia da observação, o humor, a ideia idiossincrática mas reveladora, a informalidade do

---

[3] Muitas vezes literalmente; veja-se a resposta que deu à leitora da sua coluna sobre o cultivo de rosas.

estilo (que ainda assim evita demagogias e populismos) e a versatilidade dos temas, e teremos a forma do ensaio no seu melhor.

Mas a qualidade que pessoalmente mais me toca, e que está presente em cada peça, independentemente do seu tema e natureza, é a capacidade de extrapolar a partir do pormenor para o mais geral, de conseguir que o detalhe aparentemente trivial e insignificante passe a ter significados insuspeitados, do relacionamento, enfim, entre o micro e o macro. É no fundo isto que define Orwell como escritor político, nessa aceção lata do termo, tal como ele o usa em «Porque Escrevo»: a sua tentativa de «empurrar o mundo numa determinada direção, de modificar as ideias dos outros sobre o tipo de sociedade pela qual devem lutar». Porque assumir o político como impulso primordial da sua escrita não o levou — muito pelo contrário — a descurar as «inutilidades» do quotidiano, encorajando-nos a usufruir de um «supérfluo» que é, afinal, aquilo que nos torna verdadeiramente humanos. E essa era, para Orwell, a verdadeira medida do político.

*

Uma última palavra sobre o processo de tradução dos textos. Ao contrário do que se poderia pensar, traduzir Orwell não é fácil. Num paradoxo que só surpreenderá os menos experientes nestas lides, é a própria simplicidade do seu estilo que mais desafios coloca aos tradutores e tradutoras. O registo coloquial, mas nem por isso menos cuidado, o tom informal, mas ainda sóbrio e contido, as frases curtas, de sintaxe depurada, mas não tosca ou simplista, não têm muitos equivalentes em português, nem no tempo de Orwell, nem no nosso. Questões de decoro da língua, muito diferente em inglês e em português, exigem um compromisso entre a manutenção das características essenciais da sua prosa e o respeito pelos códigos linguísticos e culturais portugueses, que não têm subjacente uma tradição como a do *plain style*. Se Orwell for traduzido à letra, a sua prosa soará aos nossos ouvidos, infelizmente habituados muitas vezes a confundir o literário com o pretensioso, como simplista em vez de simples, tosca em vez de depurada, e infantil em vez de informal.

As opções de tradução são, em última análise, feitas precisamente de compromissos, algo inevitável na transposição de uma cultura para outra, e sempre individuais, refletindo a imagem que o/a tradutor/a tem do texto e autor/a em causa. As minhas traduções assumem-se, deste modo, como uma (re)interpretação da escrita orwelliana, o que equivale a dizer que é assim que eu imagino Orwell a falar e a escrever em português — mas sem deixar de ser inglês.

E não posso terminar sem agradecer a todos/as os/as que me ajudaram na produção deste volume, esclarecendo questões obscuras da cultura e língua inglesas, sugerindo termos e expressões portuguesas, revendo os meus fracos esforços de tradução de poesia, e em geral contribuindo para melhorar a qualidade da tradução. Um muito obrigada a Ana Cristina Macário Lopes, Graham Preston, Isabel Pedro dos Santos, Leonor Telles e Patricia Odber de Baubeta, pela sua constante disponibilidade e inexcedível dedicação. Um agradecimento também à Suzana Ramos, que abraçou entusiasticamente o projeto na sua fase inicial, e ao João Moita, que ajudou a conduzi-lo a bom porto.

E, posto isto, deixemos antes de mais o autor apresentar-se a si mesmo, na «Nota Autobiográfica», que cobre o seu percurso até 1941.

JACINTA MARIA MATOS

II

ENSAIOS

NOTA AUTOBIOGRÁFICA[4]

Nasci em 1903, em Motihari, província de Bengala, o segundo filho de uma família anglo-indiana[5]. Estudei em Eton[6] de 1917 a 1921, porque tive a sorte de conseguir uma bolsa, mas não me esforcei muito e pouco lá aprendi, e não considero Eton como uma grande experiência formativa na minha vida. De 1922 a 1927 fui oficial da Polícia Imperial na Birmânia. Demiti-me do cargo em parte porque o clima me estava a dar cabo da saúde, em parte porque já tinha um vago projeto de me dedicar à escrita, mas acima de tudo porque não podia continuar a servir um imperialismo que cada vez mais me surgia como sendo em grande parte um embuste e uma extorsão.

Depois de regressar à Europa, vivi perto de ano e meio em Paris, escrevendo romances e contos que ninguém queria publicar. Quando se me acabaram as economias, passei sérias

[4] Orwell escreveu esta nota autobiográfica em 1941, por solicitação dos organizadores do volume *Twentieth Century Authors*. [N. da T.]

[5] Anglo-indiana era a designação das famílias inglesas que se tinham estabelecido na Índia e não tem, portanto, qualquer conotação de hibridez rácica. [N. da T.]

[6] Eton é uma das mais prestigiadas das *public schools* inglesas, que tradicionalmente formavam a classe dirigente britânica. [N. da T.]

dificuldades financeiras durante alguns anos, lavando pratos em restaurantes, dando aulas particulares e lecionando num colégio medíocre. Durante um ano e pouco estive empregado em *part-time* numa livraria, trabalho que era interessante em si mesmo, mas que tinha a desvantagem de me obrigar a viver em Londres, o que detesto. Por volta de 1935, comecei a poder viver da escrita, e no final desse ano mudei-me para o campo e abri uma pequena mercearia. Mal dava para os gastos, mas a experiência ensinou-me muito sobre o negócio, o que me seria útil se alguma vez resolvesse voltar a dedicar-me à atividade. Casei no verão de 1936 e no final desse ano fui para Espanha lutar na Guerra Civil, tendo-me a minha mulher acompanhado passado pouco tempo. Estive quatro meses a lutar na frente de batalha em Aragão, integrado nas milícias do POUM[7], e fui ferido com bastante gravidade, embora felizmente sem grandes sequelas. Desde então, e excetuando um Inverno passado em Marrocos, não posso com toda a honestidade dizer que tenha feito mais do que escrever livros, criar galinhas e cultivar a horta.

O que me foi dado a observar em Espanha e depois noutros lados sobre o funcionamento interno dos partidos de

---

[7] O Partido Obrero de Unificacion Marxista, ou POUM, surgiu em 1935, assumindo-se como um partido marxista revolucionário. Tendo sobretudo grande implantação na Catalunha e em Valência, o POUM participou no governo da Frente Popular, mas as suas posições radicais causaram divisões profundas no comunismo espanhol da época. Em maio de 37, a escalada de tensão entre o governo controlado pelo PCE e os anarcossindicalistas resultou numa batalha de rua (detalhadamente descrita por Orwell em *Homenagem à Catalunha*), sendo o POUM ilegalizado, os dirigentes presos e o seu líder, Andrés Nin, assassinado. Os restantes membros passaram à clandestinidade e as milícias do partido foram desintegradas, sendo o POUM frequentemente acusado pela imprensa estalinista de ser um *agent provocateur* do franquismo, tese que Orwell ataca, defendendo o partido, na sua obra sobre a Guerra Civil de Espanha. [N. da T.]

esquerda deu-me um horror à política. Fui membro do ILP[8] por uns tempos, mas saí do partido no início da presente guerra, porque só lá ouvia dizer disparates e advogar posições políticas que facilitariam a vida a Hitler. Sou por inclinação um homem de esquerda, mas penso que um escritor só pode preservar a sua integridade se mantiver a independência relativamente a quaisquer rótulos partidários.

Os escritores que mais admiro e que nunca me canso de ler são Shakespeare, Swift, Fielding, Dickens, Charles Reade, Samuel Butler, Zola, Flaubert e, entre os modernos, James Joyce, T. S. Eliot e D. H. Lawrence. Mas julgo que quem mais me influenciou foi Somerset Maugham, escritor que admiro profundamente pela sua arte de contar uma história de forma direta e sem arrebiques. Além do meu trabalho, a atividade que mais prazer me dá é a jardinagem, sobretudo o cultivo de legumes. Também gosto da cozinha e da cerveja inglesas, do vinho tinto francês, do vinho branco espanhol, do chá indiano, do tabaco bem forte, das lareiras de carvão, da luz das velas e de sofás confortáveis. Detesto as grandes cidades, o barulho, os carros, a rádio, a comida enlatada, o aquecimento central e o mobiliário «moderno». A minha mulher tem gostos muito parecidos com os meus. A minha saúde é péssima, mas até agora não me impediu de fazer sempre o que queria, exceto lutar nesta guerra. Devo também mencionar que, embora este relato seja exato, George Orwell não é o meu nome verdadeiro.

---

[8] O Independent Labour Party foi criado por dissidentes do Labour Party em 1932. Defendendo o Socialismo democrático e um marxismo não comunista, foi também intransigentemente pacifista na sua oposição às Primeira e Segunda Grandes Guerras. Durante a Guerra Civil de Espanha, o ILP notabilizou-se pelo apoio à causa republicana. Orwell filiou-se no partido em 1938, mas afastou-se dele no início da Segunda Grande Guerra, por discordar da posição antimilitarista que o ILP insistia em manter face a qualquer conflito armado. [N. da T.]

Publicações: *Down and Out in Paris and London* (1933). *Burmese Days* (publicado na América antes de sair numa versão ligeiramente expurgada em Inglaterra) (1934). *A Clergyman's Daughter* (1935). *Keep the Aspidistra Flying* (1936). *The Road to Wigan Pier* (1937). *Homage to Catalonia* (1938). *Coming up for Air* (1939). *Inside the Whale* (1940).

De momento, não estou a escrever romances, sobretudo devido às perturbações causadas pela guerra, mas estou a projetar uma obra em três partes, que se chamará ou *O Leão e o Unicórnio*[9] ou *Os Vivos e os Mortos*, esperando terminar a primeira parte durante o corrente ano.

---

[9] «O Leão e o Unicórnio» acabou por ser o título escolhido para o ensaio, publicado em 1941. [N. da T.]

1

«ACEITAR UMA ORTODOXIA É HERDAR SEMPRE CONTRADIÇÕES POR RESOLVER»: ORWELL E A POLÍTICA

Os ensaios políticos de Orwell merecem um lugar proeminente em qualquer coletânea, uma vez que neles reside em grande parte — e com toda a justeza — a sua fama como escritor político. A escolha, contudo, não se revelou fácil, porque muitos deles estão já divulgados em Portugal. Ainda assim, alguns dos textos cruciais têm passado despercebidos, uns por serem mais curtos e mais discretos, outros porque menos ostensivamente «políticos», na aceção corrente do termo. A presente seleção inclui precisamente alguns deles, essenciais para se entender o pensamento do autor, além de outros que consubstanciam a sua posição, enquanto escritor, artista e intelectual, relativamente à política em geral e à esquerda muito em particular.

É este, sem dúvida, o caso do ensaio inicial, «A Literatura e a Esquerda», bem como de «O Escritor e o Leviatã», ambos refletindo sobre o dilema entre a autonomia artística e o envolvimento político, a liberdade de criação e o comprometimento ideológico, sobretudo num contexto (o dos totalitarismos emergentes na época) que colocava ao escritor problemas acrescidos enquanto intelectual e figura pública. Num cenário em que era impossível fugir à pressão da história e à tomada de posições ideológicas, Orwell, homem assumidamente de esquerda, lamenta a marginalização do artista por essa mesma esquerda — uma das razões para as suas frequentes e contundentes críticas aos seus supostos correligionários, e que tantas vezes se nos afiguram tão injustas como incompreensíveis, vindas de um defensor declarado do socialismo democrático. As múltiplas relações de cumplicidade, conflito, afinidade e incompatibilidade entre a arte e a política são aí discutidas e frontalmente expostas, sem se alisarem contradições nem se rasurarem paradoxos. Ambos os ensaios reafirmam, também, o seu comprometimento com a esquerda, tantas vezes ignorado por parte de uma direita que gosta de roubar o autor para os seus próprios fins.

«Nós e a Bomba Atómica» revela Orwell como uma das primeiras figuras a refletir sobre as alterações geopolíticas do poderio atómico e a especular sobre as suas possíveis consequências para o equilíbrio de forças de um mundo que, depois de Hiroshima, nunca mais seria o mesmo. O/a leitor/a atento/a descortinará também no ensaio a génese de *Mil Novecentos e Oitenta e Quatro*, que desenvolve, em forma romanesca, o «tipo de mundividência, crenças e estrutura social de um estado que seria a um tempo *invencível* e estaria numa situação permanente de "guerra fria" com os países vizinhos». Primeira ocorrência conhecida do termo «guerra fria», o termo inventado por Orwell generalizou-se, confirmando-o como um daqueles autores que acrescentam à língua e nos proporcionam um vocabulário para falarmos de questões ainda hoje prementes e atuais.

Os ensaios sobre o nacionalismo e o antissemitismo oferecem-nos uma reflexão sobre o que ainda são, também — e infelizmente —, preocupações centrais da nossa contemporaneidade, e, como tal, merecem ser revisitados. Pesem embora as várias décadas passadas, o que Orwell tem para nos dizer sobre o nacionalismo como a grande força impulsionadora do seu tempo é ainda relevante, numa cena internacional de cada vez maior expansão de populismos de direita, de isolacionismo e de protecionismo estatal. O seu apelo para que o patriotismo (legítimo e não agressivo) fosse abraçado pela esquerda, impedindo-se assim a sua apropriação pela direita, ecoa ainda hoje aos ouvidos de muitos/as. E a sua admissão de que, em determinadas circunstâncias, todos/as nós recorremos a estereótipos nacionais e generalizações abusivas encoraja-nos a (re)pensar a nossa relação com os que construímos como «Outros» e a centralidade que atribuímos à nossa cultura e civilização, relegando as outras para as margens da nossa consciência.

O alerta sobre a necessidade de uma autorreflexão relativamente a questões que, embora do foro político-ideológico, se manifestam também individual e subjetivamente prolonga-se no ensaio sobre o antissemitismo, publicado numa revista judaica. Orwell é às vezes acusado de ser antissemita. Penso que o artigo ajudará a modular um pouco essa opinião, formada por quem às vezes lê textos particulares fora do contexto da sua escrita em geral. Com efeito, o ensaio, despistando as práticas e as manifestações mais comuns do fenómeno na Inglaterra do seu tempo, propõe precisamente uma investigação mais profunda do tema, terminando com a sugestão de que, para lutar contra todas as formas de descriminação racial, é importante assumir antes de mais que ninguém está imune e começar por analisar tudo aquilo que, dentro de nós mesmos/as, promove a criação da alteridade e a subsequente subalternização do diferente.

O Orwell político não perdeu, por tudo isto, a sua relevância. E se muito, nos ensaios, nos parece datado, fruto de circunstâncias que já não são as nossas, o seu espírito de independência, a sua capacidade de autorreflexão e autocrítica, o modo como gere contradições e enfrenta paradoxos e ambiguidades continuará a ser um modelo de interrogação do *statu quo* que ainda hoje nos envolve, como leitores/as, no mesmo processo de questionação de dogmas e ortodoxias, um salutar exercício de problematização do mundo e das coisas.

A Literatura e a Esquerda

«Um génio reconhece-se logo à nascença por um sinal infalível, porque todos os asnos conspiram contra ele.» Assim escreveu Jonathan Swift[10], duzentos anos antes da publicação de *Ulisses*[11].

Quando se consulta um anuário desportivo, encontram-se páginas infindáveis dedicadas à caça à raposa ou à lebre, mas nem uma sobre o tiro ao intelectual. E, no entanto, este é o desporto favorito dos Ingleses, com uma época que se prolonga pelo ano inteiro e em que participam ricos e pobres, sem conflitos de classe ou de orientação política.

Porque, há que dizê-lo, relativamente aos escritores «eruditos» — ou seja, à escrita ou à arte tecnicamente experimental —, a atitude da esquerda não é mais benevolente do que a da direita. As expressões «erudito» ou «de elite» são termos pejorativos empregados tanto pelo *Daily Worker*

---

[10] Jonathan Swift (1667–1745) é um dos grandes escritores setecentistas britânicos, mais conhecido por *As Viagens de Gulliver,* e um dos autores preferidos de Orwell (veja-se a Nota Autobiográfica). [N. da T.]

[11] *Ulisses*, escrito por James Joyce (1882–1941), é o mais famoso romance do modernismo, obra de grande experimentalismo formal. Veja-se a «Carta a Brenda Salkeld», onde Orwell bem demonstra a sua admiração pelo autor. [N. da T.]

como pelo *Punch*[12], e os doutrinários marxistas escolhem precisamente os autores cuja escrita é mais original e duradoura como alvo preferido dos seus ataques. A lista de exemplos seria longa, mas estou a pensar especialmente em Joyce, Yeats, Lawrence e Eliot[13]. Eliot, em particular, é atacado na imprensa de esquerda quase tão automática e invariavelmente como Kipling[14], e por críticos que ainda recentemente entravam em êxtase perante as já esquecidas obras-primas publicadas pelo Left Book Club[15].

Se perguntarmos a um militante partidário (e isto aplica-se a quase todos os partidos de esquerda) quais as suas objeções a Eliot, a resposta reduz-se a isto: Eliot é um reacionário (já se confessou monárquico, anglo-católico, etc.), além de ser um «intelectual burguês» e de estar por isso muito afastado do homem comum. Logo, é um escritor medíocre. Esta afirmação contém uma confusão de ideias, ainda que semiconsciente, mas que vicia qualquer crítica de cariz literário-político.

Discordar das convicções políticas de um escritor é uma coisa. Não gostar dele porque nos obriga a pensar é outra, não necessariamente incompatível com a primeira. Mas quando se começa a falar de «bons» ou «maus» escritores está-se tacitamente a invocar a tradição literária e toda uma série de valores que ela implica. Que entendemos por um «bom» escritor? Shakespeare era um «bom» escritor? A maioria de nós responderia afirmativamente, mas a

---

[12] *Daily Worker*: jornal do Partido Comunista britânico; *Punch*: revista satírica, de orientação conservadora. [N. da T.]

[13] James Joyce, W. B. Yeats (1865–1939), D. H. Lawrence (1885-1930) e T. S. Eliot (1888–1965) são figuras de proa do modernismo. [N. da T.]

[14] Rudyard Kipling (1865–1936) é o grande escritor do império, e seu incondicional apoiante. Veja-se o ensaio de Orwell sobre o escritor. [N. da T.]

[15] Left Book Club: clube de leitores, dirigido por Victor Gollancz, que publicava obras de esquerda. Uma das obras de Orwell, *O Caminho para Wigan Pier*, aí saiu também. [N. da T.]

verdade é que Shakespeare é, e provavelmente seria mesmo no seu tempo, um escritor de tendências reacionárias, além de ser um autor difícil, pouco acessível ao homem comum. Então, porquê desqualificar Eliot só por ser um monárquico anglo-católico que gosta de citar em latim?

A crítica literária de esquerda está correta em insistir na importância do conteúdo das obras e, dada a época em que vivemos, está provavelmente correta em exigir que a literatura seja acima de tudo propagandística. O que me parece errado é utilizar juízos de valor literário para fins políticos. Um exemplo grosseiro: que comunista se atreveria a admitir em público que Trotsky escreve melhor do que Estaline — o que é indubitável? Dizer «o escritor X tem talento, mas é um inimigo político que farei os possíveis por silenciar» é inofensivo, e mesmo que para o silenciar se tenha de usar a metralhadora, isso não constitui um crime contra o intelecto. Crime grave é dizer «X é um inimigo político, logo é um escritor medíocre». Se me disserem que tal não acontece, a minha resposta é só uma: folheiem as páginas literárias dos jornais de esquerda, do *News Chronicle* ao *Labour Monthly*, e vejam o que por lá encontram.

É impossível saber quanto o movimento socialista tem perdido ao alienar os intelectuais, mas não há dúvida de que os tem alienado, em parte porque confunde literatura com panfleto, em parte porque não tem espaço, no seu interior, para uma cultura literária. Claro que um escritor pode votar nos Trabalhistas como qualquer cidadão comum, mas ser-lhe-á difícil integrar-se no movimento socialista *enquanto escritor*. Tanto os doutrinários, na sua cultura livresca, como os políticos mais pragmáticos o desprezarão por ser um «intelectual burguês» e não se ensaiarão para lho repetir a cada oportunidade. A forma como o encaram não difere muito da dos corretores de bolsa que jogam golfe nas horas vagas. A iliteracia dos políticos é um traço característico da nossa era — ou, como afirmou G. M. Trevelyan: «No século XVII, os deputados citavam a Bíblia, nos séculos XVIII e XIX, os clássicos, e no século XX, nada» —, e o corolário disto é a impotência política do escritor. Nos anos a seguir à última guerra, os escritores eram em geral tendencialmente reacionários, embora a maioria se mantivesse afastada da política. A geração seguinte, na década de 1930, tentou, pelo contrário, ter um papel ativo nos movimentos de esquerda, tendo muitos deles militado no Partido Comunista, onde tiveram exatamente a mesma receção que teriam tido no Partido Conservador. Isto é, foram primeiro olhados com condescendência ou desconfiança, e depois, quando se percebeu que eles não se deixavam transformar em discos de gramofone, mandaram-nos passear. A maioria refugiou-se no individualismo, e embora muitos certamente ainda votem Trabalhista, a verdade é que todo este talento foi desperdiçado; e — o que é ainda mais sinistro — depois deles surgiu uma geração que, não sendo estritamente apolítica, se coloca à partida fora do movimento socialista. Dos escritores mais novos em início de carreira, os mais talentosos são pacifistas, alguns mesmo tendencialmente fascistas, e não há um único para quem a mística do socialismo tenha qualquer significado. A luta de dez anos contra o Fascismo surge-lhes como pouco interessante e vazia de sentido, e declaram-no com toda a franqueza. Haverá muitas explicações para o facto, mas o desprezo da esquerda pelo «intelectual burguês» certamente que também deu a sua contribuição.

Algures na sua obra, Gilbert Murray[16] conta-nos um episódio ocorrido numa conferência sobre Shakespeare que

---

[16] Gilbert Murray (1866–1957) foi um intelectual e professor universitário, um dos grandes classicistas britânicos do século XX. [N. da T.]

proferiu num fórum socialista. No final, disponibilizou-se como habitualmente para responder a perguntas, e a única que lhe fizeram foi: «Shakespeare era capitalista?» É deprimente pensar que esta história pode muito bem ser verdade. Pensando nas implicações disto, talvez se perceba melhor a razão pela qual Céline escreveu *Mea Culpa*[17] e Auden[18] está na América, a contemplar o umbigo.

Tribune, 4 de junho de 1943

---

[17] Céline (1894–1961) publicou *Mea Culpa* depois de uma visita à União Soviética, dando testemunho da sua desilusão com o sistema comunista. [N. da T.]

[18] W. H. Auden (1907–1973), poeta da década de 1930, de tendência de esquerda, viajou para os Estados Unidos imediatamente antes do início da Segunda Grande Guerra. Orwell sugere que o facto se deve à sua desilusão com a política e ao recuo do público para o privado. [N. da T.]

Nós e a Bomba Atómica

Tendo em conta a forte possibilidade de, nos próximos cinco anos, uma explosão nos reduzir a cacos, a bomba atómica não tem sido objeto de discussão tanto quanto seria de prever. Os jornais publicaram inúmeros diagramas, mais ou menos incompreensíveis para o cidadão comum, com os neutrões e os protões a fazerem das suas, e ouve-se reiteradamente a vã afirmação de que a bomba «devia estar sob controle internacional». Curiosamente, no entanto, muito pouco se tem dito, pelo menos na imprensa, acerca da questão mais premente para todos nós: «A bomba atómica é difícil de produzir?»

A informação de que nós — ou seja, o público em geral — dispomos sobre a matéria chegou-nos de forma bastante indireta, a propósito da decisão do Presidente Truman de não revelar alguns segredos à URSS. Há uns meses, quando a bomba não passava de mero boato, acreditava-se que a fissão do átomo era um problema que só dizia respeito aos físicos, e logo que fosse resolvido, uma arma nova e devastadora estaria ao dispor da maioria das pessoas. (A todo o momento, dizia-se, um louco qualquer num laboratório poderia por si mesmo reduzir a escombros a civilização, detonando a bomba com a mesma facilidade com que se lança um foguete.)

Se isso fosse verdade, todo o curso da História sofreria uma mudança abrupta. A distinção entre as pequenas e as grandes nações desapareceria e o poder do Estado sobre o indivíduo diminuiria significativamente. No entanto, como se depreende das palavras do Presidente Truman e dos vários comentários por elas suscitados, a bomba atómica é extraordinariamente cara, e a sua produção exige um enorme investimento industrial, ao alcance apenas de dois ou três países. Esta questão é absolutamente fulcral, porque isto pode muito bem significar que, ao invés de se alterar o curso da História, veremos intensificarem-se as tendências presentes nos últimos doze anos.

É já um lugar-comum afirmar que a história da civilização é em grande parte a história das armas. Em especial, aponta-se como exemplo a relação entre a descoberta da pólvora e a deposição do feudalismo pela burguesia. Sem dúvida que haverá exceções, mas penso que em geral se aplica a seguinte regra: épocas cuja arma predominante é cara ou difícil de produzir são tendencialmente despóticas, ao passo que quando a arma mais usada é barata e de simples manufatura, o povo ainda tem hipóteses. Assim, por exemplo, os tanques, os navios de guerra e os bombardeiros são por natureza armas tirânicas, enquanto as carabinas, os mosquetes, o arco e flecha e as granadas de mão são armas essencialmente democráticas. Uma arma complexa torna os fortes ainda mais fortes, ao passo que uma arma simples — desde que não haja contra-armamento — dá garras aos fracos.

A grande época democrática e da autodeterminação dos povos foi também a época do mosquete e da carabina. Depois da invenção da espingarda de pederneira e antes da invenção dos fulminantes, o mosquete era uma arma razoavelmente eficaz e de produção tão simples que em qualquer lado se fazia. A combinação dos dois fatores tornou possível a vitória das revoluções americana e francesa, e as insurreições populares eram, assim, uma questão bem mais séria do que nos nossos dias. Depois do mosquete veio a espingarda de carregar pela culatra, já relativamente mais complexa, mas que ainda assim podia ser produzida em muitos países e a baixo custo, além de ser de fácil contrabando e económica em termos das munições. Mesmo os países mais atrasados arranjavam forma de adquirir carabinas de uma ou outra proveniência, de tal maneira que os Bóeres, os Búlgaros, os Abissínios e os Marroquinos — até os Tibetanos — iniciaram, e nalguns casos venceram as suas guerras de independência. Mas desde então, o desenvolvimento técnico militar tem vindo a favorecer o Estado em detrimento do indivíduo, e os países industrializados em detrimento dos mais atrasados. Existem cada vez menos núcleos de poder; em 1939 já só existiam cinco Estados com capacidade para travar guerras em grande escala, estando agora reduzidos a três — em última análise, provavelmente só a dois. Esta tendência é evidente há alguns anos, tendo sido registada por alguns observadores até antes de 1914, e a única maneira de a inverter seria através da descoberta de armas — ou, em termos mais gerais, de métodos de combate — que não dependessem de uma forte concentração das unidades de produção industrial.

Existem vários indicadores de que a Rússia ainda não possui o segredo da produção da bomba atómica, mas é consensual que o terá a breve trecho. Desenha-se, portanto, um cenário em que duas ou três superpotências monstruosas, cada uma delas de posse de uma arma que pode exterminar milhões de seres humanos em poucos segundos, irão dividir o mundo entre si. Tem-se partido do princípio, se calhar precipitadamente, de que isto significará guerras cada vez maiores e mais sangrentas, e provavelmente o próprio fim da civilização da máquina. Mas imaginemos — o que é ainda mais provável — que as grandes potências que sobreviverem fazem um acordo tácito entre si para não usarem a bomba atómica umas contra as outras? Imaginemos que só a usarão, ou ameaçarão usá-la, contra os povos que não podem retaliar? Nesse caso, estamos de volta ao passado, com a única diferença de que agora o poder está concentrado num número de países ainda menor e que as perspetivas para os povos subjugados e as classes oprimidas são bem mais sombrias.

Quando James Burnham[19] escreveu *The Managerial Revolution*, afigurava-se como mais provável que os Alemães vencessem a guerra na Europa, e por isso se pensava naturalmente que seria a Alemanha e não a Rússia a dominar o continente euro-asiático, permanecendo o Japão como o senhor e dono da Ásia Oriental. Foi um erro de cálculo, que não põe em causa a argumentação principal, porque, de facto, o cenário geográfico desse novo mundo imaginado por Burnham tem-se revelado correto. Cada vez se torna mais óbvio que a superfície do globo está a ser dividida em três grandes impérios, todos eles autossuficientes e sem contacto com o resto do mundo, e todos eles governados, mais ou menos disfarçadamente, por uma oligarquia autoeleita. Ainda se regateiam as fronteiras, situação que se prolongará por mais uns anos, e a terceira superpotência —

[19] James Burnham (1905–1987) foi um dos mais controversos intelectuais do pós-guerra americano. Professor de Filosofia na New York University, tendo estado envolvido na criação de vários partidos de orientação comunista e posteriormente trotskista na década de 1930. O pacto russo-germânico de 1939 levou-o a rejeitar o marxismo. *The Managerial Revolution* imagina um futuro de estados totalitários, liderados por gestores e técnicos, marcando uma inflexão à direita do seu percurso ideológico. Durante a Segunda Grande Guerra trabalhou no Office of Strategic Services (entidade percursora da CIA), e durante a Guerra Fria foi uma das vozes mais agressivamente antissoviéticas, tendo apoiado o macartismo e sendo considerado um dos primeiros neoconservadores americanos. [N. da T.]

a Ásia Oriental, dominada pela China — é ainda mais potencial do que real, mas a tendência geral é inegável, e todas as descobertas científicas de anos recentes têm vindo a acelerar o processo.

Costumava dizer-se que os aviões tinham «abolido as fronteiras»; na verdade, foi desde que os aviões se tornaram numa arma mortífera que as fronteiras passaram a ser invioláveis. Em tempos, pensava-se que a rádio contribuiria para o entendimento entre os povos; afinal, tem sido sobretudo utilizada para uma nação insultar a outra. A bomba atómica pode muito bem completar esse processo, retirando às classes e aos povos explorados o poder de se revoltarem, ao mesmo tempo que coloca os donos da bomba numa base de igualdade em termos militares. Incapazes de se conquistarem uns aos outros, é provável que continuem a dividir entre si o governo do mundo, e não se vê um fim para este equilíbrio de forças, a não ser que haja uma lenta e imprevisível mudança demográfica.

Há quarenta ou cinquenta anos que H. G. Wells[20], entre outros, nos vem avisando do perigo de o ser humano se autodestruir com as armas que constrói, deixando o mundo à mercê das formigas ou de outros animais gregários. Quem presenciou as ruínas das cidades alemãs terá de admitir que isto é, pelo menos, concebível. No entanto, considerando o mundo no seu todo, a tendência das últimas décadas não vai no sentido da anarquia, mas sim da reimposição da escravatura, estando nós a caminhar, não para o descalabro total, mas para uma era tão horrivelmente estável como a dos impérios esclavagistas da antiguidade. As teorias de James Burnham têm sido objeto de discussão acesa, mas poucos

[20] H. G. Wells (1886–1946), autor de ficção científica e de utopias futuristas e tecnológicas como *A Máquina do Tempo* e *A Guerra dos Mundos*. [N. da T.]

se têm detido nas suas implicações ideológicas — ou seja, no tipo de mundividência, crenças e estrutura social de um Estado que, a um tempo, seria *invencível* e estaria numa situação permanente de «guerra fria» com os países vizinhos.

Se a bomba atómica fosse algo tão fácil e simples de produzir como uma bicicleta ou um despertador, podia muito bem ter-nos feito regressar à barbárie, mas, por outro lado, teria significado o fim da soberania nacional e do Estado policial altamente centralizado. Se, como parece ser o caso, a bomba é um objeto raro e caro, tão difícil de construir como um navio de guerra, é mais provável que ponha fim às guerras em grande escala, mas o preço a pagar será o prolongamento por tempo indefinido de «uma paz que não é paz».

Tribune, 19 de outubro de 1945

O Antissemitismo na Grã-Bretanha

Na Grã-Bretanha, há cerca de quarenta mil judeus estabelecido, e além destes, milhares, ou dezenas de milhares, de refugiados judeus que chegaram ao país depois de 1934. A população judaica concentra-se prioritariamente em meia dúzia de grandes cidades e emprega-se quase exclusivamente nos setores alimentar, do vestuário e do mobiliário. Alguns dos grandes monopólios, como a ICI[21], um ou dois dos jornais de maior tiragem e pelo menos uma das grandes cadeias de armazéns estão, total ou parcialmente, na posse de judeus, mas a afirmação de que o mundo dos negócios é dominado pelos judeus está bem longe da verdade. Pelo contrário, os judeus não têm seguido a tendência atual da fusão de empresas, permanecendo no tipo de negócio que é, por natureza, de pequena escala e funciona com métodos antiquados.

Começo pelos dados factuais, já do conhecimento de qualquer pessoa bem informada, para sublinhar que não há um verdadeiro «problema» judeu na Inglaterra. Os judeus não têm poder nem são em número suficiente, e só têm influência visível no que se costuma designar em termos gerais por

[21] ICI: Imperial Chemical Industries, a maior empresa de químicos britânica. [N. da T.]

«círculos intelectuais». Mas em geral admite-se que o antissemitismo está a aumentar, que foi muito exacerbado pela guerra e que nem as pessoas mais humanas e esclarecidas lhe são imunes. Não tem assumido contornos violentos (os Ingleses são invariavelmente pacíficos e respeitadores da lei), mas é maldoso, e em circunstâncias favoráveis pode acarretar consequências políticas. Eis alguns exemplos de comentários antissemitas que ouvi nos últimos anos:

Empregado de escritório de meia-idade: «Normalmente, venho para o emprego de autocarro. Demora mais, mas hoje em dia não gosto de entrar no metro em Golders Green. Há demasiados membros do Povo Eleito a viajar nessa linha do metro.»

Dona de tabacaria: «Não, não tenho fósforos. Experimente na tabacaria mais adiante. Essa tem sempre fósforos. É do Povo Eleito, está a ver?»

Jovem intelectual, comunista ou simpatizante: «Não, não gosto *nada* de judeus. Nunca fiz segredo disso. Não os suporto. Mas repare, não sou antissemita, claro.»

Mulher de classe média: «Bem, ninguém me pode chamar antissemita, mas acho o comportamento dos judeus absolutamente horrível. Sempre a empurrarem para passar à frente nas filas e coisas assim. São terrivelmente egoístas. Cá para mim, muito do que lhes acontece é da responsabilidade deles.»

Leiteiro: «Os judeus não fazem a ponta de um corno, não trabalham como os Ingleses. São espertos demais. Nós trabalhamos com isto (contrai os bíceps) e eles com aquilo (bate na testa).»

Contabilista, inteligente e vagamente esquerdista: «Estes malditos semitas são todos pró-germânicos. Se os nazis cá chegassem, mudavam logo de lado. Vejo muitos na minha profissão. Lá no fundo, admiram o Hitler. Lambem sempre a bota que lhes dá pontapés.»

Mulher inteligente, ao ser-lhe oferecida uma obra sobre o antissemitismo e as atrocidades alemãs: «Não mo mostre, não mo mostre, *por favor*! Ainda me vai fazer detestar mais os judeus.»

Podia encher páginas e páginas com comentários semelhantes, mas estes chegam para começar. Deles se retiram duas conclusões. Uma — muito importante, e a que voltarei adiante — é que, acima de um determinado nível cultural, as pessoas têm vergonha de ser antissemitas e fazem uma cuidadosa distinção entre o «antissemitismo» e «não gostar de judeus». A outra é que o antissemitismo é irracional. Os judeus são acusados de delitos específicos (por exemplo, de mau comportamento nas filas para comprar comida), que a pessoa em causa acha graves, mas é óbvio que as acusações são racionalizações de um preconceito bem arreigado. Tentar contra-argumentar com factos e estatísticas é tempo perdido, às vezes mesmo contraproducente. Como demonstram os últimos comentários citados, uma pessoa continua a ser antissemita ou, pelo menos, contra os judeus, mesmo estando perfeitamente consciente de que essa posição é indefensável. Quando não se gosta de alguém, não se gosta e pronto: os nossos sentimentos não mudam ao lembrar-lhe as virtudes.

Ora, acontece que a guerra estimulou o aumento do antissemitismo e até, aos olhos de muitas pessoas comuns, lhe serviu de justificação. Para começar, os judeus são o povo que claramente mais beneficiará de uma vitória dos Aliados. Daí que a teoria de que esta guerra é «uma guerra de judeus» tenha uma certa plausibilidade, mais ainda porque a participação judaica no esforço de guerra não tem tido a atenção que merece. O Império Britânico é uma organização vasta e heterogénea, que se mantém unida graças a um consenso entre as partes, e muitas vezes é necessário bajular os elementos de menor confiança a expensas dos mais leais. Publicitar os feitos dos soldados judeus, ou mesmo admitir a existência de um considerável exército judaico no Médio Oriente, suscitaria hostilidade por parte da África do Sul, dos países árabes e outros: é mais fácil ignorar a questão e deixar que as pessoas comuns pensem que os judeus usam de manha para fugir ao serviço militar. Além disso, os judeus dedicam-se precisamente ao tipo de atividade comercial que é muito impopular junto dos civis em tempo de guerra. Vendem maioritariamente alimentos, roupas, mobília e tabaco — precisamente os bens de consumo de que há uma falta crónica, com toda a especulação, o mercado negro e o favoritismo daí decorrentes. E mais, a acusação corrente de que os judeus se portam com imensa covardia durante os ataques aéreos pintou-se de cores mais fortes durante os grandes ataques de 1940. Por mero acaso, o bairro judeu de Whitechapel foi uma das primeiras zonas a sofrer de fortes bombardeamentos, levando, naturalmente, a que multidões de refugiados judaicos se dispersassem por toda a cidade de Londres. A julgar pelo que se passa em tempo de guerra, seria fácil pensar que o antissemitismo é algo quase racional, fundado em premissas erróneas. E, evidentemente, quem é antissemita considera-se uma pessoa razoável. Sempre que toquei no assunto num dos meus artigos de jornal, tive um número considerável de «reações», e recebo sempre algumas cartas de pessoas equilibradas e comuns — médicos, por exemplo —, aparentemente sem ressentimentos de natureza económica. Dizem sempre (como Hitler em *Mein Kampf*) que não tinham, de início, qualquer preconceito antissemita, mas chegaram a esta posição através da mera observação dos factos. E, no entanto, uma das marcas do antissemitismo é a capacidade de acreditar em histórias que nunca poderiam ser verdade. Um bom exemplo disto é um estranho acidente que aconteceu em Londres em 1942, quando uma multidão, assustada com o rebentamento de uma bomba na vizinhança, fugiu em debandada para a estação de metro, o que resultou em mais de cem pessoas mortas por esmagamento. No mesmo dia corria já por toda a cidade que «os responsáveis eram os judeus». É evidente que, se alguém acredita nisto, nem vale a pena argumentar. A única abordagem produtiva é perceber *porque é* que as pessoas engolem disparates destes sobre um assunto em particular e continuam a pensar com sensatez relativamente a outros.

Mas voltemos à questão acima referida — a consciência generalizada de que o antissemitismo é prevalecente, ao mesmo tempo que ninguém admite ser antissemita. Entre as pessoas educadas, entende-se que o antissemitismo é um pecado mortal e de ordem diferente de outros preconceitos raciais e fazem-se esforços desesperados por mostrar que *não se é* antissemita. Neste espírito, em 1943 teve lugar, numa sinagoga em St. John's Wood, uma cerimónia religiosa, intercedendo pelos judeus polacos. A autarquia mostrou-se muito interessada em participar, e na cerimónia estiveram presentes o Presidente da Câmara, em trajo de gala, representantes de todas as Igrejas, destacamentos da Força Aérea e da Proteção Civil, enfermeiras, escuteiros e muitos outros. Superficialmente, foi uma demonstração de solidariedade para com o sofrimento dos judeus, mas na verdade foi um esforço *consciente* no sentido de mostrar um comportamento digno por parte de pessoas cujos sentimentos subjetivos eram certamente muito diferentes. Esse bairro de Londres é em grande parte judeu, aí abundando o antissemitismo e, como eu bem sei, algumas das pessoas sentadas à minha volta na sinagoga não estavam isentas dele. De facto, o comandante do meu pelotão da Proteção Civil, que insistiu antecipadamente que devíamos fazer uma «boa figura» na cerimónia, foi membro dos Camisas Negras de Mosley[22]. Embora estas contradições persistam, a tolerância perante uma violência generalizada contra os judeus e, ainda mais importante, uma legislação antissemita não são possíveis em Inglaterra. De momento, não é sequer possível que o antissemitismo se torne *respeitável*. Mas isto não é uma vantagem tão grande como parece à primeira vista.

Um dos efeitos da perseguição aos judeus na Alemanha tem sido impedir um estudo sério do antissemitismo. Em Inglaterra, houve um inquérito breve e inadequado feito pela Mass Observation[23] há um ano, e se houve outra pesquisa sobre o assunto, ficou no segredo dos deuses. Ao mesmo tempo, as cabeças pensantes têm abafado conscientemente tudo o que pode ferir as suscetibilidades dos judeus. As piadas sobre judeus desapareceram como por magia dos postais, dos periódicos e dos palcos do *music-hall* depois de 1934, e incluir uma personagem judaica negativa num romance ou num conto passou a ser considerado antissemitismo. Na questão da Palestina também era *de rigueur* entre os mais esclarecidos aceitar que o caso a favor dos judeus estava mais do que provado, evitando-se deste modo considerar as reivindicações dos árabes — decisão que até pode ter mérito em si mesma, mas que foi adotada porque se entendia que os judeus estavam em apuros e não deviam ser criticados. Graças a Hitler, portanto, criou-se uma situação em que a imprensa era efetivamente censurada em favor dos judeus,

---

[22] Oswald Mosley (1896–1980), líder da British Union of Fascists, cujos membros copiaram o uniforme negro dos fascistas italianos. [N. da T.]

[23] O movimento denominado Mass Observation, iniciado em 1937, tinha como objetivo explícito criar «uma antropologia de nós», mediante um levantamento estatístico dos hábitos e condições de vida da população, feito através da observação e do registo dos mais variados aspetos da vida quotidiana. Os dados eram coligidos e posteriormente publicados, originando um interessante estudo sociológico sobre o país. [N. da T.]

enquanto na esfera privada o antissemitismo aumentava, mesmo, até certo ponto, entre pessoas sensíveis e inteligentes. O facto foi particularmente visível em 1940, aquando da detenção dos refugiados. Naturalmente, as pessoas esclarecidas acharam-se no dever de protestar contra a detenção em massa dos pobres estrangeiros que, na sua maioria, só estavam em Inglaterra porque se opunham a Hitler. Em privado, contudo, os sentimentos expressos eram muito diferentes. Houve uma minoria de refugiados que se comportou sem grande tato e as reações desfavoráveis tiveram laivos de antissemitismo, uma vez que a maioria era composta por judeus. Uma figura proeminente no Partido Trabalhista — não o nomeio, mas é uma das figuras mais respeitadas no país — disse-me em tom agressivo: «Não pedimos a esta gente para vir para Inglaterra. Eles é que resolveram vir e agora que acarretem com as consequências.» E esta é uma pessoa que faria questão de se associar a qualquer petição ou manifesto contra a detenção de estrangeiros. A sensação de que o antissemitismo é um pecado e uma vergonha, algo em que nenhum ser civilizado deve incorrer, não é favorável a uma abordagem científica do problema, e muitas pessoas admitem, de facto, que temem aprofundar muito a questão. Isto é, têm medo de descobrir não só que o antissemitismo está a alastrar, mas que elas próprias foram infetadas por ele.

Para perspetivarmos convenientemente a questão, é preciso recuar algumas décadas, ao momento em que Hitler era um pintor desempregado e desconhecido do público. Percebe-se então que, embora hoje em dia o antissemitismo esteja em evidência, é provavelmente *menos* prevalecente em Inglaterra do que há trinta anos. É certo que o antissemitismo, enquanto doutrina rácica e estruturada, nunca floresceu em Inglaterra, nem nunca houve grandes objeções a casamentos mistos ou ao papel proeminente dos judeus na vida pública. No entanto, há trinta anos aceitava-se quase como lei da natureza que a figura do judeu era objeto de cómico e — pese embora a sua inteligência superior — tinha defeitos de «carácter». Teoricamente, os judeus não sofriam de impedimentos legais, mas na prática estavam impedidos de entrar nalgumas profissões. Um judeu não seria provavelmente aceite como oficial do exército ou da marinha, nem podia entrar num dos regimentos «elegantes» do exército. Nas *public schools*, um aluno judeu passava invariavelmente um mau bocado. Podia, eventualmente, minorar esses efeitos se fosse excecionalmente atraente ou atlético, mas tratava-se de uma deficiência de base comparável à gaguez ou a um inestético sinal de nascença. Os judeus ricos costumam disfarçar-se usando nomes aristocráticos ingleses ou escoceses, e a uma pessoa normal isso parecia aceitável, tal como o criminoso que, sempre que possível, muda de identidade. Há uns vinte anos, em Rangoon[24], estava eu a entrar num táxi com um amigo quando um rapazote pequeno e andrajoso, de tez clara, se aproximou de nós e começou a contar uma complicada história de ter chegado de barco, de Colombo, e precisar de dinheiro para a viagem de regresso. O aspeto e as maneiras do pequeno eram difíceis de «situar», e eu perguntei-lhe:

> «Falas muito bem inglês. Qual é a tua nacionalidade?»
>
> Respondeu ele entusiasticamente, na sua pronúncia pretensiosa:
>
> «Sou judeu, meu caro senhor!»

E lembro-me de dizer para o meu companheiro, à laia de piada: «E ele admite isto abertamente.» Até aí, todos os

[24] Orwell passou algum tempo em Rangoon, na Birmânia, quando era polícia imperial, entre 1922 e 1927. [N. da T.]

judeus que eu conhecia tinham vergonha de serem judeus, ou, no mínimo, não gostavam de falar da sua ascendência e, quando forçados a isso, preferiam usar o termo «hebreu».

Quanto à classe trabalhadora, a atitude era a mesma. Um judeu que crescesse em Whitechapel partia do princípio de que iria ser assaltado ou, pelo menos, vaiado, se se aventurasse num dos bairros de lata cristãos da vizinhança, e a piada sobre judeus no *music-hall* e nas publicações humorísticas era quase sempre malevolente[25]. Havia também uma perseguição literária aos judeus, que atingiu níveis de infâmia quase continentais às mãos de Belloc[26], Chesterton[27] e quejandos. Os escritores não católicos também eram por vezes culpados do mesmo em forma mitigada. A literatura inglesa, de Chaucer[28] em diante, tem tido uma veia percetível de antissemitismo, e, mesmo sem me levantar da mesa para consultar livros, lembro-me de passos de Shakespeare, Smollett[29],

---

[25] É interessante comparar a piada sobre judeus com outra habitual no *music-hall*, a piada sobre os escoceses, que com ela tem algumas semelhanças superficiais. As histórias às vezes põem as duas raças em pé de igualdade (por ex., um judeu e um escocês que morrem de sede num *pub*), mas os judeus surgem *apenas* como matreiros e avarentos, e os escoceses como tendo também força física. É o caso, por exemplo, da anedota em que um judeu e um escocês vão a uma conferência publicitada como sendo de entrada livre, mas, inesperadamente, há uma coleta. Para evitar pagar, o judeu faz de conta que desmaia, e o escocês pega nele e tira-o da sala. O escocês é que realiza o feito físico de transportar o outro. O contrário não faria tanto sentido. [N. do A.]

[26] Hilaire Belloc (1870–1953) foi um escritor, historiador e político britânico, conhecido pelo seu catolicismo e conservadorismo. [N. da T.]

[27] G. K. Chesterton (1874–1936) foi escritor e filósofo, mais conhecido pela sua personagem padre Brown, um padre católico que é também detetive. Chesterton converteu-se, ele próprio, ao catolicismo. Veja-se «Notas sobre o Nacionalismo», onde Orwell critica o escritor pela sua parcialidade relativamente à religião adotada. [N. da T.]

[28] Geoffrey Chaucer (c.1340–1400) é considerado o pai da literatura inglesa, famoso autor das *Histórias de Cantuária*. [N. da T.]

[29] Tobias Smollett (1721–1771), escritor escocês e autor de romances picarescos. [N. da T.]

Thackeray[30], Bernard Shaw[31], H. G. Wells, T. S. Eliot, Aldous Huxley[32] e outros que, *se fossem escritos hoje*, seriam estigmatizados por serem antissemitas. Assim de repente, só dois autores me vêm à memória, Dickens e Charles Reade[33], por fazerem esforços concretos, antes do tempo de Hitler, em defesa dos judeus. E mesmo se o intelectual médio não concordasse inteiramente com a opinião de Belloc e Chesterton, também não os censurava. As tiradas infindas de Chesterton contra os judeus, que ele enfiava nos contos e ensaios ao menor pretexto, nunca lhe trouxeram problemas — de facto, Chesterton era uma das figuras mais respeitadas da cena literária inglesa. Alguém que escrevesse hoje em dia algo de semelhante receberia uma torrente de injúrias e provavelmente não conseguiria quem lhe publicasse os textos.

Se, como sugeri acima, o preconceito contra os judeus sempre existiu em Inglaterra, não há razão para pensar que Hitler tenha contribuído para a sua diminuição. Apenas provocou uma divisão nítida entre as pessoas com consciência política, que percebem que esta não é a altura de atirar pedras aos judeus, e as pessoas sem consciência, cujo antissemitismo nativo se agudizou graças à tensão psicológica provocada pela guerra. Temos de partir do princípio, portanto, de que muitas pessoas que preferiam morrer a admitir sentimentos antissemitas os acalentam em segredo. Já dei a entender

---

[30] William Makepeace Thackeray (1811–1863) foi um dos grandes nomes do Realismo inglês, famoso pela sua veia satírica, bem em evidência no seu romance mais conhecido, *A Feira das Vaidades*. [N. da T.]

[31] George Bernard Shaw (1856–1950) foi um dramaturgo, ensaísta e jornalista irlandês, uma das vozes mais influentes da sua geração, como Orwell sugere adiante noutros ensaios. [N. da T.]

[32] Aldous Huxley (1894–1963), escritor de distopias tecnológicas, como *O Admirável Mundo Novo*. [N. da T.]

[33] Charles Reade (1814–1884), romancista e dramaturgo, conhecido pelas suas preocupações sociais e a denúncia de injustiças. [N. da T.]

que, na minha opinião, o antissemitismo é essencialmente uma neurose, mas claro que vem de uma racionalização em que se acredita parcialmente, e que é, em parte, verdadeira. A racionalização sugerida pelo homem comum é de que os judeus são uns exploradores. A justificação parcial para essa perceção é que, em Inglaterra, os judeus são normalmente pequenos comerciantes — isto é, pessoas cujas depredações são muito mais óbvias e inteligíveis do que, por exemplo, as dos bancos ou companhias de seguros. Nos escalões intelectuais mais altos, o antissemitismo racionaliza-se dizendo que os judeus são pessoas que espalham insatisfação e minam a moral do país. Mais uma vez, há uma justificação superficial para o facto. Nos últimos vinte e cinco anos, as atividades dos chamados «intelectuais» têm sido perversas. Não será exagero afirmar que, se os «intelectuais» tivessem feito bem o serviço, a Grã-Bretanha ter-se-ia rendido em 1940. Mas os intelectuais insatisfeitos incluíam inevitavelmente um número considerável de judeus, daí que seja plausível afirmar que os judeus são inimigos da nossa cultura nativa e da moral do nosso país. Se analisada cuidadosamente, a afirmação revela-se disparatada, mas há sempre algumas figuras conhecidas que se podem citar em sua defesa. Nos últimos anos, tem-se assistido a um verdadeiro contra-ataque relativamente ao tipo de esquerdismo superficial que esteve na moda na década passada e que foi protagonizado por organizações como o Left Book Club. Este contra-ataque (veja-se, por exemplo, a obra de Arnold Lutin, *The Good Gorilla*, ou a de Evelyn Waugh, *Put Out More Flags*) tem uma veia antissemita que mais acentuada seria se o tema não fosse tão obviamente perigoso. Mas acontece que, durante algumas décadas, a Grã-Bretanha não teve uma intelectualidade nacionalista merecedora do nome. No entanto, o nacionalismo britânico, isto é, o nacionalismo de tipo intelectual, pode reavivar-se e é provável que isso realmente aconteça se o país sair muito fragilizado desta guerra. Os jovens intelectuais de 1950 podem vir a ser tão ingenuamente patrióticos como os de 1914, e, nesse caso, o antissemitismo que floresceu entre os anti-Dreyfus[34], em França, e que Chesterton e Belloc tentaram importar para o nosso país, pode começar a ganhar terreno.

Não tenho uma teoria definitiva sobre as origens do antissemitismo. As duas explicações mais correntes, que o antissemitismo se deve a causas económicas ou, por outro lado, que é um legado da Idade Média, parecem-me pouco satisfatórias, embora admita que a conjugação das duas explica muita coisa. O que posso dizer com confiança é que o antissemitismo faz parte do problema mais lato do nacionalismo[35], que ainda não foi devidamente estudado, e que os judeus são, evidentemente, bodes expiatórios, mas bodes expiatórios *de quê* é que ainda não se sabe bem. Neste artigo baseei-me quase inteiramente na minha experiência pessoal e se calhar cada uma das minhas conclusões pode ser contradita por outros observadores. A questão é que não há dados sobre a matéria. Mas, valendo o que vale, aqui fica uma resenha das minhas conclusões. Resumem-se a isto:

---

[34] O «caso Dreyfus» foi uma *cause célèbre* em França, no final do século XIX. O oficial do exército Alfred Dreyfus, de ascendência judaica, foi acusado de alta traição por supostamente passar segredos militares aos Alemães. O julgamento, conduzido à porta fechada e baseado em documentos falsos, condenou-o à prisão perpétua na Guiana Francesa. No entanto, dado o evidente preconceito antissemita que presidira à acusação e sentença, surgiu um movimento de apoio a Dreyfus, liderado por Émile Zola, que publicou uma carta aberta intitulada *J'accuse*, acusando o exército de abafar o erro judicial. Dreyfus acabou por ser ilibado, anos mais tarde, e reintegrado no exército. [N. da T.]

[35] Orwell retoma esta questão, de forma mais aprofundada e detalhada, no ensaio «Notas sobre o Nacionalismo», em que discute os vários tipos de nacionalismo e os seus efeitos psicológicos, políticos e sociais. [N. da T.]

Há mais antissemitismo em Inglaterra do que nós admitimos e a guerra exacerbou-o, mas não há certezas de que se tenha agudizado se pensarmos em termos de décadas em vez de anos.

De momento, não leva a perseguições abertas, mas torna as pessoas menos sensíveis ao sofrimento dos judeus noutros países.

No fundo, é uma posição irracional e imune a argumentos.

As perseguições na Alemanha tiveram como consequência o esconder do sentimento antissemita e obscureceram toda a questão.

O assunto merece uma investigação séria.

De entre todas as questões, apenas vale a pena expandir a última. Para se estudar um assunto cientificamente é necessária uma atitude distanciada, obviamente mais difícil quando estão em causa os nosso próprios interesses e emoções. Muitas pessoas acham-se capazes de objetividade relativamente, por exemplo, aos ouriços do mar ou à raiz quadrada de 2, mas sofrem de esquizofrenia quando têm de pensar nas suas fontes de rendimentos. Aquilo que vicia quase tudo o que se escreve sobre o antissemitismo é o pressuposto, por parte do autor, de que *ele próprio* está imune a isso. «Uma vez que tenho consciência de que o antissemitismo é irracional», assim corre o argumento, «a consequência lógica é de que eu não sofro disso». E deste modo não começa a investigação no lugar onde pode recolher provas fiáveis — isto é, na sua própria mente.

Parece-me um pressuposto correto de que a doença que em geral dá pelo nome de nacionalismo é hoje em dia quase universal. O antissemitismo é uma manifestação de nacionalismo, e nem toda a gente sofre desta estirpe particular da doença. Um judeu, por exemplo, não poderia ser antissemita;

mas a verdade é que muitos judeus sionistas me parecem ser antissemitas virados ao contrário, assim como muitos indianos e negros revelam os habituais preconceitos de cor de forma invertida. A questão é que falta algo na nossa civilização, uma espécie de vitamina psicológica, e como resultado disso, somos todos vítimas deste desvario de se pensar que raças ou nações inteiras são misteriosamente boas ou misteriosamente más. Desafio um qualquer intelectual moderno a olhar de perto e honestamente para a sua própria mente sem tropeçar em lealdades nacionalistas e ódios de qualquer género. Que possa, emocionalmente, sentir-se puxado nessa direção e, no entanto, ser capaz de olhar para as coisas desapaixonadamente, como aquilo que verdadeiramente são é o que lhe confere o estatuto de intelectual. Assim, o início de qualquer investigação sobre o antissemitismo não devia ser: «Porque é que é que esta crença irracional apela às outras pessoas?», mas: «Porque é que o antissemitismo *me* apela *a mim*? O que *me* parece ser verdade nele?» Se fizermos esta pergunta, pelo menos iremos descobrir as nossas próprias racionalizações, e pode ser possível chegar ao que está por trás delas. O antissemitismo deveria ser investigado — e eu não diria por antissemitas, mas por quem sabe não ser imune a esse tipo de emoção. Quando Hitler desaparecer, será possível uma investigação séria sobre a matéria e será provavelmente melhor começar não por desmitificar o antissemitismo, mas por elencar todas as justificações que para ele se encontram, na nossa mente e na dos outros. Deste modo, teremos pistas para chegar às suas raízes psicológicas. Mas não acredito que o antissemitismo se *cure* definitivamente sem se curar a doença mais vasta do nacionalismo.

Contemporary Jewish Record, abril de 1945

O Escritor e o Leviatã[36]

A posição do escritor numa época em que o Estado controla tudo é uma questão já amplamente discutida, embora muita da fundamentação relevante ainda não exista. Não pretendo, de momento, pronunciar-me a favor ou contra o patrocínio estatal das artes, mas tão só lembrar que o *tipo* de Estado que nos governa depende em parte do ambiente intelectual prevalecente, ou seja, no presente contexto, da atitude dos próprios escritores e artistas e da sua disponibilidade ou não para manterem vivo o espírito do liberalismo. Se daqui a dez anos estivermos a tremer, de cagaço e horror, perante uma figura como Zhdanov[37], provavelmente bem o teremos merecido. É óbvio que já existem tendências totalitárias dentro da intelectualidade inglesa, mas não me estou a referir a movimentos deliberadamente estruturados e

---

[36] O Leviatã é um dos sete Príncipes das Trevas mencionados na Bíblia, sendo representado como um monstro reptiliano, por ex. no *Livro de Jó*. Na cultura inglesa, contudo, o termo tem ainda outro significado, oriundo da famosa obra de Thomas Hobbes, *Leviathan,* publicada em 1651, onde o filósofo discute as relações entre o indivíduo e um Estado tão monstruoso como o ser mítico. [N. da T.]

[37] Andrei Zhdanov (1896–1948) foi o responsável pela política cultural de Estaline, exercendo uma censura férrea sobre a produção literária e perseguindo os escritores dissidentes. [N. da T.]

organizados, como o Comunismo, mas antes do efeito que tem sobre as pessoas de boa vontade que tenham de pensar em termos políticos e sentir a necessidade de tomar partido por uma fação ou por outra.

A nossa época é uma época eminentemente política. No dia-a-dia, não conseguimos abstrair-nos da guerra, do Fascismo, dos campos de concentração, dos bastões policiais, das bombas atómicas, etc., e, por isso mesmo, não podemos deixar de escrever sobre tudo isto, mesmo que de forma encapotada. É inevitável. Quando se está num barco prestes a ir ao fundo, é natural que se pense em naufrágios. Existe, portanto, um afunilamento temático, e a nossa atitude perante a literatura é condicionada por fidelidades que, embora intermitentemente, sabemos não serem estritamente literárias. Tenho às vezes a impressão de que, mesmo no seu melhor, a crítica literária é no fundo uma fraude, porque na ausência de normas convencionalmente aceites — de um padrão de referência *exterior* que dê sentido à afirmação de que este livro é «bom» ou «mau» —, essa crítica literária se limita a inventar uma série de regras para justificar uma preferência instintiva. A nossa reação imediata a um livro (se é que a ele reagimos) é sempre: «Gostei deste livro» ou «Não gostei deste livro», e tudo o resto é uma racionalização a partir dessa impressão inicial. Mas «Gostei deste livro» não é, penso eu, uma reação não-literária; a reação não-literária é «Este livro está do meu lado, e, portanto, tenho de lhe descobrir os méritos». Claro que se pode elogiar um livro por razões políticas e ser ao mesmo tempo sincero em termos emocionais, se a nossa aprovação for forte e genuína, mas também acontece muitas vezes que a solidariedade partidária exige que se minta descaradamente. Quem escreve recensões para periódicos políticos bem o sabe. Em geral, se se escreve para um jornal com o qual nos identificamos, peca-se por comissão;

se para um jornal de orientação contrária, peca-se por omissão. De todo o modo, muitas obras controversas — a favor ou contra a Rússia Soviética, a favor ou contra o Sionismo, a favor ou contra a Igreja Católica, etc. — são julgadas antes de serem lidas, ou até antes de serem escritas, porque se sabe antecipadamente que receção terão nos órgãos de comunicação. E apesar disto, numa atitude desonesta, que por vezes nem chega a ser consciente, mantém-se a pretensão de que se utilizam critérios literários.

É evidente que a invasão da literatura pela política aconteceria mais cedo ou mais tarde. E de certo haveria de acontecer, mesmo se o problema específico do totalitarismo não tivesse surgido, porque hoje em dia, ao contrário dos nossos avós, temos a consciência pesada, uma noção mais clara das injustiças e dos males do mundo, e um enorme sentimento de culpa por nada fazermos para os minorar, e isso torna impossível uma atitude puramente estética perante a vida. Ninguém atualmente se poderia dedicar à literatura tão obsessivamente, e com exclusão de tudo o resto, como um Joyce ou um Henry James[38]. Mas, infelizmente, aceitar a nossa responsabilidade política nos tempos que correm significa vergarmo-nos perante ortodoxias e «linhas de orientação partidárias», com toda a tibieza e desonestidade que isso implica. Ao contrário dos escritores vitorianos, temos a desvantagem de viver num mundo em que as ideologias políticas estão bem definidas, e onde nos é possível identificar imediatamente o pensamento herético. O literato e intelectual moderno vive num terror constante — não da

[38] Henry James (1843–1916) foi um dos grandes vultos da literatura da viragem do século. Americano de nascença, estabeleceu-se em Inglaterra e adquiriu a nacionalidade britânica. A sua obra versa frequentemente o encontro cultural entre os EUA e a Europa, nomeadamente a Inglaterra (veja-se, por exemplo, *Retrato de uma Senhora* ou *Os Embaixadores*). [N. da T.]

opinião pública em geral, mas da opinião da comunidade dos seus pares. Felizmente que, em geral, há mais do que uma comunidade de pares, mas também há sempre uma ortodoxia dominante, e ofendê-la exige um bom arcaboiço, podendo fazer-nos perder metade do nosso rendimento durante muitos anos. É óbvio que a ortodoxia dominante nos últimos quinze anos tem sido, especialmente entre os mais jovens, a «esquerda», cujas palavras-chave são «progressista», «democrático» e «revolucionário», procurando evitar-se a todo o custo os rótulos de «burguês», «reacionário» e «fascista». Hoje em dia, quase toda a gente, incluindo católicos e conservadores, é «progressista», ou, pelo menos, deseja ser considerado como tal. Tanto quanto sei, ninguém se autodefine como «burguês», assim como ninguém que entenda a expressão admitiria ser antissemita. Somos todos bons democratas, antifascistas, anti-imperialistas, olhamos com desprezo as distinções de classe, somos imunes ao preconceito racial, e por aí fora. Não há dúvida de que esta ortodoxia contemporânea de «esquerda» é bem melhor do que a de há vinte anos, com o seu snobismo, condescendência e conservadorismo, numa época em as revistas literárias mais influentes eram a *Criterion* e (num nível inferior) a *London Mercury*[39]. Pelo menos, o seu objetivo implícito é a construção de uma sociedade viável e por muitos desejada. Mas também ela tem as suas falsidades, e, uma vez que não as admite, há um sem número de questões que não podem ser discutidas com seriedade.

---

[39] A revista literária *Criterion* foi fundada em 1922 por T. S. Eliot e por lá passaram alguns dos nomes e textos mais significativos do modernismo anglo-saxónico. Como o nome indica, a revista mantinha critérios literários de excelência, sendo também conservadora em termos políticos. A *London Mercury*, revista literária mensal, publicou igualmente contos e poesia do modernismo, bem como crítica literária, sendo também de tendência conservadora. [N. da T.]

Toda a ideologia de esquerda, de base científica ou utópica, foi elaborada por pessoas que não tinham perspetivas imediatas de subirem ao poder. Daí que fosse uma ideologia extremista, com um desprezo total por reis, governos, leis, prisões, forças policiais, exércitos, bandeiras, fronteiras, patriotismo, religião, códigos morais tradicionais, enfim, por todo o esquema de organização do mundo. Até há bem pouco tempo, as forças da esquerda de todos os países lutavam contra uma tirania aparentemente invencível, sendo natural que se partisse do princípio de que, se *essa* tirania em particular — o capitalismo — fosse derrotada, o socialismo se lhe seguiria. Além disso, a esquerda herdara do Liberalismo algumas ideias bastante discutíveis, tais como a noção de que a verdade triunfa sempre e os opressores cavam o seu próprio túmulo, ou ainda de que o ser humano é naturalmente bom e a sociedade é que o corrompe. Esta crença na perfetibilidade persiste em quase todos nós, e é em seu nome que protestamos quando (por exemplo) um governo Trabalhista vota a favor de rendimentos exorbitantes para as filhas do Rei ou quando hesita em nacionalizar a indústria do aço. Mas, ao mesmo tempo, como resultado de vários embates violentos contra a realidade, uma série de contradições têm vindo a acumular-se no nosso espírito.

O primeiro desses embates foi a Revolução Russa. Por razões de alguma complexidade, praticamente toda a esquerda inglesa tem aceitado a ideia de que o regime russo é «Socialista», embora reconhecendo tacitamente que, tanto no espírito como na prática, ele se afasta em muito do que entendemos por «socialismo» no nosso país. Assim, criou-se uma espécie de esquizofrenia mental, um modo de pensar em que palavras como «democracia» podem ter dois sentidos irreconciliáveis, e os campos de concentração ou as deportações em massa são simultaneamente considerados como algo bom e mau. O golpe seguinte sofrido pela ideologia de esquerda foi o aparecimento do Fascismo, que abalou as fundações pacifistas e internacionalistas da esquerda sem ter resultado numa reconfiguração doutrinária. A experiência da ocupação alemã ensinou aos povos europeus algo que a população colonial há muito sabia, isto é, que o antagonismo de classe não é o mais importante e que existe uma coisa chamada interesse nacional. Depois de Hitler, é difícil continuar a insistir que «o inimigo existe portas adentro» e que a independência nacional não tem valor, mas, embora todos tenhamos consciência disto e ajamos em conformidade quando é necessário, sentimos ainda que dizê-lo em voz alta é quase uma traição. Por último, a maior dificuldade é a esquerda estar agora no poder e assim se ver obrigada a assumir responsabilidades e a tomar decisões sérias.

Os governos de esquerda desiludem quase invariavelmente os seus apoiantes, porque, mesmo quando a prometida prosperidade está ao nosso alcance, há sempre necessidade de um período difícil de transição que nunca é mencionado. Atualmente, o nosso governo, numa situação económica desesperada, parece efetivamente estar a lutar contra a sua própria propaganda anterior. Ora, a crise que enfrentamos não é nem súbita nem inesperada, como seria um tremor de terra, e não foi causada, mas tão só acelerada, pela guerra. Há décadas que se previa que algo de semelhante se viria a passar. Desde o século XIX que o rendimento nacional, em parte dependente do lucro em investimentos no estrangeiro e em parte fruto da existência das colónias, mercado seguro e fonte de matérias-primas baratas, se tornou extremamente precário. É certo e sabido que, mais cedo ou mais tarde, iriam surgir problemas e nos veríamos obrigados a equilibrar a balança comercial: quando tal acontecesse, o nível de vida britânico, sobretudo o da classe trabalhadora, começaria a deteriorar-se, pelo menos temporariamente. No entanto, os partidos de esquerda, mesmo quando vociferavam contra o imperialismo, nunca o disseram claramente. Houve ocasiões em que estiveram prestes a admitir que os trabalhadores ingleses tinham lucrado em parte com o saque perpetrado na Ásia e em África, mas conseguiam dar sempre a impressão de que podíamos prescindir desse saque e arranjar maneira de manter a prosperidade. Em grande parte, os trabalhadores abraçaram o socialismo porque lhes disseram que estavam a ser explorados, embora a verdade nua e crua seja que, numa perspetiva mundial, eles também eram os exploradores. De momento, parece que chegámos a um ponto em que o nível de vida dos trabalhadores não se pode manter, muito menos melhorar. Mesmo que se espremessem os ricos até à medula, a maioria da população teria ou de consumir menos ou de produzir mais. Será que estou a exagerar a confusão em que nos encontramos? Pode ser, e muito folgaria se estivesse enganado, mas a questão é que os simpatizantes das ideologias de esquerda não estão preparados para discutir este problema. Reduzir os salários e aumentar o horário de trabalho seriam medidas estruturalmente antissocialistas, e portanto nem se pensa nelas, seja qual for a situação económica. Sugerir que podem vir a ser inevitáveis é arriscarmo-nos a apanhar com um daqueles rótulos que tanto nos assustam. É muito mais seguro contornar a questão e fingir que tudo se resolverá com uma mera redistribuição dos rendimentos existentes.

Aceitar uma ortodoxia é herdar sempre contradições por resolver. Veja-se por exemplo o caso daquelas pessoas muito sensíveis que se revoltam contra a industrialização e os seus produtos, mas têm a clara noção de que para vencer a pobreza e conseguir a emancipação da classe trabalhadora será preciso não menos, mas cada vez mais industrialização.

Ou o caso das atividades que são absolutamente necessárias, mas que ninguém desempenha a não ser por coação. Ou ainda o da política externa, que não pode ser afirmativa se não houver um exército forte. E os exemplos são muitos. Em todos eles, a conclusão é clara, mas só lá se chega se em privado formos desleais para com a ideologia oficial. A reação normal é empurrar a questão, sem a resolver, para um canto da mente, e continuar a repetir *slogans* que se autocontradizem. Não é preciso procurar muito em artigos e recensões para encontrar consequências deste modo de pensar.

Não estou a sugerir, evidentemente, que a desonestidade mental é apanágio apenas dos socialistas e esquerdistas em geral, ou que é mais prevalecente entre eles, mas apenas que a aceitação de *qualquer* disciplina partidária me parece incompatível com a integridade literária. Isto aplica-se de igual modo a movimentos como o pacifismo e o personalismo[40], que fazem questão de ficar alheios às lutas políticas normais. Eu diria mesmo que qualquer palavra terminada em –ismo cheira logo a propaganda. A lealdade a grupos é imprescindível, de facto, mas a verdade é que ela envenena a literatura, enquanto esta for produzida pelo indivíduo. Desde que lhes seja permitido exercer uma influência, mesmo que negativa, sobre a escrita criativa, o que daí resulta é não só a falsificação desta como até, muitas vezes, o estiolar da imaginação.

Bem, e então em que ficamos? Teremos de concluir que o dever do escritor é manter-se «afastado» da política? É evidente que não! Em todo o caso, como já disse, nenhum ser pensante consegue manter-se verdadeiramente afastado da política numa época como a nossa. Estou apenas a sugerir

---

[40] Apresentando-se como alternativa a formas mais coletivistas de entendimento do mundo, como por ex. o marxismo, o personalismo, variante do humanismo, é uma doutrina filosófica que enfatiza a importância do ser humano, encarado acima de tudo na sua dimensão espiritual. [N. da T.]

que devíamos estabelecer linhas divisórias mais nítidas entre as nossas lealdades políticas e as literárias, e que devíamos reconhecer que a disponibilidade para fazermos algo que nos desagrada, mas que é necessário, não implica que tenhamos de engolir todo o conjunto de princípios que lhe subjaz. Quando um escritor se empenha politicamente, deve fazê-lo enquanto cidadão ou ser humano, não enquanto *escritor*. Não me parece que tenha o direito, só por causa da sua sensibilidade, de fugir ao trabalho sujo da política. Exatamente como qualquer outra pessoa, o escritor deve estar disponível para proferir conferências em salas cheias de correntes de ar, para escrever palavras de ordem nos passeios, angariar votos, distribuir panfletos, até lutar em guerras civis, se for esse o caso. Mas faça o que fizer ao serviço do partido, o que o escritor não deve fazer é escrever para ele. Deverá deixar claro que a sua escrita é uma coisa à parte, e, sendo capaz de trabalhar colaborativamente, deve, se assim o entender, rejeitar a ideologia oficial. Nunca deve voltar as costas a uma ideia lá porque ela pode levar a uma heresia, e não se deve importar se a sua falta de ortodoxia for detetada, o que inevitavelmente acontecerá. Será até provavelmente um mau sinal se, hoje em dia, não suspeitarem de que o escritor tem tendências reacionárias, assim como seria mau sinal se, há vinte anos, não fosse suspeito de simpatizar com o comunismo.

Mas significa tudo isto que o escritor deve não só recusar a ditadura dos chefões políticos, mas também que não deve escrever *sobre* política? Mais uma vez, é evidente que não! Não há razão para não escrever sobre política, até da forma mais primária, se assim o entender. Mas deverá fazê-lo enquanto indivíduo, alguém que está de fora, quando muito como um guerrilheiro indesejado no flanco do exército regular. É uma atitude perfeitamente compatível com a sua utilidade política, assim como é perfeitamente razoável, por exemplo, que um escritor esteja disposto a lutar numa guerra se lhe parece que ela deve ser ganha, mas ao mesmo tempo recusar-se a escrever propaganda de guerra. Por vezes, se o escritor for honesto, a sua escrita e a atividade política poderão até entrar em contradição uma com a outra. Existem momentos em que tal facto é claramente indesejável: mas então a solução não é falsificar os seus impulsos, mas remeter-se ao silêncio.

Sugerir que um escritor criativo, em tempos de conflito, deve dividir a vida em dois compartimentos separados pode parecer uma posição frívola ou derrotista: contudo, na prática, não vejo o que mais se pode fazer. Fecharmo-nos numa torre de marfim é impossível e indesejável. Cedermos subjetivamente, não só perante uma máquina partidária, mas também perante a ideologia de qualquer grupo, é destruirmo-nos enquanto escritores. É um dilema penoso, porque temos consciência tanto da necessidade de envolvimento político quanto da natureza suja e degradante da política. E a maioria de nós ainda acredita que as opções, até mesmo as opções políticas, são uma escolha entre o bem e o mal, e cremos que se algo é necessário, é porque está correto. Devíamo-nos libertar de tal ideia, porque isso é uma infantilidade. Na política, não se pode fazer mais do que escolher o mal menor, e há situações em que só nos safamos se formos diabólicos ou doidos. A guerra, por exemplo, é necessária, mas não é uma coisa boa nem sã, e as eleições não são propriamente um espetáculo agradável ou edificante. Se tivermos que participar em tais processos — e julgo que sim, a não ser que estejamos isentos por velhice, estupidez ou hipocrisia —, então temos também de manter inviolada uma parte de nós. O problema não se coloca desta forma para a maioria das pessoas, porque a vida delas já se encontra dividida em duas partes distintas. Só se sentem verdadeiramente vivas nas horas de lazer e não há ligação emocional entre o trabalho e a atividade política, nem ninguém lhes exige, em nome da lealdade partidária, que se rebaixem como trabalhadores. Mas é precisamente isso que se pede ao artista — a única coisa, de facto, que os políticos exigem dele. Se ele recusar, não deve ser condenado à inatividade. Com apenas uma das metades, que, no fundo, é o seu todo, o escritor pode funcionar tão resolutamente, mesmo tão violentamente como qualquer outra pessoa. Mas a sua escrita, se é que ela tem algum valor, será sempre o produto da sua sanidade de espírito, aquilo que se mantém de fora, que regista o que é feito e admite a sua necessidade, mas que não se deixa iludir quanto à verdadeira natureza das coisas.

Politics and Letters, 1948

Notas sobre o Nacionalismo

Algures na sua obra, Byron menciona a palavra francesa *longeur*, comentando de passagem que, em Inglaterra, embora não tendo a *palavra*, temos a *coisa* em si em grande profusão. Da mesma forma, há hoje em dia um modo de pensar tão generalizado que afeta o nosso entendimento sobre quase tudo, mas a que ainda não se deu nome. Chamei-lhe «nacionalismo», o equivalente mais aproximado, mas como se verá não estou a usar a palavra na sua aceção normal, quando mais não seja porque o sentimento em causa não se associa necessariamente ao que designamos por nação — isto é, a uma raça única ou a uma área geográfica específica —, mas pode estar ligado a uma crença religiosa ou a uma classe, ou ainda definir-se pela negativa, *contra* isto ou aquilo, prescindindo de um objeto positivo que suscite a lealdade.

Por «nacionalismo» entendo antes de mais aquele hábito que pressupõe que os seres humanos são classificáveis como insetos, e portanto que blocos inteiros de milhões ou centenas de milhões de pessoas se podem etiquetar sem mais de «boas» ou «más»[41]. Em segundo lugar — e ainda mais

---

[41] As nações, e entidades ainda mais vagas como a Igreja Católica ou o proletariado, são muitas vezes referidas pelo artigo ou pronome pessoal, como

relevante —, refiro-me ao hábito de nos identificarmos com uma nação ou entidade única e de a considerarmos acima do Bem ou do Mal, não reconhecendo outro dever senão a promoção dos seus interesses. O nacionalismo não se deve confundir com o patriotismo. Embora as palavras sejam usadas de forma tão vaga que qualquer definição será controversa, é necessário estabelecer uma distinção entre elas, uma vez que estão em causa ideias diferentes e até opostas. «Patriotismo» significa a devoção a um lugar e modo de vida específicos, que se consideram os melhores do mundo, mas que não queremos impor aos outros. Assim, o patriotismo é por natureza defensivo, quer em termos militares, quer culturais. Ao invés, o nacionalismo é inseparável da sede de poder, e os nacionalistas têm como propósito único a obtenção de mais poder e prestígio, *não* para si mesmos, mas para a nação ou qualquer outra entidade na qual subsumiram a sua individualidade.

Tudo isto é por demais óbvio quando se aplica aos movimentos nacionalistas mais notórios e facilmente identificáveis, como o alemão, o japonês e outros, e sobre um fenómeno como o nazismo, que observamos de fora, todos nós teríamos uma opinião semelhante. Mas repito o que afirmei acima: só uso a palavra «nacionalismo» à falta de melhor. No sentido abrangente com que utilizo o termo, ele inclui movimentos e tendências como o comunismo, o catolicismo político, o sionismo, o antissemitismo, o trotskismo e o pacifismo. Como tal, ele não significa lealdade a um governo ou país, muito

---

se fossem indivíduos. Em qualquer jornal se encontram afirmações obviamente absurdas como «A Alemanha é por natureza traiçoeira», e toda a gente usa generalizações abusivas («O Espanhol é um aristocrata natural» e «O Inglês é um hipócrita») sobre o carácter dos povos. De vez em quando, dá-se conta que são infundadas, mas persiste-se nelas, e até mesmo quem professa uma perspetiva internacionalista (como Tolstói ou Bernard Shaw) cai muitas vezes nesse erro. [N. do A.]

menos ao *nosso* país, e não é sequer estritamente necessário que a entidade em causa tenha uma existência concreta. Mencionando apenas alguns exemplos óbvios, o judaísmo, o islão, a cristandade, o proletariado e a raça branca são todos eles objeto de sentimentos nacionalistas, mas a sua existência é questionável e não há uma definição universalmente aceite de nenhum deles.

Vale a pena vincar mais uma vez que o nacionalismo pode funcionar pela negativa. Por exemplo, há trotskistas que se tornaram simplesmente inimigos da URSS sem criarem lealdades a qualquer outra entidade. Quando se percebem as implicações do facto, compreende-se melhor o meu conceito de nacionalismo. O nacionalista é aquele que pensa exclusiva ou prioritariamente em termos de prestígio competitivo. Pode ser um nacionalista pela positiva ou pela negativa — isto é, pode usar os seus dotes mentais para enaltecer ou denegrir —, mas em qualquer dos casos só pensa em vitórias ou derrotas, triunfos ou humilhações. A sua visão da história, sobretudo a contemporânea, é a da ascensão e queda de grandes potências, e tudo o que acontece serve como prova de que o seu lado está em ascensão, e o do rival odiado em declínio. Por último, é importante não confundir o nacionalismo com o mero culto do sucesso. O nacionalista não segue o princípio de que mais vale estar do lado dos poderosos; pelo contrário, tendo escolhido um dos lados, autoconvence-se de que ele *é* o mais forte, mantendo-se firme nesta convicção mesmo quando os factos a desmentem. O nacionalismo é a sede de poder temperada pela autoilusão. O nacionalista é capaz da desonestidade mais flagrante, mas também — dada a consciência de estar ao serviço de algo maior do que ele — de uma confiança inabalável nas suas certezas.

Depois desta longa definição, é bom de ver que este modo de pensar prevalece na intelectualidade inglesa, e é muito mais frequente nela do que no resto da população. Para quem se preocupa com a política contemporânea, há assuntos de tal forma infetados pela questão do prestígio que se torna impossível abordá-los de uma forma genuinamente racional. Um exemplo, entre muitos outros: qual dos três grandes Aliados — a URSS, a Grã-Bretanha ou os EUA — mais contribuiu para a derrota da Alemanha? Devia ser possível, pelo menos teoricamente, dar uma resposta racional e talvez até conclusiva a esta pergunta; mas, na prática, é de facto impossível fazer os cálculos necessários, porque quem se interessasse em responder iria inevitavelmente colocar a questão em termos de prestígio competitivo, *começando* por decidir a favor da Rússia, Grã-Bretanha ou América, e só *depois* procurando argumentos que fundamentassem a sua posição. Como esta, há milhares de outras perguntas semelhantes para as quais só se obtém uma resposta honesta por parte daqueles a quem o assunto deixa indiferentes, e cuja opinião, portanto, não tem provavelmente grande valor. Daí resulta em parte o notável falhanço das previsões políticas e militares da nossa era. É curioso verificar que nenhum dos «peritos», independentemente da sua orientação, foi capaz de prever um acontecimento tão provável como o Pacto Russo-Germânico de 1939[42]. Quando o Pacto foi noticiado, surgiram as explicações mais divergentes, e as previsões caíram por terra quase de imediato, porque se baseavam não num estudo das probabilidades, mas apenas no interesse em dar uma imagem boa ou má, de força ou de fraqueza, da URSS. Os comentadores políticos ou militares, como os astrólogos, sobrevivem a quase todos os erros, uma vez que os seus seguidores mais

---

[42] Alguns escritores de tendência conservadora, como Peter Drucker, previram um acordo entre a Alemanha e a Rússia, mas contavam com uma aliança efetiva ou uma amálgama permanente. Os escritores marxistas e da esquerda em geral foram totalmente incapazes de prever o Pacto. [N. do A.]

dedicados não esperam deles uma apreciação dos factos, mas tão-só o acicatar dos sentimentos nacionalistas[43]. Os juízos de valor estéticos, especialmente os literários, sofrem da mesma corrupção que os políticos. Seria tão difícil para um nacionalista indiano ler Kipling com prazer como ou para um conservador encontrar algum mérito em Mayakovsky[44], e há sempre a tentação de considerar como má do ponto de vista *literário* uma obra de cuja orientação se discorda. Os nacionalistas ferrenhos são useiros e vezeiros nestes truques de prestidigitação sem se darem conta da sua desonestidade.

Em Inglaterra, se tivermos em conta apenas os números, a forma dominante de nacionalismo é o tradicional jingoísmo[45], ainda prevalecente e muito mais espalhado do que seria de prever há uma dúzia de anos. No entanto, neste momento ocupo-me sobretudo das reações da intelectualidade,

---

[43] Os comentadores militares da imprensa popular podem ser classificados, na sua maioria, como anti- ou pró-Rússia ou como anti- ou pró-reacionários. A sua reputação não sofreu com erros como o de que a Linha Maginot era inexpugnável ou o de que a Rússia conquistaria a Alemanha em três meses, porque só estavam a dizer o que o seu público queria ouvir. Os comentadores militares mais apreciados pelos intelectuais são o Capitão Lidell Hart e o Major-general Fuller; o primeiro afirma que a defesa é melhor que o ataque, o segundo que o ataque é melhor que a defesa. Esta contradição não impediu que ambos fossem considerados como autoridades exatamente pelo mesmo público. A principal razão pela qual estão na moda nos círculos de intelectuais é que os dois estão de candeias às avessas com o Ministério da Guerra. [N. do A.]

[44] Vladimir Mayakovsky (1893–1930) foi um poeta, dramaturgo e ator russo, e um dos grandes futuristas. Apoiante da revolução russa e admirador de Lenine, teve, apesar disso, uma relação complicada com o Estado, insurgindo-se contra a censura e a ingerência estatais na arte. [N. da T.]

[45] *Jingoism*: nacionalismo extremo e agressivo; o termo teve origem numa canção de *music-hall* na década de 1870, que advogava uma posição de firmeza relativamente à Rússia no seu conflito com a Turquia; a expressão aí usada, «*by jingo*», é corrupção de «*by Jesus*», na altura considerada blasfema, e portanto «*by jingo*» era utilizado em sua substituição. [N. da T.]

para quem o jingoísmo e o patriotismo à moda antiga estão praticamente defuntos, embora pareçam ter sido ressuscitados por uma minoria. Entre os intelectuais, desnecessário será dizer que a forma predominante de nacionalismo é hoje em dia o comunismo — usando a palavra em sentido lato, de modo a incluir não só membros do partido mas também simpatizantes e russófilos em geral. Para os efeitos presentes, comunista é quem considera a URSS como a pátria e entende ser seu dever justificar a política russa e favorecer os seus interesses custe o que custar. Tais pessoas abundam na Inglaterra dos nossos dias e, de forma direta ou indireta, são extremamente influentes. Mas há outras versões do nacionalismo que também prosperam, e para perspetivarmos corretamente o problema convém assinalar os pontos de convergência entre correntes de opinião aparentemente opostas.

Há dez ou vinte anos, o modelo de nacionalismo que correspondia mais de perto ao comunismo era o catolicismo político, cujo expoente máximo — embora talvez um caso extremo, mais do que típico — foi G. K. Chesterton, escritor de considerável talento, que vergou a sua sensibilidade e honestidade intelectuais em prol de uma causa, a propaganda ao catolicismo. Nos últimos vinte anos de carreira, Chesterton repetiu incessantemente a mesma ideia, inteligente e laboriosamente encapotada, mas afinal tão simples e chata como «Grande é a Diana dos Efésios»[46]. Cada livro, cada fragmento de diálogo tinha de demonstrar sem sombra de dúvidas a superioridade do católico sobre o protestante ou o pagão. Mas Chesterton não se contentou com uma superioridade

[46] O Templo de Diana em Éfeso era uma das sete maravilhas do mundo. A *Bíblia*, Atos 19:34, conta-nos que S. Paulo, pregando o cristianismo, alvoroçou os efésios, sobretudo aqueles que viviam à custa do Templo. O episódio serve como um exemplo de ganância e superstição por parte dos que não aceitam o cristianismo. [N. da T.]

meramente intelectual ou moral: teve de a transpor também para questões de prestígio nacional ou militar, o que pressupunha uma visão idealizada, muito fruto da ignorância, dos países latinos em geral e da França muito em particular. Chesterton viveu pouco tempo em França, e a sua imagem do país — uma terra de camponeses católicos sempre a cantar a *Marseillaise* e a beber vinho tinto — tinha tanta relação com a realidade como *Chu Chin Chow* [47] tem com o quotidiano de Bagdade. E daí adveio não só uma estimativa muito exagerada do poderio militar francês (tanto antes como depois da Guerra de 14–18, Chesterton insistia que a França, por si só, era mais poderosa do que a Alemanha) mas também uma glorificação torpe da realidade concreta da guerra. Os seus poemas de guerra, como «Lepanto» e «The Ballad of Saint Barbara», fazem com que «The Charge of the Light Brigade»[48] pareça um opúsculo pacifista: provavelmente, os exemplos mais espalhafatosos e bombásticos de propaganda de guerra na língua inglesa. O mais curioso é que se os mesmos disparates românticos sobre a França e o exército francês tivessem sido aplicados à Grã-Bretanha e ao seu exército, Chesterton teria sido o primeiro a troçar deles. Em termos de política interna, era um «Little Englander»[49], detestando

---

[47] *Chu Chin Chow:* musical bascado na história de Ali Baba e os 40 ladrões, muito popular na década de 1920 e posteriormente adaptado ao cinema. [N. da T.]

[48] «The Charge of the Light Brigade» é um dos mais famosos poemas de guerra da literatura inglesa, da autoria de Alfred Lord Tennyson (1809–1882), que conta a derrota heroica da cavalaria inglesa, numa batalha da Guerra da Crimeia, perante forças russas mais numerosas e bem equipadas. O poema ficou no imaginário inglês como símbolo da glorificação da guerra e do soldado como herói. [N. da T.]

[49] «Little Englander»: expressão originária dos finais do século XIX para designar os que se opunham a um alargamento do império; denota também uma atitude de insularidade, xenofobia e aversão à influência estrangeira.

o jingoísmo e o imperialismo e considerando-se um defensor acérrimo da democracia. No entanto, quando se voltava para a política internacional, esquecia de imediato os princípios sem se dar conta disso. Daí que a sua fé quase mística nas virtudes da democracia não o tivesse impedido de admirar Mussolini. Mussolini destruíra um governo legitimamente eleito e a liberdade de imprensa pela qual Chesterton sempre pugnara, mas era italiano e reforçara o poder da Itália — estava tudo dito. Nem uma palavra sobre o imperialismo e a conquista dos povos de cor por parte de Italianos e Franceses. Sempre que estivessem em causa lealdades de ordem nacionalista, a sua noção de realidade, o critério literário e até certo ponto o sentido de moral sofriam uma distorção.

Tornam-se evidentes as semelhanças entre o catolicismo político, bem exemplificado por Chesterton, e o comunismo, assim como entre estes e o nacionalismo escocês, o sionismo, o antissemitismo e o trotskismo. Seria uma simplificação abusiva dizer que todas as formas de nacionalismo são iguais, mesmo no seu espírito, mas há certas regras que se aplicam a todas. Eis as características principais do pensamento nacionalista:

OBSESSÃO. Na medida do possível, nenhum nacionalista pensa, fala ou escreve sobre outro assunto que não seja a superioridade da sua unidade de poder, sendo-lhe difícil, se não impossível, disfarçar as fidelidades. A mais pequena injúria contra o seu lado, ou elogio, por velado que seja, do rival, enchem-no de uma ansiedade só aliviada por uma reposta agressiva. Se a entidade de eleição for um país concreto, como a Irlanda ou a Índia, normalmente reclamará superioridade não só em termos do poderio militar e das virtudes políticas mas também da arte, literatura, desporto,

---

No nosso tempo, os defensores do Brexit têm sido apelidados de «Little Englanders». [N. da T.]

estrutura da língua, beleza física dos habitantes e se calhar até do clima, paisagem e culinária. O nacionalista tem uma grande sensibilidade a questões como a disposição correta das bandeiras, o tamanho relativo das manchetes de jornal e a ordem por que os vários países são nomeados[50]. A nomenclatura tem um papel fundamental no pensamento nacionalista, de tal modo que os países que se tornam independentes ou que passam por uma revolução nacionalista normalmente mudam de nome, e nações ou outras entidades que são aglutinadoras de sentimentos fortes terão provavelmente vários nomes, cada um com as suas implicações próprias. As duas fações da Guerra Civil Espanhola tinham entre elas umas nove ou dez designações, assinalando graus diversos de amor ou ódio, e alguns destes nomes (por ex., «Patriotas» para os apoiantes de Franco e «Leais» para os apoiantes do governo) eram francamente problemáticos, não havendo nenhum que fosse aceite por ambas as partes. Os nacionalistas entendem ser seu dever espalhar a língua-mãe em detrimento de línguas rivais, e entre os falantes do inglês esta questão surge de modo subtil como uma luta entre dialetos. Os americanos anglofóbicos recusam-se a usar calão se for de origem inglesa, e o conflito entre os que privilegiam as raízes latinas ou germânicas da língua tem quase sempre por trás uma motivação nacionalista. Os nacionalistas escoceses insistem na superioridade dos escoceses das Terras Baixas, e os socialistas cujo nacionalismo toma a forma de ódio de classe especializam-se em tiradas contra a pronúncia da BBC e o «a» aberto. Os exemplos multiplicam-se. Às vezes, o pensamento nacionalista parece acreditar na magia simpática, o que se nota no hábito generalizado de se

[50] Já houve americanos que contestaram a ordem dos termos na expressão «Anglo-americano», sugerindo, em sua substituição «Américo-britânico». [N. do A.]

queimarem as efígies dos inimigos políticos ou se usarem as imagens deles como alvo nos clubes de tiro.

INSTABILIDADE. Embora sentidas intensamente, isto não impede as lealdades nacionalistas de serem transferíveis. Antes de mais, como já referi, podem estar (e muitas vezes estão) acopladas a um país estrangeiro. Verifica-se com frequência que os grandes líderes nacionais ou os fundadores de movimentos nacionalistas nem sequer pertencem ao país que glorificam. Às vezes são mesmo estrangeiros, outras vêm de áreas periféricas onde a nacionalidade é duvidosa, como Estaline, Hitler, Napoleão, De Valera, Disraeli, Poincaré e Beaverbrook. O movimento pangermânico foi em parte criação de um inglês, Houston Chamberlain[51]. Nos últimos cinquenta ou cem anos, o nacionalismo transferido para outros países tem também sido um fenómeno comum entre a intelectualidade literária: em Lafcadio Heame[52] para o Japão, em Carlyle[53] e seus contemporâneos para a Alemanha, e na nossa época, para a Rússia. Mas o que é curioso é que uma retransferência também é possível: um país ou outra entidade venerada durante anos passa de repente a ser detestável e um outro ou uma outra torna-se abruptamente no objeto dos afetos. Na primeira versão de *Outline of History*, de

---

[51] Houston Chamberlain (1855–1927) foi um filósofo britânico de simpatias pró-germânicas, cuja obra *The Foundations of the Nineteenth Century* teve um papel fulcral na criação e expansão do movimento pangermânico, que defendia a superioridade da raça ariana e promovia a teoria de uma conspiração judaica para governar o mundo. As suas ideias influenciaram claramente o ideário nazi. [N. da T.]

[52] Lafcadio Hearne (1850–1904) foi um escritor de ascendência greco-irlandesa e grande especialista da cultura japonesa. [N. da T.]

[53] Thomas Carlyle (1795–1861): historiador, ensaísta e filósofo inglês, autor da influente obra *On Heros, Hero-Worship and the Heroic in History*, que consubstancia a noção da história como a História dos Grandes Homens. [N. da T.]

H. G. Wells, e noutras das suas obras contemporâneas, encontramos uma exaltação tão extravagante dos Estados Unidos como a que hoje em dia é feita relativamente à Rússia: e, no entanto, poucos anos depois, esta admiração acrítica passara a hostilidade. O comunista ferrenho, que se transforma, numa questão de semanas ou mesmo de dias, num trotskista ferrenho, é um espetáculo muito comum. No continente europeu, os movimentos fascistas recrutavam adeptos sobretudo entre os comunistas, e é bem possível que o inverso se venha a verificar nos próximos anos. O que permanece inalterável no nacionalista é o seu estado de espírito: o objeto dos seus sentimentos muda, e pode até ser imaginário.

Mas, para o intelectual, a transferência tem uma função importante, que já referi brevemente a propósito de Chesterton: dá-lhe a possibilidade de ser *muito* mais nacionalista — mais ordinário, mais tonto, mais mal-intencionado, mais desonesto — do que seria face ao seu próprio país ou a qualquer entidade que conhecesse de perto. Ao lermos os disparates sabujos e as gabarolices que pessoas relativamente inteligentes e sensíveis escrevem sobre Estaline, o Exército Vermelho, etc., percebemos que tal só é possível devido a um reposicionamento. Em sociedades como a nossa, é pouco usual que um suposto intelectual sinta uma ligação forte ao próprio país. A opinião pública — isto é, a faixa do público de que ele, como intelectual, tem consciência — não lhe permite isso. A maioria dos que os rodeiam ou são céticos ou desmotivados, e ele adota a mesma atitude por espírito de imitação ou pura covardia: nesse caso, terá abandonado a forma de nacionalismo mais próxima sem adquirir uma perspetiva genuinamente internacionalista. Sentindo ainda a necessidade de uma Pátria, é natural que a procure algures longe de casa. Tendo-a encontrado, pode então chafurdar nas emoções de que pensava ter-se emancipado. Deus, o Rei e o Império, a bandeira nacional — todos os ídolos rejeitados reaparecem sob nomes diferentes, e, uma vez que não são reconhecidos pelo que são, podem ser adorados sem escrúpulos de consciência. O nacionalismo transferido, como o uso de bodes expiatórios, é uma forma de atingir a salvação sem se mudar o comportamento.

INDIFERENÇA AO REAL. Os nacionalistas têm a habilidade de não detetarem as parecenças entre factos muitos semelhantes. Um conservador britânico defende a autodeterminação na Europa, mas opõe-se à independência da Índia sem se dar conta da contradição. Os atos são considerados corretos ou incorretos não por mérito próprio, mas conforme quem os pratica, e não há atrocidade — torturas, sequestros, trabalhos forçados, deportações em massa, prisões sem julgamento, falsificações, assassinatos, bombardeamentos de civis — que não mude moralmente de cor quando é cometida pelo «nosso» lado. O *News Chronicle*, jornal de orientação liberal, publicou fotografias de russos enforcados pelos alemães como exemplo de atos chocantes de barbárie, mas um ano ou dois depois publicou aprobatoriamente fotografias quase iguais de alemães enforcados pelos russos[54]. O mesmo se passa com os acontecimentos históricos. A história é pensada em função de questões nacionalistas, e fenómenos como a Inquisição, as torturas do Star Chamber [55], as façanhas dos

---

[54] O *News Chronicle* aconselhou aos leitores filmes noticiosos em que se podia assistir a execuções, dadas em grande plano. O *Star* publicou, tanto quanto se percebe aprobatoriamente, fotografias de mulheres colaboracionistas seminuas, perseguidas pela populaça nas ruas de Paris. As fotografias eram muito semelhantes às dos nazis aquando da perseguição dos judeus pela populaça em Berlim. [N. do A.]

[55] Star Chamber: tribunal inglês de origem medieval que esteve em funções até 1641. O tribunal era secreto, não admitindo testemunhas, e tinha o direito de torturar, julgar e condenar prisioneiros sem culpa formada nem direito de apelo. Sendo diretamente dependente da coroa, foi frequentemente

piratas ingleses (Sir Francis Drake, por exemplo, tinha por hábito afogar vivos os prisioneiros espanhóis), o Terror da Revolução Francesa, os heróis do Motim[56] mandando pelos ares centenas de indianos, ou os soldados de Cromwell[57] retalhando à navalha as caras das mulheres irlandesas, tudo isto é moralmente neutro ou até mesmo louvável se empreendido em nome de uma «boa» causa. Uma breve retrospetiva dos últimos vinte e cinco anos revela que quase não houve anos sem notícias de atrocidades nalgum lugar do mundo; e, no entanto, em caso algum estas atrocidades — em Espanha, na Rússia, na China, na Hungria, no México, em Amritsar ou em Smirna — foram aceites como verdade e denunciadas pela intelectualidade em geral. Se tais atos eram repreensíveis, ou até mesmo se tinham efetivamente acontecido, foi uma decisão tomada de acordo com as predileções políticas.

O nacionalista não só não censura as atrocidades cometidas pelo seu lado, como tem o dom de lhes fazer ouvidos moucos. Durante perto de seis anos, os apoiantes ingleses de Hitler tiveram o condão de ignorar a existência de Dachau e Buchenwald, e os que mais vociferam contra os campos de concentração alemães não têm consciência (ou pouca têm) de que também há campos de concentração na Rússia. Acontecimentos marcantes, como a fome na Ucrânia em 1933, na qual morreram milhões de pessoas, passaram despercebidos à maioria dos russófilos ingleses, e muitos Ingleses, durante a

---

usado para fins de perseguição política e passou a simbolizar o abuso do poder real. [N. da T.]

[56] The Mutiny: sublevação indiana em 1857, reprimida violentamente pelo exército Britânico. [N. da T.]

[57] Oliver Cromwell (1599–1658) foi o general que liderou os chamados «Cabeças Redondas» contra o exército de Charles I. Depois da deposição e execução do monarca e a instituição da república, Cromwell governou a Inglaterra com o título de Lord Protetor, usando de força extrema na repressão de uma revolta irlandesa. [N. da T.]

presente guerra, quase não ouviram falar do extermínio dos judeus alemães e polacos. O seu próprio antissemitismo fez com que este crime hediondo não lhes entrasse nas cabeças duras. No pensamento nacionalista há factos que são simultaneamente verdadeiros e falsos, reconhecidos e ignorados. Um facto bem conhecido pode ser tão intolerável que é habitualmente relegado para as margens da lógica, ou, por outro lado, pode estar presente em todos os cálculos e nunca ser admitido como facto, nem dentro da própria mente.

A noção de que se pode alterar o passado persegue o nacionalista, que passa grande parte do seu tempo num mundo de fantasia em que as coisas acontecem como ele quer — em que, por exemplo, a Armada Espanhola[58] foi um sucesso ou a Revolução Russa abafada em 1918 — e portanto transfere fragmentos deste mundo para os livros de história sempre que pode. Muita da propaganda do nosso tempo é pura e simplesmente fraudulenta: factos objetivos são suprimidos, datas alteradas, citações retiradas do contexto e manipuladas de forma a mudar-se-lhes o sentido, acontecimentos que não se deveriam ter sucedido são silenciados e em última análise negados[59]. Em 1927, Chiang Kai Shek[60] torturou centenas de comunistas metendo-os em água a ferver, e não tinham passado dez anos já era um herói da esquerda. O realinhamento

---

[58] A Armada Espanhola tentou invadir a Inglaterra em 1588, durante o reinado de Isabel I, tendo sido dispersada pela marinha britânica, numa das vitórias mais celebradas na cultura do país. [N. da T.]

[59] Um exemplo é o Pacto Russo-Germânico, que está a ser rasurado com a celeridade possível da memória coletiva. Diz-me um correspondente russo que as menções ao Pacto já estão a ser omitidas dos registos anuais onde se tabulam os acontecimentos políticos recentes. [N. do A.]

[60] Chiang Kai Shek (1887–1975) foi um líder revolucionário que presidiu à República Popular da China entre 1928 e 1950. Derrotado na guerra civil por Mao Zedong, Chiang Kai Shek foi presidente da república dissidente de Taiwan até 1975. [N. da T.]

da política internacional conduzira-o ao campo antifascista, e por isso a tortura dos comunistas «não contava», ou talvez nem tivesse acontecido. O objetivo principal da propaganda é, evidentemente, influenciar a opinião contemporânea, mas quem reescreve a história parece acreditar que é possível atirar efetivamente factos para o passado. Quando se pensa nas sofisticadas falsificações cometidas para provar que Trotsky não teve qualquer papel de relevo na guerra civil russa, é difícil acreditar que os responsáveis se limitaram a mentir. Mais provavelmente pensavam que a sua versão dos acontecimentos estava certa aos olhos de Deus, assim se justificando uma alteração do registo histórico nesse sentido.

A indiferença à verdade objetiva é ainda incentivada pelo isolamento de algumas partes do mundo, o que nos impede de saber o que verdadeiramente lá se passa e nos deixa na dúvida mesmo acerca de acontecimentos de monta. Por exemplo, é impossível calcular sem uma margem de erro de milhões, ou mesmo de dezenas de milhões, o número de vítimas da presente guerra. As calamidades mais noticiadas — batalhas, massacres, fomes, revoluções — tendem a criar uma sensação de irrealidade no cidadão comum. Não há maneira de confirmar os factos, nem sequer temos a certeza de se terem dado, e confrontamo-nos sempre com interpretações totalmente diferentes vindas de fontes muito diversas. Quem estava ou não do lado da razão no levantamento em Varsóvia em agosto de 1944? É verdade que havia câmaras de gás alemãs na Polónia? Quem foi o responsável pela fome em Bengala? Pode ser que se consiga chegar à verdade dos factos, mas estes são apresentados com tal desonestidade em todos os jornais que o leitor comum tem uma boa desculpa para engolir as mentiras ou não conseguir formar uma opinião. A incerteza generalizada sobre o que verdadeiramente se passa também promove o aparecimento das teorias mais delirantes. Uma vez que nada se pode provar ou deixar de provar, o facto mais indisputável pode ser negado com a maior desfaçatez. Além disso, embora sempre obcecado pelo poder, pelas vitórias, derrotas e vinganças, o nacionalista tem muitas vezes muito pouco interesse no que se passa no mundo real. O que ele quer é *sentir* que a sua unidade está a levar a melhor a outra qualquer, e isto consegue-se mais facilmente marcando pontos contra um adversário do que procurando factos que sustentem a sua opinião. As controvérsias de cariz nacionalista são sempre como as sessões públicas de debate: completamente inconclusivas, uma vez que cada um dos adversários se convence invariavelmente da vitória. Alguns nacionalistas não estão muito longe da esquizofrenia, vivendo alegremente num mundo de sonhos de poder e conquista completamente desfasado da realidade concreta à sua volta.

Analisei o melhor que pude os hábitos mentais comuns a todas as formas de nacionalismo. O passo seguinte seria proceder à sua classificação, mas, por razões óbvias, esta não pode ser exaustiva, uma vez que o nacionalismo é uma questão de contornos muito vastos. O mundo está a sofrer as consequências de inúmeras ilusões enganosas que interagem de modo complexo, e algumas das mais sinistras ainda não penetraram na consciência europeia. Neste artigo, interessa-me sobretudo discutir as manifestações do nacionalismo tal como ocorrem na intelectualidade inglesa. Muito mais do que nas pessoas comuns, o nacionalismo dos intelectuais é distinto do patriotismo, podendo assim ser estudado na sua forma mais pura. Abaixo indico as variedades do nacionalismo que proliferam entre os intelectuais ingleses, com os comentários respetivos. Por questões práticas, indico três categorias, Positivo, Transferido e Negativo, embora algumas das variantes pertençam a mais do que uma delas:

NACIONALISMO POSITIVO

(I) *Neoconservadorismo.* Exemplificado por figuras como Lord Elton, A. P. Herbert, G. M. Young e o Professor Pickthorn[61], pela literatura do Tory Reform Committee e por revistas como a *The New English Review* e a *The Nineteenth Century and After*, a força impulsionadora do neoconservadorismo, aquilo que lhe dá a tónica nacionalista e o afasta do conservadorismo comum é a recusa em admitir o declínio do poder e influência britânicos. Mesmo os que são suficientemente realistas para perceberem que a superioridade militar britânica já não é o que era continuam a acreditar que as «ideias inglesas» (geralmente nestes termos vagos) ainda dominam e devem continuar a dominar o mundo. Os neoconservadores são sempre antirrussos, mas muitas vezes são ainda mais antiamericanos. O que importa é que esta escola parece estar a ganhar terreno entre os intelectuais mais jovens, muitas vezes ex-comunistas, que passaram por um processo de desilusão e se desiludiram até com esse processo. O anglofóbico que de repente passa a ser violentamente pró-britânico é uma figura muito comum, e a tendência é bem ilustrada por escritores como F. A. Voigt, Malcolm Muggeridge, Evelyn Waugh e Hugh Kingsmill[62],

[61] Lord Elton (1892–1973) foi historiador e professor na Universidade de Oxford; A. P. Herbert (1890–1971) jornalista e político, representou no Parlamento o círculo eleitoral de Oxford; G. M. Young (1882–1959), historiador e também docente em Oxford, era um dos grandes especialistas da era vitoriana; e Kenneth Pickthorn (1892–1975) foi historiador e professor na Universidade de Cambridge. Orwell parece, portanto, atacar figuras com ligações diretas às duas universidades de elite. [N. da T.]

[62] F. A. Voigt (1892–1957) foi jornalista, nomeadamente no *Manchester Guardian*, e opositor declarado da ditadura e do totalitarismo. Malcolm Muggeridge (1903–1950) era também jornalista e simpatizante do comunismo até ter visitado a URSS, passando a partir daí a ser um crítico ferrenho do sistema.

enquanto um processo psicológico semelhante se observa em T. S. Eliot, Wyndham Lewis[63] e alguns dos seus seguidores.

(II) *Nacionalismo celta.* Os nacionalismos galês, irlandês e escocês têm alguns pontos de divergência entre si, mas convergem na sua orientação anti-inglesa. Alguns membros dos três movimentos opuseram-se à guerra mesmo continuando a autodescrever-se como pró-Rússia, e a franja mais extremista e excêntrica consegue ser simultaneamente pró-Rússia e pró-nazi. Mas o nacionalismo celta não deve ser confundido com a anglofobia. A sua motivação principal baseia-se na convicção de que os povos celtas têm um passado e um futuro gloriosos, tendo também uma forte conotação racial. O celta é supostamente superior, em termos espirituais, ao anglo-saxão — mais simples, mais criativo, menos ordinário, menos snobe, etc. —, mas a habitual sede de poder está lá, mesmo abaixo da superfície. Um sintoma disso é a ilusão de que a Irlanda, a Escócia ou o País de Gales conseguiriam preservar a sua independência sem o auxílio e a proteção da Grã-Bretanha. Entre os escritores, Hugh McDiarmid e Sean O'Casey[64] constituem bons exemplos, mas nenhum escritor irlandês, mesmo com a estatura de um Yeats ou de um Joyce, está completamente livre de vestígios nacionalistas.

Evelyn Waugh (1903–1966) escreveu, em início de carreira, romances satíricos sobre a Inglaterra, assumindo posteriormente uma atitude mais conservadora e celebratória, presente, por exemplo, em *Brideshead Revisited*. Hugh Kingsmill (1889–1959) era jornalista e escritor de romances policiais e de ficção científica. [N. da T.]

[63] Wyndham Lewis (1882–1957) foi o fundador do vorticismo inglês, figura polémica pelo seu antissemitismo e homofobia, sendo também muito crítico do comunismo. [N. da T.]

[64] Hugh McDiarmid (1892–1978) foi um poeta escocês e figura muito influente na chamada Scottish Renaissance, um movimento cultural que pugnava pelo regresso às origens celtas. Sean O'Casey (1880–1964), dramaturgo irlandês, envolveu-se na causa do nacionalismo irlandês e foi membro da Gaelic League, privilegiando temas nacionais nas suas peças. [N. da T.]

(III) *Sionismo.* O sionismo tem as características habituais de um movimento nacionalista, mas a variante americana parece ser mais virulenta e maligna do que a inglesa. Integro-o no nacionalismo direto e não transferido porque ele prospera quase exclusivamente entre os próprios judeus. Em Inglaterra, por várias razões algo incongruentes, a intelectualidade é na sua maioria pró-judaica relativamente à questão palestiniana, embora sem opinião forte sobre o assunto. Entre os Ingleses, as pessoas de bem são também pró-judaicas no sentido em que condenam a perseguição nazi, mas quase não se encontra, no seio dos gentios, uma lealdade verdadeiramente nacionalista nem a noção da superioridade inata dos judeus.

NACIONALISMO TRANSFERIDO

(I) *Comunismo.*

(II) *Catolicismo Político*

(III) *Preconceito Racial.* A antiga atitude de desprezo relativamente aos «nativos» tem vindo a esbater-se em Inglaterra, e abandonaram-se várias teorias pseudocientíficas sobre a superioridade da raça branca[65]. Entre os intelectuais, o sentimento racial só ocorre na sua forma deslocada, isto é, enquanto crença na superioridade inata dos povos

[65] Um bom exemplo disto é a superstição sobre os perigos do sol: até há bem pouco tempo, acreditava-se que a raça branca era muito mais propensa a sofrer de insulação do que as raças de cor, e que um branco não podia andar ao sol dos países tropicais sem o tradicional capacete colonial. A teoria era completamente infundada, mas servia para acentuar a diferença entre os «nativos» e os europeus. Durante a guerra, a teoria foi descartada tacitamente, e exércitos inteiros andaram em manobras pelos trópicos sem chapéu na cabeça. Mas enquanto a teoria existiu, os médicos ingleses na Índia parecem ter-lhe dado tanto crédito quanto os leigos. [N. do A.]

de cor, noção cada vez mais generalizada entre a intelectualidade inglesa e provavelmente resultante de masoquismo ou de frustrações sexuais mais do que dos contactos estabelecidos com movimentos nacionalistas orientais ou negros. O snobismo e o espírito de imitação exercem uma grande influência mesmo sobre quem não tem uma opinião bem vincada sobre a questão da cor. Praticamente todos os intelectuais ingleses ficariam escandalizados com a afirmação de que a raça branca é superior às de cor, enquanto o oposto lhes surgiria como normal, mesmo se discordassem da ideia. Solidariedades nacionalistas relativamente às raças de cor misturam-se normalmente com a noção de que a vida sexual dos negros é muito melhor do que a dos brancos, e proliferam subterraneamente os mitos sobre a potência sexual dos primeiros.

(IV) *Preconceito de classe*. No seio dos intelectuais de classe alta ou média-alta, só existe na sua forma deslocada, isto é, na noção da superioridade do proletariado. Também neste caso é determinante a pressão da opinião pública dentro da intelectualidade. Lealdades nacionalistas ao proletariado e um ódio feroz e teórico à burguesia coexistem frequentemente com atitudes de snobismo no quotidiano.

(V) *Pacifismo*. A grande maioria dos pacifistas pertence a obscuras seitas religiosas ou tem simplesmente um grande sentido humanitário, opondo-se à destruição da vida, mas não pensando nas implicações disso. Mas há também uma minoria de pacifistas intelectuais cuja motivação, embora nunca assumida, parece ser o ódio à democracia ocidental e a admiração pelo totalitarismo. A propaganda pacifista resume-se a afirmar que um dos lados é tão mau como o outro, mas uma leitura cuidadosa da escrita dos jovens intelectuais pacifistas revela que de forma alguma são imparciais nas suas críticas, antes as dirigem quase exclusivamente à

Grã-Bretanha e aos Estados Unidos. Além disso, não condenam por regra a violência em si mesma, mas apenas a violência usada pelos países ocidentais em sua própria defesa. Ao contrário dos britânicos, os russos nunca são acusados por se defenderem através de meios bélicos, e a propaganda pacifista deste tipo evita até mencionar a Rússia ou a China, não afirmando sequer que os Indianos deviam prescindir da violência na sua luta contra o domínio britânico. A literatura pacifista é fértil em comentários equívocos, que (se algum sentido têm) parecem defender que estadistas como Hitler são preferíveis a estadistas como Churchill, e que a violência é talvez desculpável se for suficientemente violenta. Depois da queda da França, os pacifistas franceses, perante a opção, muito real, que os seus correligionários ingleses ainda não tiveram de fazer, passaram-se maioritariamente para o lado nazi, havendo em Inglaterra, a certa altura, alguma sobreposição entre os membros da Peace Pledge Union[66] e os Camisas Negras. Já houve escritores pacifistas que louvaram Carlyle, um dos pais intelectuais do fascismo, e em geral é difícil não considerar que o pacifismo, tal como ele se manifesta nalgumas faixas da intelectualidade, vai beber secretamente inspiração ao culto do poder e da crueldade que garante o sucesso. O erro foi associarem este sentimento a Hitler, mas ele pode facilmente vir a ser retransferido.

---

[66] Peace Pledge Union: a mais antiga associação pacifista inglesa, fundada em 1934, afirmou-se sempre intransigentemente contra toda e qualquer guerra. Apoiou a política de apaziguamento de Chamberlain e provocou controvérsia ao defender que a Alemanha devia assumir o controlo da Europa Ocidental. [N. da T.]

NACIONALISMO NEGATIVO

(I) ANGLOFOBIA. No seio da intelectualidade, é quase obrigatório ter uma atitude de desprezo e de uma certa hostilidade em relação à Grã-Bretanha, mas em muitos casos a emoção não é postiça. Durante a guerra isso manifestou-se no derrotismo dos intelectuais, que persistiu mesmo depois de ser óbvio que as potências do Eixo não tinham hipótese de vencer. Muitos não fizeram segredo da sua satisfação com a queda de Singapura ou a expulsão dos britânicos da Grécia, mostrando-se pouco inclinados a acreditar nas boas notícias, como a vitória de El Alamein ou o número de aviões alemães abatidos nos ataques aéreos à Inglaterra. É evidente que os intelectuais ingleses de esquerda não queriam que os Alemães ou Japoneses ganhassem a guerra, mas muitos não deixaram de ter algum gozo na humilhação do país, e preferiam que a vitória final se ficasse a dever à Rússia, ou talvez à América, em vez de à Inglaterra. Em termos de política internacional, muitos intelectuais seguem o princípio de que qualquer país apoiado pela Inglaterra não pode estar do lado da razão, e por esse motivo as correntes de opinião «esclarecidas» refletem em grande parte a política conservadora. A anglofobia está sempre prestes a inverter-se e daí o espetáculo muito comum de o pacifista numa guerra se transformar num belicista na seguinte.

(II) ANTISSEMITISMO. De momento, há poucas evidências do fenómeno, uma vez que a perseguição nazi fez com que qualquer ser pensante tomasse o partido dos judeus contra os seus opressores. Quem é suficientemente educado para conhecer a expressão «antissemitismo» declara-se por isso mesmo livre do preconceito, e comentários antijudaicos têm vindo a ser eliminados de toda a espécie de literatura. Mas, de facto, o antissemitismo está muito disseminado, mesmo entre os intelectuais, e esta conspiração de silêncio só serve, provavelmente, para o exacerbar. Nem as pessoas de esquerda são imunes, e a sua atitude é muitas vezes afetada por muitos trotskistas e anarquistas serem judeus. Mas o antissemitismo encontra-se mais naturalmente em pessoas de tendência conservadora, que suspeitam que os judeus minam a moral da nação e diluem a cultura nacional. Os neoconservadores e os católicos políticos estão sempre sujeitos a sucumbir ao antissemitismo, pelo menos de forma intermitente.

(III) TROTSKISMO. O termo é usado de modo tão vago que inclui anarquistas, socialistas democráticos e até liberais. No sentido em que aqui o emprego, significa um marxista doutrinário cuja motivação principal é a hostilidade ao regime estalinista. O Trotskismo deve ser preferencialmente estudado em obscuros panfletos ou jornais como o *Socialist Appeal*, em vez de nas obras do próprio Trotsky, que não era de modo algum homem de uma só ideia. Embora nalguns locais, como os Estados Unidos, o Trotskismo consiga atrair um número razoável de aderentes e constituir-se em movimentos organizados em redor de um *fühererzeco* próprio, a sua inspiração é essencialmente negativa. O trotskista está *contra* Estaline assim como o comunista está *a seu favor*, e, tal como a maioria dos comunistas, o trotskista pretende não tanto alterar o mundo exterior como sentir que a luta pelo prestígio lhe está a correr de feição. Em ambos os casos, existe a mesma fixação obsessiva num único assunto e a mesma incapacidade de se formar uma opinião racional baseada nas probabilidades. Que os trotskistas sejam vítimas, um pouco por todo o lado, da perseguição às minorias e que as acusações a que normalmente são sujeitos (isto é, de colaborarem com os fascistas) sejam obviamente falsas cria a impressão de que o trotskismo é intelectual e moralmente superior ao comunismo; mas é duvidoso que haja grande diferença entre um e outro. Em todo o caso, o trotskista mais típico é o ex-comunista, e não se chega ao trotskismo exceto por via de um dos movimentos de esquerda. Nenhum comunista, a não ser que esteja acorrentado ao partido por hábitos de muitos anos, está a salvo de uma queda repentina no trotskismo. O processo contrário parece não acontecer com a mesma frequência, embora não se descortine qualquer razão clara para tal.

Poderá parecer que muitas vezes exagerei nesta minha tentativa de classificação, que simplifiquei demais, parti de pressupostos infundados e omiti a existência de motivações normais e decentes. Era inevitável, porque neste artigo estou a tentar isolar e identificar tendências que existem na nossa mente e que pervertem o nosso pensar, mesmo que não ocorram em estado puro ou operem continuamente. Neste momento, é importante corrigir a imagem demasiado redutora que me vi obrigado a dar. Em primeiro lugar, não temos o direito de partir do princípio de que *toda a gente*, nem sequer toda a intelectualidade, está infetada pelo nacionalismo. Em segundo lugar, o nacionalismo pode ser intermitente e limitado. Uma pessoa inteligente pode sucumbir parcialmente a convicções que sabe serem absurdas e pode mantê-las longe da mente por longos períodos de tempo, regredindo apenas num acesso de cólera ou de sentimentalismo, ou quando tem a certeza de que não estão em causa questões importantes. Em terceiro lugar, um credo nacionalista pode ser adotado de boa-fé por motivos não-nacionalistas. Em quarto lugar, podem coexistir na mesma pessoa vários tipos de nacionalismo, mesmo mutuamente exclusivos.

Tenho vindo a afirmar que «o nacionalista faz isto ou aquilo», utilizando, para fins exemplificativos, os casos mais extremos, que quase roçam a insanidade, dos nacionalistas que não têm uma zona neutra na mente nem outro interesse além da luta pelo poder. De facto, tais pessoas são bastante comuns, mas não valem a pólvora da espingarda nem o esforço do tiro. Na vida real, temos de lutar contra os Lord Eltons, os D. N. Pritts, as Lady Houstons, os Ezra Pounds, os Lord Vansittart, os padres Coughlins[67] e outros que tais, mas quase nem vale a pena apontar as suas falhas intelectuais. A monomania é pouco interessante, e que nenhum nacionalista fanático escreva uma obra que valha a pena ler passados uns anos tem um certo efeito desodorizante. Mas mesmo reconhecendo que o nacionalismo ainda não triunfou em todo o lado e que ainda há pessoas que não vergam os juízos de valor aos seus desejos, a verdade é que os problemas prementes — a Índia, a Polónia, a Guerra Civil Espanhola, os julgamentos de Moscovo, os negros americanos, o Pacto Russo-Germânico e tantos outros — continuam a não ser, ou a não poder ser, discutidos de forma razoável. Os Eltons, Pritts e Coughlins, quais goelas escancaradas a deitarem cá para fora a mesma mentira sem cessar, são obviamente casos extremos, mas não nos iludamos: qualquer um de nós se parece com eles quando baixamos a guarda. Se nos tocarem na ferida ou nos pisarem os calos — e pode até ser um calo de cuja existência nem suspeitávamos —, a pessoa mais meiga e razoável pode transformar-se de repente num fanático agressivo que só quer marcar pontos sobre o adversário sem se importar com as mentiras que diz ou os erros de lógica

[67] D. N. Pritts (1887–1972) foi um advogado e político, grande defensor da URSS depois de uma visita na década de 1930. Lady Houston (1857–1936), dama da alta sociedade, *suffragette* e filantropa, foi uma opositora declarada ao Partido Trabalhista, que acusava de ser pouco patriótico. Ezra Pound (1885–1927), poeta e um dos grandes nomes do modernismo anglo-americano, foi apoiante de Mussolini, sendo julgado e preso por traição. Lord Vansittart (1881–1957) foi diplomata e crítico feroz da Alemanha. O padre Coughlin (1891–1979) foi um padre católico norte-americano, simpatizante assumido de Hitler e Mussolini. [N. da T.]

que comete. Conta-se que quando Lloyd George[68], opositor à Guerra dos Bóeres[69], declarou na Câmara dos Comuns que os comunicados oficiais britânicos, por junto, somavam mais Bóeres mortos do que a totalidade da população, Arthur Balfour[70] levantou-se e gritou «Biltre!» Poucos estão acima de deslizes desta ordem. O negro achincalhado por uma mulher branca, o inglês que ouve a Inglaterra ser atacada, devido à ignorância, por um americano, o apologista católico a quem lembram a Armada Espanhola, todos reagem da mesma maneira. Um pequeno toque no nervo nacionalista e a decência intelectual evapora-se, o passado é alterado e os factos mais evidentes são negados.

Se nalgum canto da mente se alberga uma lealdade ou um ódio de natureza nacionalista, determinados factos, embora em certo sentido tidos como verdadeiros, são inadmissíveis. Apenas alguns exemplos, em que elenco cinco tipos de nacionalismo, anexando a cada caso um facto impossível de aceitar, mesmo no mais íntimo da sua consciência, pelo respetivo nacionalista:

CONSERVADOR BRITÂNICO: A Grã-Bretanha sairá desta guerra com o seu poder e prestígio muito diminuídos.

---

[68] Lloyd George (1863–1945): líder dos Liberais e primeiro-ministro britânico de 1916 a 1922, conhecido pelas suas ideias reformistas e progressistas. [N. da T.]

[69] A Guerra dos Bóeres foi travada em África, de 1880 a 1881, entre as forças britânicas e a República do Transval, maioritariamente constituída pelos Bóeres, colonos de ascendência dinamarquesa. A luta renhida acabou por dar a vitória aos Bóeres, depois de pesadas baixas britânicas, e reacendeu-se de 1899 a 1902. Desta feita houve uma paz negociada, que resultou na criação da República da África do Sul. [N. da T.]

[70] Arthur Balfour (1848–1930): Líder dos Conservadores e primeiro-ministro de 1902 a 1905. [N. da T.]

COMUNISTA: Não fora a ajuda da Grã-Bretanha e dos Estados Unidos, a Rússia teria sido derrotada pela Alemanha.

NACIONALISTA IRLANDÊS: O Eire deve a sua independência à proteção Britânica.

TROTSKISTA: O regime estalinista é aceite pelas massas russas.

PACIFISTA: Os que renegam a violência só o podem fazer porque outros a exercem por eles.

Todos estes factos são por demais evidentes se não estiverem em causa as nossas emoções, mas, para o tipo de pessoa mencionada, eles são *intoleráveis,* tendo portanto de ser negados e dando azo a teorias falsas. Relembro o caso dos falhanços espetaculares nas previsões militares desta guerra. Penso ser verdade que a intelectualidade se enganou mais do que a maioria das pessoas comuns sobre o desenrolar da guerra, e que eram mais impelidas por partidarismos. O intelectual médio de esquerda acreditou, por exemplo, que em 1940 a guerra estava perdida, que os Alemães varreriam o Egipto em 1942, que os Japoneses nunca seriam expulsos das terras conquistadas e que a ofensiva de bombardeamentos anglo-americanos não estava a ter qualquer efeito sobre a Alemanha. E acreditou em tudo isto porque o seu ódio à classe dirigente britânica o impedia de admitir que os planos britânicos poderiam ter sucesso. Os disparates que se engolem quando se está à mercê de sentimentos deste tipo são ilimitados. Já ouvi afirmar, por exemplo, com a maior confiança, que as tropas americanas tinham sido mandadas para a Europa, não para derrotar os Alemães, mas para esmagar uma revolução inglesa. Tem de se pertencer à intelectualidade para crer em coisas como esta; nenhuma pessoa comum acreditaria em tais dislates. Quando Hitler invadiu a Rússia, o Ministério da Informação emitiu um aviso, como quem não quer a coisa, afirmando que a Rússia entraria provavelmente em colapso em menos de seis semanas. Por outro lado, os comunistas consideraram cada fase da guerra como uma vitória da Rússia, mesmo quando esta teve de recuar quase até ao Mar Cáspio e perdeu vários milhões de prisioneiros. Torna-se desnecessário multiplicar os exemplos. A questão é que logo que o medo, o ódio, a inveja e o culto do poder estejam presentes, o sentido da realidade fica desequilibrado. Não há crime, absolutamente crime nenhum, que não seja perdoado quando é o «nosso» lado que o comete. Mesmo que não se negue que foi cometido, mesmo que seja exatamente o mesmo crime que se condenou noutra ocasião, mesmo que intelectualmente se admita que é injustificável — mesmo assim não se *sente* como algo de errado. É uma questão de lealdade, e portanto a compaixão deixa de funcionar.

A razão de ser da emergência e ascensão do nacionalismo é uma questão demasiado vasta para ser tratada aqui. Será suficiente afirmar que, na versão existente entre a intelectualidade inglesa, ele é um reflexo distorcido das terríveis batalhas que se desenrolam no mundo, e que os seus piores desvarios se tornaram possíveis graças ao esboroar do patriotismo e das convicções religiosas. Seguir-se esta linha de pensamento é correr o risco de cair numa espécie de conservadorismo ou no quietismo político. Pode-se argumentar convincentemente, por exemplo — e é porventura verdade — que o patriotismo nos vacina contra o nacionalismo, que a monarquia nos defende da ditadura, e que a religião organizada nos guarda contra a superstição. Ou pode-se argumentar que *não há* perspetivas isentas, que *todos* os credos e causas pressupõem as mesmas mentiras, loucuras e barbaridades, razão frequentemente invocada para nos mantermos completamente fora da política. É argumento que não aceito, quando mais não seja porque no mundo moderno ninguém que se entenda como intelectual *se pode* manter fora da política no sentido de não se interessar por ela. Penso que temos de nos envolver na política — usando a palavra num sentido lato — e que temos de fazer escolhas: isto é, temos de reconhecer que algumas causas são objetivamente melhores do que outras, embora usem meios igualmente maus para atingirem os fins. E relativamente aos amores e ódios nacionalistas de que falei, todos eles fazem parte da nossa própria constituição, quer se goste, quer não. Se é possível libertarmo-nos deles, não sei; mas acredito que é possível lutarmos contra eles, o que significa essencialmente fazermos um esforço *moral*. Antes de mais, é uma questão de sabermos o que efetivamente somos, o que realmente sentimos, e depois de darmos um desconto à inevitável parcialidade. Se detestarmos e temermos a Rússia, se tivermos inveja da riqueza e do poder americanos, se desprezarmos os judeus, se tivermos um complexo de inferioridade perante a classe dirigente britânica, não nos vamos ver livres desses sentimentos só através de uma reflexão. Mas podemos pelo menos reconhecer que os temos e impedi-los de contaminarem os nossos processos mentais. Os impulsos emocionais são inescapáveis e talvez até necessários à ação política, mas devem poder existir lado a lado com a aceitação da realidade. Mas, repito, isto exige um esforço *moral*, e a literatura inglesa contemporânea, no que ela demonstra de atenção às questões mais prementes do nosso tempo, bem prova como poucos de nós estão dispostos a fazê-lo.

Polemic, 1945

2

«O TRABALHO SUJO DO IMPÉRIO»: ORWELL E O IMPERIALISMO

A participação de Orwell no império não poderia deixar de figurar numa coletânea dos seus ensaios, não só porque foi um momento marcante em termos pessoais e formativo de toda a sua ideologia futura mas também porque deu lugar a alguns dos seus textos de maior qualidade. Orwell serviu o império durante cinco anos, na qualidade de membro da Polícia Imperial na Birmânia, à época parte integrante de uma Índia sob o domínio britânico, experiência que o transformou num anticolonialista convicto para o resto da vida. Os dois ensaios gémeos, «Um Enforcamento» e «Matar um Elefante», de base claramente autobiográfica, revelam, de facto, como Orwell consegue transmutar a vivência pessoal numa consideração e condenação do sistema colonial no seu todo.

Escritos com cinco anos de distância, é possível detetar entre o primeiro e o segundo o processo de amadurecimento político-ideológico e literário por que o autor passou. Enquanto «Um Enforcamento» nos mostra um Orwell ainda imaturo, demasiado próximo da experiência desestabilizadora do jovem polícia imperial e cúmplice silencioso das atrocidades perpetradas pelo colonialismo, «Matar um Elefante» é fruto da visão mais lata, abrangente e complexa de um autor que, em 1936, adquirira já outros instrumentos de análise político-ideológica e uma capacidade de olhar para si mesmo distanciadamente, não só como indivíduo, mas como sujeito histórico.

Ensaios brilhantes, ambos fazendo jus às suas qualidades de ensaísta — a acuidade da observação, a honestidade e o desassombro com que expõe as suas fragilidades e limitações, a descoberta epifânica de algo até aí desconhecido e a desfamiliarização do que até aí era tido como «natural» —, ambos são a expressão mais acabada do seu ódio ao império. Retomando o tema de um dos seus primeiros romances, *Dias da Birmânia* (romance considerado tão subversivo que esteve proibido na Índia até à independência), a forma do ensaio permite-lhe explorar as virtualidades da narrativa na 1.ª pessoa, dando assim testemunho do «trabalho sujo» exigido pelo império a todos os que nele estão envolvidos. O dilema entre a sua cumplicidade (nunca enjeitada nem escamoteada) num sistema injusto e a rejeição do colonialismo como domínio violento de um povo sobre o outro está bem patente nessa figura que o conhece por dentro e nos confidencia, *off the record*, o que sentiu e como o viveu. Essa visão a partir do interior do sujeito, tanto quanto do próprio mundo colonial, desmascara, assim, as práticas do sistema e denuncia os mecanismos que o mantêm em funcionamento, demonstrando a capacidade de Orwell de se repensar e de se reescrever. «Sujar as mãos» foi algo que Orwell nunca evitou no seu percurso pessoal e público, conseguindo sempre potencializar os resultados da experiência individual (mesmo quando penosa e pouco lisonjeira) e transmutá-la numa visão mais lata e contextual da história.

Um Enforcamento

Foi na Birmânia, numa manhã ensopada da estação das chuvas. Uma luz doentia, qual papel de alumínio amarelado, escorria pelos muros altos e entrava no pátio da prisão. Nós esperávamos cá fora, junto às celas dos condenados, uma fila de barracões com grades duplas na frente, como pequenas jaulas de animais. As celas mediam três metros por três, e estariam vazias, não fora a cama de tábuas e o pote de água potável. Nalgumas acocoravam-se homens de pele acastanhada, silenciosos, junto às grades interiores, embrulhados em cobertores. Eram os condenados, que esperavam a forca daí a uma ou duas semanas.

Um deles tinha sido trazido para o exterior da cela, um hindu, um homenzinho débil e frágil, com a cabeça rapada e de olhos vagos e líquidos. O bigode era farto e saliente, absurdamente grande demais para o corpo, como o bigode de um ator cómico do cinema. Estava à guarda de seis altos soldados indianos, que o preparavam para o cadafalso. Dois empunhavam carabinas com a baioneta fixa, enquanto outros o algemavam, passando as correntes pelas algemas e atando-as aos seus cintos, amarrando-lhe os braços bem apertados contra o corpo. Rodeavam-no de perto, as mãos sempre coladas a ele, segurando-o com cuidado, num gesto de carícia, para se certificarem de que ainda ali estava, como quem segura um peixe que ainda está vivo e pode saltar outra vez para a água. Mas ele não oferecia resistência, os braços flácidos sujeitando-se às cordas, quase indiferente ao que estava a acontecer.

Bateram as oito e o som da corneta, ténue e desolado, flutuou na humidade do ar, vindo do quartel lá longe. O diretor da prisão, afastado do nosso grupo, esgravatando pensativamente com o bastão na gravilha do chão, levantou a cabeça quando ouviu o toque. Era o médico militar, bigode de broxa grisalho e voz ríspida. «Por amor de Deus, Francis, despacha-te lá», disse ele, irritado. «O homem já devia estar morto a esta hora. Ainda não estão prontos?»

Francis, o chefe dos guardas prisionais, um dravídio[71] gordo, fatinho branco de sarja e óculos dourados, acenou com a mão negra. «Sim, sim, meu comandante», balbuciou ele, «está tudo satisfatoriamente tratado. O carrasco está à espera. Podemos seguir.»

«Bem, em marcha acelerada, então. Os prisioneiros não tomam o pequeno-almoço sem despacharmos isto.»

Iniciámos a marcha em direção ao cadafalso. Dois guardas ladeavam o prisioneiro, armas ao ombro, e outros dois encostados a ele, agarrando-o no braço e no ombro, empurrando-o e apoiando-o ao mesmo tempo. Por último seguíamos nós, magistrados e afins. De repente, mal tínhamos andado dez metros, a procissão estacou, sem ordem nem aviso. Acontecera uma coisa horrível — um cão, vindo sabe-se lá de onde, apareceu no pátio, saltando entusiasmado à nossa volta, o corpo todo num frémito, ladrando de júbilo por encontrar tantos seres humanos juntos. O animal era

[71] Os dravídios são um povo autóctone indiano, de pele negra, tradicionalmente considerados «inferiores» por não serem de origem ariana. [N. da T.]

grande e peludo, meio airdale, meio rafeiro. Por uns momentos dançou à nossa volta e, antes de alguém o conseguir apanhar, correu direitinho para o prisioneiro e, num salto, tentou lamber-lhe a cara. Ficámos todos estarrecidos, tão pasmados que nem tentámos agarrar o cão.

«Quem é que deixou entrar esta besta?», disse o diretor, furioso. «Apanhem-me já o animal!»

Um dos oficiais, destacado da escolta, investiu atabalhoadamente contra o cão, que dançava e se bamboleava, conseguindo escapar por um triz, como se tudo aquilo fizesse parte de uma brincadeira. Um dos guardas, um jovem eurásio[72], pegou num punhado de gravilha e tentou apedrejar o cão, mas este evitou as pedras e correu de novo na nossa direção. Os latidos faziam eco nas paredes da prisão. O prisioneiro, imobilizado pelos dois guardas, olhava com indiferença para a cena, como se aquilo fosse mais uma das formalidades do enforcamento. Passaram uns bons minutos antes de alguém conseguir apanhar o cão. Depois, pusemos-lhe o meu lenço à volta do pescoço e lá recomeçámos a marcha, com o cão a puxar e a ganir atrás de nós.

O cadafalso estava a uns quarenta metros de distância. À minha frente, as costas nuas e acastanhadas do prisioneiro, que caminhava a passo certo mas desajeitado, por causa dos braços presos, naquele andar bamboleante típico dos indianos que nunca endireitam os joelhos. Os músculos contraíam-se e distendiam-se ao ritmo da passada, o caracol do cabelo no alto da cabeça rapada dançava para cima e para baixo, os pés deixavam marcas no cascalho molhado. E uma vez, apesar dos homens que o agarravam pelos ombros, desviou-se ligeiramente para evitar uma poça de água no caminho.

---

[72] Eurásio: termo usado no império para os mestiços, filhos/as normalmente de pai europeu e mãe (neste caso) indiana. [N. da T.]

É curioso, mas até àquele momento eu nunca tinha percebido o que significa destruir um ser humano em pleno uso das suas faculdades físicas e mentais. Quando vi o prisioneiro a evitar a poça de água, apercebi-me do carácter misterioso e inefável dessa enormidade que é encurtar uma vida no seu auge. Aquele homem não estava moribundo, estava tão vivo como cada um de nós. Todos os órgãos do seu corpo continuavam a funcionar — os intestinos digerindo a comida, a pele renovando-se, as unhas crescendo, os tecidos reconstituindo-se —, tudo a trabalhar num louco engano. As unhas ainda estariam a crescer à beira do cadafalso, durante a queda, com uma fração de segundo de vida. Os olhos ainda viam o cascalho amarelado e as paredes cinzentas, e o cérebro ainda recordava, previa, raciocinava — raciocinava ainda e até sobre as poças de água. Ele e nós fazíamos parte de uma comunidade de homens que caminhavam lado a lado, vendo, ouvindo, sentindo, compreendendo o mesmo mundo; e dali a dois minutos, com um súbito estalido, um de nós desapareceria — uma mente a menos, um mundo a menos.

O cadafalso estava montado num pátio pequeno, separado da zona principal da prisão, um baldio cheio de ervas altas e espinhosas. Uma construção em tijolo, ereta, três lados de um barracão com tábuas no topo, e por cima delas duas vigas com uma trave atravessada, de onde pendia a corda. O carrasco, um condenado grisalho que envergava o uniforme branco da prisão, esperava ao pé da máquina. Quando entrámos, saudou-nos com uma vénia servil. À ordem de Francis, os dois guardas, agarrando o prisioneiro ainda com mais força, conduziram-no meio ao empurrão em direção ao cadafalso e ajudaram-no desajeitadamente a subir os degraus. Depois, o carrasco subiu também e passou a corda à volta do pescoço do prisioneiro.

Nós esperávamos, a uns cinco metros de distância. Os guardas tinham formado uma espécie de círculo à volta do cadafalso. E depois, quando se ajeitou o nó, o prisioneiro começou a gritar, invocando o seu deus. Um grito alto, insistente, de «Ram! Ram!», sem a urgência ou o terror de uma prece ou um pedido de auxílio, mas constante, ritmado, como o dobrar de um sino[73]. O cão reagiu ao som com um ganido. O carrasco, ainda à espera em cima do cadafalso, puxou de um saco de algodão, tipo saco de farinha, e enfiou-o na cabeça do prisioneiro. Mas o som, mesmo abafado pelo tecido, ainda se fazia ouvir, uma vez, e mais outra, e mais outra: «Ram! Ram! Ram! Ram!»

O carrasco desceu e pôs-se a postos, a mão na manivela. Passaram uns minutos infinitos. O grito ininterrupto e abafado do prisioneiro continuava sem parar, «Ram! Ram! Ram!», sem falhar nem por um instante. O diretor, de cabeça encostada ao peito, esgravatava lentamente no solo com o bastão. Se calhar estava a contar os gritos, permitindo ao prisioneiro um número fixo — talvez cinquenta, ou cem. Tínhamos todos mudado de cor. Os indianos ficaram de um cinzento de café estragado, e uma ou duas das baionetas estremeciam ao de leve. Olhávamos para o homem amarrado e encapuzado, ouvindo-lhe os gritos — cada grito mais um segundo de vida; e estávamos todos a pensar o mesmo: «Ai, matem-no depressa, ponham fim a isto, acabem com este barulho insuportável!»

---

[73] Orwell ecoa nesta frase um dos poemas mais famosos da língua inglesa, «Por quem os sinos dobram», de John Donne (1572–1631). Os últimos versos são muito significativos no contexto do ensaio: «A morte de cada homem diminui-me / Porque eu faço parte da humanidade / Não procures saber, portanto / Por quem os sinos dobram / Dobram por ti.» Ernest Hemingway usou também a expressão no seu conhecido romance sobre a Guerra Civil Espanhola. [N. da T.]

Subitamente, o diretor tomou a decisão. Levantou a cabeça e fez um gesto rápido com o bastão.

«*Chalo*»[74], gritou ele, quase violentamente.

Ouviu-se um som metálico e depois um silêncio de morte. O prisioneiro desaparecera e a corda revirava-se à solta. Larguei o cão, que galopou de imediato para as traseiras do cadafalso; mas quando lá chegou, estacou, ladrou e fugiu para um canto do pátio, olhando para nós, atemorizado, por entre as ervas. Demos a volta ao cadafalso para inspecionar o corpo do prisioneiro. Balançava, os pés muito direitos virados para baixo, girando devagar, completamente morto.

O diretor ergueu o bastão e tocou no corpo nu, acastanhado; uma oscilação, ligeira. «Está bom», disse ele. Saiu de baixo do cadafalso e respirou fundo. De repente, o seu ar meditabundo desaparecera. Olhou para o relógio. «Oito horas e oito minutos. Bom, por hoje é tudo, graças a Deus.»

Os guardas desencaixaram as baionetas e puseram-se em marcha. O cão, mais calmo e sabendo que se tinha portado mal, seguiu-os sorrateiramente. E nós saímos do pátio, passando pelas celas dos condenados com os prisioneiros que esperavam até chegarmos ao recinto principal da cadeia. Os condenados, sob o comando de guardas armados com *lathis*[75], já estavam a tomar o pequeno almoço, acocorados em longas filas, cada um com a sua tigelinha de metal, enquanto dois guardas passavam, com baldes, e lhes serviam o arroz; depois do enforcamento, parecia uma cena doméstica e acolhedora. Um alívio enorme apossou-se de nós depois de terminada a tarefa. Apetecia-nos cantar, desatar numa correria, soltar risos de gozo. De repente, começámos todos a tagarelar alegremente.

---

[74] *Chalo*: termo indiano usado numa ordem de comando. [N. da T.]

[75] *Lathis:* bastão de bambu, às vezes com ponta de metal, usado como arma na Índia. [N. da T.]

O rapaz eurásio, que caminhava ao meu lado, acenou para trás, de onde vínhamos, com um sorrisinho superior: «Sabe, meu caro senhor, que o nosso amigo (queria ele dizer, o morto), quando soube que lhe tinham recusado o pedido de clemência, mijou o chão da cela todo. Puro cagaço. Faça o favor de se servir de um dos meus cigarros, meu caro senhor. Não gosta da minha nova caixa prateada, meu caro senhor? Comprada ao *boxwallah*[76], duas rupias e oito anás. Estilo europeu, com muita classe.»

Várias pessoas riram-se, sem saberem bem de quê.

Francis caminhava ao lado do diretor, numa tagarelice pegada. «Bem, meu comandante, tudo se passou satisfatoriamente. Acabou tudo rápido — puff!, assim mesmo. Nem sempre é assim, ah, não! Sei de casos em que o médico teve de ir por trás do cadafalso e puxar as pernas do prisioneiro para garantir o óbito. Muito desagradável!»

«A estrebuchar, hein? Isso é mau», disse o diretor.

«Ah, meu comandante, é muito pior quando eles são refratários. Lembro-me de um homem que se agarrou às grades da cela quando o fomos buscar. Não vai acreditar, meu comandante, mas foram precisos seis guardas para o tirarmos dali, três a puxar por cada perna. Tentámos chamá-lo à razão. "Meu bom homem", dissemos nós, "pense no incómodo e no trabalho que nos está a dar!" Mas não, era um sujeito complicado!»

Dei por mim a rir a bandeiras despregadas. Toda a gente ria. Até o diretor tinha um sorrisinho tolerante na cara. «Bom, venham todos beber um copo», disse ele, jovialmente. «Tenho uma garrafa de whisky no carro. Bem precisamos!»

Saímos dos enormes portões duplos da prisão para a estrada. «Puxarem-lhe as pernas!», exclamou de repente

---

[76] *Boxwallah*: vendedor ambulante. [N. da T.]

um magistrado birmanês, soltando uma grande gargalhada. Desatámos todos a rir outra vez. Naquele momento, a anedota do Francis parecia ter imensa piada. Bebemos todos juntos, nativos e europeus, muito amigavelmente. O morto estava a cem metros de distância.

The Adelphi, agosto de 1931

Matar um Elefante

Em Moulmein, no sul da Birmânia, eu era odiado por muita gente — a única vez na vida em que fui suficientemente importante para tal me acontecer. Trabalhava como subinspetor de polícia na cidade e, embora se manifestasse de uma forma inconsequente e mesquinha, o sentimento antieuropeu era muito forte. Ninguém tinha coragem de organizar uma sublevação, mas se uma mulher europeia andasse pelos *bazaars*[77] sozinha, era certo e sabido que alguém lhe havia de cuspir sumo de bétel no vestido. Sendo polícia, eu era um dos alvos preferidos das provocações, sempre que o pudessem fazer com impunidade. Quando o espertalhão de um birmanês me passou uma rasteira num jogo de futebol e o árbitro (também birmanês) fez vista grossa, a multidão ululou de gozo. Episódios como este eram frequentes. Ao fim de algum tempo, os esgares daquelas caras amarelas sempre à frente dos olhos e os berros e as injúrias que me perseguiam à distância acabaram por me bulir com os nervos. Os jovens monges budistas eram os piores de todos. Havia-os aos milhares na cidade e pareciam não ter mais nada que fazer do que encostarem-se às esquinas e zombarem dos europeus.

[77] *Bazaar*: mercado de rua. [N. da T.]

Tudo isto era confuso e perturbador. Na altura, eu já tinha chegado à conclusão de que o imperialismo era uma coisa diabólica, e quanto mais depressa me visse livre deste emprego, melhor. Em teoria — e em segredo, claro —, eu estava do lado dos birmaneses e contra os seus opressores, os britânicos. E quanto ao meu trabalho, tinha-lhe um asco que é difícil exprimir em palavras. Na minha posição, vê-se bem de perto o trabalho sujo do império. Os desgraçados dos presos acocorados aos montões nas celas fétidas dos calabouços, os rostos pardacentos e aterrorizados dos condenados a longas penas, as nádegas cheias de vergões dos homens açoitados com varas de bambu — tudo isto me consumia e criava em mim um sentimento de culpa intolerável. Mas não conseguia perspetivar a situação no seu todo. Sendo jovem e ignorante, e tendo sido forçado a pensar estes problemas no silêncio total a que está votado um inglês no Oriente, não tinha consciência de que o Império Britânico estava moribundo, muito menos de que ele era bem melhor do que os impérios que o estão agora a suplantar. Só sabia que estava preso entre o ódio ao Império que servia e a fúria contra aqueles estafermos que me faziam a vida negra. Uma parte de mim pensava que o imperialismo britânico era uma tirania inevitável, uma terrível opressão que se abatia, *in saecula seculorum*, sobre os povos subjugados; outra parte pensava que nada me daria mais prazer do que espetar uma baioneta nas entranhas de um monge budista. Sentimentos como estes são um subproduto normal do imperialismo; perguntem a qualquer oficial anglo-indiano, se o conseguirem apanhar em privado.

Um dia aconteceu algo que, indiretamente, me ajudou a clarificar as ideias. Um incidente menor, mas que me fez vislumbrar a verdadeira natureza do imperialismo e as motivações reais que levam os governos despóticos a agir. Certo dia, de manhã cedo, o subinspetor da esquadra situada no outro extremo da cidade telefonou-me dizendo que um elefante andava à solta e estava a destruir o *bazaar*, pedindo-me para ir até lá e tentar resolver a situação. Eu não estava a ver muito bem o que poderia fazer naquelas circunstâncias, mas fiquei curioso, montei no pónei e lá fui. Levei a carabina, uma velha Winchester 44, pequena demais para matar um elefante, mas sempre faria algum estardalhaço que poderia ser útil *in terrorem*. No caminho, fui abordado por vários birmaneses que me deram informações sobre o comportamento do elefante, que não era, evidentemente, um animal selvagem, mas um elefante doméstico que estava a ter um ataque de cio. Como é costume nesses casos, o elefante fora amarrado com cadeados, mas na noite anterior tinha conseguido libertar-se e fugir. O *mahout*[78], a única pessoa que o conseguia controlar naquele estado, tinha saído imediatamente no seu encalço, mas tomara a direção errada, encontrando-se a doze horas de distância quando, nessa manhã, o elefante voltara a aparecer de repente na cidade. A população birmanesa não tinha armas, encontrando-se completamente indefesa perante a investida. Entretanto, o elefante já tinha destruído uma cabana de bambu, matado uma vaca, atacado uma banca de fruta e devorado toda a mercadoria. Além disso, tinha-se deparado com o carro do lixo e, depois de o condutor ter fugido apavorado, conseguira virar o carro de pernas para o ar, infligindo-lhe grandes estragos.

O subinspetor birmanês e alguns guardas indianos estavam à minha espera no bairro onde o elefante fora visto, um bairro pobre, labiríntico, de esquálidas cabanas de bambu cobertas com folhas de palmeira, serpenteando por uma íngreme encosta. Lembro-me bem de que era uma manhã

[78] *Mahout*: dono, domador.

pesada, de nuvens baixas, no início da estação das chuvas. Começámos por perguntar para onde tinha ido o elefante, mas, como sempre, não se conseguiu apurar nada de concreto. É sempre assim no Oriente; as histórias parecem claríssimas quando estamos longe, mas quanto mais nos aproximamos do local, mais vagas se tornam. Uns diziam que o elefante tinha fugido para um lado, outros para o outro, e alguns até afirmavam a pés juntos não ter visto elefante nenhum. Eu começava a pensar que tudo aquilo não passava de uma invenção e estava prestes a virar costas e ir-me embora quando se ouviram gritos mesmo ali ao pé, e um berro escandalizado — «Saiam daqui, meninos, desapareçam imediatamente!» — de uma velhota que apareceu de trás de uma cabana, com um pau na mão, enxotando furiosamente um grupo de miúdos nus. Outras mulheres se lhe juntaram, abanando as cabeças e soltando exclamações e estalidos reprovadores, como se ali houvesse algo que as crianças não deviam ter visto. Virei a esquina e deparei-me com um cadáver esparramado na lama, o corpo de um indiano, um *coolie*[79] dravídio, quase nu, morto há apenas uns minutos. As pessoas contaram que o elefante o tinha apanhado de repente à esquina da cabana, pegara nele com a tromba e depois, pondo-lhe a pata em cima, esmagara-o contra o solo. Como era a estação das chuvas, a terra estava mole, e a cara do homem tinha lavrado um sulco com uns cinquenta centímetros de profundidade e um metro de comprimento. Ali jazia ele, de barriga para baixo, com os braços crucificados e a cabeça violentamente torcida para o lado, a cara coberta de lama, os olhos esbugalhados e um esgar de indescritível sofrimento. (A propósito, não me venham dizer que os mortos têm uma aparência tranquila. A maior

---

[79] *Coolie*: carregador, indiano de casta baixa.

parte dos mortos de que me lembro tinha um ar diabólico.) A patorra do animal, com a fricção, tinha esfolado a pele das costas do homem com a mesma limpeza com que se esfola um coelho. Assim que vi o morto, mandei o ordenança a casa de um amigo pedir emprestada uma carabina mais própria para lidar com um elefante. Já me tinha visto livre do pónei, não fosse ele sentir o cheiro do elefante, assustar-se e atirar-me ao chão.

O ordenança regressou passados uns minutos com uma carabina e cinco cartuchos, e entretanto chegaram uns birmaneses que nos disseram que o elefante estava nos arrozais, umas centenas de metros mais abaixo. Quando me pus a caminho, praticamente toda a população do bairro saiu de casa e foi atrás de mim. Tinham visto a carabina e gritavam entusiasmados que eu ia matar o elefante. Não tinham dado grande atenção ao elefante quando este simplesmente lhes destruía as casas, mas agora que o animal ia ser abatido, o caso mudava de figura. Era um espetáculo, como seria para uma multidão inglesa, e além do mais queriam a carne do bicho. Comecei a sentir-me um bocado incomodado. Eu não tinha a menor intenção de matar o elefante — só tinha mandado vir a carabina para me defender se fosse preciso — e é sempre enervante ter uma multidão atrás de nós. Marchei encosta abaixo com a perfeita noção da triste figura que estava a fazer, de carabina ao ombro, com um exército que se atropelava atrás de mim e cujas hostes engrossavam a cada instante. No fundo da encosta, passadas as habitações, havia uma estrada e depois, a uma centena de metros, ficavam os pantanosos campos de arroz, ainda não cultivados, mas que se encontravam alagados devido às primeiras chuvas, apenas com uns grandes tufos de erva rija aqui e acolá. O elefante estava a uns cem metros, com o flanco esquerdo virado para nós, e nem se mexeu com o aproximar da multidão. Estava a comer erva, arrancando-a aos tufos e batendo com eles nas pernas para os limpar antes de os enfiar na boca.

Eu tinha estacado na berma da estrada. Assim que vi o elefante, tive a perfeita noção de que não o devia matar. Matar um elefante de carga é uma coisa séria, quase o mesmo que destruir uma máquina enorme e cara, e, portanto, algo a evitar a todo o custo. E àquela distância, pastando pacificamente, o elefante não parecia mais perigoso do que uma vaca. Pensei na altura (e ainda penso hoje) que o ataque de cio já estava a passar, e que o elefante por ali ficaria pacatamente até o *mahout* o vir buscar. Além disso, eu não tinha vontade nenhuma de o matar. Resolvi, portanto, ficar a observá-lo mais um pouco, e se ele não mostrasse mais sinais de violência, eu dava meia-volta e ia-me embora. Mas, nesse momento, olhei em redor e vi a multidão atrás de mim, uma imensidão de gente, para aí uns dois mil e mais que continuavam a chegar, tantos que bloqueavam a estrada até perder de vista, um mar de caras amarelas e roupas coloridas — tudo numa grande excitação à espera que começasse o espetáculo. Era como se eu fosse um prestidigitador prestes a fazer um truque de magia. Não gostavam de mim, mas com a carabina mágica na mão, eu era temporariamente digno de atenção. E de repente percebi que tinha mesmo de matar o elefante. Era o que esperavam de mim e, portanto, era o que eu tinha de fazer, sob a pressão inexorável daquelas duas mil vontades que me impeliam para a frente. E foi nesse preciso instante — ali estava eu, carabina em punho — que pela primeira vez compreendi o carácter vão do domínio do homem branco no Oriente. Eu, o homem branco, de arma na mão, em frente da multidão nativa desarmada — aparentemente o ator principal da peça, mas na realidade uma simples marioneta absurda comandada pela vontade daqueles rostos amarelos atrás de mim. Nesse momento, percebi que quando o homem branco se transforma num tirano, é a sua própria liberdade que ele destrói. Torna-se numa espécie de espantalho oco e postiço, na figura convencional do *sahib*[80], porque é condição essencial do seu poder passar a vida a tentar impressionar os «nativos», e, portanto, em todos os momentos de crise, tem de agir como os «nativos» esperam que ele aja. Enfia uma máscara, e a cara, com o tempo, vai-se-lhe ajustando. Eu tinha de matar o elefante. Comprometera-me a isso no momento em que mandara vir a carabina. Um *sahib* tem de se comportar como um *sahib*, tem de parecer resoluto, de saber tomar decisões rápidas e de agir com eficiência. Ter vindo até aqui, de carabina em punho, com duas mil pessoas atrás de mim, e depois virar costas, tibiamente, sem nada fazer — não, isso era impensável. A multidão iria rir-se de mim. E toda a minha vida, a vida de todos os Ingleses no Oriente era passada numa luta desesperada para que não se rissem de nós.

Mas eu não queria matar o elefante. Ao vê-lo a bater com os tufos de erva nas pernas, com aquele ar circunspecto de avozinha que os elefantes têm, parecia-me que disparar contra ele seria um assassínio. Na minha idade já não era piegas e não me impressionava matar animais, mas nunca tinha matado um elefante e nem de tal tivera vontade. (E é sempre mais complicado matar um animal tão *grande*.) Além de tudo isto, era preciso ter em conta o dono do bicho: vivo, o elefante valia pelo menos £100; morto, só valia o preço das presas, provavelmente £5. Mas eu tinha de agir rapidamente. Voltei-me para uns birmaneses com ar experiente, que já ali estavam antes de nós chegarmos, e perguntei-lhes como é que o elefante se estava a portar. Todos disseram exatamente o

---

[80] *Sahib*: literalmente: «dono», «senhor», «amigo»; forma de tratamento reverente com que os indianos se dirigiam aos Ingleses. [N. da T.]

mesmo: o elefante não fazia mal nenhum se o deixassem em paz, mas podia atacar quem se aproximasse demasiado.

Eu não tinha a menor dúvida do que devia fazer: aproximar-me do elefante, chegar aí a uns vinte metros dele, de modo a testar o seu comportamento. Se ele investisse, eu atirava. Se ele não me ligasse, era porque não havia perigo em deixá-lo sossegado até o *mahout* chegar. Mas também sabia muito bem que não ia fazer nada disso. Sou fraco atirador com uma carabina, e o solo era tão lamacento que uma pessoa se enterrava a cada passo. Se o elefante me atacasse e o tiro errasse o alvo, as minhas hipóteses eram as mesmas que as de um sapo debaixo de um rolo compressor. Mas nesse momento, eu nem estava a pensar prioritariamente na minha pessoa, mas na expectativa estampada naqueles rostos amarelos atrás de mim. Com o olhar da multidão cravado em mim, eu nem sequer tinha propriamente medo, ou pelo menos não o medo que sentiria se estivesse sozinho. Um homem branco não pode ter medo em frente dos «nativos», e, por isso, regra geral, não sente medo. A única ideia que me veio à mente foi que, se a coisa corresse mal, aqueles dois mil birmaneses vir-me-iam a ser perseguido, esborrachado e reduzido a cadáver, com um esgar igualzinho ao do indiano lá no cimo do monte. E se tal acontecesse, o mais provável era que alguns se rissem. Ora, isso não podia ser! Só me restava uma alternativa: carreguei a arma e deitei-me no chão para melhor fazer pontaria.

A multidão aquietou-se e exalou um suspiro quase impercetível, de um contentamento profundo, como aquele que se ouve num teatro antes de subir o pano. O espetáculo ia começar. A arma era estupenda, uma carabina alemã com mira telescópica. Na altura, eu não sabia que, quando se faz pontaria a um elefante, se deve apontar para uma linha imaginária entre as duas orelhas. Como o elefante estava de lado, eu devia ter feito pontaria diretamente ao ouvido, mas apontei uns centímetros mais para a frente, julgando que o cérebro se localizava mais adiante.

Quando puxei o gatilho, não ouvi o estrondo nem senti o coice — não se dá conta nem de um nem de outro quando o tiro é certeiro —, mas ouvi o urro diabólico de gáudio que se soltou da multidão. Naquele instante, quase antes de a bala ter tido tempo de atingir o alvo, uma mudança misteriosa, terrível, apoderou-se do elefante. Não tremeu nem caiu, mas cada uma das linhas do corpo se alterou. Parecia ter encolhido e envelhecido imensamente, como se o tremendo impacto da bala o tivesse paralisado sem o derrubar. Por fim, ao cabo de uns cinco minutos, que me pareceram uma eternidade, vacilou e caiu pesadamente sobre os joelhos. Escorria-lhe baba da boca. Uma enorme senilidade parecia ter tomado conta dele, como se de repente tivesse ficado com uns mil anos de idade. Voltei a disparar, fazendo pontaria ao mesmo sítio. Ao segundo tiro, o elefante não caiu, antes se levantou com uma lentidão desesperada até ficar em pé, cambaleando, com as pernas bambas e a cabeça curvada. Disparei um terceiro tiro. Foi o golpe de misericórdia. Via-se bem a agonia que lhe fez estremecer o corpo todo e que lhe sugou as últimas forças que o aguentavam de pé. Mas, ao cair, pareceu momentaneamente ficar ainda mais alto, porque quando as pernas de trás falharam, a frente elevou-se qual rocha gigantesca prestes a despenhar-se, a tromba, uma árvore que se erguia aos céus. Soltou um ronco, um só, uma única vez. E depois caiu, de barriga virada para mim, com um estrondo que fez tremer a terra debaixo dos pés.

Levantei-me. Os birmaneses já passavam por mim em desenfreada correria pelo meio da lama. Era óbvio que o elefante nunca mais se poria em pé, mas morto ainda não estava. Tinha uma respiração ofegante, ritmada, um estertor que penosamente lhe subia e baixava o amplo tórax, a boca escancarada, cavernosa, de um cor-de-rosa pálido até às profundezas. Esperei imenso tempo que o elefante morresse, mas os espasmos não enfraqueciam. Acabei por disparar as balas que restavam, tentando atingi-lo no coração. O sangue jorrava, de um vermelho espesso e aveludado, mas mesmo assim ele não morreu. O corpo nem estremeceu quando o tiro o atingiu, a respiração dilacerante continuou sem parar. Esvaía-se, numa agonia lenta e dolorosa, algures num outro mundo bem longe do meu, onde as balas já não o atingiam. Eu tinha de pôr fim àqueles sons horríveis. Já não podia ver aquele majestoso animal para ali deitado, incapaz de se mexer mas igualmente incapaz de morrer, sem que eu pudesse acabar com ele. Mandei vir a arma mais pequena e despejei-lhe tiros e mais tiros pela garganta abaixo e no coração. Não tiveram qualquer efeito. O ritmo dos estertores continuou qual o tique-taque de um relógio.

A certa altura, não aguentei mais e fui-me embora. Contaram-me depois que o elefante tinha demorado meia hora a morrer. Antes de eu sair de lá, já chegavam birmaneses com baldes e cestos, e, segundo me disseram, nessa tarde já o tinham esfolado até aos ossos.

Depois do acontecido, é claro, houve discussões infindáveis sobre o abate do elefante. O dono ficou furioso, mas como era indiano, nada pôde fazer. Aliás, em termos legais, eu agira corretamente, porque um elefante desgovernado tem de ser abatido, tal como um cão raivoso, se o dono não o conseguir controlar. Entre os europeus, as opiniões dividiam-se. Os mais velhos estavam do meu lado, e os mais novos diziam que tinha sido uma pena abater um elefante só por ter morto um *coolie*, porque um elefante tem muito mais valor do que o raio de um *coolie* nativo. Eu acabei por ficar satisfeito por o *coolie* ter morrido; legalmente, colocou-me do lado da razão e deu-me um pretexto para matar o elefante. Fiquei sempre a pensar se algum dos outros tinha percebido que eu só o matara para não fazer uma triste figura.

New Writing, 1936

3

«GOSTAVA DE ESCREVER SOBRE MUITOS OUTROS AUTORES»: ORWELL E A CRÍTICA LITERÁRIA

Orwell começou cedo, logo no início da carreira, a publicar recensões de obras da mais variada proveniência num sem número de revistas e periódicos. Meio de fazer uns tostões para suplementar os parcos rendimentos da sua própria escrita, a atividade crítica, embora subsidiária, ajudou a sedimentar a sua imagem de jornalista de assuntos culturais, além de acrescentar à sua já extensa bagagem literária, adquirida desde a infância, quer pelo gosto da leitura, quer graças à educação de elite que recebeu em Eton, a mais prestigiada das *public schools* inglesas.

Orwell conhecia de perto, efetivamente, não só as obras fundamentais da literatura inglesa mas também os grandes clássicos das literaturas americana, irlandesa, francesa e russa. E não falamos apenas de obras canónicas, mas também das vozes emergentes no panorama literário seu contemporâneo. Atento às novas tendências de escrita, fossem elas formais ou temáticas, tanto o encontramos a discutir Joyce como Shakespeare, Tolstói ou Koestler, Henry Miller ou Flaubert, Joseph Conrad ou Zamyatin, e as suas incursões críticas (como se verá adiante, na secção 4.) exploram também a literatura de massas e infanto-juvenil.

E se, em vários dos ensaios desta coletânea, Orwell expressa uma opinião desfavorável da crítica literária (acusada de usar critérios ideológicos e não literários na apreciação de textos de orientação política diferente), a verdade é que parece ter tomado o gosto pela atividade, publicando nos anos de guerra alguns dos seus ensaios mais extensos sobre escritores que, por várias ordens de razão, lhe suscitaram o interesse. E mais teria escrito, se tivesse tido oportunidade: «Acho este tipo de crítica literária semissociológica muito interessante e gostava de escrever sobre muitos outros autores, mas, infelizmente, é coisa que não dá dinheiro» (*Complete Works*, vol. XII: 137), confessa ele a um amigo.

A dimensão de Orwell como crítico literário tem sido algo descurada, ou, no mínimo, pouco salientada, perdendo-se entre as outras facetas mais conhecidas do grande público. É certo que o autor não era crítico literário no sentido em que fosse académico ou tivesse formação teórico-crítica. Orwell era, por assim dizer, um amador nestas lides, mas um «amador» no sentido etimológico do termo, escrevendo por gosto e fascínio pessoal sobre autores cujo papel cultural (passado ou presente) se lhe afigurava digno de atenção e de investigação. A perspetiva que Orwell tem da literatura é, como ele próprio afirma, prioritariamente sociológica, embora não descurando nunca os aspetos mais estritamente técnicos ou estilísticos da escrita. Para ele, a literatura é sempre uma construção estética, histórica e socialmente situada, projetando-se, na sua influência formativa, em todo o imaginário cultural da sociedade.

Por tudo isto não nos espantará que Orwell discuta, a propósito deste ou daquele autor, as questões que para ele são fundamentais: classe, ideologia, orientação política e identidade. Assim, por exemplo, o ensaio sobre Dickens diz-nos tanto sobre o conceito de revolução do autor oitocentista como o do próprio Orwell, aí pesando os prós e os contras da visão reformista ou revolucionária no preciso momento em que está a escrever *A Quinta dos Animais*, texto que se debruça sobre a (in)viabilidade das revoluções; ou veja-se a crítica ao quietismo de um Koestler, desiludido com a perda do paraíso terreno e fazendo um recuo do público para o privado, que nos lembra a tentação a que o próprio Orwell resistiu durante alguns momentos do seu percurso pessoal e político; ou ainda a forma como elogia o tratamento de Joyce do «homem comum», figura que iremos encontrar quando discute a cultura popular e que será central ao desenvolvimento da sua própria conceção do socialismo democrático. Em suma, o que Orwell louva ou ataca em cada um dos autores contribui para entendermos o seu posicionamento político tanto quanto as suas escolhas literárias.

É sempre fascinante ver como um/a escritor/a estuda e avalia os/as colegas de profissão. Orwell faz-se valer, sem dúvida, da sua própria experiência de escrita para detetar com argúcia este ou aquele traço típico de um autor, louvando e criticando em igual medida, evitando confundir critérios estéticos com fidelidades políticas, antes tentando sempre ser justo e equilibrado para com o objeto da sua investigação. A visão que nos oferece da literatura é certamente a de um autor que (como nos diz em «Porque Escrevo»), privilegiando o impulso político, não o poderia fazer sem esse «entusiasmo estético» que o leva a olhar para a beleza do mundo e a tirar prazer da palavra em si mesma. Esta é, afinal, a perspetiva de um autor que colocou a si mesmo um ideal a atingir: «transformar a escrita política numa arte».

Carta a Brenda Salkeld

Domingo, (10? de dezembro de 1933)

Frayes College Harefield Road Uxbridge Mdx[81].

Minha querida Brenda,

Muito obrigado pela carta que me escreveste há tempos. Finalmente tenho um bocadinho para me sentar e responder. Ainda bem que sempre conseguiste arranjar e ler *Ulisses*. Em resposta à tua pergunta «O que é que Joyce está a tentar fazer?» devo dizer várias coisas, que não são fáceis de definir em poucas palavras. Antes de mais, temos de decidir quais os objetivos que um romance normalmente pretende atingir. Em primeiro lugar (por ordem de dificuldade, o mais simples primeiro), retratar ou construir personagens, em segundo lugar, criar o padrão ou a estrutura que qualquer história deve ter, e em terceiro lugar, se o romancista estiver à altura, produzir uma *escrita de qualidade*, que pode existir por assim dizer no

[81] Neste momento, Orwell dava aulas num externato para rapazes, o Frayes's College, cessando a atividade pouco depois, em dezembro de 1933. [N. da T.]

vácuo, independentemente do assunto. Estou a pôr isto em termos muito rudimentares, mas estás a perceber a analogia com a pintura — não que eu seja grande perito em pintura —, que também tem figuras (como no caso de um retrato), um padrão feito de linhas, planos, etc., e, por último, se o pintor for realmente bom, o nosso grande prazer vem da (digamos assim) *textura* — a qualidade das pinceladas, etc. Penso que *Ulisses* segue de perto este esquema, mas o que é estranho e original é que, em vez de usar como material de base a versão convencional e altamente simplificada da vida presente na maioria dos romances, Joyce pretende apresentar a vida mais ou menos como ela é vivida. É evidente que ele não está *apenas* a tentar representar a vida. Quando *Ulisses* foi publicado, dizia-se à boca pequena que era uma tentativa de descrever um dia na vida de alguém sem deixar nada de fora, etc. Mas não é isso. Basta pensar que a descrição exaustiva de um dia, ou até de uma hora, seria um enorme *omnium gatherum*, um amontoado sem forma e provavelmente sem interesse, que em qualquer dos casos não transmitiria a impressão do que é a vida. A arte implica seleção, e há tanta seleção em *Ulisses* como em *Orgulho e Preconceito*, só que Joyce está a tentar selecionar e representar acontecimentos e pensamentos tal como ocorrem na vida e não na ficção. Claro que não consegue completamente, mas o facto de tentar revela por si só a sua extraordinária originalidade. O meu primeiro encontro com *Ulisses* foram alguns capítulos soltos numa recensão, e apanhei por acaso o solilóquio de Gerty Macdowell. Na altura, pareceu-me uma piada desajeitada escrever todo o passo ao estilo da coleção Heartease[82], mas agora percebo não haver melhor forma de Joyce representar

---

[82] Coleção de literatura romântica e sentimental, dirigida a um público feminino. [N. da T.]

o interior da mente da rapariga, pelo menos sem se alongar mais. Deves lembrar-te como estão tão bem dados aqueles pequenos toques horrendos de narcisismo sobre os «tesouros de menina» e o «perder-se em devaneios», etc. Do mesmo modo, tanto Bloom como Mrs. B. e Dedalus têm o seu próprio estilo, mostrando as características respetivas das suas mentes. O estilo de Dedalus está contaminado por influências da literatura isabelina e medieval, os pensamentos de Mrs. B. são caóticos e amorfos, e Bloom pensa numa sucessão de frases curtas, exceto na cena do bordel, quando está tão bêbedo que já não distingue o real do imaginário. Não percebo bem a razão de ser de algumas mudanças no estilo, por exemplo na paródia frequente de artigos de jornais, ou de Homero, ou se calhar da literatura antiga irlandesa, embora muitos sejam bastante divertidos. Um caso de que te deves lembrar é quando Paddy Dignam, o bêbedo, morre, e Joyce passa de repente a uma paródia do estilo de Homero em «Ligeiro era o seu pé sobre os fetos. O Dignam da fronte resplandecente». A cena da conversa no *pub* entre os estudantes de medicina parece ser uma paródia da literatura inglesa desde as origens até ao presente. Também não percebo qual a razão disto, a não ser que se deva ao nascimento «fora de palco» da criança e a mudança de estilo simbolize a criação, o que se me afigura um tanto desajeitado. Além dos diferentes estilos que representam diversas formas de pensar, a observação é por vezes extraordinária, como na cena do funeral. Compara os pensamentos de Bloom com os que passam pela cabeça das figuras tradicionais da ficção durante um funeral. No que se refere à estrutura, tanto quanto a entendo, não me parece muito bem conseguida. Os incidentes são claramente baseados na *Odisseia* e muitos identificam-se facilmente. Bloom é Odisseu, Dedalus é Telémaco, Mrs. B. é Penélope (com os pretendentes da praxe), Gertie Macdowell é Nausícaa, Bella (qual é o último nome? A dona do bordel) é Circe, etc. Acho que a ideia de Joyce de se basear na *Odisseia* é dizer: «Ali está a Idade do Bronze — e aqui estamos nós.» Apesar de tudo, a obra parece-me fragmentada, com muitos bocados separados ou com pouca relação uns com os outros.

Desculpa esta longa preleção. Podes sempre parar de ler. Quanto às personagens, parece-me que tanto Bloom como Dedalus são autorretratos — um de Joyce aos vinte e dois anos, outro aos trinta e oito. Acho Bloom a personagem mais interessante e mais bem conseguida. Dedalus é o intelectual moderno normal, cuja mente está envenenada por não conseguir acreditar em nada e que só difere da versão inglesa porque foi educado num ambiente católico, de saber monástico, em vez de ter a educação clássica que é dada, ou supostamente dada, em Inglaterra. Bloom, por outro lado, é um espécimen extraordinariamente sensível do homem comum, e o interesse disto é que o homem educado e o homem comum raramente se cruzam na literatura inglesa moderna. O homem comum é normalmente descrito na ficção ou por escritores que são a nível intelectual pessoas comuns, embora romancistas de talento (como Trollope[83]), ou por pessoas educadas que o descrevem *de fora* (por ex., Samuel Butler[84] e Aldous Huxley). Ao lermos a prosa de quase todos os escritores de tipo intelectual, nunca nos passaria pela cabeça que são capazes de se embebedar, engatar mulheres na rua, roubar meia coroa a alguém, etc. O que é curioso em Bloom é ele ser uma pessoa normal, com pouca

---

[83] Anthony Trollope (1815–1882), escritor realista, mais conhecido pela sua obra *As Crónicas de Barsetshire*, que se ocupam do mundo da fidalguia rural oitocentista. [N. da T.]

[84] Samuel Butler (1835–1902), escritor de utopias satíricas, como *Erewhon*, e um dos primeiros a refletir sobre a inteligência artificial e o domínio da máquina. [N. da T.]

educação, mas ser descrito a partir de dentro por alguém que também é capaz de se situar do lado de fora e observá-lo de um outro ângulo. Não que Bloom seja absolutamente o típico homem comum. Tem obviamente, por exemplo, laivos de uma curiosidade intelectual que lhe arranjam sarilhos com a mulher e os amigos do *pub*, além das suas anomalias sexuais, que o distinguem do homem comum. Puramente em termos de construção de personagem, Mrs B. é se calhar a melhor de todas, e Buck Mulligan também é uma boa personagem. As restantes figuras secundárias não se destacam muito, mas algumas das conversas no *pub* são excelentes.

E quanto à escrita propriamente dita, a de *Ulisses* não é para todos os gostos, mas eu pessoalmente acho-a muitas vezes soberba. Se reparares, Joyce está sempre a segurar-se para não escrever uma espécie de poesia e os passos em que o faz são os que eu gosto mais. O episódio em que Bloom recorda quando fez amor com a mulher nas falésias antes de casarem, quando vê o homem a comer naquela tasca repulsiva, e depois as suas reflexões sobre as bancas dos talhantes no mercado, a cena do bordel em que Bella, que agora passou a homem, lhe conta que a mulher lhe é infiel, o episódio em que a estatueta de gesso fala da folha de jornal em que fora embrulhada, todos eles ficaram retidos na minha memória. Se os leres alto, logo vês que a maioria é essencialmente em verso. Uma das coisas mais notáveis da obra, na minha opinião, são os versos a descrever os pensamentos de um cão — lembras-te? Começa com «Praga das pragas, Sete dias todos os dias». Até parece que Joyce descobriu aqui um novo esquema rítmico.

Desculpa esta longa carta, um tanto didática. Mas a questão é que Joyce me interessa tanto que quando começo a falar dele não consigo parar. Pensava que tinhas lido a maioria dos livros da lista. Perguntas se fiquei bem impressionado com

The Dynasts[85]. Não o leria outra vez na totalidade, mas julgo que atinge os objetivos que se propõe e tem passos excelentes. A descrição da Batalha de Waterloo é esplêndida, embora provavelmente incorreta em termos históricos, mas perdia-se parte do efeito sem ler o resto da obra. Mas é evidente que há imensos bocados que são uma seca absoluta. Não tenho lido nada ultimamente, a não ser um panfleto fedorento sobre Platão e Aristóteles que não diz nada de mais nem sobre Platão nem sobre Aristóteles. Estou sobrecarregado de trabalho como de costume, mas espero ter mais tempo livre na semana que vem quando acabarem os exames. O meu romance está com o meu agente, que acredita nele, mas pessoalmente estou tão farto que já não o posso ver à frente. É muito comprido — quase do tamanho de uma obra de Priestley[86]. O próximo romance será melhor, espero eu, mas parece-me que não vou conseguir começar a escrevê-lo antes das férias. Ainda tens possibilidade de dar uns passeios comigo? Acho que foste um bocado indiscreta em contar à tua mãe. Se quiseres ler *O Retrato do Artista*, o livro anterior de Joyce, podes comprá-lo no W. S. Smith. Tem partes muito boas. O trecho em que o jovem passa por uma fase muito beata está escrito num estilo inteligente de repulsa subtil. Mas é um livro mediano comparado com *Ulisses*. Escreve logo que possas.

Com muito amor,

Eric A. Blair

---

[85] Drama épico em verso da autoria de Thomas Hardy (1840–1928), um dos grandes escritores do realismo vitoriano, publicado em 1908. [N. da T.]

[86] Orwell refere-se a *Dias Birmaneses*; o próximo romance seria *A Filha do Pároco*. J. B. Priestley (1894–1984) foi um prolífico escritor, dramaturgo e ativista de esquerda, e uma das primeiras figuras a tirar partido dos novos *media*, como a rádio, onde tinha um programa regular durante a Segunda Grande Guerra. [N. da T.]

Charles Dickens

I

Dickens é um daqueles escritores que vale sempre a pena roubar. Pensando bem, até o seu enterro na Abadia de Westminster se pode considerar uma espécie de roubo.

Nas Introduções às obras de Dickens que escreveu para a edição da Everyman, Chesterton atribuiu naturalmente a Dickens a sua própria noção, muito idiossincrática, de medievalismo, e, mais recentemente, o escritor marxista T. A. Jackson[87] tem feito os possíveis e os impossíveis por transformar Dickens num revolucionário sedento de sangue. Os marxistas reclamam-no como «quase» marxista, os católicos como «quase» católico, e ambos o reclamam como defensor do proletariado (ou dos «pobres», como diria Chesterton). No entanto, no seu livrinho sobre Lenine, Nadezha Krupskaya conta que, uns tempos antes de morrer, Lenine foi ver uma encenação de *O Grilo na Lareira*, e achou Dickens de um sentimentalismo burguês tão intolerável que saiu a meio de uma cena.

---

[87] T. A. Jackson (1879–1955) foi um dos membros fundadores do Partido Comunista britânico. [N. da T.]

Entendendo «burguês» no sentido que Krupskaya daria ao termo, esta opinião está provavelmente mais correta do que a de Chesterton e Jackson. Mas note-se que a reação desfavorável a Dickens aí implícita é pouco usual. Muitos acham-no intragável, mas poucas pessoas olham com hostilidade para o espírito geral da sua obra. Algum tempo depois, Bechhofer Roberts[88] publicou um ataque frontal a Dickens sob a forma de romance (*This Side Idolatry*), mas não passou de um ataque pessoal, sobretudo em termos da forma como Dickens teria tratado a mulher. A obra cobria incidentes de que nem um em mil dos leitores de Dickens teria conhecimento, e que não invalidam a sua obra mais do que Shakespeare ter deixado em testamento à mulher apenas uma cama velha invalida *Hamlet*[89]. A obra apenas demonstra que a personalidade literária de um escritor pouco ou nada tem a ver com o seu carácter como pessoa. É bem possível que, na vida privada, Dickens fosse tão egoísta e insensível como Bechhofer Roberts o descreve, mas a figura que transparece da obra publicada é muito diferente e tem-lhe granjeado muito mais amigos do que inimigos. Podia muito bem ter-se dado o contrário, porque, mesmo sendo burguês, Dickens era sem sombra de dúvida um escritor subversivo, radical, em boa verdade um rebelde, e quem conhece bem a sua obra não pode deixar de ter consciência disso. Gissing[90], por exemplo,

---

[88] Bechhofer Roberts (1894–1949) foi jornalista e escritor, e a primeira figura a trazer a público a relação adúltera entre Charles Dickens e a atriz Ellen Teman. [N. da T.]

[89] Literalmente, o que Orwell diz é: «... than the second-best bed invalidates *Hamlet*». A referência é a Shakespeare, no seu testamento, ter deixado à mulher apenas uma cama usada, o que em geral é entendido como uma desconsideração deliberada por parte do bardo, provando as más relações entre o casal. [N. da T.]

[90] George Gissing (1857–1903) é a figura mais conhecida do Naturalismo britânico. As suas obras, nomeadamente *New Grub Street*, denunciam as condições de vida miseráveis do proletariado urbano. [N. da T.]

um dos críticos mais perspicazes de Dickens, estava longe de ser ele próprio um radical, discordando desta vertente do autor e preferindo que ela não estivesse presente na obra; mas nunca lhe teria ocorrido negar que ela existe. Em *Oliver Twist, Tempos Difíceis, Casa Desolada* e *A Pequena Dorrit,* Dickens atacou algumas das instituições inglesas com uma virulência não igualada desde então. E, no entanto, conseguiu-o sem suscitar ódios — e mais, as pessoas que atacou foram exatamente aquelas que o engoliram tão completamente que ele próprio se transformou numa instituição nacional. O público inglês sempre teve perante Dickens a mesma reação que um elefante tem perante uma bengalada que lhe faz apenas umas agradáveis cócegas. Ainda eu não tinha dez anos e já me estavam a enfiar Dickens pela goela abaixo, não me sendo difícil reconhecer no mestre-escola, mesmo nessa idade, a figura de Mr. Creakle, e é bem sabido que os advogados se deleitam com a personagem do Sargento Buzfuz, e que *A Pequena Dorrit* é uma das obras favoritas no Ministério do Interior. Dickens parece ter atacado toda a gente sem antagonizar ninguém, o que nos faz pensar, naturalmente, se há alguma coisa de irreal na sua invetiva contra a sociedade. Onde é que ele se posiciona exatamente, em termos sociais, morais e políticos? Como de costume, é mais fácil começar por definir a sua posição pela negativa e decidir o que ele *não é.*

Em primeiro lugar, ele *não é*, como Chesterton e Jackson sugerem, um escritor «proletário». Antes de mais, Dickens não escreve sobre o proletariado, assim como a esmagadora maioria dos romancistas, passados e presentes. Quando se procura a classe trabalhadora na ficção, especialmente na ficção inglesa, só se encontra um enorme buraco. Deixem-me qualificar esta afirmação: por razões óbvias, o trabalhador agrícola (em Inglaterra, um proletário) está razoavelmente presente na ficção, e muito se tem escrito sobre criminosos, vagabundos e, mais recentemente, sobre os intelectuais da classe trabalhadora. Mas o proletário urbano normal, aquele que dá a volta à manivela e põe a máquina a funcionar, foi sempre ignorado pelos romancistas. Quando consegue aparecer entre as capas de um livro, é sempre objeto de piedade ou interlúdio cómico. A ação central dos romances de Dickens situa-se sempre em ambientes de classe média. Se examinarmos em detalhe os seus romances, damo-nos conta de que o tema central é de facto a burguesia comercial londrina e os que vivem às suas custas — advogados, empregados de escritório, comerciantes, estalajadeiros, pequenos artesãos e criados. Nem um retrato de um trabalhador agrícola, e só um (Stephen Blackpool em *Tempos Difíceis*) de um operário industrial. Os Plornish, em *A Pequena Dorrit*, representam provavelmente o melhor retrato de uma família de classe trabalhadora — os Peggotty, por exemplo, mal pertencem a essa classe —, mas em geral Dickens não consegue retratar com sucesso este tipo de personagem. Se perguntarmos a um leitor comum quais as personagens proletárias de que se lembra na obra de Dickens, com toda a certeza ele mencionará Bill Sykes, Sam Weller e Mrs. Gamp: um ladrão, um criado de quarto e uma parteira bêbeda — não exatamente uma amostragem representativa da classe trabalhadora inglesa.

Em segundo lugar, na aceção corrente do termo, Dickens não é um escritor «revolucionário», mas urge definir a sua posição relativamente a esta questão.

Dickens podia ser muita coisa, mas não era um daqueles pregadores evangélicos que encapotadamente apelam à salvação da alma, idiotas bem-intencionados que pensam que o mundo seria perfeito se se emendassem uns tantos regulamentos e se abolisse uma ou outra anomalia. Vale a pena compará-lo com Charles Read, por exemplo, figura muito mais bem informada do que Dickens e em certa medida mais empenhada socialmente. Read nutria um verdadeiro ódio pelos abusos de que tinha consciência, desmascarou-os numa longa série de romances que, embora absurdos, se leem bem, e provavelmente contribuiu para modificar a opinião pública acerca de várias questões menores, mas ainda assim importantes. Mas a noção de que, dada a organização social vigente, certos males *não podem* ser evitados estava para lá da sua compreensão. Concentremo-nos num pequeno abuso, desmascaremo-lo, tratemos de o expor na praça pública, levemo-lo a tribunal, e tudo se resolve, é o que ele pensa. Pelo menos nunca passou pela cabeça de Dickens que a cura para as borbulhas fosse cortá-las. Em cada página da sua obra transparece a consciência de que na sociedade algo está errado de raiz, e é precisamente quando perguntamos «mas quais são essas raízes?» que começamos a perceber a sua posição.

A verdade é que a crítica social de Dickens é feita quase exclusivamente em termos morais. Daí a completa ausência de qualquer sugestão construtiva na sua obra. Insurge-se contra a lei, o governo parlamentar, o sistema educativo e por aí fora, sem nunca sugerir claramente uma alternativa. Não se espera, evidentemente, que um romancista, ou satirista, faça sugestões construtivas, mas a questão é que a atitude de Dickens no fundo nem sequer é *destrutiva*. Não há qualquer sinal de que ele queira subverter a ordem vigente ou tão-pouco de que faria uma grande diferença se ela fosse efetivamente subvertida. Porque, de facto, o seu alvo não é tanto a sociedade como a «natureza humana». Seria difícil descortinar em toda a sua obra um passo que desse a entender que o sistema económico está errado *enquanto sistema*. Por exemplo, Dickens nunca faz qualquer ataque às empresas ou à propriedade privadas, e mesmo num romance como *O Amigo Comum*, que gira em torno do poder que os mortos têm de meter o nariz na vida dos vivos através de testamentos idiotas, não lhe ocorre sugerir que os indivíduos não deviam ter um poder tão irresponsável. É bom de ver que podemos tirar por nós mesmos essa conclusão, sobretudo graças ao que se diz sobre o testamento de Bounderby no final de *Tempos Difíceis*, e convenhamos que da sua obra transparecem os malefícios do capitalismo *laissez-faire*; mas nunca é o próprio Dickens a extrair essas conclusões. Conta-se que Macaulay[91] se recusou a fazer uma recensão de *Tempos Difíceis* porque discordava do «socialismo carrancudo» da obra. É evidente que Macaulay está a usar o termo «socialismo» no mesmo sentido em que há vinte anos se dizia que uma refeição vegetariana ou um quadro cubista eram «bolchevistas», porque não há, nessa obra, uma única linha que se possa apelidar de socialista; pelo contrário, a tendência geral é até pró-capitalista, porque a moral da história é que os capitalistas devem ter bom coração e não que os operários se devem revoltar. Bounderby é mandão e fanfarrão, e Gradgrind sofre de cegueira moral, mas se fossem pessoas de bem o sistema não funcionava mal — é esta a implicação que se retira da obra em geral. Em termos de crítica social, Dickens resume-se a isto, a não ser que deliberadamente o queiramos tresler. A sua «mensagem» limita-se à primeira vista a uma enorme platitude: se os homens se portassem decentemente, o mundo seria bem melhor.

Naturalmente, isto exige que algumas das personagens em posições de poder se comportem efetivamente com decência. Daí a personagem recorrente em Dickens do ricaço de bom coração, que se encontra em particular na fase inicial, e mais otimista, da sua escrita. Normalmente, é um «negociante» (sem sabermos necessariamente em que negócios

---

[91] Thomas Babington Macaulay (1800–1859) foi historiador e político inglês, e a sua obra reflete a visão otimista da história do partido mais progressista, os Whigs. [N. da T.]

está envolvido), e é invariavelmente um *gentleman* de idade e de uma bondade sobre-humana, sempre a «cirandar» de um lado para o outro, afadigando-se a subir o salário dos empregados, a fazer festinhas na cabeça das crianças, a tirar da prisão os endividados e em geral a desempenhar o papel de fada-madrinha. Figura ideal, claro, que pertence ao reino do sonho mais do que à realidade e que se afasta mais desta do que, por exemplo, um Squeers ou um Micawber. Até o próprio Dickens se deve ter dado conta, de vez em quando, de que quem oferecesse assim de mão beijada o dinheiro que tem não teria certamente conseguido chegar a rico. Mr. Pickwick, por exemplo, «trabalhara» na City[92], mas é difícil imaginar que por lá tivesse feito fortuna. No entanto, esta personagem perpassa as obras iniciais como um fio condutor. Pickwick, os Cheeryble, o velho Chuzzlewit e Scrooge — sempre a mesma figura, o ricaço de bom coração, distribuindo guinéus ao deus-dará. Nota-se, contudo, uma evolução em Dickens, porque a meio da carreira a figura quase desaparece, não se encontrando em *Um Conto de duas Cidades*, nem em *Grandes Esperanças* — obra que constitui, de facto, uma crítica ao sistema de patronato —, e em *Tempos Difíceis* o papel é desempenhado apenas de forma dúbia por Gradgrind depois do seu rebate de consciência. A personagem só reaparece, numa versão bastante diferente, no Beagles de *A Pequena Dorrit* e no John Jarndyce de *Casa Desolada* — e talvez devêssemos acrescentar Betsy Trotwood em *David Copperfield*. Mas nestas obras, o ricaço de bom coração encolheu, passando do «negociante» ao *rentier*[93],

---

[92] A «City» era, na altura, como é ainda hoje, o centro financeiro da capital. [N. da T.]

[93] *Rentier*: alguém que vive de rendimentos, normalmente rendas. Karl Marx distingue o *rentier*, que se limita a viver dos rendimentos, do capitalista, que reinveste os lucros obtidos. [N. da T.]

o que é significativo. O *rentier* faz parte da classe dos proprietários, pode obrigar os outros a trabalharem para ele (e, quase sem se dar conta, faz exatamente isso), mas tem muito pouco poder efetivo. Ao contrário de Scrooge ou dos Cheeryble, já não consegue resolver os problemas subindo os salários a toda a gente. A conclusão que provavelmente podemos retirar do tom descoroçoado das obras escritas na década de 1850 é que por essa altura Dickens se consciencializara da impotência dos indivíduos bem-intencionados no seio de uma sociedade corrupta. Contudo, o ricaço de bom coração efetua um regresso triunfal no último romance completado, *O Amigo Comum* (publicado em 1864–65), na figura de Boffin, proletário de origem e que só enriqueceu graças a uma herança, mas que é o habitual *deus ex machina* que resolve todos os problemas distribuindo dinheiro a torto e a direito. Mais outro, como os Cheeryble, que anda sempre a «cirandar» de um lado para o outro. Em grande medida, *O Amigo Comum* representa o retorno ao modelo anterior, retorno esse que não deixa de dar bons frutos. É como se Dickens tivesse fechado o círculo: uma vez mais, a bondade individual é o remédio para todos os males.

Uma injustiça gritante do seu tempo sobre a qual Dickens tem pouco a dizer é o trabalho infantil. Há inúmeros retratos de crianças maltratadas na sua obra, mas por regra sofrem os maus tratos na escola e não na fábrica. O único relato detalhado da mão-de-obra infantil encontra-se em *David Copperfield*, na descrição do pequeno David a lavar garrafas no armazém Murdstone & Grinby, o que é evidentemente autobiográfico. Aos dez anos, Dickens trabalhara na fábrica de graxa da Warren, na Strand, num ambiente muito semelhante ao aí descrito. Recordou sempre a experiência com enorme azedume, em parte porque sentia o episódio como um descrédito para os pais, tendo-o até ocultado da mulher por longo tempo. Em *David Copperfield*, este período da vida é lembrado do seguinte modo:

> Ainda hoje me surpreende ter sido abandonado numa idade tão tenra. Uma criança como eu, cheia de qualidades excecionais, grande poder de observação, espírito vivo, curiosa, sensível e facilmente magoada tanto no corpo como no espírito, e — caso estranho — ninguém saiu em minha defesa. Mas assim foi; e aos dez anos lá fui eu trabalhar como serviçal na firma de Murdstone & Grinby.

E noutro passo, depois da descrição dos rufias com quem trabalhava:

> Não há palavras que descrevam a agonia secreta que me encheu a alma ao afundar-me nestas companhias [...] e a esperança perdida de poder vir a ser uma pessoa educada e distinta que me esmagava o peito.

Escusado será dizer que não é David Copperfield a falar, mas o próprio Dickens. A autobiografia, começada e abandonada pouco depois, usa quase os mesmos termos. É óbvio que Dickens tem razão ao afirmar que uma criança dotada não deve ser obrigada a trabalhar dez horas por dia a colar etiquetas em frascos, mas o que ele não diz é que criança *nenhuma* deve ser condenada a tal sorte, e nada indica que assim pense. David consegue escapar do armazém, mas Mick Walker, Mealy Potatoes e os outros lá continuam, não havendo sinais de que incomode muito o autor. Como de costume, não demonstra ter consciência de que a *estrutura* da sociedade se pode alterar. Despreza a política, não acredita que do Parlamento saia algo de bom — fora repórter parlamentar, experiência que só o desiludira — e revela alguma hostilidade perante o sindicalismo, um dos movimentos mais promissores da época. Em *Tempos Difíceis*, o movimento sindical surge como pouco mais do que um embuste, algo que acontece porque os patrões não são suficientemente paternais. A recusa de Stephen Blackpool em se juntar ao sindicato é até uma virtude aos olhos de Dickens. Além disso, como Jackson faz notar, a associação de aprendizes em *Barnaby Rudge*, a que Sim Tappertit pertence, faz parte da crítica aos sindicatos ilegais, ou quase ilegais, da época, com as suas reuniões secretas, palavras-passe e tudo o mais. Obviamente, Dickens quer que os trabalhadores sejam bem tratados, mas não há sinais de que deseje que eles tomem o destino nas suas próprias mãos, muito menos através de atos de violência.

Por acaso, Dickens trata da revolução em sentido restrito em dois romances, *Barnaby Rudge* e *Um Conto de duas Cidades,* embora no primeiro caso se trate mais de um motim de rua do que de uma revolução. Os «Gordon Riots»[94] de 1778, embora sob o pretexto do fanatismo religioso, parecem não ter sido mais do que pilhagem indiscriminada. A atitude de Dickens perante este tipo de fenómeno fica bem explícita em inicialmente ter projetado fazer dos líderes dos motins três loucos fugidos de um manicómio. Dissuadiram-no disso, mas a verdade é que a figura principal da obra é o maluquinho da aldeia. Nos capítulos que descrevem os motins, é bem visível o profundo horror de Dickens à violência da populaça e o seu deleite na criação de cenas em que a «turba» se comporta com uma bestialidade atroz. Estes

[94] Gordon Riots: motins populares que se insurgiam contra o levantamento de sanções aos católicos em 1778. A oposição às novas leis, liderada por Lord George Gordon, resultou em violência de rua contra Irlandeses, o ataque a prisões e igrejas católicas, estendendo-se até ao Banco de Inglaterra. A sublevação foi brutalmente reprimida pelo exército. [N. da T.]

capítulos são de grande interesse psicológico, porque se nota que Dickens tinha matutado longamente no assunto, sendo a descrição apenas fruto da sua imaginação, uma vez que no seu tempo não houve motins em tal escala. Eis uma das descrições, a título de exemplo:

> Se os portões de Bedlam[95] se tivessem aberto de par em par, não teriam jorrado cá para fora tantos e tais loucos como os criados no frenesim daquela noite. Houve homens que dançaram nos canteiros e pisaram as flores como se fossem corpos de inimigos, arrancando-as violentamente dos caules como selvagens a torcerem pescoços. Houve homens que atiraram archotes para o ar, deixando-os cair em cima das cabeças e das caras, que sofreram queimaduras profundas e horrendas. Houve homens que correram para o fogo e nele esbracejaram como se estivessem dentro de água; outros que tiveram de ser impedidos pela força de se atirarem para lá na satisfação de um desejo de morte. Sobre o crânio de um garoto bêbedo — ainda não tinha vinte anos, a julgar pelo aspeto — que jazia no chão, de garrafa enfiada na boca, desabou um telhado de chumbo, numa chuva de fogo líquido, branca e incandescente, derretendo-lhe a cabeça como se fosse de cera... Mas em toda a turba ululante ninguém se apiedou ou comoveu com estas cenas; e homem nenhum viu satisfeita a sua ira devastadora, tresloucada e insensata.

Parece quase uma descrição da Espanha «Vermelha» feita por um apoiante do General Franco. Convém não esquecer que a «turba» londrina ainda existia no tempo de Dickens. (Hoje em dia, não há turba, apenas um rebanho.) Salários baixos, o aumento e a mobilidade da população

---

[95] Bedlam: o manicómio mais antigo e famoso de Londres. [N. da T.]

tinham criado um imenso e perigoso subproletariado, e até meados do século XIX não havia o que se podia chamar uma força policial. Quando os tijolos começavam a voar, era entaipar as janelas e mandar as tropas disparar. *Um Conto de duas Cidades* trata de uma revolução a sério, e a atitude de Dickens modifica-se, se bem que não inteiramente. Por acaso, *Um Conto de duas Cidades* é uma obra que nos deixa impressões falsas, sobretudo passado algum tempo.

Aquilo que ninguém esquece depois de ler a obra é o Reino do Terror. O livro é dominado pela guilhotina — a chiadeira dos carrinhos-de-mão no seu vaivém constante, as facas a pingar sangue, as cabeças rolando para os cestos, as velhas sinistras a fazer tricô enquanto contemplam a cena. Em boa verdade, estas cenas ocupam apenas alguns capítulos, mas são escritas com uma intensidade tremenda, e o resto da obra progride a um ritmo mais lento. Mas *Um Conto de duas Cidades* não é a obra gémea de *O Pimpinela Escarlate*[96]. Dickens tem a perfeita noção da inevitabilidade da Revolução Francesa e de que muitos dos executados mereciam o castigo. Segundo ele, quem se comporta como a aristocracia francesa convida à vingança, algo que é repetido vezes sem fim. Estamos sempre a ser lembrados que enquanto um lorde está refastelado na cama, com os quatro criados de libré a servirem-lhe o chocolate quente e os camponeses a morrerem de fome lá fora, algures na floresta cresce a árvore, que irá ser cortada em tábuas, que servirá de plataforma para a

---

[96] *O Pimpinela Escarlate*, escrito pela Baronesa Emmuska Orczy, é uma popular história de aventuras passada durante a Revolução Francesa. O herói, um aristocrata inglês, disfarça-se para conseguir salvar condenados à guilhotina. De simpatias claramente aristocráticas, a obra, como convém ao género de aventuras, é altamente idealizada e tem um final feliz. Há várias versões cinematográficas da obra, a mais famosa de 1934, com Leslie Howard e Merle Oberon, produzida por Alexander Korda. [N. da T.]

guilhotina, etc., etc. A inevitabilidade do Terror, dadas as suas causas, é reiterada claramente:

> Era demasiado frequente [...] falar desta terrível revolução como se fosse a única colheita à face da terra que não tinha sido semeada — como se nada, por ação ou omissão, tivesse levado a ela —, como se os observadores dos milhões de miseráveis da França e dos recursos, desbaratados e pervertidos, que deviam ter contribuído para a sua prosperidade não a tivessem previsto, anos antes, e não tivessem registado o que viram em palavras simples e claras.

E ainda:

> Todos os monstros devoradores e insaciáveis que a imaginação criou desde que há registo confluíram para uma realização, a Guilhotina. E, no entanto, não há em França, com o seu solo e clima variados, uma erva, uma folha, uma raiz, uma nascente, um grãozinho que amadureça em condições mais certas do que as que produziram este horror. Esmague-se e torça-se a humanidade mais uma vez entre tornos semelhantes, e ela voltará por si mesma a iguais formas torturadas.

Por outras palavras, a aristocracia francesa tinha cavado o seu próprio túmulo. Mas não há aqui perceção alguma do que agora se designa por necessidade histórica. Para Dickens, perante estas causas, os resultados são inevitáveis, mas na sua opinião as ditas causas podiam ter sido evitadas. A Revolução aconteceu porque séculos de opressão tinham transformado o campesinato francês numa espécie sub-humana. Se os malvados dos nobres tivessem virado a página, como Scrooge[97], não teria havido revolução, ou

[97] Scrooge é a personagem principal de *Um Conto de Natal,* um sovina que se arrepende e se emenda. [N. da T.]

Jacquerie[98], ou guilhotina — e tanto melhor. Ora, isto é o oposto da atitude «revolucionária», uma vez que, do ponto de vista «revolucionário», a luta de classes é a maior causa do progresso, e, portanto, o nobre que rouba o camponês e o incita à revolta está a desempenhar um papel tão essencial como o do jacobino que guilhotina o nobre. Não se encontra uma palavra neste sentido em toda a obra de Dickens. Segundo ele, a revolução é um monstro gerado pela tirania que acaba sempre por devorar os seus próprios instrumentos. Na visão premonitória que Sydney Carton teve aos pés da guilhotina, Defarge e os outros cabecilhas da revolução pereceriam todos sob a mesma lâmina — o que, de facto, foi mais ou menos o que aconteceu.

E Dickens não tem dúvidas de que a revolução é um monstro. Por isso, todos nos lembramos das cenas revolucionárias de *Um Conto de duas Cidades,* com o seu ambiente de pesadelo, um pesadelo que é o do próprio Dickens. A cada passo insiste no horror e no sem sentido da revolução — os massacres, a injustiça, o terror permanente dos espiões, a turba assustadora e ávida de sangue. As descrições da populaça parisiense — por exemplo, a descrição do grupo de assassinos acotovelando-se à volta da pedra de afiar, preparando as facas antes de chacinarem os prisioneiros nos massacres de setembro — ultrapassam de longe as de *Barnaby Rudge.* Os revolucionários surgem-lhe simplesmente como selvagens embrutecidos — de facto, como loucos, cujo frenesim vai remoendo imaginativamente com uma intensidade muito curiosa. Por exemplo, a descrição da dança da «Carmagnole»[99]:

---

[98] A Jacquerie foi uma revolta de camponeses no norte de França, em 1358, violentamente reprimida pelo governo. [N. da T.]

[99] A «Carmagnole» foi, com efeito, uma canção, acompanhada de dança, que surgiu durante a Revolução Francesa, celebrando a vitória do povo sobre a família real. [N. da T.]

> Não deviam ser menos de quinhentas pessoas, e dançavam como cinco mil demónios. [...] Dançavam ao som de uma popular canção revolucionária, marcando o ritmo ferozmente, como um ranger de dentes em uníssono. [...] Avançavam, recuavam, batiam com as mãos uns nos outros, davam voltas sozinhos, depois agarravam o outro e giravam aos pares, até que muitos caíam. [...] De repente, pararam outra vez, estacaram, voltaram a marcar o ritmo, formando filas ao longo da rua, e, com as cabeças baixas e as mãos bem alto, lançavam-se para a frente com gritos estridentes. Luta nenhuma seria tão terrível como esta dança, tão enfaticamente a perversão de um divertimento — algo outrora inocente, agora entregue aos poderes das trevas.

Até atribui a alguns dos desgraçados o prazer de guilhotinarem crianças. O passo de que citei excertos devia ser lido na totalidade, porque, assim como tantos outros, demonstra o horror profundo que Dickens tinha à histeria revolucionária. Note-se, por exemplo, o pormenor «com as cabeças baixas e as mãos bem alto» e a visão terrífica que ele transmite. Mme. Defarge é uma figura verdadeiramente aterradora, a personagem maléfica mais bem conseguida de toda a sua obra. Defarge e os outros são simplesmente «os novos opressores que se ergueram das ruínas dos anteriores», os tribunais revolucionários são presididos pela populaça «mais boçal, cruel e baixa», e por aí adiante. Ao longo da obra, insiste-se na insegurança desse sonho mau que é o período revolucionário, e nisto Dickens revela-se profético. «A lei da suspeição, que eliminou toda a certeza da liberdade e da vida, entregue nas mãos não dos bons ou inocentes, mas dos maus e culpados; as prisões abarrotando de gente que não cometera crimes e não tinha voz para se fazer ouvir» — podia muito bem aplicar-se a vários países nos dias que correm.

Os apologistas de qualquer revolução tentam geralmente minimizar os seus horrores; o impulso de Dickens é exagerá-los — e, de um ponto de vista histórico, não há dúvida de que exagerou. O Reino do Terror não foi tão mau como ele pretende. Mesmo sem citar números, Dickens dá a impressão de um ataque frenético que durou anos, quando na verdade o período do Terror, por junto, não chegou aos calcanhares de uma das batalhas napoleónicas. Mas as facas sangrentas e o rolar constante dos carrinhos de mão criam uma visão sinistra que Dickens conseguiu passar a gerações de leitores. Graças a ela, não se pode falar num carrinho de mão sem pensarmos logo em assassinatos, de forma que quase nos esquecemos que é uma simples alfaia agrícola usada nas quintas. E até hoje, para o inglês normal, a Revolução Francesa significa apenas uma pirâmide de cabeças cortadas. Estranho é que Dickens, que tinha muito mais afinidades com os ideais da Revolução do que qualquer outro no seu tempo, tivesse sido o responsável por nos deixar esta impressão.

Para quem detesta a violência e não acredita na política, o único remédio é a educação. Talvez a sociedade já não tenha salvação, mas há sempre esperança para o indivíduo, se o apanharmos logo de início. É esta ideia que em parte justifica a preocupação de Dickens com a educação.

Ninguém, pelo menos em Inglaterra, escreve melhor sobre a infância do que Dickens. Apesar de todo o conhecimento acumulado desde então, apesar de hoje em dias as crianças serem tratadas com sensatez, nenhum romancista igualou a sua habilidade de entrar na mente infantil e dar o seu ponto de vista. Eu devia ter uns nove anos quando li *David Copperfield* pela primeira vez, e o ambiente mental dos capítulos iniciais foi-me tão imediatamente reconhecível que quase me convenci terem sido escritos *por uma criança*. E mesmo quando, já adultos, lemos a obra, e os

Murdstone, por exemplo, passam de gigantes ameaçadores a monstros semicómicos, os passos do texto não perdem o efeito. Dickens consegue estar ao mesmo tempo dentro e fora da mente da criança, de tal forma que a mesma cena pode ser vista como exagero burlesco ou realidade sinistra, conforme a idade em que a lemos. Veja-se, por exemplo, a cena em que David Copperfield é injustamente acusado de comer as costeletas de borrego; ou a cena em que Pip, em *Grandes Esperanças*, no regresso da casa de Miss Havisham, e incapaz de descrever o que viu, resolve refugiar-se numa mentira delirante — em que todos acreditam piamente. Em cenas dessas se consubstancia toda a solidão da infância. E com que precisão Dickens registou os mecanismos da mente infantil, a sua capacidade de visualização, a sua sensibilidade a certo tipo de impressões! Pip descreve-nos como, na infância, imaginava os pais, já falecidos, a partir dos dizeres das lápides:

> O tipo de letra na campa do meu pai deu-me a estranha ideia de que ele era atarracado, corpulento, muito moreno, e com cabelo negro e encaracolado. Da natureza e estilo da inscrição gravada, «E Georgiana, sua esposa», deduzi que a minha mãe tinha sardas e era enfermiça. Aos cinco pequenos losangos com uns 5 cm de comprimento, dispostos numa fila certinha ao lado da campa deles, em memória dos meus cinco irmãozinhos [...] devo a ideia, que mantive religiosamente, de que todos eles tinham nascido de costas, com as mãos enfiadas nos bolsos das calças, nunca as tirando de lá enquanto viveram.

Há um passo similar em *David Copperfield*, em que David, depois de morder a mão de Murdstone, é mandado para a escola e obrigado a usar uma tabuleta nas costas com os dizeres: «Cuidado! Ele morde.» Olhando para a porta do recreio onde os miúdos tinham gravado os nomes, e pelo estilo de cada uma das assinaturas, David é capaz de imaginar exatamente o tom de voz com que cada um lerá a tabuleta:

> Um dos rapazes — um tal J. Steerforth — que gravara o nome com cortes fundos e frequentes, imaginava-o eu a ler em voz grossa, puxando-me depois o cabelo. Outro, Tommy Traddles, bem o temia, iria gozar comigo e fazer de conta que eu lhe metia um medo de morte. Um terceiro, George Demple, parecia-me que ia cantarolar as frases.

Quando li este passo na infância, achei que eram exatamente estas as imagens evocadas pelos nomes. A razão reside claramente nas associações sonoras das palavras (Demple — «temple»; Traddles — provavelmente «skedaddle»[100]). Mas quem é que, antes de Dickens, se ia lembrar de tal coisa? No seu tempo, a atitude perante a infância era bem menos benevolente do que hoje. O início do século XIX não era, de facto, uma altura boa para se ser criança. Na juventude de Dickens, as crianças ainda eram «julgadas em tribunal, onde tinham de lhes pegar ao colo e de as levantar para serem vistas», e pouco antes disso miúdos de treze anos eram enforcados por roubos insignificantes. Dominava a doutrina de que era preciso «vergar o espírito» das crianças, e *The Farchild Family*[101] persistiu como leitura infantil obrigatória durante grande parte do século. Esse livro tenebroso, agora publicado em versões delicodoces expurgadas, merece uma leitura no original, porque nos dá uma ideia clara dos exageros a que era levada a

---

[100] *Temple*: templo; *skeddadle*: debandar, fugir precipitadamente. [N. da T.]

[101] *The Fairchild Family*, da autoria de Mary Marytha Sherwood, foi um dos *best sellers* da literatura infantil do século XIX. Profundamente didática e moralizante, a obra propunha a ideia de que a natureza humana (incluindo a das crianças) é naturalmente má e depravada, necessitando de disciplina férrea e castigos corporais para se atingir a redenção da alma. [N. da T.]

disciplina imposta às crianças. Mr. Fairchild, por exemplo, quando apanha os filhos a brigarem, começa por lhes aplicar umas vergastadas, recitando ao mesmo temo, por entre os golpes, o poema de Dr. Watts «Que os cães se deleitem a ladrar e morder»[102], depois do que os leva a passar a tarde à sombra de um cadafalso, do qual pende o cadáver em decomposição de um assassino. No início do século, milhares de crianças, às vezes apenas com seis anos, trabalhavam literalmente até morrer nas minas ou nas fábricas de têxteis, e mesmo nas *public schools* da moda açoitavam-se os alunos até fazer sangue por darem erros de latim. Algo que Dickens parece ter descoberto, ao contrário de muitos dos seus contemporâneos, é a dimensão sádica e sexual dos açoites, sugerida, penso eu, em *David Copperfield* e *Nicholas Nickleby*. Mas a crueldade mental para com as crianças enfurece-o tanto quanto o castigo físico, e, se bem que haja bastantes exceções, os mestres-escola da sua obra são em geral uns canalhas.

Com exceção das universidades e das maiores *public schools*, nenhuma instituição de ensino escapa às críticas acutilantes de Dickens, seja a Academia do Dr. Blimber, onde as crianças são empanturradas de grego até rebentarem, as revoltantes escolas de instituições de caridade, que produzem espécimenes como Noah Claypole e Uriah Heep, Salem House, Dithboys Hall, e finalmente a vergonhosa escola de meninas dirigida pela tia-avó de Mr. Wopsle. Muito do que Dickens descreve continua a ser verdade até aos dias de hoje. Salem House é o antepassado das *prep schools*[103] modernas,

[102] O poema de Isaac Watts, «Let Dogs Delight to Bark and Bite» («Os cães que tenham prazer em ladrar e morder»), sugere que tal comportamento é apropriado para animais, mas não para crianças, que são encorajadas a ter amor e não ódio ou raiva para com os outros. [N. da T.]

[103] *Prep schools*: colégios internos que preparavam os alunos para frequentarem as *public schools*. Orwell andou numa delas, St. Cyprians, tendo-lhe feito uma feroz crítica no ensaio «Ledos, Ledos Dias». [N. da T.]

e com elas mantém grandes parecenças; e quanto à tia-avó de Mr. Wopsle, neste preciso instante operam em qualquer cidadezinha uma série de velhotas aldrabonas iguaizinhas a ela. Mas, como é habitual, a crítica de Dickens nem é criativa nem destrutiva. Bem se apercebe da idiotice de um sistema educativo baseado no léxico grego e na bengala de ponta encerada, mas, por outro lado, rejeita o tipo de escola que surgia nas décadas de 1850 e 60, uma escola «moderna» com a sua ênfase esmagadora nos «factos». Mas, afinal, o que é que ele quer? Como sempre, uma versão moralizadora do que existe — a escola antiga, mas sem vergastadas, sem autoritarismos e sem subalimentação, e porventura menos grego. A escola de Mr. Strong, que David Copperfield frequenta depois de fugir da Murdstone & Grinby, mais não é do que uma Salem House sem os respetivos vícios e com uma boa dose de «pedras vetustas» para criar ambiente:

> A escola de Dr. Strong era excelente, e tão diferente da de Mr. Creakle como o bem do mal. Gerida com ordem grave e decorosa e orientada por um sistema são; apelando, em tudo, à honra e boa-fé das crianças [...], o que funcionava às mil maravilhas. Todos nos sentíamos parte integrante do governo da escola e da manutenção do seu carácter e dignidade. Daí que cedo ficássemos muito ligados a ela — pelo menos assim foi comigo, e enquanto lá estive não vi que houvesse outras reações —, e aí aprendi com toda a boa vontade, para que tivessem orgulho em mim. Nos tempos livres, havia jogos nobres e muita liberdade; mas, mesmo assim, falavam bem de nós na cidade e raramente deixámos ficar mal, por atos ou comportamentos, a reputação da escola de Dr. Strong e daqueles que tinha a seu cargo.

O tom vago e impreciso deste passo bem demonstra que Dickens não tinha uma teoria sobre a educação. Lá consegue imaginar o ambiente *moral* de uma boa escola, mas mais nada. As crianças aprendiam «com toda a boa vontade»; mas aprendiam o quê? Provavelmente, uma versão diluída do currículo do Dr. Blimber. Tendo em conta a atitude perante a sociedade que transparece da obra de Dickens, chocar-nos-á saber que mandou o filho mais velho para Eton e que todos os filhos seguiram o percurso educacional que era de tradição. Gissing parece pensar que tal se deveu a Dickens ter uma consciência aguda da sua própria falta de educação, mas é provável que se tenha deixado influenciar pelo seu amor à educação clássica. Dickens tinha pouca educação formal, mas não perdera nada com isso, e em geral parece ter tido consciência do facto. Se realmente não conseguia imaginar uma escola melhor do que a do Dr. Strong, ou, na vida real, do que Eton, é porque tinha alguma deficiência intelectual bem diferente da que Gissing lhe aponta.

Parece, portanto, que cada vez que ataca a sociedade, Dickens propõe uma mudança no espírito e não na estrutura. Nem vale a pena perguntar-lhe por soluções específicas, e ainda menos por doutrinas políticas. A sua abordagem fica-se sempre pelo plano moral e a atitude resume-se àquele comentário sobre a escola de Strong ser diferente da de Creackle «como o bem do mal». Duas coisas podem ser muito parecidas, mas ao mesmo tempo terem diferenças abissais. O Céu e o Inferno ocupam o mesmo lugar. É inútil mudar as instituições sem uma mudança interior, é o que ele reafirma constantemente.

Se isto fosse tudo o que Dickens tem para nos dizer, não seria mais do que um falso animador ou um impostor reacionário. A «mudança interior» é de facto o alibi usado por quem não pretende ver mudado o *statu quo*. Mas Dickens não é um impostor, exceto em questões menores, e a impressão mais forte que nos deixam as obras é a do seu ódio à tirania. Afirmei acima que Dickens, *na aceção corrente do termo*, não é um escritor revolucionário. Mas não se pode afirmar categoricamente que uma crítica apenas moral à sociedade não possa ser tão revolucionária — e a revolução, afinal, significa virar tudo de pernas para o ar — como a crítica político-económica tão em moda hoje em dia. Blake não era político, mas um poema como «I Wander Through each Chartered Street»[104] revela maior conhecimento sobre a natureza da sociedade capitalista do que três quartos da literatura socialista. O progresso não é uma ilusão, acontece, mas é lento e invariavelmente dececionante. Há sempre um tirano a postos para substituir o anterior — em geral não tão mau, mas ainda assim um tirano. Em consequência, há sempre dois pontos de vista possíveis: um pergunta como se pode melhorar a natureza humana sem se mudar o sistema; o outro, se vale a pena mudar o sistema antes de se ter melhorado a natureza humana. Cada um apela a indivíduos diferentes, e provavelmente têm tendência para alternar ao longo dos tempos. O moralista e o revolucionário subvertem-se constantemente um ao outro. Marx dinamitou a posição moralista com uma carga de cem toneladas, e ainda hoje vivemos ao som do eco dessa tremenda deflagração. Mas já algures os sapadores se afadigam a colocar a dinamite que mandará Marx pelos ares. E depois, Marx, ou alguém como ele, regressará com mais dinamite, e o processo continuará sem fim à vista. O problema central — como impedir que haja abusos de poder — continua sem solução. Dickens, que não tinha visão suficiente para perceber que a proprie-

[104] O poema de William Blake (1757–1827), poeta, ilustrador e visionário, fala das condições de vida miseráveis do mundo urbano, refletindo o espírito libertário e radical do autor. [N. da T.]

dade privada é um obstáculo incómodo, deu-se conta disso mesmo. «Se os homens fossem bons, o mundo seria melhor» não é afinal uma platitude tão grande como parece.

II

Mais do que qualquer outro autor, Dickens justifica-se em termos da sua origem de classe, embora a sua história familiar não tivesse sido exatamente a que se deduz a partir dos romances. O pai era funcionário num departamento governamental, e do lado da mãe havia ligações ao exército e à marinha. Mas desde os nove anos Dickens cresceu em Londres, num ambiente comercial e quase sempre em condições de grande pobreza. Mentalmente, pertence à pequena burguesia urbana, de que é um espécimen excecional, com todos os seus «traços positivos», por assim dizer, altamente desenvolvidos, o que o torna particularmente interessante. O seu equivalente moderno mais próximo é H. G. Wells, com quem muito partilha, e a quem Wells deve muito como romancista. Arnold Bennett[105] era do mesmo tipo, mas, ao contrário dos outros dois, vindo das Midlands, tinha origens industriais e não-conformistas, em vez de comerciais e anglicanas.

A grande desvantagem, e vantagem, da pequena burguesia urbana são os seus horizontes limitados. Olha-se o mundo como se só existisse a classe média, e tudo o que está para lá destes limites ou é risível ou algo perverso. Por um lado, não se tem contacto com a indústria nem com a terra; por outro, não se tem contacto com a elite governamental. Quem estudou Wells em detalhe sabe que ele tinha

---

[105] Arnold Bennett (1867–1931) foi advogado e escritor, sendo conhecido pelos romances passados nas fictícias *Five Towns* que surgem como o paradigma da cidade industrial do norte de Inglaterra. [N. da T.]

um ódio de morte aos aristocratas, mas pouca objeção aos plutocratas e entusiasmo nenhum pelo proletariado. Quem ele mais detestava, os que acusa de serem responsáveis por todos os males, são os reis, os proprietários rurais, os padres, os nacionalistas, os soldados, os estudiosos e os camponeses. À primeira vista, uma lista que começa com reis e acaba com camponeses parece uma enumeração caótica, mas na realidade há algo de comum a todos eles: são tipos arcaicos, governados pela tradição e com os olhos postos no passado — o contrário, portanto, da burguesia emergente, que aposta no futuro e para quem o passado está morto e enterrado.

Por acaso, embora tivesse crescido numa época em que a burguesia era de facto uma classe em ascensão, Dickens não exibe estas caraterísticas de forma tão acentuada como Wells. Quase não tem consciência do futuro e revela um amor muito sentimental pelo pitoresco (as «bucólicas e vetustas igrejinhas», etc.). No entanto, a sua lista de ódios de estimação é suficientemente parecida com a de Wells para nos despertar a atenção. Dickens está do lado dos trabalhadores em termos muito vagos — sente uma espécie de simpatia generalizada por quem é oprimido —, mas, na realidade, pouco sabe sobre eles; na sua obra, só surgem como criados, e criados cómicos, ainda por cima. No outro extremo da escala, detesta o aristocrata e — ultrapassando Wells nesta matéria — odeia também a alta burguesia. A suas verdadeiras simpatias estão delimitadas por uma pirâmide com Mr. Pickwick no topo e Mr. Barkis no sopé. Mas o termo «aristocrata», designando um dos ódios de Dickens, é vago e necessita de definição.

Na verdade, o alvo de Dickens não é tanto a grande aristocracia, que mal aparece na sua obra, como os seus derivados mais mesquinhos, as parasíticas viúvas brasonadas dos becos elegantes de Mayfair, os burocratas e os soldados profissionais, que lhe merecem muitos retratos hostis e pouco favoráveis. Também não há imagens positivas dos proprietários rurais, por exemplo, com exceção talvez de Sir Leicester Dedlock; além dele, só temos Mr. Wardle (a figura típica do «velho fidalgo de bom coração»), e Haredale, em *Barnaby Rudge*, que merece a simpatia de Dickens por ser um católico perseguido. Não se encontram do mesmo modo representações positivas de soldados (isto é, de oficiais), nem de marinheiros. E quanto aos burocratas, juízes e magistrados, a maior parte estaria perfeitamente à vontade na «Repartição da Circunlocução»[106]. Os únicos oficiais por quem Dickens demonstra alguma simpatia são, significativamente, os polícias.

A atitude de Dickens é perfeitamente compreensível para os Ingleses, porque advém da tradição puritana inglesa, que se mantém viva até ao presente. A classe a que Dickens pertencia, pelo menos adotivamente, estava subitamente a enriquecer depois de dois séculos na obscuridade, sobretudo nos grandes centros urbanos e sem contacto com a agricultura, e era politicamente impotente; na sua experiência, o governo era algo que ou interferia ou perseguia. Consequentemente, esta classe não tinha tradição de serviço ao país ou de utilidade pública. O que mais nos salta à vista acerca dos novos-ricos oitocentistas é a sua completa irresponsabilidade; medem tudo em termos do sucesso individual, e praticamente não têm uma noção de comunidade. Por outro lado, alguém como Tite Barnacle, mesmo quando não cumpria os seus deveres, tinha uma noção vaga dos deveres não cumpridos.

---

[106] O «Circumlocution Office» é um departamento governamental fictício, que serve a Dickens para criticar a burocracia da época no romance *A Pequena Dorrit*. Quem lá entrava era passado de funcionário em funcionário, nunca obtendo uma resposta clara e inequívoca a qualquer questão, perdendo-se (às vezes literalmente) nos meandros burocráticos da repartição. [N. da T.]

A atitude de Dickens nunca é irresponsável, e muito menos se pauta pela ganância de um Smiles[107]; mas lá no fundo há sempre a sensação de que todo o aparato governamental é desnecessário. O Parlamento é simplesmente o Lord Coodle e o Sir Thomas Doodle, o império é simplesmente o major Bagstock e o criado indiano, o exército é simplesmente o coronel Chowser e o Dr. Slammer, os serviços públicos são simplesmente Bumble e a «Repartição da Circunlocução» — e por aí adiante. O que Dickens não percebe, ou compreende apenas de forma intermitente, é que Coodels e Doodle e todos os resquícios que perduram do século XVIII *têm* efetivamente uma função de que nem Pickwick nem Boffin se dão conta.

É certo que esta estreiteza de vistas é de certa forma uma vantagem, porque ver demais é fatal para um caricaturista. Do ponto de vista de Dickens, a «boa» sociedade é simplesmente uma coleção de idiotas de aldeia. Mas que súcia! Lady Tippins! Mrs. Gowan! Lord Verisopht! The Honourable Bob Stables! Mrs. Sparsit (cujo marido era um Powler)! The Tite Barnacles! Nupkins! É quase uma antologia da loucura. Mas, ao mesmo tempo, o seu afastamento em relação à classe dos proprietários, militares e burocratas incapacita-o para uma sátira mais ampla. Só tem sucesso com esta classe quando os retrata como mentalmente incapazes. A acusação que lhe faziam em vida, de «não ser capaz de pintar um *gentleman*», era absurda, mas correta neste sentido: o que ele diz acerca dos *gentlemen* raramente é demolidor. Sir Mulberry Hawk, por exemplo, é uma tentativa falhada de criar um aristocrata malvado. Harthouse, em *Tempos Difíceis*, é um pouco melhor, mas Trollope ou Thackeray consegui-lo-iam sem

---

[107] Orwell refere-se a Samuel Smiles (1812–1904), que escreveu um dos primeiros livros de auto-ajuda, *Self-help*, defendendo o direito à educação e promovendo ideias de parcimónia e responsabilidade individual. [N. da T.]

esforço. Trollope limita-se praticamente à classe dos *gentlemen*, mas tem a grande vantagem de ter um pé em dois campos morais. De certo modo, a sua visão assemelha-se à de Dickens, identificando-se também com a classe puritana endinheirada contra uma aristocracia que passa a vida a jogar às cartas e a fugir às dívidas. O século XVIII, tal como ele o entende, irrompe pelo século XIX na figura do malvado Lord Steyne. *A Feira das Vaidades* é uma versão mais extensa do que Dickens fez nalguns capítulos de *A Pequena Dorrit*. Mas, tanto em termos de origem como de educação, Thackeray está muito mais próximo da classe que satiriza e, portanto, consegue criar personagens-tipo muito mais subtis, como o major Pendennis e Rawdon Crawley. O major Pendennis é um velhote superficial e snobe, e Random Crawley um rufia muito bronco, que não vê onde está o mal em viver anos a fio enganando os lojistas; mas o que Thackeray percebe é que, segundo o tortuoso código de valores destes dois, nenhum deles é má pessoa. O major Pendennis, por exemplo, nunca passaria um cheque sem cobertura; Rawdon fá-lo-ia sem pensar duas vezes, mas por outro lado nunca abandonaria um amigo em apuros, e ambos se teriam comportado exemplarmente no campo de batalha — algo sem grande apelo para Dickens. Daí resulta que no final olhemos para o major Pendennis com uma tolerância divertida e para Rawdon quase com respeito; e, no entanto, bem nos damos conta, mais do que através de uma diatribe qualquer, da indecência do viver à custa dos outros, dessa existência parasitária nas franjas da boa sociedade. Dickens seria incapaz disto. Nas suas mãos, Rawdon e o major reduzir-se-iam a caricaturas tradicionais, e em geral os seus ataques à «boa» sociedade são uma mera formalidade. A aristocracia e a alta burguesia só são percetíveis na sua obra como um sussurro distante ou um coro de bastidores, como os jantares de Podsnap.

Quando Dickens consegue criar um retrato subtil e devastador, como John Dorrit ou Harold Skimpole, é normalmente de uma figura mediana e insignificante.

Considerando a altura em que viveu, é notável a falta de nacionalismo grosseiro em Dickens. Todos os povos que se constituíram em nações têm tendência a desprezar os estrangeiros, mas não há dúvida de que as raças anglo-saxónicas são as piores. Prova disso é, mal se darem conta de uma raça estrangeira, inventarem logo uma alcunha insultuosa para se lhe referirem. «Wop», «Dago», «Froggy», «Squarehead», «Kike», «Sheeny», «Nigger», «Wog», «Chink», «Greaser», «Yellowbelly»[108] são apenas alguns dos exemplos. Antes de 1870, a lista seria mais curta, porque o mapa do mundo era diferente do de hoje em dia, e os Ingleses só tinham verdadeira consciência de três ou quatro raças estrangeiras. Mas a atitude condescendente dos Ingleses em relação a todas elas, e sobretudo aos Franceses, o seu ódio de eleição, era de tal modo intolerável que a «arrogância» e «xenofobia» inglesas são lendárias. E isto não é, ainda hoje, uma lenda completamente falsa. Até há pouco quase todas as crianças inglesas eram educadas no desprezo pelas raças do sul da Europa, e a história que aprendiam na escola consistia sobretudo numa lista de batalhas ganhas pelos Ingleses. Mas basta ler, por exemplo, o *Quaterly Review* publicado na década de 1830 para se ver onde chega a fanfarronice. Foi nessa época que os Ingleses inventaram a lenda de que eram «rijos ilhéus» de «corações indomáveis como o carvalho», e dava-se por facto científico que um inglês valia três estrangeiros. Nos romances e nas bandas desenhadas publicados ao longo do

[108] Termos pejorativos para as seguintes raças: Wop — Italianos; Dago — Espanhóis; Squarehead — Alemães; Froggy — Franceses; Kike e Sheeny — judeus; Wog — Indianos; Greaser e Yellowbelly — latinos, nomeadamente Mexicanos; Chink — Chineses. [N. da T.]

século XIX há sempre a figura tradicional do «franciú» — um homenzinho ridículo, de barba curta e cartola pontiaguda, sempre a esbracejar e a gesticular, vaidoso, frívolo e permanentemente a gabar-se das façanhas marciais, mas que foge sempre quando o perigo espreita. Em oposição a ele, John Bull[109], o «rijo lavrador inglês», ou (em versão mais *public school*) o «inglês forte e silencioso» de Charles Kingsley, Tom Hughes[110] e outros.

Thackeray, por exemplo, revela traços bem vincados desta posição, mas há momentos em que cai em si e se ri de si próprio. O único facto histórico que lhe ficou na cabeça foi a vitória inglesa em Waterloo, cuja referência encontramos com frequência em todos os romances. Segundo ele, os Ingleses são invencíveis graças à tremenda força física, que ele atribui ao consumo de carne. Como a maioria dos Ingleses da época, Thackeray tem a ilusão de que os Ingleses são maiores do que os outros povos (ele, por acaso, era mesmo maior do que a maioria), e daí encontrarmos passos como estes:

> Estou-lhe a dizer que você é melhor do que os Franceses. Até aposto que quem está a ler isto tem mais de 1,70 m de altura e pesa mais do que 70 kg, enquanto um francês mede

---

[109] John Bull é a figura caricatural que personifica o povo inglês (correspondente ao Zé Povinho português). Originalmente da autoria do cartoonista John Arbuthnot, surgiu em 1712 e, com algumas variações, é normalmente representado como uma figura sólida, terra-a-terra, teimosa e pouco inteligente, sofrendo muitas vezes abusos por parte dos poderosos, mas mantendo sempre a sua persistência e capacidade de sobrevivência. [N. da T.]

[110] Charles Kingsley (1819–1875) foi um reformista, mas mais conhecido pelas suas histórias de aventuras, destinadas a um público infantojuvenil, em que celebrava a raça anglo-saxónica e os elementos nórdicos da cultura inglesa. Tom Hughes (1822–1896) é o autor das famosas histórias *Tom Brown's School Days*, sobre as aventuras de um rapaz numa *public school*, e de leitura obrigatória para a classe média e alta no século XIX. [N. da T.]

> 1,60 m e não chega a pesar 60 kg. O francês, depois da sopa come um prato de legumes, enquanto você come um prato de carne. Você é um animal diferente e superior — um animal que derrota os Franceses (a história de centenas de anos prova-o sem sombra de dúvida) [etc., etc.]

A obra de Thackeray está pejada de excertos como este. Dickens nunca faria algo semelhante. Seria exagero afirmar que nunca troça de estrangeiros, e é evidente que, como a esmagadora maioria dos Ingleses do século XIX, a cultura europeia passa-lhe ao largo, mas em momento algum se encontra em Dickens a fanfarronice tipicamente inglesa sobre a «raça de ilhéus com o seu espírito de buldogue», ou baboseiras desse género. Em *Um Conto de duas Cidades* não há uma única frase que diga: «Vejam como se portam estes malvados dos Franceses!» A única vez em que parece demonstrar o habitual ódio aos estrangeiros é nos capítulos sobre a América em *Martin Chuzzlewit*, mas isso não passa da reação de uma mente generosa insurgindo-se contra a falsidade. Se Dickens vivesse hoje, teria ido à União Soviética e escrito um livro parecido com *Retour de L'URSS*, de Gide[111]. Mas, em geral, Dickens está isento da idiotice que encara as nações como se fossem indivíduos e raramente faz piadas sobre questões de nacionalidade. Não explora o Irlandês ou o Galês cómicos, mas não porque tenha objeção a personagens-tipo e piadas feitas, porque é óbvio que não tem. Mais significativo ainda é não ter preconceito contra os judeus. É certo que parte do princípio (em *Oliver Twist* e *Grandes Esperanças*) de que o recetador de objetos roubados

---

[111] André Gide (1869–1951), um dos grandes simbolistas franceses e detentor do prémio Nobel, escreveu, com efeito, uma crítica devastadora à URSS depois de uma visita que o deixou desiludido com o modelo soviético, fazendo-o repudiar o comunismo. [N. da T.]

será judeu, o que na época se justificaria. Mas a «piada sobre judeus», endémica na cultura inglesa até à subida de Hitler ao poder, não surge de todo na sua obra, e, em *O Amigo Comum*, Dickens faz até uma tentativa piedosa, embora pouco convincente, de os defender.

Esta ausência de nacionalismo exacerbado é em parte a marca de uma grande generosidade de espírito, e noutra parte o resultado de uma atitude política negativa e improdutiva. Dickens é muito inglês, sem se dar conta disso — a ideia de ser inglês não o deixa certamente em êxtase. Não tem sentimentos imperialistas, nem ideias discerníveis sobre política externa, e toda a tradição militar passa-lhe completamente ao lado. Temperamentalmente, está muito mais próximo do pequeno comerciante não-conformista que despreza a «farda» e acha que a guerra é um mal — visão um tanto zarolha, mas a verdade é que a guerra é mesmo um mal. É de notar que Dickens quase nunca escreve sobre a guerra, nem mesmo para a denunciar. Com os seus notáveis dons de descrição, mesmo sobre o que nunca viu, nunca descreve uma batalha, a não ser que se conte o ataque à Bastilha em *Um Conto de duas Cidades*. Provavelmente o assunto não lhe interessaria, e de todo o modo Dickens nunca consideraria o campo de batalha como o lugar indicado para se decidirem questões importantes. Um ponto a favor da mentalidade da pequena burguesia puritana.

III

Dickens crescera tão próximo da pobreza que esta sempre lhe inspirou terror, e, apesar da sua generosidade de espírito, nunca está completamente livre dos preconceitos próprios de uma classe empobrecida, mas que se agarra à respeitabilidade. É comum chamarem-lhe escritor «popular» e «campeão das massas oprimidas». E na verdade é, desde que as considere como oprimidas, mas dois factos condicionam esta atitude. Em primeiro lugar, é um homem do sul da Inglaterra, e ainda por cima um *cockney*[112], e como tal sem ligação ao grosso das massas oprimidas, os trabalhadores rurais e industriais. É engraçado ver como Chesterton, outro *cockney*, apresenta sempre Dickens como o arauto dos «pobres», sem grande consciência de quem são verdadeiramente «os pobres». Para Chesterton, «os pobres» quer dizer os pequenos comerciantes e os criados. Sam Weller, diz ele, «é o grande símbolo na literatura inglesa da populaça tipicamente inglesa»; e Sam Weller é um criado de quarto! Além disto, as experiências de Dickens na infância deram-lhe um horror à falta de polimento do proletariado, o que demonstra sem sombra de dúvidas quando escreve sobre os mais pobres, os habitantes dos bairros de lata londrinos, cujas descrições estão repletas de uma indisfarçável repulsa:

> As ruas eram sempre sujas e estreitas; as lojas e as casas miseráveis; e pessoas seminuas, bêbedas, desmazeladas e feias. As vielas e as arcadas, quais esgotos a céu aberto, regurgitavam cheiros, lixos e vidas ofensivamente atiradas para as ruas tortuosas; e todo o bairro fedia a crime, e a imundície, e a miséria [etc., etc.]

Na obra de Dickens encontram-se inúmeros passos como este, que nos dão a impressão de toda uma população subterrânea que segundo ele existe para lá do aceitável. Com igual desprezo se refere o doutrinário socialista moderno a largas secções da população como o «lumpemproletariado».

---

[112] *Cockney*: habitante do East End de Londres, zona de classe trabalhadora junto das docas. [N. da T.]

Dickens demonstra também ter uma menor compreensão acerca dos criminosos do que seria de esperar. Embora com perfeita noção das causas sociais do crime, dá-nos frequentemente a ideia de que quem viola uma vez a lei se coloca definitivamente fora da sociedade humana. No final de *David Copperfield*, há um capítulo em que David visita a prisão onde Latimer e Uriah Heep estão a cumprir pena. Essas horrendas prisões «modelo», contra as quais Charles Read se insurgiu no memorável ataque de «It is never too late to mend», parecem surgir a Dickens como demasiado humanas. Até se queixa que a comida é boa demais! Assim que se depara com o crime ou a pobreza mais abjeta, revela traços daquele hábito mental que diz: «Eu mantive-me sempre respeitável.» Em *Grandes Esperanças*, a atitude de Pip (obviamente a mesma do autor) relativamente a Magwitch é extremamente interessante. Pip tem sempre consciência da sua ingratidão para com Joe, mas muito menos da sua ingratidão para com Magwitch. Quando descobre que o seu benfeitor de há anos é um criminoso que foi deportado, Pip entra num frenesim de repulsa. «A aversão que tinha pelo homem, o medo que me inspirava, a repugnância com que o mantinha à distância não seriam maiores fora ele um animal terrível», etc., etc. Pelas evidências do texto, isto não se deve ao Pip criança ter ficado aterrorizado quando se deparou com Magwitch no cemitério, mas apenas porque Magwitch é um criminoso e um condenado. Que Pip achasse que de forma alguma podia aceitar o dinheiro de Magwitch é um exemplo ainda melhor da atitude que diz «eu mantive a respeitabilidade». O dinheiro não é um produto do crime, antes foi ganho honestamente; mas é dinheiro de um ex-condenado, e por isso está «conspurcado». Não que haja algo de psicologicamente falso nisso tudo. Em termos psicológicos, a parte final de *Grandes Esperanças* é do melhor que Dickens escreveu; nessa secção do livro sentimos sempre: «Sim, é exatamente deste modo que Pip se comportaria.» Mas a questão é que, relativamente a Magwitch, Dickens se identifica com Pip, e no fundo a sua atitude é snobe. Disto resulta que Magwitch venha a pertencer àquela classe de personagens, como Falstaff[113] e provavelmente Dom Quixote, que são bastante mais patéticas do que o autor pretendia.

Mas quando se trata dos pobres que são pessoas de bem, os trabalhadores normais e decentes, não há qualquer laivo de desprezo por parte de Dickens, que nutre a mais sincera admiração por pessoas como os Peggotty e os Plornish. Mas é duvidoso que os considere de facto como iguais. É interessante comparar o Capítulo XI de *David Copperfield* com os fragmentos autobiográficos (parte dos quais são citados por Forster na biografia de Dickens), que nos revelam de forma mais acentuada o que Dickens sentia sobre o episódio da fábrica de graxa. Mais de vinte anos depois, as recordações eram tão dolorosas que ainda fazia questão de evitar aquela parte da Strand. Dizia ele que passar por perto ainda lhe fazia «vir lágrimas aos olhos, já o meu filho mais velho sabia falar». E o texto torna bem explícito que o que lhe custava mais, na altura e retrospetivamente, era o contacto inescapável com os colegas «baixos»:

> Não há palavras que descrevam a agonia secreta que me ia na alma quando desci a estas companhias e os comparava com os amigos da minha infância mais feliz. Mas também ganhei um certo estatuto no armazém de graxa. [...] Em breve me tornei

---

[113] Falstaff é uma das personagens cómicas mais famosas da obra de Shakespeare, surgindo em várias peças, nomeadamente *Henry IV, Part I* e *II*. Grande companheiro de estroina do rei enquanto jovem, Falstaff é depois marginalizado e abandonado pelo monarca quando este assume os seus deveres de governante. [N. da T.]

> pelo menos tão hábil e expedito com as mãos como os outros rapazes. Embora me desse bem com eles, a minha conduta e modos eram suficientemente diferentes dos deles para criarem um fosso entre nós. Eles, e os homens também, referiam-se sempre a mim como «o jovem *gentleman*». Um dos homens [...] costumava às vezes chamar-me «Charles» quando falava comigo; mas acho que era sobretudo quando confidenciávamos. [...] O Poll Green uma vez insurgiu-se e refilou com o uso de «jovem *gentleman*», mas Bob Fagin meteu-o logo nos eixos.

Como se vê, é bom que haja «um fosso entre nós». Por muito que Dickens admire a classe trabalhadora, não se quer parecer com ela. Tendo em conta a sua origem e a época em que viveu, não poderia ser de outro modo. No início do século XIX, a animosidade entre as classes podia não ser maior do que hoje em dia, mas as diferenças de superfície de classe para classe eram muito mais vincadas. O *gentleman* e o homem comum deviam parecer animais de espécie diferente. Dickens está genuinamente do lado dos pobres contra os ricos, mas ser-lhe-ia praticamente impossível não considerar o aspeto exterior do trabalhador como um estigma. Num dos contos de Tolstói, os camponeses de uma aldeia avaliam quem vem de fora pelo estado das mãos. Se a palma da mão estiver calejada pelo trabalho árduo, deixam-no entrar; se a palma da mão for macia, mandam-no embora. Esta atitude seria totalmente ininteligível para Dickens; todos os seus heróis têm palmas macias. Os jovens heróis — Nicholas Nickleby, Martin Chuzzlewit, Edward Chester, David Copperfield, John Harmon — são o que normalmente se designa por *walking gentlemen*[114]. Dickens prefere o exterior

[114] Na gíria teatral, o *walking gentleman* era um ator secundário que tipificava, pela aparência e modo de falar, a figura do *gentleman*. [N. da T.]

burguês e a pronúncia burguesa, nunca a aristocrata. Sintoma curioso é que Dickens não permite que as figuras que desempenham um papel heroico falem como a classe trabalhadora. Um herói cómico como Sam Weller ou uma figura meramente patética como Stephen Blackpool podem falar com uma pronúncia popular, mas o *jeune premier*[115] fala sempre no equivalente ao inglês da BBC, mesmo quando isso é absurdo. O pequeno Pip, por exemplo, é educado por pessoas que falam à moda de Essex, mas ele próprio fala num inglês de classe alta desde a mais tenra idade; na verdade, deveria falar o mesmo dialeto de Joe, ou pelo menos de Mrs. Gargery. O mesmo se passa com Biddy Wopsle, Lizzie Hexam, Sissie Jupe, Oliver Twist — e se calhar devíamos incluir também a pequena Dorrit. Até a Rachel de *Tempos Difíceis* quase não tem sotaque de Lancashire, uma impossibilidade absoluta no seu caso.

Algo que nos dá pistas claras sobre o que um autor pensa sobre questões de classe é a sua atitude quando a classe colide com o sexo, ponto demasiado sensível para permitir mentiras, e, assim, em que a pose do «eu não sou snobe» se começa a desmoronar.

Isto é muito óbvio quando a distinção de classe é também uma questão de cor. Uma atitude semelhante à colonial (as mulheres «nativas» são presa fácil, ao passo que as mulheres brancas são sacrossantas) existe, de forma velada, em todas as comunidades brancas, causando ressentimentos profundos de parte a parte. Quando a questão se levanta, os romancistas revertem a posições primárias sobre o sentimento de classe, que de outra forma evitariam. Um bom exemplo dessa reação «classista» é um romance quase

---

[115] *Jeune premier*: expressão francesa que significa galã ou figura principal de uma obra dramática. [N. da T.]

caído no esquecimento, *The People of Clopton*, de George Bartram[116], em que o código moral do autor se mistura claramente com o ódio de classe. Bartram trata a sedução de uma rapariga pobre por um homem rico como algo de atroz, uma espécie de profanação, muito diferente da sua sedução por um homem do mesmo estrato social. Trollope trata o tema duas vezes (em *The Three Clerks* e em *The Small House at Allington*) e, como seria de esperar, inteiramente de uma perspetiva de classe alta. Segundo ele, um caso amoroso com uma empregada de bar ou a filha da senhoria é simplesmente uma «amarra» de que nos devemos libertar a todo o custo. O padrão moral de Trollope é severo, e ele não deixa que a sedução efetivamente aconteça, mas a implicação é sempre que os sentimentos de uma rapariga de classe trabalhadora não têm grande importância. Em *The Three Clerks* até exibe a habitual reação de classe afirmando que a rapariga «cheira mal». Meredith[117] (em *Rhoda Fleming*) revela sobretudo uma posição baseada na consciência de classe. Thackeray, como sempre, parece hesitar. Em *Pendennis* (como no caso de Fanny Boulton), a sua atitude é muito semelhante à de Trollope, enquanto em *A Shabby Genteel Story* se aproxima mais da de Meredith.

Muito se poderia adivinhar sobre as origens sociais de Trollope, Meredith e Bartram mediante a forma como tratam o tema da classe-sexo. O mesmo se passa relativamente a Dickens, mas o que emerge, como de costume, é que Dickens tende a identificar-se mais com a classe média do que com

---

[116] George Bartram (1853–1915), escritor originário de Lancashire, escreveu sobre a realidade do Norte industrial, que bem conhecia. [N. da T.]

[117] George Meredith (1828–1909), embora hoje considerado escritor menor, era um dos mais prestigiados e prolíficos escritores vitorianos, sete vezes nomeado para o prémio Nobel. *Rhoda Fleming* é um dos seus romances mais conhecidos. [N. da T.]

o proletariado. O único episódio que parece entrar em contradição com isto é o da rapariga do campo no manuscrito do Dr. Manette, em *Um Conto de duas Cidades*, mas a sua função é, com efeito, dar apenas alguma cor local e explicar o ódio implacável de Mme. Defarge, que Dickens desaprova claramente. Em *David Copperfield*, quando trata de uma sedução típica do século XIX, a questão da classe não se lhe afigura como essencial. No romance vitoriano, dita a lei que a má conduta sexual tenha de ter um castigo, e por isso Steerforth afoga-se nas areias de Yarmouth, mas nem Dickens, nem a velha Peggotty, nem sequer Ham, parecem pensar que a ofensa de Steerforth é mais grave lá por ele ser filho de pais ricos. Os Steerforth agem por motivos de classe, mas os Peggotty não — nem sequer na cena entre Mrs. Steerfoth e a velha Peggotty; se o fizessem, virar-se-iam, evidentemente, contra David e não apenas contra Steerforth.

Em *O Amigo Comum*, Dickens trata o episódio de Eugene Wrayburn e Lizzie Hexam com muito realismo e sem evidenciar qualquer preconceito de classe. Segundo a tradição do «larga-me, monstro!», Lizzie deveria ter rejeitado Eugene ou ter sido arruinada por ele, atirando-se da ponte de Waterloo, e Eugene deveria ter sido ou um traidor sem coração ou um herói disposto a desafiar a sociedade. Nenhum deles se comporta deste modo. Lizzie assusta-se com as investidas de Eugene e de facto foge dele, mas bem demonstra não desgostar delas; Eugene é atraído por ela, mas é demasiado decente para a tentar seduzir e não se atreve a casar com ela por causa da família. Quando finalmente casam, não vem daí mal ao mundo, exceto para Mrs. Twemlow, que vai perder alguns convites para jantar. Tudo muito parecido com o que se passaria na realidade, mas um romancista com demasiada consciência de classe tê-la-ia oferecido de mão beijada a Bradley Headstone.

Mas quando se trata da situação oposta — quando um homem pobre ambiciona uma mulher «acima» da sua condição —, Dickens refugia-se de imediato na sua atitude de classe média e na noção vitoriana, que lhe é cara, de que a mulher (com maiúscula) é «superior» ao homem. Pip sente sempre Estella como estando «acima» dele, Esther Summerson está «acima» de Guppy, a Pequena Dorrit de John Chivery e Lucy Manette de Sydney Carton. Nalguns destes casos, a «superioridade» é meramente a nível moral, mas noutros é social. Quando David Copperfield descobre que Uriah Heep planeia casar com Agnes Wickfield, há uma mal disfarçada reação de classe:

> — Oh, Master Copperfield, como eu venero o chão em que pisa a minha adorada Agnes.
>
> Tive a ideia delirante de pegar no atiçador incandescente da lareira e espetá-lo nele. Perpassou-me a ideia como uma bala disparada por carabina: mas a imagem de Agnes, ultrajada pelo mero pensamento deste animal de cabelo ruivo, permaneceu na minha mente (cada vez que olhava para ele, sentado todo torto, como se a alma mesquinha lhe distorcesse o corpo), dando-me tonturas. [...]
>
> — Penso que Agnes Wickfield está muito acima de si [diz David mais tarde] e tão distante das suas aspirações como a lua.

Considerando que a baixeza de Heep — os seus modos servis, os hh não aspirados e por aí adiante — foi sendo acentuada ao longo da obra, não há qualquer dúvida sobre a posição de Dickens. Heep desempenha, evidentemente, o papel de vilão, mas até os vilões têm vida sexual; o que de facto repugna Dickens é a ideia da «pura» Agnes na cama com um homem que não aspira os hh. Mas a sua tendência habitual é tratar um homem apaixonado por uma mulher que lhe é «superior» como se fosse uma piada, algo que se encontra frequentemente na literatura inglesa a partir de Malvolio[118]. O Guppy de *Casa Desolada* é um exemplo disto, John Chivery seria outro, e existe um outro tratamento malevolente do tema no episódio da «suaré»[119] em *Os Cadernos de Pickwick*, onde se descrevem os criados de quarto de Bath como vivendo num mundo de fantasia, imitando os jantares elegantes dos seus «superiores» e iludindo-se na crença de que as jovens patroas estão apaixonadas por eles. Para Dickens, isto é fonte de cómico. E talvez seja, mas podemos perguntar-nos se não será melhor um criado de quarto ter ilusões destas do que aceitar simplesmente o seu estatuto social no espírito do catecismo.

Na sua atitude perante os criados, Dickens não está à frente do seu tempo. No século XIX, a revolta contra o serviço doméstico dava os primeiros passos, para fúria de quem tinha mais de £500 por ano. Nos jornais satíricos do século XIX encontra-se um número considerável de anedotas sobre o «nariz empinado» dos criados. A revista *Punch* teve durante anos uma secção intitulada «Criadices», girando em torno do surpreendente facto de um criado ser um ser humano. Dickens também peca ocasionalmente pelo mesmo, e a sua obra abunda em criados cómicos: são desonestos (*Grandes Esperanças*), incompetentes (*David Copperfield*), troçam da boa comida (*Os Cadernos de Pickwick*), etc., etc. — tudo no mesmo espírito da dona de casa suburbana que tiraniza a cozinheira. Mas o que é curioso, num radical do século XIX,

[118] Malvolio: personagem cómica da peça de Shakespeare *Noite de Reis*, que se autoilude pensando ser amado pela bela e jovem Olivia, de condição social superior. [N. da T.]

[119] No original, *swarry*, pronúncia popular de *soirée*. [N. da T.]

é que quando pretende criar um retrato favorável de um criado, este é reconhecivelmente um tipo feudal. Sam Weller, Mark Tapley e Clara Peggotty são, todos eles, figuras feudais, pertencendo ao género, bem conhecido, do «velho criado de família», que se identifica com a família do patrão, por quem nutre uma lealdade canina. Não há dúvida de que Mark Tapley e Sam Weller descendem de Smollett e, portanto, de Cervantes, mas é interessante que Dickens sinta atração por este tipo de personagens. A atitude de Sam Weller é inquestionavelmente medieval. Deixa-se prender para poder seguir Mr. Pickwick quando este vai para a prisão de devedores[120], e mais tarde rejeita o casamento porque acha que Mr. Pickwick ainda precisa dos seus serviços. Há uma cena entre os dois que é muito característica:

> — Com ou sem salário, com ou sem casa e comida, Sam Weller, que tirastes da estalagem em Borough, ficará sempre do bosso lado, benha o que bier.
>
> — Meu bom homem — disse Mr. Pickwick, quando Mr. Weller se sentou outra vez, algo desconcertado com o seu próprio entusiasmo —, tem de pensar também na rapariga.
>
> — Também estou a pensar nela, patrão — disse Sam. — Já pensei nela e falei com ela. Já lhe expliquei a minha situação, e ela diz que está disposta a esperar até eu estar pronto, e acho que bai ficar à espera. Se não, não é a rapariga que eu acho que ela é, e eu largo-a logo.

---

[120] Na Inglaterra da época, havia prisões específicas para quem era condenado por dívidas, com condições bastante mais confortáveis do que as de uma prisão normal: as famílias e respetivos criados/as eram muitas vezes alojadas com o condenado, como aconteceu com a família do próprio Dickens. O jovem Dickens, com 12 anos, foi trabalhar na fábrica de graxa para ajudar a pagar as dívidas do pai. [N. da T.]

Será fácil de imaginar o que a rapariga diria de tudo isto na vida real. Mas note-se o ambiente feudal. Sam Weller está pronto a sacrificar anos da sua vida em função do patrão, e, ao mesmo tempo, pode sentar-se à sua frente. Não passaria pela cabeça de um criado moderno fazer nem uma coisa nem outra. As ideias de Dickens sobre a questão dos criados não vão mais além do que desejar que os dois se amem um ao outro. Em *O Amigo Comum*, Sloppy, embora como personagem seja um falhanço total, representa o mesmo tipo de lealdade de Sam Weller. Tal lealdade é, evidentemente, natural, humana e simpática, mas assim era também o feudalismo.

Como de costume, Dickens parece aspirar a uma versão ideal da realidade. Na época em que escreveu, o trabalho doméstico devia surgir como um mal inevitável, na ausência de máquinas que facilitassem as tarefas e perante as enormes desigualdades económicas. Na altura, as famílias eram numerosas, as refeições pretensiosas e as casas pouco funcionais, e que a criadagem se matasse a trabalhar catorze horas por dias nas cozinhas subterrâneas era tão normal que passava despercebido. Nestas circunstâncias, a relação feudal é, de facto, a única tolerável. Sam Weller e Mark Tapley são figuras idealizadas, tanto quanto os Cheeryble. Mas se tem de haver patrões e empregados, mais vale que os patrões sejam como Mr. Pickwick e os criados como Sam Weller. Melhor seria, evidentemente, que os criados não existissem — mas Dickens não consegue, com toda a probabilidade, imaginar tal situação. Sem um alto nível de progresso tecnológico, a igualdade social não é possível na prática; Dickens bem demonstra que ela nem sequer é concebível.

IV

Não pode ser mera coincidência que Dickens nunca escreva sobre a agricultura, mas escreva interminavelmente sobre comida. Sendo *cockney*, Londres é para ele o centro do mundo, assim como a barriga é o centro do corpo. Londres é uma cidade de consumidores, de pessoas altamente civilizadas, mas não primordialmente produtivas. O que nos chama a atenção quando olhamos para lá da superfície da sua obra é que Dickens, para um escritor do seu tempo, é bastante ignorante, parecendo não ter grande consciência de como tudo funciona. À primeira vista, esta afirmação parece estar redondamente errada, e necessita, portanto, de clarificação.

Dickens teve algum vislumbre da vida das classes «baixas» — a experiência numa prisão de devedores, por exemplo — e era um escritor popular, que fala de pessoas normais, como qualquer escritor típico do século XIX. Estes escritores sentiam-se em casa no seu mundo, ao passo que os escritores da atualidade sentem um isolamento tão profundo que o romance moderno típico é sobre os próprios romancistas. Até um Joyce, por exemplo, que passou mais de uma década a tentar pacientemente estabelecer contacto com o «homem comum», acabou por criar um «homem comum» que é judeu, e ainda por cima com laivos de intelectual[121]. Pelo menos, Dickens não sofre destes problemas, nem tem pejo em recorrer às motivações habituais como o amor, a ambição, a avareza, a vingança e por aí fora. No entanto, aquilo sobre que manifestamente não escreve é o trabalho.

Nos seus romances, tudo o que é trabalho acontece fora de cena. O único dos seus heróis com uma profissão plausível

---

[121] Orwell refere-se a Leopold Bloom, protagonista de *Ulisses*, de James Joyce. [N. da T.]

é David Copperfield, estenógrafo e depois escritor, tal como o próprio Dickens. Quanto aos restantes, o seu modo de vida surge sempre em segundo plano. Pip, por exemplo, «arranja uns negócios» no Egito, mas ficamos sem saber quais, e a sua vida profissional ocupa apenas meia página da obra. Clennam tem vagos interesses comerciais na China, e mais tarde associa-se a Doyce noutros negócios igualmente por especificar; Martin Chuzzlewit é arquiteto, mas parece ter pouco tempo para a prática da profissão. Em caso algum as aventuras derivam diretamente da ocupação, ponto em que Dickens contrasta nitidamente com Trollope. E a razão de ser deste facto é que Dickens sabe muito pouco sobre as profissões das suas personagens. O que é que produzia a fábrica de Gradgrind? De onde vinha o dinheiro de Podsnap? Como é que Merdle orquestrava as suas burlas? É bem sabido que, ao contrário de Trollope, Dickens era incapaz de seguir todos os pormenores das eleições parlamentares e das fraudes na Bolsa. Logo que se vê a braços com o comércio, a finança, a indústria ou a política, refugia-se na indefinição ou na sátira. Isto vale também para os processos legais, dos quais devia efetivamente ter um bom conhecimento. Compare-se o processo judicial em Dickens com o de *Orley Farm*[122], por exemplo.

Assim se explicam em parte as desnecessárias ramificações dos romances, esse horrendo «enredo vitoriano». É certo que nem todos os romances são assim. *Um Conto de duas Cidades* é uma boa história, relativamente simples, e o mesmo se passa, de certo modo, com *Tempos Difíceis*; mas ambas são normalmente rejeitadas por «não serem Dickens»

---

[122] *Orley Farm:* romance da autoria de Anthony Trollope, em que o enredo gira em torno do processo judicial sobre a herança de uma casa senhorial e respetiva propriedade. [N. da T.]

— e, a propósito, nenhuma delas saiu mensalmente em publicações periódicas. Os dois romances escritos na primeira pessoa também contêm boas histórias, se descontarmos os subenredos. Mas os romances mais típicos de Dickens, como *Nicholas Nickleby, Oliver Twist, Martin Chuzzlewit* e *O Amigo Comum*, giram em torno da moldura do melodrama. O enredo central é a última coisa de que nos lembramos. Por outro lado, ninguém os lê sem reter na memória, daí por diante, algumas das suas páginas individuais. Dickens olha o ser humano com uma intensa acuidade, mas sempre na vida privada, enquanto «personagens-tipo», nunca como membros funcionais da sociedade, ou seja, de forma estática. Daí o seu maior sucesso ser *Os Cadernos de Pickwick*, que não tem história, apenas uma sucessão de cenas sem qualquer pretensão de desenvolvimento — as personagens são os mesmos idiotas de sempre, permanecendo eternamente iguais a si mesmas. Logo que Dickens tenta pô-las em ação, começa o melodrama. Não conseguindo que as ações se desenrolem à volta da ocupação quotidiana, lá vêm os complicados *puzzles* das coincidências, intrigas, assassínios, disfarces, testamentos secretos, irmãos há muito perdidos, etc., etc. Até figuras como Squeers e Micawber acabam por ser sugadas por esta maquinaria.

É evidente que seria absurdo afirmar que Dickens é um escritor vago ou simplesmente melodramático. Muito do que escreveu é extremamente factual, e a sua capacidade de evocar imagens visuais nunca foi, provavelmente, igualada. Quando Dickens descreve algo, ficamos a vê-lo para o resto da vida. Mas, de certa forma, o carácter concreto da sua visão é sintomático do que lhe escapa, porque é isso, afinal, o que o observador casual sempre vê — a aparência exterior, aquilo que não é funcional, a mera superfície das coisas. Quem se ocupa da paisagem nunca vê verdadeiramente a paisagem. Brilhante a descrever a *aparência*, Dickens quase nunca descreve processos. As imagens nítidas que nos ficam na memória são quase sempre retratos apanhados em momentos de lazer, nas cafetarias das estalagens de província ou através das janelas das diligências; e o que lhe chama a atenção são as tabuletas das estalagens, os batentes das portas em latão, os jarros pintados, o interior das lojas e das casas particulares, as roupas, as caras e, acima de tudo, a comida. Tudo é visto sob o ângulo do consumidor. Quando escreve sobre Coketown, consegue evocar, em poucos parágrafos, o ambiente de uma cidade de Lancashire tal como um visitante do Sul, na sua ligeira repugnância, a veria. «Havia um canal negro, e um rio que corria púrpuro da fétida tinta, e vastos aglomerados de edifícios cheios de janelas, tremendo e chocalhando durante todo o dia, os pistões das máquinas a vapor no seu subir e descer monótono, qual cabeça de elefante num estado de loucura melancólica.» É o mais perto que Dickens chega da maquinaria das fábricas. Um engenheiro ou empresário de têxteis veria tudo isto de forma diferente, mas a verdade é que nenhum deles seria capaz daquele toque impressionista sobre a cabeça do elefante.

Em certo sentido, a sua atitude perante a vida é muito pouco física. É um homem que vive pelos olhos e os ouvidos e não pelas mãos ou os músculos. Na verdade, os seus hábitos eram menos sedentários do que isto parece sugerir. Embora tendo pouca saúde e fraco físico, era tão ativo que quase se podia dizer irrequieto; durante toda a vida foi um extraordinário caminheiro, e sabia o suficiente de carpintaria para montar cenários no teatro. Mas não era uma daquelas pessoas que sentem necessidade de fazer trabalhos manuais. Demonstra não saber nada sobre agricultura, e nada sabe também sobre jogos e desporto, não tendo, por exemplo, qualquer interesse pelo pugilismo. Tendo em conta a época em que escreveu, é surpreendente que não haja mais brutalidade física nos seus romances. Martin Chuzzlewit e Mark Tapley, por exemplo, comportam-se com uma serenidade admirável perante os americanos que os estão sempre a ameaçar com revólveres e facas de mato. Qualquer escritor inglês ou americano tinha-os posto logo a dar murros e a disparar tiros de pistola em todas as direções, mas Dickens é demasiado decente e reconhece a estupidez da violência, sendo membro de uma classe urbana cautelosa, que não dá murros nos queixos, mesmo em teoria. E a sua atitude perante o desporto releva diretamente do posicionamento social. Em Inglaterra, sobretudo por razões geográficas, o desporto, nomeadamente o desporto ao ar livre, e o snobismo estão intimamente ligados. Os socialistas ingleses ficam incrédulos quando se lhes diz que Lenine, por exemplo, gostava de caçar, porque na sua perspetiva, a caça é um hábito snobe da aristocracia rural, esquecendo-se que a questão pode ser muito diferente numa terra virgem e tão vasta como a Rússia. Para Dickens, a maioria dos desportos são, quando muito, tema para sátira, de modo que há toda uma dimensão da vida no século XIX — o boxe, as corridas, as lutas de galos, a caça aos texugos e às ratazanas, e toda a caça furtiva, tão bem representados nas ilustrações de Leech dos romances de Surtees[123] — em que ele nem toca.

Ainda mais surpreendente, para um radical aparentemente «progressista», é Dickens não ter um espírito mecânico, não lhe interessando os pormenores da maquinaria nem a finalidade das máquinas. Como Gissing faz notar, Dickens nunca descreve uma viagem de comboio com o mesmo

---

[123] Robert Smith Surtees (1805–1864) era um popular romancista, especializando-se no mundo do desporto, sobretudo na caça e corridas de cavalos. As suas obras eram frequentemente ilustradas por John Leech, que também ilustrou vários dos romances de Dickens. [N. da T.]

entusiasmo com que descreve uma viagem de carruagem. Os seus livros deixam-nos sempre com a sensação de que estamos no primeiro quartel do século XIX, período a que efetivamente retorna com frequência. *A Pequena Dorritt*, escrito em meados do século, trata do final da década de 1820; *Grandes Esperanças* (1861) não refere datas, mas é evidente que se ocupa das décadas de 1820 e 30. Muitas das invenções e descobertas que tornaram possível o mundo moderno (o telégrafo, a espingarda de carregar pela culatra, a borracha indiana, o gás a carvão, o papel de celulose) surgiram no seu tempo, mas a sua obra mal lhes presta atenção. Nada mais estranho do que o carácter vago da «invenção» de Doyle em *A Pequena Dorrit*. Afirma-se que é algo extremamente engenhoso e revolucionário, «de grande importância para o país e para a humanidade», sendo também um elo importante no enredo; mas ficamos sem saber que «invenção» é esta! Em contrapartida, a aparência física de Doyle tem o toque típico de Dickens: uma maneira muito peculiar de mexer o polegar, característica dos engenheiros. A partir daí, Doyle fica-nos gravado na memória, mas mais uma vez, isto consegue-se através do recurso a algo exterior.

Há quem não tenha faculdades mecânicas (como Tennyson), mas consiga perceber o potencial social da máquina. Dickens não tem cabeça para tal. Demonstra muito pouca consciência do futuro, e quando fala do progresso humano é geralmente em termos de progresso *moral* — do ser humano vir a ser melhor; provavelmente nunca admitiria que os homens são tão bons quanto o desenvolvimento tecnológico o permite. Aqui reside o maior contraste entre Dickens e H. G. Wells, o seu equivalente moderno. Para Wells, o futuro é como uma mó pendurada ao pescoço, mas a mente pouco científica de Dickens também o prejudica, se bem que de forma diferente, dificultando qualquer atitude positiva da sua parte. Revela grande hostilidade perante o passado feudal e agrícola, e não está em verdadeira sintonia com o presente industrial. Bem, sendo assim só resta o futuro (ou seja, a Ciência, o «progresso», e por aí adiante), que mal lhe entram na cabeça. Deste modo, ao mesmo tempo que ataca tudo à sua frente, não tem termos de comparação bem definidos. Como já fiz notar, ataca o sistema de educação com toda a justiça, mas em última análise não tem remédio a propor a não ser mestres-escola mais benignos. Porque não nos deixou indicações de como *poderia* ser uma escola? Porque é que não educou os filhos segundo algum modelo próprio, em vez de os mandar para a *public school* para serem empanturrados de grego? Porque lhe faltava esse tipo de imaginação. Dickens tem um sentido moral infalível, mas muito pouca curiosidade intelectual. É esta a grande falha de Dickens, algo que nos faz sentir como o século XIX está tão longe de nós — Dickens não tem qualquer noção de trabalho.

Com a possível exceção de David Copperfield (ou seja, do próprio Dickens), não encontramos um único dos seus protagonistas que tenha um verdadeiro interesse pela profissão. Trabalham porque têm de ganhar a vida e para poderem casar com a heroína, não porque tenham paixão por uma atividade específica. Martin Chuzzlewit, por exemplo, não arde de desejo de ser arquiteto; poderia de igual modo ser médico ou advogado. Em qualquer dos casos, no romance típico de Dickens, o *deus ex machina* lá aparece, no último capítulo, com a sua bolsa carregada de ouro, e o herói é absolvido de mais penitências daí por diante. A sensação de que «Nasci para isto. Nada mais interessa. E é isto que farei nem que tenha de morrer à fome», que transforma homens de diferentes temperamentos em cientistas, inventores, artistas, padres, exploradores e revolucionários — essa motivação está praticamente ausente da obra de Dickens.

Ele próprio, como é bem sabido, esfalfava-se a trabalhar e acreditava na sua profissão como poucos romancistas. Mas parece não haver vocação, com exceção da escrita (e talvez do teatro) que ele imagine poder inspirar tal devoção, o que, afinal, até é natural se considerarmos a sua atitude, bastante negativa, perante a sociedade. Em última análise, só admira a decência. A Ciência é aborrecida e a máquina cruel e feia (a cabeça do elefante). Os negócios são só para rufias como Bounderby. E quanto à política — deixem-na para os Tite Barnacles. Na verdade, não há melhor objetivo do que casar com a heroína, assentar, viver dentro das nossas posses e ser amigo dos outros. E isto consegue-se muito melhor na vida privada.

Esta posição permite-nos entrever os anseios secretos de Dickens. O que é que para ele constituía uma vida boa? Depois de Martin Chuzzlewit se reconciliar com o tio, depois de Nicholas Nickleby casar com uma herdeira, depois de John Harman enriquecer graças a Boffin, o que é que eles *faziam*?

A resposta é, evidentemente, nada. Nicholas Nickleby investiu o dinheiro da mulher nos Cheeryble e tornou-se num «mercador rico e próspero», mas como se retirou de imediato para Devonshire, parte-se do princípio de que não trabalhava arduamente. Mr. e Mrs. Snodgrass «compraram e passaram a cultivar uma quintarola, mais para se entreterem do que pelo lucro». É neste espírito que acaba a maioria dos romances de Dickens — numa espécie de ociosidade radiosa. Quando desaprova os jovens que não trabalham (Harthouse, Harry Gowan, Richard Carstone e Wrayburn antes de se emendar), é porque eles são cínicos e imorais ou porque vivem à custa dos outros; se alguém for «bom» e autossuficiente, não há problema se passar cinquenta anos a viver dos rendimentos. A vida doméstica é mais do que suficiente, o que era, afinal, o entendimento geral da época. Ser «remediado, mas fino», ter «rendimentos suficientes», ser um «*gentleman* de meios próprios» (ou «em situação confortável») — os próprios termos dizem tudo sobre esse estranho e impossível sonho da média burguesia dos séculos XVIII e XIX. E o sonho era o de uma *ociosidade total.* Charles Reade transmite-o com exatidão no final de *Hard Cash*. Alfred Hardie, o protagonista, é o herói típico do romance oitocentista (ao estilo *public school*), com talentos que Reade apelida de «geniais». Frequentou Eton, estudou em Oxford, sabe de cor a maioria dos clássicos gregos e latinos, rivaliza no boxe com os pugilistas profissionais e ganhou os Diamond Sculls em Henley[124]. Levou uma vida de aventura, e, claro, comporta-se sempre com um heroísmo irrepreensível, posto o que, aos 25 anos, herda uma fortuna, casa com Julia Dodd e assenta arraiais nos subúrbios de Liverpool, em casa dos sogros:

> Viviam todos juntos em Albion Villa, graças a Alfred. [...] Oh, feliz casinha, qual imagem de Paraíso terreno. Mas lá chegou o dia em que os muros já não acomodavam todos os teus habitantes. Julia presenteou Alfred com um belo rapaz; entram duas amas e a casa começa a abarrotar. Dois meses depois, Alfred e a mulher transbordam para a casa ao lado. Situada a poucos metros de distância, havia uma razão dupla para a mudança. Como muitas vezes acontece depois de uma separação, os deuses bafejaram o casal, para seu deleite, com mais um bebé [etc., etc.]

É o típico final feliz vitoriano — a imagem de uma família numerosa, três ou quatro gerações vivendo em harmonia,

---

[124] Os Diamond Sculls são o prémio da equipa vencedora da regata de remo em Henley, a mais famosa do país. [N. da T.]

todos enfiados na mesma casa e multiplicando-se como num viveiro de ostras. O que ressalta dessa imagem é a doçura de uma vida sem esforço e absolutamente protegida. Nem sequer é uma ociosidade violenta como a do Squire Western. Isto provém da origem urbana de Dickens e do seu desinteresse pela faceta menos respeitável, desportista e militar da vida. Os seus heróis, quando chegam a ricos e assentam, não só não trabalham como também não andam a cavalo, nem caçam, nem se metem em duelos, nem fogem com atrizes, nem perdem dinheiro nas corridas. Limitam-se a viver em casa, envoltos na respeitabilidade, qual leito de penas, de preferência paredes-meias com um familiar que leva exatamente a mesma vida:

> A primeira coisa que Nicholas fez, depois de ficar rico e famoso, foi comprar a velha casa do pai. Com a passagem do tempo e a chegada de mais adoráveis crianças, esta foi alterada e alargada; mas nenhuma das antigas divisões foi demolida, nem se arrancaram as árvores vetustas, e nada do que evocava o passado foi retirado ou mudado.
>
> Nas proximidades havia outro retiro igualmente animado por vozes de criança; aí vivia Kate [...], a mesma criatura suave e genuína, a mesma irmã extremosa, a mesma no amor que a todos inspirava, tal como nos seus tempos de menina.

É o mesmo ambiente incestuoso do passo citado de Reade e, evidentemente, o final ideal para Dickens, perfeitamente atingido em *Nicholas Nickleby, Martin Chuzzlewit* e *Pickwick,* e em graus diferentes aproximado nos restantes romances. As exceções são *Tempos Difíceis* e *Grandes Esperanças*, embora o segundo até tenha um «final feliz» que contradiz o resto da obra e que só foi incluído a pedido de Bulwer-Lytton.

O ideal a perseguir, portanto, parece ser algo como isto: £100 000, uma casa velhinha e pitoresca com hera nas paredes, uma mulher doce e feminina, uma ranchada de filhos e nada de trabalho. Tudo seguro, suave, pacífico e, acima de tudo, doméstico. No cemitério coberto de musgo ao fim da rua repousam os entes queridos que se finaram antes de chegar o final feliz. Os criados são cómicos e feudais, as crianças brincam num alvoroço à nossa volta, os velhos amigos sentam-se à lareira, falando de tempos idos, há lautas refeições umas atrás das outras, regadas de ponche e de *sherry negus*[125], camas de penas e botijas de água quente, festas natalícias onde se joga às charadas e às escondidas; mas nada acontece, exceto o parto anual. Curiosamente, a imagem é de uma felicidade genuína, ou, pelo menos, assim Dickens nos faz pensar. A ideia de uma tal existência satisfá-lo por completo, algo que por si só nos dá bem a medida dos cem anos que passaram desde o primeiro livro que escreveu. Nenhum homem moderno conseguiria combinar igual falta de objetivos com tamanha vitalidade.

V

Neste momento, os admiradores de Dickens que já leram até aqui devem estar provavelmente muito zangados comigo.

Tenho vindo a discutir Dickens apenas em termos da sua «mensagem», sem prestar a devida atenção às suas qualidades literárias. Mas todos os escritores, especialmente os romancistas, têm uma «mensagem», quer o admitam quer não, e os mais ínfimos pormenores da sua obra são influenciados

---

[125] *Sherry negus* é uma bebida quente à base de vinho ou vinho do Porto, com especiarias e fruta. [N. da T.]

por ela. Toda a arte é propaganda. Não passaria pela cabeça de Dickens nem da esmagadora maioria dos romancistas vitorianos negarem o facto. Por outro lado, nem toda a propaganda é arte. Como já afirmei, Dickens é um daqueles escritores que vale sempre a pena roubar, e ele tem vindo a ser roubado por marxistas, católicos e, acima de tudo, por conservadores. Mas a questão é: o que é que ele tem que vale a pena roubar? Porquê este interesse por Dickens? Porque gosto, eu também, de Dickens?

Perguntas destas são sempre de difícil resposta. Por regra, uma preferência estética ou é inexplicável ou tão contaminada por motivos não-estéticos que às vezes me pergunto se a crítica literária não passa de uma teia de embustices. No caso de Dickens, a sua familiaridade complica ainda mais a questão, porque ele é um daqueles «grandes escritores» que nos enfiam pela goela abaixo desde a infância. Na altura, o resultado é um vómito de revolta, mas mais tarde os efeitos secundários podem vir a ser outros. Lembremos, por exemplo, a mal disfarçada afeição com que recordamos os poemas patrióticos aprendidos na infância, «Ye Mariners of England»[126], «The Charge of the Ligth Brigade» e por aí fora. O que nos deleita não é tanto os poemas quanto as memórias que eles evocam, e o mesmo se passa com Dickens, fruto de igual associação de ideias. Existem, com toda a probabilidade, exemplares de um ou dois dos seus livros na maioria das casas inglesas, e muitas crianças familiarizam-se com as personagens visualmente, antes de saberem ler, porque Dickens teve sorte com os seus ilustradores. Algo que se absorve tão cedo na vida não se compadece com juízos críticos. E isto faz-nos pensar em todas as falhas e tontices

---

[126] «Ye Mariners of England» é um poema do início do século XIX, da autoria de Thomas Campbell, que glorifica o poderio naval inglês.

de Dickens: os «enredos» férreos, as personagens mal conseguidas, a prolixidade entediante, os parágrafos em verso branco, as páginas horrendas de *pathos*[127]. E faz-nos pensar também: quando eu digo que gosto de Dickens não estou simplesmente a dizer que gosto de pensar na infância? Será que Dickens não passa de uma instituição?

Bom, se é uma instituição, é daquelas incontornáveis. É difícil dizer quantas vezes um escritor, mesmo um de que gostamos, nos vem à mente, mas duvido que quem tenha de facto lido Dickens passe mais de uma semana sem se lembrar dele num contexto ou noutro. Quer concordemos com ele ou não, ele ali *está*, como a coluna de Nelson[128], e a qualquer momento nos vem à memória uma cena ou personagem oriundas de obras que se calhar já não identificamos. As cartas de Micawber! Winkle a testemunhar em tribunal! Mrs. Gamp! Mrs. Wititterly e Sir Tumley Snuffim! A hospedaria de Mrs.Todger! (George Gissing costumava dizer que quando passava perto do Monument, nunca se lembrava do fogo de Londres, apenas da casa de hóspedes dos Todger.[129]) Mrs. Leo Hunter! Squeers! Silas Wegg e o Declínio e Queda do Império Russo! Miss Mills e o Deserto do Sahara! Wopsle a declamar Hamlet! Mrs. Jellyby! Mantalini, Jerry Cruncher, Barkis, Pumblechook, Tracy Tupman, Skimpole, Joe Gargery, Pecksniff — e por aí adiante. Não é tanto uma série de livros, é todo um mundo. E um mundo que não é só cómico, porque, em parte, o que nos fica de Dickens é aquela morbidez

[127] *Pathos*: termo grego que no contexto denota o apelo à emoção e ao sentimento.

[128] A coluna de Nelson é um dos monumentos icónicos do centro de Londres, em Trafalgar Square. [N. da T.]

[129] The Monument comemora o fogo de Londres de 1666. A hospedaria de Mrs. Todger, localizada nas proximidades, surge em *Martin Chuzzlewitt*. [N. da T.]

vitoriana, e a necrofilia, e as cenas bombásticas — a morte de Sykes, a combustão espontânea de Krook, Fagin na sua cela de condenado, as mulheres a fazerem tricô à volta da guilhotina. Surpreendentemente, muito ficou retido na memória mesmo de quem não o aprecia. Um comediante de *music-hall* podia (pelo menos até há bem pouco tempo) chegar ao palco e imitar Micawber ou Mrs. Gamp com a relativa certeza de ser compreendido, embora nem um em vinte dos seus espetadores tivesse lido uma obra de Dickens do princípio ao fim. Mesmo quem o despreza acaba por o citar sem se dar conta disso.

Até certo ponto, Dickens é um escritor fácil de imitar. Na literatura popular — por exemplo, na versão de *Sweeney Todd* encenada no teatro Elephant and Castle[130] — tem vindo a ser plagiado descaradamente. A imitação, contudo, vem simplesmente de uma tradição romanesca anterior, de que o próprio Dickens se apropriou e desenvolveu, ou seja, o culto da «personalidade», isto é, da excentricidade. O que é inimitável é a sua imaginação fértil, não só em termos de personagens, muito menos ainda de situações, mas de expressões originais e detalhes concretos. O que marca de forma extraordinária e inconfundível a escrita de Dickens é *o pormenor desnecessário*. Dou um exemplo: a história abaixo não é particularmente cómica, mas contém uma frase que é tão individual como uma impressão digital. Durante a festa de Bob Sawyer, Mr. Jack Hopkins está a contar a história do miúdo que engoliu o colar da irmã:

> No dia seguinte, o pequeno engoliu duas contas; e, no seguinte, regalou-se com mais três, e por aí fora, até que passada

---

[130] Orwell refere-se a um teatro de *music-hall*, que encenou, em 1886, um melodrama sobre Sweeney Todd, personagem ficcional de um barbeiro assassino do East End de Londres. [N. da T.]

> uma semana tinha engolido o colar todo — por junto, vinte e cinco contas. A irmã, uma rapariga trabalhadora, pouco dada a luxos e frivolidades, chorou baba e ranho com a perda do colar; procurou-o por todo o lado, mas, claro está, sem o encontrar. Uns dias depois, estava a família sentada à mesa do jantar — pernil de borrego assado com batatas por baixo —, e o miúdo, que não tinha fome, brincava pela sala, quando de repente se ouviu um barulho terrível, parecido com uma saraivada. «Não faças isso, filho», disse o pai. «Não 'tou a fazer nada», respondeu a criança. «Bem, não tornes a fazer», retorquiu o pai. Um curto silêncio, e lá voltou o barulho, pior do que antes. «Se não ouves o que te estou a dizer», disse o pai, «não tarda que vás daqui para a cama». E dando-lhe um abanão para se fazer obedecer, ouviu-se um estranho chocalhar. «Diabos me levem, está dentro dele», disse o pai, «está com a gasganeira!» «Não, pai» disse o filho, choramingando, «é o colar, engoli-o». O pai pegou nele e correu para o hospital, as contas na barriga a chocalharem com os solavancos, e toda a gente a olhar para o alto ou à procura na cave para ver de onde vinha o estranho barulho. «Agora está no hospital», disse o Jack Hopkins, «e faz tal estardalhaço quando anda que o cobriram com o sobretudo do guarda para abafar o barulho, não fosse ele acordar os doentes».

A história podia vir direitinha de um jornal humorístico do século XIX, mas o toque inimitável de Dickens, aquilo em que ninguém mais pensaria, é o borrego assado com as batatas por baixo. O que acrescenta isto à história? Na verdade, nada, porque é totalmente desnecessário, um floreado rabiscado à margem da página. Mas é com floreados destes que Dickens cria um ambiente muito especial. O que é igualmente de notar é que Dickens leva muito tempo a contar uma história. Um exemplo interessante, se bem que longo demais para citar, é a história de Sam Weller sobre o doente teimoso no Capítulo XLIV de *Os Cadernos de Pickwick*. Por acaso, neste ponto até temos um termo de comparação, porque Dickens está a cometer um plágio, consciente ou inconscientemente, uma vez que a história também é contada por um autor da Grécia antiga. Não encontro o passo, mas li-o há anos na escola, e é mais ou menos isto:

> Um trácio, conhecido pela teimosia, foi avisado pelo médico de que morreria se bebesse um jarro de vinho. O trácio bebeu mesmo o jarro de vinho e de imediato saltou do telhado e morreu. «Porque assim», disse ele, «provo que não foi o vinho que me matou.»

É esta a história completa contada pelo autor grego — em cinco linhas. Tal como Sam Weller a conta, são precisas cerca de mil palavras. Antes de chegarmos ao cerne da história já sabemos tudo sobre a roupa do doente, as refeições, as maneiras, até o jornal que lê, e a construção peculiar da carruagem do médico, que oculta o facto de as calças do cocheiro não condizerem com o casaco. Depois há o diálogo entre o médico e o doente: «‹Os *crumpets*[131] fazem bem à saúde›, disse o doente. ‹Os *crumpets não* fazem bem à saúde, meu caro senhor›, disse o médico, enfurecido», etc., etc. No final, a história em si mesma fica soterrada debaixo dos pormenores. E o mesmo se passa com os episódios mais característicos de Dickens. A sua imaginação alastra por todo o lado como erva daninha. Squeers põe-se em pé para falar aos alunos e imediatamente ficamos a saber que faltavam duas libras e dez xelins ao pai de Boulder, e que a madrasta de Mobb ficara de cama ao ouvir dizer que ele não comia gorduras, e esperava

---

[131] *Crumpet*: bolo de feitio achatado e textura porosa que se come com manteiga e compota por cima. [N. da T.]

que Mr. Squeers lhe desse uns bons açoites para lhe meter a cabeça na ordem. Mrs. Leo Hunter escreve um poema intitulado «O último suspiro do sapo» e temos logo duas estrofes. Mete-se na cabeça de Boffin fingir que é pedinte e de imediato entramos nas biografias esquálidas dos pedintes setecentistas, com nomes como Vulture Hopkins e o Reverendo Blewberry Jones[132], ou títulos de capítulos como «A história das empadas de borrego» e «Os tesouros de um monte de esterco». Mrs. Harris, que nem sequer existe, tem direito a mais detalhe do que três personagens num romance normal. A meio de uma frase, como quem não quer a coisa, refere-se que o sobrinho, ainda criança, era exibido dentro de uma garrafa na feira de Greenwich, juntamente com a dama de olhos cor-de-rosa, o anão prussiano e o esqueleto vivo. Joe Gargery descreve como os ladrões arrombaram a casa de Pumblechook, comerciante de cereais e sementes — «e levaram-lhe a caixa registadora, e o cofre do dinheiro, e embebedaram-se com o vinho, e alambazaram-se com a comida, e deram-lhe bofetadas na cara, e puxaram-lhe o nariz, e ataram-no à cabeceira da cama, e deram-lhe uma coça, e encheram-lhe a boca de plantas em flor para ele não gritar por socorro». Mais uma vez, o toque inconfundível de Dickens, as plantas em flor; mas qualquer outro romancista teria reduzido a metade a lista dos maus tratos. Tudo se acumula, umas coisas por cima das outras, detalhe em cima de detalhe, floreado em cima de floreado. Nem vale a pena colocar objeções a um rococó deste tipo — o mesmo se poderia objetar a um bolo de noiva. Ou se gosta, ou não. Há outros escritores do século XIX, como Surtees, Barham[133], Thackeray,

[132] Os nomes são, evidentemente, cómicos: Vulture significa abutre, e Blweberry ecoa o termo *blueberry*, ou seja, mirtilo. [N. da T.]

[133] Richard Barham (1788–1852), escritor de histórias satíricas, como *The Ingoldsby Legends*, muito populares no século XIX. [N. da T.]

até Marryatt[134], que têm, como Dickens, esta profusão transbordante, mas nenhum lhe chega aos calcanhares. O apelo destes escritores resume-se, em grande parte, à sua evocação da época, e embora Marryat ainda seja oficialmente um escritor «para rapazes» e Surtees goze de uma fama lendária junto dos amantes da caça, provavelmente só são lidos hoje em dia pelos ratos de biblioteca.

É significativo que as obras mais populares de Dickens (não as *melhores*) sejam *Os Cadernos de Pickwick*, que não é um romance, e *Tempos Difíceis* e *Um Conto de duas Cidades*, que não são cómicos. A sua fertilidade natural acaba por se revelar um estorvo, porque o burlesco a que nunca resiste irrompe sempre no que deveria ser uma situação séria. Um bom exemplo disto é o capítulo inicial de *Grandes Esperanças*, quando Magwich, o criminoso em fuga, acabou de capturar Pip, com seis anos de idade, no cemitério. A cena, dada pelos olhos de Pip, começa por ser bastante assustadora. O condenado, coberto de lama e com as grilhetas presas à perna arrastando-se pelo chão, agarra a criança, vira-a de pernas para o ar e rouba-lhe o que tem nos bolsos, ameaçando-a se não lhe trouxer comida e uma lima:

> [...] agarrou-me pelos braços e pôs-me de pé em cima da pedra, e continuou nestes termos terríveis:
>
> — Amanhã bem cedo trazes-me a lima e a bucha. Trazes-me tudo àquele velho armazém ali além. Faz isso e não te atrevas a contar a ninguém que me viste, nem dês sinal de que me viste ou a mais alguém, e deixo-te viver. Se não, se disseres uma coisa diferente, mesmo por pouco, arranco-te o coração e o fígado, asso-os e como-os. Eu não estou sozinho como tu

[134] Frederick Marryat (1792–1848), oficial da marinha e escritor de histórias de aventuras sobre marinheiros. [N. da T.]

> pensas. Há um rapaz que está escondido comigo, e ao pé dele eu sou um anjo. Esse rapaz está a ouvir o que eu digo. E esse rapaz tem uma maneira muito dele de tratar de um menino, e do coração e do fígado. E uma criança não se consegue esconder dele. Pode fechar as portas, pode estar quentinho na cama, pode aconchegar os lençóis e pôr os cobertores por cima da cabeça, pode achar que está seguro e confortável, mas esse rapaz vai rastejar devagarinho, chegar até ele e rachá-lo ao meio. Para já, eu não deixo o tal rapaz fazer-te mal, mas não está fácil. É difícil segurá-lo para ele não te abrir a barriga. E o que é que tu dizes a isto?

Neste passo, Dickens acabou por sucumbir à tentação. Para começar, nenhum homem faminto e acossado se expressaria assim. Depois, embora o trecho demonstre um conhecimento notável da mente de uma criança, as palavras em si não estão em sintonia com o que se segue. Magwitch é descrito como uma espécie de tio mau de pantomina ou, visto pelos olhos da criança, um monstro aterrador. Mais tarde, a obra prova que ele não é nada disto, e a sua gratidão exagerada, à volta da qual gira o enredo, passa a ser incrível, precisamente por causa deste passo. Como de costume, Dickens deixou-se levar pela imaginação, não resistindo aos pormenores pitorescos. Mesmo relativamente a personagens mais complexas do que Magwitch, a frase sedutora prega-lhe sempre a partida. Mr. Murdstone, por exemplo, tem por hábito acabar todas as manhãs as lições de David Copperfield com uma complicadíssima soma aritmética. «Se eu for a uma mercearia e comprar quatro mil queijos de Gloucester ao preço corrente de seis vinténs cada», começa sempre ele. Mais uma vez, o pormenor típico de Dickens, o queijo de Gloucester, que é, na verdade, um toque demasiado humano para Murdstone: mais depressa ele teria dito cinco mil cofres de dinheiro. Cada vez que isto acontece, fere-se a unidade da obra. Não que tenha grande importância, porque Dickens é sem dúvida um escritor cujas partes são maiores do que o todo. Tudo é fragmento, tudo é detalhe — a arquitetura é péssima, mas as gárgulas são maravilhosas —, e está sempre no seu melhor quando constrói uma personagem que mais tarde será forçada a agir com incoerência.

Dickens não costuma ser acusado de criar personagens que agem sem coerência. Muito pelo contrário, são normalmente entendidas como «personagens-tipo», com traços bem vincados e exibindo uma espécie de etiqueta identificativa. Dickens não passa de um «caricaturista» — é esta a acusação mais comum, que lhe faz e não faz justiça. Para começar, ele próprio não se considerava um caricaturista, e estava constantemente a pôr em ação personagens que deviam ser puramente estáticas. Squeers, Micawber, Miss Mowcher[135], Wegg, Skimpole, Pecknisff e tantos outros acabam por se ver envolvidos em «enredos» onde não pertencem e onde se comportam de forma pouco credível. Começam como imagem de lanterna mágica e acabam em filme de terceira categoria. Por vezes, pode-se apontar com precisão o momento em que a ilusão original é destruída. Há uma frase em *David Copperfield*, logo após o famoso jantar (aquele em que a perna de borrego estava mal cozinhada), quando David acompanha os hóspedes à porta e retém Traddles ao cimo das escadas:

> — Traddles — disse eu —, Mr. Micawber não é má pessoa, coitado: mas se eu fosse a si, não lhe emprestava nada.

---

[135] Dickens transformou Miss Mowcher numa espécie de heroína porque a figura real por trás da caricatura tinha lido os capítulos anteriores e ficara muito ofendida. Dickens tinha planeado fazer dela uma personagem maléfica, mas qualquer ação por parte de uma personagem deste tipo teria parecido incongruente. [N. do A.]

— Meu caro Copperfield — retorquiu Traddles —, eu não tenho nada para emprestar.

— Mas tem o seu bom nome — disse eu.

Neste momento da obra, o comentário soa como nota dissonante, mas algo de semelhante seria inevitável mais cedo ou mais tarde. A história é bastante realista, e David está a tornar-se adulto; em última análise, acabaria por se dar conta de que Micawber é, afinal, um salafrário e um crava. Posteriormente, claro, o sentimentalismo de Dickens toma de novo conta dele e faz com que Micawber se emende e arrepie caminho. Mas, a partir daí, e por mais que se tente, Micawber não volta a ser o mesmo. Por regra, o «enredo» em que as personagens de Dickens se envolvem não é particularmente credível, mas tem, pelo menos, a pretensão de ser realista, ao passo que o mundo a que pertencem é uma terra do nunca, uma espécie de eternidade. Mas, precisamente por isso, dizer que é «apenas um caricaturista» não é condená-lo. Que Dickens seja considerado um caricaturista, ao mesmo tempo que está a tentar ser algo de diferente, é a melhor prova da sua genialidade. As monstruosidades que criou continuam a parecer-nos monstruosidades, apesar de integrarem melodramas que aspiram à probabilidade. O seu impacto inicial é tão forte que nada o consegue apagar daí em diante. Lembramo-nos sempre das personagens, tal como das pessoas que conhecemos na infância, numa determinada atitude, a fazerem uma coisa específica. Mrs. Squeers a servir pratos de melaço com enxofre, Mrs. Gummidge a choramingar, Mrs. Gargery a bater com a cabeça do marido contra a parede, Mrs. Jellyby a escrevinhar os seus panfletos com os filhos aos tombos pela sala — ali estão elas, fixas para todo o sempre, como aquelas figurinhas minúsculas que cintilam na tampa das caixas de rapé, absolutamente fantásticas e incríveis, mas ao mesmo tempo mais sólidas e memoráveis do que as criações de romancistas de maior qualidade. Dickens era um escritor extraordinariamente artificial mesmo para o seu tempo. Como dizia Ruskin[136], «escolheu trabalhar em palco dentro de um círculo de fogo», e as suas personagens são ainda mais distorcidas e simplificadas do que as de Smollett. Mas o romance não tem regras fixas, e o grande teste da obra de arte é só um — a sobrevivência. Nesta medida, as personagens de Dickens têm sucesso, mesmo se quem as recorda não as entenda como seres humanos. São monstros, mas pelo menos existem.

Ainda assim, há desvantagens em se escrever sobre monstros, e o resultado é que Dickens só apela a determinados estados de espírito e deixa intocada uma vasta área da mente humana. Nas suas obras não se encontra sentimento poético, nem tragédia genuína, e até o amor sexual está quase para lá dos seus horizontes. Na verdade, os seus livros não dão tão pouca atenção ao sexo como às vezes se diz, e, tendo em conta a época em que viveu, até trata o assunto com bastante franqueza. Mas não se encontra nele o mesmo que em *Manon Lescaut, Salammbô, Carmen e O Monte dos Vendavais*[137]. Segundo Aldous Huxley, D. H. Lawrence qualificava Balzac de «anão gigantesco», e o mesmo se poderia dizer de Dickens. Há mundos sem conta de que ele nada sabe ou de que não quer falar. Exceto de forma indireta, não se aprende muito com Dickens, o que de imediato nos remete

---

[136] John Ruskin (1819–1900) foi o crítico de arte mais conceituado da era vitoriana, além de ser artista plástico, filósofo e filantropo. [N. da T.]

[137] *Manon Lescaut* é da autoria do Abade Prévost (1697–1763); *Salammbô* é um romance de Gustave Flaubert (1821–1880); *Carmen*, uma novela de Prosper Mérimée (1803–1870), depois adaptada a ópera por Bizet; e *O Monte dos Vendavais* é o conhecido romance de Emily Brontë (1818–1848). Todos eles chocaram o público da sua época pela intensidade das paixões e, nalguns casos, a mistura de violência e sensualidade das obras. [N. da T.]

para os grandes romancistas russos do século XIX. Porque é que o entendimento de Tolstói nos parece tão mais abrangente do que o de Dickens e porque é que ele nos ensina muito mais *sobre nós próprios*? Não que tenha mais talento ou, em última análise, seja mais inteligente, mas porque escreve sobre figuras que estão a evoluir. As personagens de Tolstói lutam para moldar a alma, enquanto as de Dickens já saem acabadas e perfeitas. As figuras de Dickens veem-me à mente com mais frequência e intensidade do que as de Tolstói, mas sempre em atitudes imutáveis, como se fossem quadros ou peças de mobiliário. Não se pode ter uma conversa imaginária com uma dessas personagens como se pode ter com, digamos, Pierre Bezúkhov. E não é só porque Tolstói seja mais sério, porque também podemos imaginar conversas com personagens cómicas como Bloom, por exemplo, ou Pécuchet, até com o Mr. Polly de Wells, mas porque as de Dickens não têm vida interior. Dizem com toda a perfeição o que têm para dizer, mas não as imaginamos a conversar sobre quaisquer outros assuntos. Nunca aprendem e nunca especulam. A personagem mais meditabunda da sua obra é Paul Dombey, mas os seus pensamentos são muito empastelados. Significa isto que os romances de Tolstói são «melhores» do que os de Dickens? A verdade é que não faz sentido dizer que são «melhores» ou «piores». Se me obrigassem a comparar Tolstói e Dickens, eu diria que o apelo de Tolstói é mais vasto e duradouro, porque Dickens é praticamente ininteligível fora da cultura de língua inglesa; por outro lado, Dickens chega a um público mais popular do que Tolstói. As personagens de Tolstói atravessam fronteiras, as de Dickens podem ser reproduzidas em cromos. Mas não temos de optar por umas ou por outras, assim como nada nos obriga a escolher entre uma salsicha e uma rosa. Os respetivos fins nunca se intersetam.

VI

Se Dickens não passasse de um escritor humorístico, provavelmente já teria caído no esquecimento, ou, quando muito, algumas das suas obras teriam sobrevivido, tal como *Frank Fairleigh, Mr. Verdant Green* e *Mrs. Caudle's Curtain Lectures*[138], apenas como resquícios da época vitoriana, exalando um vago e agradável odor a ostras e cerveja preta. Quem nunca sentiu «pena» por Dickens ter trocado a veia de *Pickwick* por algo como *A Pequena Dorritt* e *Tempos Difíceis*? O que se espera de um romancista popular é que ele escreva sempre o mesmo livro, sem nos lembrarmos de que quem escreve duas vezes o mesmo livro não teria sido capaz de o escrever da primeira vez. Um romancista que não seja completamente anódino move-se numa espécie de parábola, cuja curva descendente já está implícita na ascendente. Joyce teve de começar pela competência gélida de *Gente de Dublin* e acabar com a linguagem onírica de *Finnegans Wake*, mas tanto *Ulisses* como *Retrato do Artista quando Jovem* fazem parte integrante da sua trajetória. O que impeliu Dickens a utilizar uma forma artística para que não estava efetivamente vocacionado, e aquilo que ao mesmo tempo o torna memorável, foi simplesmente ele ser um moralista, a sua consciência de «ter algo a dizer». Em última análise, o segredo da sua capacidade inventiva reside nos sermões que prega, uma vez que não se pode criar sem se sentir um *empenhamento* verdadeiro. Personagens-tipo como Squeers e Micawber nunca

---

[138] *Frank Fairleigh* é uma história sobre um colégio interno, da autoria de Francis Smedley (1818–1864); *Mr. Verdant Green,* de Cuthbert Bede (1827–1889), conta as aventuras de um aluno na universidade de Oxford; e *Mrs. Caudle's Curtain*, escrito por Douglas Jerrold (1803–1857), narra a vida de um comerciante vitoriano. Todos elas, portanto, obras de literatura popular. [N. da T.]

teriam sido criadas por um borra-botas qualquer à procura de piadas. Uma boa anedota tem sempre uma ideia por trás, normalmente subversiva. Dickens continua a ter piada porque se revolta contra a autoridade, e porque a autoridade continua presente para nos rirmos dela. Há sempre oportunidade para se esborrachar mais uma tarte de ovos na cara de alguém.

Embora o seu radicalismo seja muito vago, temos sempre consciência da sua presença, e é essa a grande diferença entre o moralista e o político. Não tem sugestões construtivas, nem sequer noções claras sobre a natureza da sociedade que ataca, apenas uma perceção emocional de que algo está errado, e o seu apelo a que nos «portemos bem» não é, como sugeri acima, tão superficial como parece. A maioria dos revolucionários são conservadores em potência, porque imaginam que tudo se resolve alterando a *estrutura* da sociedade; quando se efetua esta mudança, como às vezes acontece, nada mais é necessário. Dickens não tem uma mente assim tão grosseira. A sua revolta não é contra esta ou aquela instituição em particular, mas, segundo Chesterton, contra «uma determinada expressão no rosto humano». Em termos gerais, subscrevia uma moral cristã, mas, apesar da educação anglicana, a sua fé vinha diretamente da Bíblia, como demonstrou claramente no testamento. Em todo o caso, não o podemos descrever como uma pessoa religiosa. Não há dúvida de que era «crente», mas não revela grande interesse pela religião enquanto prática devocional[139]. O que o torna num verdadeiro

[139] Cito de uma carta ao filho mais novo (em 1868): «Deves lembrar-te de que em casa nunca te pressionámos a observar os preceitos religiosos ou outras formalidades. Tive sempre o cuidado de não aborrecer os filhos com coisas desta natureza antes de terem idade para formar a sua própria opinião sobre o assunto. Por isso melhor entenderás quando agora te encorajo firmemente a reconhecer a verdade e a beleza da religião cristã, tal como veio de

cristão é tomar sempre partido pelo oprimido contra o opressor, estar invariável e incondicionalmente do lado do mais fraco. A conclusão lógica deste processo é que temos de mudar de lado quando o mais fraco passa a mais forte, e Dickens fá-lo efetivamente. Detesta a Igreja Católica, mas logo que um católico é vítima de perseguição (como em *Barnaby Rudge*), coloca-se do seu lado. Detesta ainda mais a aristocracia, mas logo que esta é deposta (como nos capítulos revolucionários de *Um Conto de duas Cidades*), a sua simpatia passa para o outro lado. Quando se afasta desta atitude emocional, perde o norte. Um bom exemplo é o final de *David Copperfield*, em que todos sentimos que algo não bate certo, porque os últimos capítulos estão impregnados, de forma vaga, mas ainda percetível, pelo culto do sucesso. É a Bíblia segundo Smiles, e não a Bíblia segundo Dickens. As personagens atraentes, mas pelintras, são despachadas, Micawber faz fortuna, Heep é preso — ambas as situações são altamente improváveis —, e até Dora é eliminada para dar lugar a Agnes. Se quisermos, podemos ler Dora como a mulher de Dickens e Agnes como a cunhada, mas a questão essencial é que Dickens se tornou «respeitável», violentando a sua própria natureza. Talvez por isso Agnes seja a mais desagradável das suas heroínas, uma daqueles personagens etéreas e angelicais do romance sentimental vitoriano, quase tão negativa como a Laura de Thackeray.

Adulto nenhum lê Dickens sem tomar consciência das suas limitações, mas a sua generosidade de espírito continua a impor-se, qual âncora que o mantém firmemente no devido lugar. É este, com toda a probabilidade, o segredo central da sua popularidade. Um antinomismo bem disposto semelhante

---

Cristo, e a impossibilidade de errares se a seguires com convicção e humildade. [...] Nunca abandones a boa prática de dizeres as tuas orações de manhã e à noite. Eu nunca a abandonei e sempre dela retirei grande conforto.» [N. do A.]

ao de Dickens é uma das marcas da cultura popular ocidental, encontrando-se em figuras como Mickey Mouse e Popeye, o Marinheiro (ambos variações de Jack, O Mata-Gigantes[140]), bem como na história do socialismo da classe trabalhadora, nos protestos populares (sempre ineficazes, mas nem sempre fraudulentos) contra o imperialismo, no impulso que leva os jurados a decretarem indemnizações excessivas quando o carro de um rico atropela um pobre; é aquela sensação que nos leva a estar sempre do lado dos mais fracos contra os mais fortes. De certa forma, é um sentimento fora de moda há pelo menos cinquenta anos. O homem comum ainda vive no mundo mental de Dickens, mas quase todos os intelectuais modernos já se passaram para uma forma ou outra de totalitarismo. De um ponto de vista marxista ou fascista, quase tudo o que Dickens representa é rejeitado como sendo «moral burguesa», mas em termos de «moralidade» ninguém é mais «burguês» do que a classe trabalhadora inglesa. As pessoas comuns nos países ocidentais nunca entraram mentalmente no mundo do «realismo» ou da política do poder. Pode ser que o façam em breve, e nessa altura Dickens será tão anacrónico como um cavalo de diligência. Mas na sua época, tal como na nossa, a sua popularidade reside em ter dado expressão, de forma cómica, simplificada e portanto memorável, à decência inerente ao homem comum. E nesta perspetiva é importante que vários tipos de pessoas possam ser descritas como homens «comuns». Num país como a Inglaterra, e apesar da sua estrutura de classes, há, de facto, alguma unidade cultural. O mundo ocidental, durante toda a era cristã, mas sobretudo desde a Revolução Francesa, tem perseguido ideais de liberdade e igualdade; poderão não ser

---

140 «Jack, the Giant-killer» é uma lenda tradicional da Cornualha, que conta as aventuras de um rapaz corajoso que mata gigantes no tempo do Rei Artur. [N. da T.]

mais do que um *ideal,* mas estendem-se a todos os extratos sociais. Embora um pouco por todo o lado se encontrem injustiças atrozes, crueldade, mentiras e snobismo, poucas pessoas encaram isto com a mesma indiferença de um dono de escravos na Roma antiga. Até os milionários sofrem de algum sentimento de culpa, como o cão ao comer a perna de borrego roubada. Independentemente da conduta pessoal, quase toda a gente reage emocionalmente à noção da fraternidade humana. Dickens deu voz a um código moral em que se acreditava, e em grande parte ainda se acredita, mesmo quando o violamos. De outro modo, é difícil explicar como tinha um público de classe trabalhadora e veio a ser enterrado na Abadia de Westminster.

Quando nos deparamos com uma escrita forte e individualizada, temos a impressão de ver um rosto algures por trás da página. Não que seja necessariamente a face verdadeira do autor. Sinto muito isto relativamente a Swift, Defoe, Fielding, Stendhal, Thackeray e Flaubert, embora em muitos destes casos não tenha ideia das suas caras, nem interesse em conhecê-las. O que vemos é a face que os autores *deveriam* ter. Bem, no caso de Dickens a cara que eu vejo não é exatamente a das fotografias, embora em muito se lhe assemelhe. É o rosto de alguém com cerca de quarenta anos, de barba curta e pele avermelhada, alguém que está a rir, com um toque de ira no riso, mas sem triunfalismo nem malícia. É o rosto de um homem sempre a lutar contra algo, mas que luta abertamente, sem medos, a face de um homem que está *generosamente zangado* — por outras palavras, um liberal do século XIX, com inteligência e espírito livre, o tipo de pessoa igualmente odiada por todas as fétidas e mesquinhas ortodoxias que hoje em dia lutam pela posse da nossa alma.

Inside the Whale and Other Essays, 1940

Rudyard Kipling

É uma pena que Eliot[141] estivesse na defensiva quando escreveu o longo ensaio que prefacia uma seleção de poemas de Kipling, mas era inevitável, porque quem escreve sobre este autor tem de começar por se libertar da lenda criada por dois grupos de pessoas que nunca leram a sua obra. Kipling goza de um estatuto peculiar por ser um nome sobejamente conhecido nos últimos cinquenta anos. Há cinco gerações literárias que é detestado por qualquer pessoa esclarecida, e, no fim de contas, 90% dessas pessoas esclarecidas caíram no esquecimento, enquanto Kipling de certa forma aqui continua. Eliot nunca explica cabalmente o facto, porque ao defendê-lo da habitual e simplista acusação de ser «fascista», cai no erro oposto de o defender no que ele tem de indefensável. Não vale a pena pretender que a mundividência geral de Kipling pode ser aceite ou desculpada por uma pessoa civilizada, nem, por exemplo, afirmar que quando Kipling descreve um soldado inglês a bater num «preto» com um saca-trapos[142] para lhe extorquir o dinheiro está apenas a

[141] Orwell refere-se especificamente ao prefácio escrito por T. S. Eliot a uma antologia de poemas de Kipling, *A Choice of Kipling's Verse*, publicada em 1942. [N. da T.]

[142] Saca-trapos: vareta de metal para limpeza de armas. [N. da T.]

assumir o papel de repórter e não necessariamente a aprovar o ato. Não há, em toda a obra de Kipling, qualquer indício de que ele desaprova tal conduta — pelo contrário, Kipling tem uma veia de sadismo que vai muito além da brutalidade necessária a um escritor deste tipo. Kipling *é*, de facto, um imperialista e jingoísta, moralmente insensível e esteticamente repugnante. É melhor começar por admitir isso e só depois tentar perceber porque é que ele sobrevive, enquanto as pessoas refinadas que se riam dele com desprezo já passaram à história.

Além disso, temos de enfrentar a acusação de que ele era «fascista», porque, para entendermos a dimensão moral ou política de Kipling, é preciso perceber antes de mais que ele *não era* fascista. Estava mais longe disso do que a pessoa mais humana ou «progressista» dos nossos dias. Um interessante exemplo do modo como as citações são às vezes papagueadas fora de contexto ou sem se cuidar do sentido é o verso de «Recessional» sobre «As raças ínferas que a lei ignoram», que é sempre objeto de gozo nos círculos da esquerda amaricada[143]. Parte-se imediatamente do princípio de que as «raças ínferas» são os «nativos», evocando a imagem mental de um *pukka sahib* de capacete colonial a pontapear um *coolie.* Mas no contexto em que surge, o sentido do verso é quase o oposto. A expressão «raças ínferas» refere-se quase de certeza aos alemães e em especial aos escritores pangermânicos que «a lei ignoram», no sentido em que não a respeitam, não que sejam impotentes. Todo o poema, convencionalmente entendido como uma orgia de fanfarronice, é uma denúncia

---

[143] Expressão usada várias vezes por Orwell para designar os membros do «Auden Group», grupo de poetas liderado por W. H. Auden, figuras de esquerda e alguns deles homossexuais. No contexto presente, o sentido parece ser mais amplo, mas o/a leitor/a da altura identificaria imediatamente a referência.

da política de poder, tanto da britânica como da germânica. Vale a pena transcrever duas estrofes (citadas na sua dimensão política, não como poesia):

> Se ao vento soltarmos, ébrios de ambição
> Palavras rebeldes que O não adoram
> Vanglórias cegas como as do pagão
> Ou das raças ínferas que a lei ignoram —
> Que o Deus dos exércitos não nos abandone,
> Nos lembre o Seu nome — nos lembre o Seu nome!
>
> Da alma pagã que fé tão-só faz
> No cano da arma e na lâmina fria —
> Tudo pó valente que sobre pó jaz
> E guardando, a guarda a Ti não confia
> Da bazófia oca, verbo imponderado
> Senhor, que o teu povo seja guardado!

A fraseologia de Kipling é frequentemente retirada da Bíblia, e a segunda estrofe parece evocar o Salmo CXXVII: «Se o Senhor não construir a casa, em vão labora quem a constrói; se o Senhor não guardar a cidade, quem a guarda acorda em vão.» Não é texto que impressione muito a mentalidade pós-Hitler. Na nossa época, ninguém reconhece sanções maiores do que o poderio militar e ninguém acredita que se vença a força a não ser com uma força ainda maior. Não existe «lei», apenas poder. Não estou a dizer que isto seja verdade, simplesmente que é nisso que todo o homem moderno efetivamente acredita. Quem não o quer ver ou é intelectualmente covarde, ou é um adulador mal disfarçado do poder, ou está simplesmente desfasado em relação ao seu tempo. A mundividência de Kipling é pré-fascista. Ainda acredita que o orgulho precede a queda e que os deuses punem a *hubris*[144], mas nunca antecipou o tanque, o bombardeiro, a rádio e a polícia secreta, nem os seus efeitos psicológicos.

Mas afirmar isto não será desdizer o que disse acima sobre o jingoísmo e a brutalidade de Kipling? Não, apenas manter que a visão imperialista do século XIX e a do *gangster* moderno são duas coisas completamente diferentes. Kipling pertence definitivamente ao período entre 1885 e 1902. A Grande Guerra e as suas sequelas encheram-no de azedume, mas não demonstra ter aprendido seja o que for com tudo o que se passou depois da Guerra dos Bóeres. Foi o profeta do imperialismo britânico na sua fase expansionista (ainda mais do que os poemas, o romance solitário, *A Luz que se Apagou*, transmite bem o ambiente da altura) e também o historiador não oficial do exército britânico, o velho exército mercenário, que começou a mudar de forma em 1914. Toda a sua confiança, a sua vitalidade exuberante e vulgaridade resultaram de limitações diferentes das de fascistas ou quejandos.

Kipling passou a fase final da vida num amuo, mais por desilusão política do que por vaidade literária. A história parecia-lhe ter fugido ao plano estabelecido. Depois da maior vitória de sempre, a Grã-Bretanha passou a ser uma potência menor do que antes e Kipling era suficientemente perspicaz para se aperceber disso. As classes que ele idealizava tinham perdido as virtudes, os jovens eram hedonistas ou estavam desmotivados, o desejo de pintar os mapas de vermelho[145] evaporara-se. Kipling não percebia o que se estava a passar

---

[144] *Hubris*: termo grego que significa orgulho excessivo, falha que na tragédia era punida pelos deuses e contribuía para a queda do herói. [N. da T.]

[145] Convencionalmente, os mapas assinalavam a vermelho os países sob o domínio do Império Britânico. [N. da T.]

porque nunca entendera as forças económicas subjacentes à expansão imperial. É surpreendente que Kipling não tivesse mais consciência do que o soldado médio ou o administrador colonial de que um império é antes de mais um empreendimento baseado no lucro. Para ele, o imperialismo é uma espécie de evangelização forçada. Aponta-se uma Gatling[146] à turba «nativa» desarmada e estabelece-se o reino da «legalidade», que inclui estradas, caminho de ferro e tribunal. Foi incapaz de prever, por exemplo, que a motivação que presidiu à criação do Império acabaria por o destruir. Foi o mesmo motivo que levou à transformação da selva malaia em plantações de borracha que agora fez com que estas passassem intactas para os Japoneses. Os totalitários modernos sabem o que estão a fazer, ao passo que os Ingleses do século XIX não sabiam. Cada uma destas atitudes tem as suas vantagens, mas Kipling nunca conseguiu ultrapassar a primeira e passar à segunda. A sua perspetiva, considerando que, afinal de contas, era um artista, é a do burocrata assalariado que despreza o *boxwallah* e vive a vida toda sem perceber que é o *boxwallah* que puxa os cordelinhos.

No entanto, uma vez que se identifica com a classe dos oficiais, Kipling possui algo que as pessoas «esclarecidas» raramente ou nunca têm, ou seja, um sentido de responsabilidade. A esquerda de classe média detesta-o por isso quase tanto como pela sua crueldade e vulgaridade. Todos os partidos de esquerda dos países altamente industrializados são no fundo uma impostura, porque fazem questão de lutar contra o que verdadeiramente não querem destruir. Têm objetivos de internacionalismo, mas ao mesmo tempo esforçam-se por manter um nível de vida que é incompatível com este

---

[146] Gatling: espingarda automática, percursora da metralhadora, muito usada no Império Britânico nos finais do século XIX. [N. da T.]

propósito. Todos nós vivemos graças ao roubo dos *coolies* asiáticos e os que entre nós são «esclarecidos» mantêm que esses *coolies* merecem a liberdade; mas o nosso nível de vida, e portanto o nosso «esclarecimento», exige que o roubo continue. Uma pessoa humanitária é sempre um hipócrita e o talento de Kipling para criar expressões memoráveis deve-se precisamente a ter percebido isso. Seria difícil encontrar frase mais certeira e sucinta sobre o pacifismo zarolho dos Ingleses do que: «zombar dos uniformes que guardam o nosso sono». É certo que Kipling não entende o aspeto económico da relação entre o intelectual e o *Blimp*[147], nem percebe que o mapa se pinta de vermelho sobretudo para que o *coolie* possa ser explorado. Em vez do *coolie* só vê o funcionário público colonial; mas, mesmo a esse nível, o seu entendimento das diversas funções e de quem protege quem está correto. Tem a clara consciência de que um homem só pode ser altamente civilizado quando outros homens, inevitavelmente menos civilizados, ali estão para o proteger e alimentar.

Até que ponto se identifica Kipling com os administradores, soldados e engenheiros que tanto elogia? Não tão completamente como em geral se pensa. Ainda jovem viajara muito, uma mente brilhante a crescer num ambiente filistino, e algo nele, talvez um impulso parcialmente neurótico, fez com que preferisse o homem de ação a outro mais sensível. Os anglo-indianos do século XIX, só para mencionar alguns dos seus ídolos menos simpáticos, foram pelo menos pessoas que construíram algo. O que fizeram estava certamente errado, mas a verdade é que mudaram a face da terra (é esclarecedor olhar para o mapa da Ásia e comparar o sistema ferroviário da Índia com o dos países limítrofes), enquanto nada teriam

---

[147] *Colonel Blimp* é uma figura satírica criada pelo caricaturista David Low em 1934, representando o colonialista típico. [N. da T.]

conseguido, nem manter-se no poder por uma semana, se a mundividência de um anglo-indiano normal fosse semelhante à de, digamos, E. M. Forster[148]. Superficial e pirosa como é, a imagem que Kipling nos dá dos anglo-indianos do século XIX é a única que temos e ele só conseguiu criá-la porque era suficientemente casca-grossa para aturar, de boca calada, os clubes e as messes militares. Mas Kipling não era muito parecido com aqueles que admirava. Sei por várias fontes privadas[149] que muitos dos anglo-indianos seus contemporâneos não gostavam dele nem o tinham em boa conta. Diziam, se calhar com toda a verdade, que ele não conhecia bem a Índia e, por outro lado, consideravam-no demasiado intelectual. Na Índia relacionava-se com as pessoas «erradas» e devido à sua tez escura julgavam incorretamente que tinha sangue asiático. A sua evolução deveu-se em parte a ter nascido na Índia e deixado cedo a escola. Com antecedentes diferentes, poderia ter dado um bom romancista ou um autor superlativo de canções de *music-hall*. Mas poderemos dizer que era um patriota barato, uma espécie de agente publicitário de Cecil Rhodes[150]? Na verdade, era, mas nunca foi um sabujo ou um oportunista. Depois da sua fase inicial (e talvez nem

---

[148] E. M. Forster (1879–1970) foi um autor de obras críticas do colonialismo, como *Passagem para a Índia*. [N. da T.]

[149] Orwell foi, ele próprio, polícia imperial na Birmânia, de 1922 a 1927, sendo portanto natural que tenha tido contacto com contemporâneos de Kipling e ouvido histórias sobre o autor.

[150] Cecil Rhodes (1853–1902) foi uma das mais famosas (ou infames) figuras do colonialismo britânico em África. Magnata e dono de minas de diamantes, entrou na política e presidiu à criação da Rodésia, promulgando leis que beneficiavam os colonizadores europeus, no entendimento de que a população era constituída por raças «bárbaras». Criou uma bolsa para estudantes das colónias poderem frequentar a Universidade de Oxford que se mantém até aos nossos dias, embora protestos de estudantes, de 2015 para cá, tenham posto em causa o legado e exigido a remoção de uma estátua sua na Universidade de Oxford. [N. da T.]

nessa altura) nunca cortejou a opinião pública. Eliot afirma que as críticas que lhe são feitas se devem a ter exprimido opiniões impopulares num estilo popular. Isto restringe a questão, uma vez que «impopular» significa impopular no seio da intelectualidade, mas é um facto que o público mais lato não queria ouvir a «mensagem» de Kipling, nem nunca a aceitou. A maioria da população, tanto no século XIX como nos nossos dias, é antimilitarista, sem qualquer interesse pelo Império e só inconscientemente patriótica. Os admiradores oficiais de Kipling eram e são a classe média empregada nos «serviços» e que lê a revista *Blackwood's*[151]. Nos estúpidos anos iniciais do século XX, os *Blimps*, tendo finalmente descoberto uma figura que se poderia apelidar de poeta e que estava do seu lado, colocaram Kipling num pedestal, e alguns dos seus poemas mais sentenciosos, como «Se», adquiriram um estatuto quase bíblico. Mas é duvidoso que os *Blimps* alguma vez o tenham lido atentamente, assim como a Bíblia, porque nunca poderiam concordar com muitas das ideias de Kipling. Poucas pessoas que têm criticado a Inglaterra a partir de dentro o fizeram num tom mais cáustico do que este patriota de sarjeta. Em geral, os seus ataques visam a classe trabalhadora, mas nem sempre. A frase sobre «os palermas todos enfarpelados junto aos postes e os imbecis enlameados à frente da baliza» é um espinho cravado na carne até aos dias de hoje, atingindo tanto a partida entre Eton e Harrow como a final da Taça de Futebol[152]. Muitos dos poemas que

[151] *Blackwood's*: revista de orientação conservadora e pendor satírico, que apelava a um público de cultura média e média-alta. [N. da T.]

[152] A frase sobre os «patetas enfarpelados» refere-se ao críquete, onde os jogadores, elegantemente vestidos, se perfilam junto aos postes, ou *wickets*. Tradicionalmente um jogo da elite, tem o seu ponto alto na competição entre Eton e Harrow, duas das *public schools* mais prestigiadas, ao passo que o futebol é um jogo mais popular. [N. da T.]

escreveu sobre a Guerra dos Bóeres têm um toque moderno a nível do conteúdo. «Stellenbosch»[153], escrito provavelmente em 1902, resume bem o que um oficial de infantaria inteligente teria dito em 1918 ou, para o caso, diz ainda na atualidade.

Os ideais românticos de Kipling sobre a Inglaterra e o Império não teriam muita importância se não fossem acompanhados do preconceito de classe que à época era parte integrante deles. Ao analisarmos o melhor e o mais representativo da sua obra, os poemas sobre soldados, em especial as *Baladas de Caserna*, damo-nos conta de que, mais do que qualquer outra coisa, o que os lhes retira qualidade é o tom paternalista que lhes está subjacente. Kipling idealiza os oficiais do exército com um exagero idiota, especialmente os menos graduados, mas o soldado raso, embora figura simpática e romântica, é invariavelmente cómico. Fala sempre numa espécie de dialeto *cockney* estilizado, não muito cerrado, mas sem o «h» aspirado e com o «g» final sempre omitido. O resultado é às vezes tão embaraçoso como as recitações cómicas em festa de paróquia. Daí que seja muitas vezes possível melhorar os poemas de Kipling e torná-los menos chistosos e ostensivos transplantando-os do *cockney* para o inglês normal. Isto é particularmente verdade relativamente aos refrões, que frequentemente têm uma qualidade lírica indiscutível. Dois exemplos são suficientes (um sobre um funeral, outro sobre um casamento):

---

[153] Stellenbosch é uma cidade na África do Sul onde durante a Guerra dos Bóeres existia uma base militar britânica para onde eram mandados os oficiais que não se tinham distinguido na frente de batalha. O poema de Kipling (de 1903), escrito do ponto de vista do soldado, critica acerbamente a incompetência das chefias militares, tal como muita da poesia da Primeira Grande Guerra. [N. da T.]

Apaga o cachimbo e anda daí!
Deixemos os copos e anda daí!
Escuta o tambor que nos chama a rufar.
Anda daí e vamos para casa!

Ou então:

E viva o casório do nosso sargento —
Brindemos mais uma depois da primeira!
Os cavalos pardos puxam o landó
Nas bodas de um biltre e uma rameira!

Nesta versão, restaurei o inglês educado[154]. Kipling devia ter tido mais juízo. Sabendo que os dois versos finais da primeira estrofe são belíssimos, não devia ter cedido ao impulso de gozar com a pronúncia de uma figura de classe trabalhadora. Nas baladas antigas, o nobre e o camponês falam a mesma língua. Em Kipling, isso seria impossível, porque a sua perspetiva de classe, olhando de cima para baixo, distorce as coisas, e numa espécie de justiça poética estraga até um dos seus melhores versos — «follow me 'ome» é muito mais feio do que «follow me home». Mas mesmo que musicalmente não faça grande diferença, este *cockney* de teatro é uma piada fácil que acaba por ser irritante. No entanto, Kipling é mais frequentemente citado oralmente do que por escrito, e a maioria das pessoas faz os ajustamentos necessários ao contexto.

Alguém imagina que um soldado raso, na década de noventa ou hoje em dia, leia as *Baladas de Caserna* e ache que ali está uma pessoa que fala por ele? Só dificilmente.

---

[154] No original, Kipling omite o «h», normalmente não aspirado pela classe trabalhadora, na palavra *home*, bem como o «d» no final de *and*, também omitido coloquialmente por falantes populares. [N. da T.]

Qualquer soldado habilitado a ler um livro de poesia daria imediatamente conta de que Kipling não tem grande noção da luta de classes existente no exército, como, aliás, em todo o lado. Não é só uma questão de achar que o soldado é cómico, mas também o considera patriótico, feudal, admirador incondicional dos seus superiores e orgulhoso de servir Sua Majestade. Claro que tudo isto é parcialmente verdade, ou então não se travariam batalhas, mas «O que fiz por ti, Inglaterra, minha Inglaterra?»[155] é essencialmente uma interrogação de classe média. Qualquer trabalhador perguntaria de imediato: «E o que é que a Inglaterra fez por mim?» Mas, na medida em que Kipling teria consciência disto, atribuiria o facto ao «enorme egoísmo das classes baixas» (as palavras são dele). Quando escreve, não sobre a lealdade inglesa, mas sobre os indianos «leais», leva a imagem do *Salaam, sahib*[156] a extremos absurdos. Mas apesar disso, a verdade é que se interessa muito mais pelo soldado raso e tem uma preocupação muito maior em que ele seja bem tratado do que a maioria dos «liberais» do seu tempo ou do nosso. Está ciente de que o soldado é negligenciado, recebe um salário miserável e é hipocritamente desprezado por aqueles cujos rendimentos protege. «Apercebi-me dos horrores da vida do soldado raso», diz ele nas memórias publicadas postumamente, «e dos tormentos desnecessários que lhe são infligidos.» Acusam-no de glorificar a guerra, e talvez seja verdade, mas não no sentido usual, pretendendo que a guerra é um jogo de futebol. Como a maioria dos poetas de guerra, Kipling nunca

---

[155] Orwell invoca o poema patriótico de William Ernest Henley (1849–1903), intitulado «England, my England», cujo refrão reza: «*What have I done for you / England, my England*». Veja-se o seu uso em «O Leão e o Unicórnio». [N. da T.]

[156] *Salaam, sahib*: saudação respeitosa, servil até, com que os indianos se dirigiam aos Ingleses, frequentemente usada na escrita colonialista. [N. da T.]

participipou em batalhas, mas tem uma visão muito realista da guerra. Sabe bem que as balas provocam dor, que debaixo de fogo toda a gente sente terror, que o soldado comum nada entende sobre as causas do conflito nem tem noção do que se passa exceto no seu cantinho da frente de batalha, e que as tropas inglesas, como todas as outras, muitas vezes fogem da guerra:

> Facas tiniam, lá atrás, mas quem ele era eu não via,
> P'ra onde fui eu não sei, não quis saber de onde vinha,
> Logo a gritar por socorro um desgraçado fugia,
> De quem era aquela voz? — aquela voz era minha!

Modernize-se o estilo e podia muito bem vir de uma das obras desmistificadoras da guerra da década de 1920[157]. Ou ainda:

> Balas cruéis nos debicam por entre nuvens de pó,
> Não as queremos enfrentar, mas de nós ninguém tem dó;
> Quais presos acorrentados, que avançam sem vigor,
> O batalhão segue lento, pesado, sem pundonor.

Comparem-se estes versos com:

> «Avante a Brigada Ligeira!»
> Alguém se desanimou?
> Não! Mas o soldado sabia
> Que ali um homem errou.

[157] Orwell refere-se à escrita da Primeira Grande Guerra e à poesia de figuras como Wilfred Owen (1893–1918) e Rupert Brooke (1887–1915), que desmitificou a imagem tradicional da guerra como algo de glorioso e a substituiu pela noção de que a guerra é um inferno. [N. da T.]

Kipling acentua até porventura os horrores da guerra, porque, de facto, as guerras da sua juventude quase nem contam como tal comparadas com as nossas. Talvez isso se deva à sua veia neurótica e obsessão pela crueldade, mas pelo menos ele sabe que quem é obrigado a atacar alvos impossíveis *está* desanimado e que quatro xelins por dia não é uma pensão generosa.

Até que ponto é completo e verdadeiro o retrato que Kipling nos deixou do exército regular e mercenário de finais do século XIX? Tal como o que escreveu sobre os anglo-indianos desse século, é não só o melhor, mas praticamente o único retrato literário disponível. O autor registou uma quantidade apreciável de informação que de outro modo só nos chegaria pela tradição oral ou através dos canhanhos ilegíveis da história do exército. É possível que esta imagem da vida militar nos pareça mais exata e exaustiva do que na realidade é, porque um inglês de classe média sabe provavelmente o suficiente para preencher as lacunas. Pelo menos, ao ler o ensaio sobre Kipling que Edmund Wilson publicou ou está em vias de publicar[158], dei-me conta de um sem número de questões que para nós são óbvias e banais, mas para um americano quase ininteligíveis. De facto, da fase inicial da sua obra emerge uma imagem vívida e não muito incorreta do que era um exército antes da invenção da metralhadora — o calor sufocante das casernas em Gibraltar ou Lucknow, as casacas vermelhas, os cintos tingidos de branco e os bonés *pillbox*, a cerveja, as brigas, os açoitamentos, enforcamentos e crucificações, o tocar das cornetas, o cheiro a aveia e a mijo de cavalo, os berros dos sargentos com bigodes

[158] Publicado no volume de ensaios *The Wound and the Bow*. [N. do A. de 1945]. Edmund Wilson (1895–1972) era um conhecido crítico literário norte-americano, cujas leituras freudianas e marxistas da obra literária foram muito influentes dos dois lados do Atlântico. [N. da T.]

quilométricos, as escaramuças sangrentas, invariavelmente mal comandadas, os navios de transporte de tropas, sempre a abarrotar, os acampamentos cheios de vítimas da cólera, as concubinas «nativas» e, como destino final, a morte no asilo de pobres. É um retrato rude e vulgar, uma mistura de patriotismo de *music-hall* com os passos mais sórdidos de um Zola[159], mas as gerações futuras poderão, com base nele, fazer uma ideia do que era um exército regular e voluntário. Do mesmo modo se aprende muito sobre a Índia britânica na era antes da invenção do automóvel e do frigorífico. Seria um erro pensar que teríamos livros de melhor qualidade sobre estas matérias se por exemplo George Moore, ou Gissing, ou Thomas Hardy[160] tivessem usufruído das mesmas oportunidades que Kipling. É um daqueles factos acidentais que não acontecem na realidade. A Inglaterra do século XIX nunca teria produzido uma obra como *Guerra e Paz,* ou *Sebastopol*, ou *Os Cossacos*, duas histórias menores de Tolstói sobre a vida militar, não por falta de talento, mas porque quem tivesse sensibilidade suficiente para escrever tais livros não teria os contactos necessários. Tolstói viveu num grande império militar em que era natural que um jovem de boa família passasse uns anos no exército, enquanto que o Império Britânico era e é desmilitarizado a um nível que os comentadores europeus acham inacreditável. Os homens civilizados não gostam de sair dos grandes centros civilizacionais, e na maioria das línguas há uma enorme escassez do que se poderia designar por literatura colonial. Só um conjunto de circunstâncias improváveis levou a esse retrato

---

[159] Émile Zola (1840–1902) é um dos grandes escritores do realismo francês, muitas vezes acusado de dar uma imagem nua e crua, até mesmo sórdida, da sociedade, sobretudo das classes mais baixas. [N. da T.]

[160] George Moore (1852–1933), tal como Gissing e Hardy, é um dos grandes nomes do realismo e do naturalismo britânicos. [N. da T.]

panorâmico que Kipling nos oferece, o soldado Ortheris e Mrs. Hauksbee posando num pano de fundo de palmeiras ao som dos sinos de um templo, e uma dessas circunstâncias foi que o próprio Kipling só era meio civilizado.

Kipling é o único escritor inglês dos nossos dias que acrescentou frases à língua. Nem sempre as frases e os neologismos que se adotam e se usam sem sabermos de onde provêm são de autores que admiramos. É estranho, por exemplo, ouvir os locutores de rádio alemães referirem-se aos soldados russos como «robôs», usando inconscientemente um termo criado por um democrata checo que os nazis teriam assassinado se o conseguissem apanhar[161]. Segue-se uma lista de expressões cunhadas por Kipling que se encontram citadas nos editoriais da imprensa sensacionalista ou se ouvem nos bares, pela boca de quem nunca o leu. Como se verá, todas têm algumas características comuns:

> O Ocidente é o Ocidente e o Oriente é o Oriente.[162]
> O fardo do homem branco.[163]
> O que conhece da Inglaterra quem só a Inglaterra conhece?[164]
> A fêmea da espécie é mais mortal do que o macho.[165]

---

[161] De facto, o termo «robô» surgiu pela primeira vez na peça *R.U.R.*, de 1920, da autoria do checo Karel Čapek (1890–1938), escritor de ficção científica, democrata, antifascista e anticomunista. [N. da T.]

[162] Verso retirado do poema «The Ballad of East and West» e cujo significado aponta para a distinção radical entre as duas entidades que, segundo Kipling, nunca poderiam (ou deveriam) unir-se. [N. da T.]

[163] Com o título original «The White Man's Burden», o poema é um dos mais famosos de Kipling, invocando a noção do «dever» que o branco tem de civilizar as outras raças, mesmo sendo isso um «fardo» pesado. [N. da T.]

[164] Verso do poema «The English Flag». [N. da T.]

[165] Verso do poema «The Female of the Species». [N. da T.]

Algures a leste do Suez[166].
Pagar o *Dane-geld*[167].

Existem muitas outras, incluindo algumas que saltaram do contexto inicial e ainda se ouvem muitos anos depois. A frase «matar o Kruger com a boca»[168] ainda estava em circulação há bem pouco tempo. Também é possível que tivesse sido Kipling a popularizar o termo «Hun» para nos referirmos aos alemães; pelo menos, usou-o logo no estalar das hostilidades em 1914. Mas o que todas as frases citadas têm em comum é que as dizemos com algum sarcasmo (como em «Ó mãe, eu vou ser a rainha de Maio, a rainha de Maio»[169]), mas acabamos por as usar mais cedo ou mais tarde. Nada mais óbvio do que o desprezo que *The New Statesman*[170] nutre por Kipling, mas quantas vezes, a propósito das negociações em Munique[171], não se encontrou

[166] A expressão «East of Suez», nos círculos políticos e militares, apontava para os interesses britânicos no Oriente. Em Kipling, a frase surge no poema «Mandalay», e os versos dão bem conta da posição racista e colonialista do autor; neles se sugere, por exemplo, que «a leste do Suez» «não há os Dez Mandamentos» e que «o melhor de lá é igual ao pior daqui». [N. da T.]

[167] O *Dane-geld* foi um resgate pago em 991 pelo rei saxão Æthelred aos invasores viquingues vindos da Dinamarca. O resgate não surtiu efeito, porque os viquingues voltaram nos anos seguintes para cobrar mais dinheiro. O poema de Kipling, intitulado «Dane-geld», popularizou a expressão, significando que se paga em vão a um chantagista. Como se verá adiante, o termo foi usado a propósito da «política de apaziguamento» de Neville Chamberlain. [N. da T.]

[168] A frase «matar o Kruger com a boca» encontra-se no poema «The Absent-minded Beggar». Um ex-soldado da Guerra dos Bóeres, agora reduzido à miséria, pede que lhe cedam uns tostões quando acabarem de cantar o hino nacional e assim «matarem o Kruger [personificação dos Bóeres] com a boca». [N. da T.]

[169] A expressão «Rainha de Maio» vem de um antigo hino católico de influência pagã e refere-se à Virgem Maria. [N. da T.]

[170] *The New Statesman*: jornal britânico fundado em 1913, de orientação socialista e progressista. [N. da T.]

[171] Em 1938, várias potências ocidentais negociaram um acordo de paz com Hitler, mediante a cedência da anexação alemã de parte da Checoslová-

o jornal a citar a frase sobre «pagar o *Dane-geld*»[172]? A questão é que Kipling, além da sua sabedoria de *snack-bar* e do seu jeito para enfiar uma grande dose de pitoresco em poucas palavras («Palmeiras e Pinheiros»[173] — «A Leste do Suez» — «O Caminho para Mandalay»[174]), está geralmente a discutir problemas de grande relevância e urgência. Desta perspetiva, não interessa que a maioria das pessoas pensantes e decentes estejam do outro lado da barricada. «O fardo do homem branco» evoca de imediato um problema muito real, mesmo que se pense que a frase devia ser alterada para «O fardo do homem negro». Podemos discordar visceralmente da posição política implícita em «The Islanders»[175], mas não a podemos apelidar de frívola. Kipling ocupa-se de ideias que são a um tempo banais e permanentes, o que levanta a questão do seu estatuto especial como poeta ou versejador.

Mr. Eliot apelida a métrica de Kipling de «verso» e não «poesia», mas acrescenta que é «verso de *grande* qualidade», afirmando mais especificamente que um escritor só é

---

quia. Chamberlain, primeiro-ministro britânico na altura, foi severamente criticado por esta «política de apaziguamento», havendo quem dissesse que tinha cedido à chantagem sem qualquer retorno, porque, de facto, a guerra não foi evitada. [N. da T.]

172 Na primeira página da sua recente obra, *Adam and Eve*, Middleton Murray cita os bem conhecidos versos: *Há sessenta e nove modos / De criar as leis da tribo / E todos eles estão certos.*

Middleton Murray atribui estes versos a Thackeray, o que provavelmente é um lapso freudiano. Uma pessoa civilizada preferia não citar Kipling, isto é, preferia que não tivesse sido Kipling a expressar as suas ideias. [N. do A.]

173 A expressão «Dominion over palm and pine» vem do poema «Recessional» e refere-se à extensão do Império Britânico, que cobria zonas geograficamente distantes do globo. [N. da T.]

174 O poema «O Caminho para Mandalay» fala de um soldado que evoca nostalgicamente a Índia exótica e romântica, que sedutoramente o convida a regressar. [N. da T.]

175 O poema «The Islanders» é uma celebração da identidade dos Ingleses como «ilhéus» e da sua vocação imperial. [N. da T.]

um «grande versejador» quando «é impossível dizer se estamos perante verso ou poesia». Pelos vistos, Kipling era um versejador que às vezes escrevia poemas, e, sendo assim, é pena que Eliot não os tivesse identificado pelo nome. O problema é que, quando chega a altura de emitir juízos de valor sobre a qualidade estética da obra de Kipling, Eliot põe-se na defensiva e não fala claramente. O que ele não diz, e eu penso que deve ser dito logo de início em qualquer discussão sobre Kipling, é que, em geral, os versos do autor são tão horrorosamente ordinários que lembram um artista rasca de *music-hall* a recitar «O Rabicho do Wu Fang Fu» com umas luzes roxas a incidirem-lhe na cara. E, no entanto, há qualquer coisa neles que dá prazer a quem sabe o que é poesia. Nos seus piores momentos, por acaso os mais vitais, poemas como «Gunga Din» e «Danny Deaver» proporcionam-nos um daqueles prazeres quase pecaminosos, como o gosto por rebuçados baratos, que secretamente nos acompanha pela vida fora. No entanto, mesmo nos seus melhores passos, ficamos com a sensação de sermos seduzidos por algo espúrio, mas a verdade é que nos deixamos seduzir. Temos de admitir que só quem não gosta de poesia (ou é um snobe ou um mentiroso) não retira prazer de versos como estes:

> O vento sopra nas palmeiras e os sinos pedem num ai,
> «Oh, volta, soldado inglês, volta tu para Mandalay!»

E, no entanto, estes versos não são poesia no mesmo sentido em que «Felix Randall» ou «When icicles hang by the Wall»[176] o são. Em vez de se fazerem malabarismos com os

---

[176] «Felix Randall» é um poema de Gerard Manley Hopkins (1844–1889). «When icicles hang by the wall» é uma canção da peça de Shakespeare *Trabalhos de Amores Perdidos*, ambos com uma qualidade poética muito superior à da poesia de Kipling. [N. da T.]

termos «verso» e «poesia», a melhor forma de classificarmos Kipling talvez seja dizer simplesmente que ele é um bom mau poeta. Kipling está para a poesia como Harriet Beecher Stowe[177] está para o romance. A mera existência de obras deste tipo, que geração após geração considera fracas, mas que continuam a ser lidas, diz-nos muito sobre a época em que vivemos.

Há muita boa má poesia em inglês, toda ela, diria eu, posterior a 1790. Exemplos de poemas deste tipo — e estou propositadamente a escolher poemas muito diversificados — seriam «The Bridge of Sighs»[178], «When all the World is Young, Lad»[179], «The Charge of the Light Brigade», o poema de Bret Harte, «Dickens in Camp»[180], «The Burial of Sir John Moore»[181], «Jenny Kissed Me»[182], «Keith of Ravelston»[183] e «Casabianca»[184]. Todos eles de um sentimen-

---

[177] Harriet Beecher Stowe (1811–1896) é a autora de *A Cabana do Pai Tomás*, romance contra a escravatura, muito popular nos EUA no século XIX. [N. da T.]

[178] «The Bridge of Sighs»: poema da autoria de Thomas Hood (1799–1845) sobre uma rapariga pobre que se suicida por ter engravidado. [N. da T.]

[179] O poema «When all the World is Young, Lad», uma meditação muito sentimental sobre o envelhecimento, é da autoria de Charles Kingsley. [N. da T.]

[180] Bret Harte (1836–1902) foi um contista, poeta e jornalista americano cuja obra é dedicada à vida no *West*, sobretudo na Califórnia durante a Febre do Ouro. O poema em causa descreve uma cena em que um grupo de pioneiros, sentados ao relento, leem trechos da obra de Dickens, *A Loja de Antiguidades*. [N. da T.]

[181] «The Burial of Sir John Moore»: poema do autor irlandês Charles Wolfe (1791–1823) que celebra a figura de Sir John Moore, oficial britânico que derrotou o exército francês nas Guerras Napoleónicas, mas que morreu heroicamente na Batalha da Corunha. [N. da T.]

[182] «Jenny Kissed Me»: poema de Leigh Hunt (1784–1859), poeta romântico inglês, em que a passagem do tempo é redimida pela lembrança do beijo de uma mulher na juventude. [N. da T.]

[183] «Keith of Ravelston»: poema de Sydney Dobell (1824–1874) sobre as desventuras da família dos Keith of Ravelston. [N. da T.]

[184] O poema «Casabianca», da autoria de Felicia Dorothea Hemans (1793–1835), celebra a coragem do filho do comandante Louis de Casabianca,

talismo atroz, mas, apesar disso — talvez não exatamente estes, mas outros semelhantes —, todos conseguem transmitir um prazer enorme mesmo a quem lhes identifica as falhas. Seria possível organizar uma antologia relativamente extensa com poemas deste tipo, não fora a boa má poesia ser tão conhecida que dispensa reedições. Numa época como a nossa, a poesia «de qualidade» não tem hipótese de alcançar grande popularidade, sendo, como inevitavelmente é, um objeto de culto para apenas uns poucos e a menos tolerada das artes. Talvez deva qualificar esta última afirmação. A verdadeira poesia só é aceitável pelas massas quando se disfarça de outra coisa qualquer. Exemplos disso são a poesia popular que ainda existe em Inglaterra, as quadras infantis e as rimas mnemónicas, bem como as canções dos soldados, incluindo as que acompanham os toques das cornetas militares. Mas, em geral, na nossa civilização, a mera palavra «poesia» provoca logo uma risota trocista ou, na melhor das hipóteses, a mesma repugnância gélida com que a maioria das pessoas reage à palavra «Deus». Se alguém tocar bem a concertina, entra num *pub* e em cinco minutos arranja um público apreciador. Mas qual seria a reação desse público a uma leitura, por exemplo, dos sonetos de Shakespeare? No entanto, a boa má poesia apela até ao público menos promissor se se criar previamente um ambiente propício. Há uns meses, Churchill fez sensação ao ler o poema «Endeavour», de Arthur Hugh Clough, numa das suas comunicações radiofónicas[185]. Eu ouvi o discurso junto de um público que ninguém acu-

---

que na Batalha do Nilo, travada entre forças britânicas e francesas em 1798, permaneceu no seu posto, mesmo depois de o navio ter sido atingido pela artilharia britânica, morrendo na explosão subsequente do paiol. O poema era ensinado nas escolas como exemplo de excecional bravura. [N. da T.]

[185] Os discursos de Churchill transmitidos pela rádio durante a Segunda Grande Guerra ficaram famosos pela sua arte de levantar o moral da população.

saria de ser amante de poesia, mas estou convencido de que o dito poema impressionou os presentes e não lhes causou embaraço. Mas nem Churchill teria conseguido o feito se tivesse citado poesia de maior qualidade.

Tanto quanto um poeta consegue ser popular, Kipling foi-o e continua a sê-lo. Na sua época, muitos dos seus poemas ultrapassaram as fronteiras do público leitor, extravasando do mundo das cerimónias de entrega de prémios escolares, das canções de escuteiros, das edições em pele barata, das pirogravuras com adágios e dos «pensamentos do dia» em calendários para o universo ainda mais vasto do *music-hall*. E, apesar disso, Eliot acha que ele merece ser editado, admitindo assim um gosto partilhado por muitos, mas que poucos confessariam honestamente. A existência da boa má poesia resulta das áreas de sobreposição emocional entre o intelectual e o homem comum. O intelectual é, com efeito, diferente do homem comum, mas apenas nalgumas facetas da sua personalidade e mesmo assim nem sempre. O que caracteriza um bom mau poema? O ser um monumento gracioso ao óbvio, registando de forma memorável — porque o verso é, entre outras coisas, uma mnemónica — uma emoção partilhada pela maioria dos seres humanos. O mérito de um poema como «When all the World is Young, Lad» reside no facto de, por sentimental que seja, os sentimentos nele expressos serem genuínos, no sentido em que, mais cedo ou mais tarde, os iremos experimentar; e nessa altura, se conhecemos o poema, ele vem-nos à mente e afigura-se-nos melhor do que antes. Poemas com este são uma espécie de provérbios em verso rimado, e a poesia indiscutivelmente popular é em geral sentenciosa e aforística. Será suficiente citar um exemplo de Kipling:

O poema de Clough (1819–1861), elogiando a bravura e apelando à esperança, prestava-se singularmente a este propósito. [N. da T.]

Mãos de luvas brancas as rédeas seguram,
A espora salta da bota estribada;
«Oh, volta para trás!», vozes ternas imploram,
Rubros lábios tingem a espada embainhada:
Geena ou o Céu, qual seja o caminho,
Chega mais depressa quem segue sozinho.[186]

Aqui temos uma ideia banal dada de forma muito expressiva. Pode não ser verdade, mas ocorre-nos a todos. Mais cedo ou mais tarde, haverá momentos em que pensamos que quem segue sozinho chega mais depressa, e ali está o conceito, já pronto e acabado, por assim dizer à nossa espera. Quem ouviu estes versos provavelmente nunca mais os esquece.

Sugeri acima que uma das razões da força de Kipling enquanto bom mau poeta é o seu sentido de responsabilidade, que lhe permite ter uma determinada mundividência, por falsa que seja. Embora sem ligações a qualquer partido político, Kipling era um conservador, algo que já não existe no presente. Os que se autointitulam conservadores ou são liberais, fascistas, ou cúmplices de fascistas. Kipling identificava-se com a classe dirigente e não com a oposição, o que nos parece estranho, se não mesmo repulsivo, num escritor de talento, mas que tem a vantagem de o manter com os pés bem assentes na terra. A classe dirigente tem sempre de responder a esta questão: «Nesta ou naquela circunstância, o que é que nós faríamos?», ao passo que a oposição não tem a responsabilidade de tomar decisões importantes. Quando essa oposição é permanente e pensionada, como em Inglaterra, a qualidade das suas ideias ressente-se do facto. Além disso, quem parte para a vida com uma perspetiva pessimista

---

[186] Excerto do poema «The Winners», que celebra a independência e o individualismo, desvalorizando o coletivo e os laços familiares e sociais no alcançar da vitória e do sucesso. [N. da T.]

e reacionária vê muitas vezes as suas ideias confirmadas pela realidade, porque a Utopia nunca chega e «os deuses das máximas e dos provérbios»[187], nas palavras de Kipling, acabam sempre por voltar. Kipling vendeu-se à classe dirigente britânica, não financeira, mas emocionalmente. Isso distorceu-lhe o juízo político, porque a elite não era o que ele imaginava, acabando por descer a extremos de desvario e snobismo, embora isso lhe confira a vantagem de ter pelo menos tentado imaginar quais as implicações da ação e da responsabilidade. Em seu favor se pode alegar que não procura ser espirituoso, nem «atrevido», nem pretende *épater le bourgeois*[188]. As platitudes são o seu forte, mas como o mundo está cheio de platitudes, o que ele disse acabou por pegar. Até os seus piores desvarios parecem menos superficiais e irritantes do que as elocuções «esclarecidas» da época, como os epigramas de Wilde[189] ou a coleção de aforismos baratos no final de *Homem e Super-homem*[190].

Horizon, fevereiro de 1942

---

[187] A expressão original é: «the Gods of the copybook headings». No século XIX, os cadernos escolares tinham no cimo da página um provérbio ou máxima que os alunos tinham de copiar por baixo. O poema de Kipling com o mesmo título contrasta favoravelmente «the Gods of the copybook headings», na sua sabedoria tradicional e perene, com «the Gods of the Market Place», ou seja, com o mercenarismo e espírito aquisitivo das forças do mercado. [N. da T.]

[188] *Épater le bourgeois*: expressão francesa que significa impressionar ou chocar a burguesia, e é normalmente usada para designar a atitude de revolta contra as convenções literárias e sociais dos escritores do final do século XIX.

[189] Orwell refere-se a Oscar Wilde (1854–1900), figura conhecida pelo seu talento epigramático e veia espirituosa. [N. da T.]

[190] *Homem e Super-homem*: peça dramática de George Bernard Shaw. A personagem principal, John Tanner, é um revolucionário e a versão publicada inclui no final «O Manual do Revolucionário», texto cheio de aforismos e máximas. [N. da T.]

Arthur Koestler[191]

Uma das características mais marcantes da literatura inglesa do presente século é ser dominada por estrangeiros — por exemplo, Conrad, Henry James, Shaw, Joyce, Yeats, Pound e Eliot[192]. Ainda assim, se quisermos olhar a questão em termos de prestígio nacional e apurar o nosso sucesso nos vários ramos da literatura, a literatura inglesa parece dar boa conta de si até chegarmos ao que se poderia designar por escrita política ou panfletária, ou seja, a forma especial de literatura que emergiu das lutas políticas europeias desde a expansão do fascismo. Nesta designação incluem-se romances, autobiografias, livros de «reportagem», tratados

[191] Além da informação biográfica que Orwell nos fornece sobre a figura (aliás, um dos seus amigos mais constantes), convém salientar que Koestler manteve a sua posição anticomunista até ao final da vida, tendo sido muito influente na revolta Húngara contra o domínio soviético em 1956 e esposando uma série de causas, desde a eutanásia à eliminação da pena de morte, mantendo o ativismo político que caraterizou a fase da sua carreira descrita por Orwell. Koestler é hoje reconhecido como um dos vultos mais influentes de uma esquerda antiestalinista, bem como um lutador contra todos os totalitarismos. [N. da T.]

[192] Orwell tem razão ao dizer que algumas das figuras mais proeminentes da cena literária das primeiras décadas do século XX não eram inglesas: Joseph Conrad era polaco, Henry James, Ezra Pound e T. S. Eliot americanos, e Bernard Shaw e W. B. Yeats irlandeses. [N. da T.]

sociológicos e panfletos, uma vez que todos têm uma origem comum e em grande parte o mesmo ambiente emocional.

Silone, Malraux, Salvemini, Borkenau, Victor Serge[193] e o próprio Koestler são as figuras mais destacadas desta escola. Alguns são escritores de ficção, outros não, e têm em comum o escreverem sobre a história contemporânea, mas uma história *não oficial*, aquela que é ignorada pelos compêndios de história e deturpada pelos jornais. E todos são oriundos do continente europeu. Não será grande exagero dizer que quando surge em Inglaterra um livro sobre o totalitarismo, que passados seis meses ainda vale a pena ler, ele é invariavelmente a tradução de uma obra estrangeira. Na última década, os escritores ingleses têm posto cá fora resmas de literatura política, mas quase nada com qualidade estética ou valor histórico. O Left Book Club, por exemplo, existe desde 1936, mas de quantos títulos das suas obras escolhidas nos lembramos ainda? A Alemanha nazi, a União Soviética, a Espanha, a Abissínia, a Áustria, a Checoslováquia — tudo o que sobre elas se escreveu, em Inglaterra, foram livros muito elegantes de reportagem, panfletos desonestos que engoliram a propaganda intacta e depois a regurgitaram, mal digerida, e apenas uns quantos guias e estudos dignos de confiança. Não se encontra nada, por exemplo, como *Fontamara*[194] ou *O Zero e o Infinito*, porque nenhum escritor inglês conhece o totalitarismo por dentro. Nos últimos dez anos, a classe média europeia tem vivido situações que em Inglaterra não

---

[193] Orwell refere-se a Ignazio Silone (1900–1978), André Malraux (1901–1976), Gaetano Salvemini (1873–1957), Franz Borkenau (1900–1957) e Victor Serge (1890–1947), todos eles conhecidos escritores e ativistas políticos antifascistas e antiestalinistas. [N. da T.]

[194] *Fontamara:* obra da autoria de Ignazio Silone, publicada em 1933, sobre as lutas dos camponeses italianos contra os latifundiários e empresários que os exploram. [N. da T.]

acontecem nem à classe trabalhadora. A grande maioria dos escritores acima mencionados, e dezenas de outros como eles, têm-se visto obrigados a infringir a lei só para participarem na política; alguns lançaram bombas e lutaram nas ruas, muitos foram metidos na prisão ou em campos de concentração, ou passaram fronteiras, em fuga, com nomes falsos e passaportes falsificados. Não se imagina, por exemplo, o Prof. Laski a envolver-se em atividades semelhantes[195]. Daí que falte, em Inglaterra, o que se poderia chamar de literatura dos campos de concentração. Esse mundo particular criado pela polícia secreta, a censura, a tortura e os julgamentos fraudulentos é do conhecimento geral e desaprovado por muitos, mas não teve qualquer impacto emocional. Como resultado disso, não existe praticamente em Inglaterra uma literatura que fale da desilusão com a União Soviética. As atitudes situam-se entre quem a reprova ignorantemente ou quem a admira acriticamente, mas pouco existe entre os dois extremos. Por exemplo, a opinião pública estava dividida relativamente aos julgamentos dos sabotadores em Moscovo[196], mas divergia apenas em termos da culpa dos acusados. Quase ninguém deu conta de que, justificados ou não, os julgamentos foram de um horror indizível. E a reação contra os ultrajes nazis tem sido irreal, abrindo-se e fechando-se como uma torneira ao sabor das conveniências políticas. Mas para perceber tudo isto é preciso que nos coloquemos no lugar da vítima e seria

---

[195] Harold Laski (1893–1950): economista, escritor político e ideólogo do Partido Trabalhista. Orwell satiriza o seu estilo de escrita, acusando-a de ser arrevesada e elitista, em «A Política e a Língua Inglesa». Laski foi também um dos membros fundadores do Left Book Club. [N. da T.]

[196] Os julgamentos referidos tiveram lugar, por ordem de Estaline, entre 1936 e 1938, supostamente para eliminarem sabotadores e traidores à revolução. De facto, as confissões foram obtidas sob tortura e os membros do Comité Central executados, deixando o campo livre à ditadura estalinista. [N. da T.]

tão pouco provável um inglês escrever *O Zero e o Infinito* como um negreiro escrever *A Cabana do Pai Tomás*.

A obra publicada de Koestler centra-se, de facto, nos processos judiciais de Moscovo. O tema principal é a decadência das revoluções devido aos efeitos corruptores do poder, mas a natureza particular da ditadura estalinista conduziu o autor a uma posição muito próxima de um conservadorismo pessimista. Não sei quantos livros, por junto, Koestler escreveu. O autor é húngaro e os primeiros livros foram escritos em alemão, cinco dos quais foram publicados em Inglaterra: *Spanish Testament*, *Os Gladiadores*, *O Zero e o Infinito*, *Scum of the Earth* e *Chegadas e Partidas*. O tema é semelhante em todos e nenhum escapa, por mais de algumas páginas, a um ambiente de pesadelo. Desses cinco livros, a ação de três deles passa-se inteiramente, ou quase, numa prisão.

Nos primeiros meses da Guerra Civil Espanhola, Koestler era o correspondente em Espanha do *News Chronicle,* e no início de 1937 foi aprisionado pelos fascistas aquando da conquista de Málaga. Por um triz não foi executado nessa altura, tendo passado os meses seguintes num forte prisional, onde todas as noites ouvia o estrondo dos tiros de espingarda, à medida que grupos sucessivos de republicanos eram executados, estando ele próprio sob o perigo constante e iminente de ser fuzilado. A experiência não foi uma daquelas aventuras «que podiam ter acontecido a qualquer um», antes o resultado de uma escolha de vida. Uma pessoa politicamente indiferente não estaria em Espanha nessa altura, um observador mais cauteloso teria fugido de Málaga antes da chegada dos fascistas e um jornalista britânico ou americano teria sido tratado com mais consideração. O livro que saiu da experiência, *Spanish Testament*, tem muitos trechos notáveis, mas, além da fragmentação que se espera de uma obra de reportagem, contém falsidades inegáveis. Nas cenas da prisão,

Koestler consegue transmitir com sucesso o ambiente de pesadelo que é, por assim dizer, a sua imagem de marca, mas o resto da obra é nitidamente influenciado pela ortodoxia da Frente Popular da altura. Há até um ou dois passos que parecem ter sido manipulados em função dos objetivos do Left Book Club. À época, Koestler ainda era, ou fora até há pouco, membro do Partido Comunista, e as complexidades políticas da Guerra Civil impediam qualquer comunista de escrever com honestidade sobre as lutas internas no seio do governo. A grande falha de todas as pessoas de esquerda, de 1933 em diante, é quererem ser antifascistas sem serem contra o totalitarismo. Em 1937, Koestler já estava consciente disto, mas não se sentia à vontade para o afirmar. Chegou mais perto — de facto, acabou por o afirmar, embora usasse uma máscara para o efeito – no livro seguinte, *Os Gladiadores*, publicado um ano antes da guerra e que por qualquer razão passou quase despercebido.

Os Gladiadores não é uma obra totalmente conseguida. O tema, a vida de Espártaco, o gladiador trácio que liderou uma revolta de escravos na Itália por volta de 65 a.C., sofre, como outras obras sobre o mesmo assunto, com a comparação inevitável com *Salammbô*. Na nossa época, seria impossível escrever uma obra como *Salammbô*, mesmo se houvesse talento para tal. Mais importante do que os pormenores físicos é a sensação de total inclemência que dela transparece. Flaubert conseguiu recriar a crueldade implacável da antiguidade porque no século XIX ainda se tinha paz de espírito e tempo para viajar pelo passado. Nos dias que correm, o passado e o presente são tão assustadores que não lhes conseguimos escapar e só nos preocupamos com a história na medida em que ela nos ajuda a fazer sentido dos tempos modernos. Koestler transforma Espártaco numa figura alegórica, uma versão primitiva do ditador proletário.

Enquanto Flaubert conseguiu, no seu enorme esforço de imaginação, criar mercenários pré-cristãos, Espártaco não passa de um homem moderno vestido à moda antiga. Mas isto não teria importância se Koestler estivesse consciente do significado da sua alegoria. As revoluções desvirtuam-se sempre — é esse o seu tema principal. Mas é sobre o *porquê* do descalabro que Koestler hesita e a sua indecisão entra pelo enredo dentro, tornando as figuras centrais em personagens enigmáticas e irreais.

Durante muitos anos, os escravos rebeldes têm grande sucesso. Os seus seguidores chagam aos cem mil, conquistam grande parte do sul de Itália, derrotam as expedições punitivas umas atrás das outras, aliam-se aos piratas que na altura dominavam o Mediterrâneo e por fim iniciam a construção de uma cidade própria, a que dão o nome de Cidade do Sol. Nessa cidade, todos serão livres e iguais e acima de tudo felizes: sem escravidão, sem fome, sem injustiças, sem açoites e sem execuções. É o sonho de uma sociedade justa que a imaginação de todas as épocas persegue sem cessar, seja o Reino dos Céus, a sociedade sem classes ou a Idade de Ouro que existiu no passado e depois degenerou. Escusado será dizer que os escravos não a conseguem construir. Mal formam uma comunidade, o seu modo de vida revela-se tão injusto, árduo e pleno de ameaças como qualquer outro. Até a cruz, o símbolo da escravidão, volta a ser usada para punir os malfeitores. O ponto de viragem dá-se quando Espártaco se vê obrigado a crucificar vinte dos seus mais antigos e fiéis seguidores. Depois disso, a Cidade do Sol está condenada, os escravos debandam cada um para seu lado e são derrotados, e os quinze mil que restam são capturados e crucificados de uma assentada.

A grande falha desta história é a falta de clareza sobre a motivação do próprio Espártaco. O advogado romano Fulvius, que se junta à rebelião e funciona como seu cronista, avança como explicação o habitual dilema sobre os fins e os meios. Nada se consegue sem força e astúcia, mas ao usá-las pervertem-se os objetivos originais. No entanto, Espártaco não é representado como sedento de poder nem, por outro lado, como visionário. É impelido por forças obscuras para lá da sua compreensão, e muitas vezes hesita, considerando largar a aventura e fugir para Alexandria enquanto as coisas lhe correm de feição. Em todo o caso, a república dos escravos é destruída devido ao hedonismo e não à luta pelo poder. Os escravos estão descontentes com a liberdade porque ainda têm de trabalhar e a cisão final dá-se porque os mais turbulentos e menos civilizados, em particular os Gauleses e os Germânicos, continuam a comportar-se como bandidos mesmo depois do estabelecimento da república. Isto pode muito bem ser verdade — naturalmente, sabemos muito pouco sobre as revoltas dos escravos da antiguidade —, mas ao fazer com que a Cidade do Sol se destrua porque Crixus, o gaulês, continua a pilhar e a violar, Koestler hesita entre a alegoria e a história. Se Espártaco fosse o protótipo do revolucionário moderno — como evidentemente se pretende que seja —, devia ter perdido o norte por não conseguir conjugar o poder com a retidão. Assim, não passa de uma figura passiva, uma vítima das ações dos outros, em vez de estar senhor da situação, e deixa, por vezes, de ser convincente. A história falha em parte porque a questão central sobre a revolução foi evitada, ou, pelo menos, não resolvida.

E Koestler esquiva-se mais uma vez ao problema no livro seguinte, a sua obra-prima, *O Zero e o Infinito,* embora neste caso a história não se ressinta, porque trata de indivíduos e o seu interesse é sobretudo psicológico. É um episódio, destacado do pano de fundo, que não admite questionação. *O Zero e o Infinito* descreve a prisão e morte de um velho bolchevique, Rubashov, que primeiro nega mas depois confessa crimes que sabe não ter cometido. A maturidade, a ausência de surpresas ou denúncias, a compaixão e a ironia com que a história é contada mostram bem as vantagens de se ser europeu ao abordar este tema. A obra atinge a estatura da tragédia, enquanto um escritor inglês ou americano só a tornaria, quando muito, num trato polémico. Koestler digeriu o material e pôde assim tratá-lo numa dimensão estética. Ao mesmo tempo, o seu tratamento tem implicações políticas que não interessam neste caso, mas que em obras futuras lhe podem vir a ser prejudiciais.

A obra gira, naturalmente, à volta de uma questão central: porque é que Rubashov confessou? Ele não é culpado — isto é, não tem culpa de nada a não ser do grave crime de detestar o regime estalinista. Os atos concretos de traição que supostamente praticou são todos inventados. Nem sequer sofreu ainda grandes torturas, antes se deixou abater pela solidão, as dores de dentes, a falta de tabaco, a luz forte que lhe encandeia a vista e os interrogatórios constantes. Mas nada disto seria suficiente para quebrar um revolucionário endurecido. Os nazis já lhe tinham feito bem pior sem lhe conseguirem vergar o espírito. As confissões obtidas nos julgamentos russos podem ter três explicações:

1. Os acusados eram efetivamente culpados.
2. Foram torturados, ou possivelmente cederam a ameaças contra família e amigos.
3. Atuaram em desespero, devido a um esgotamento mental e ao hábito de lealdade para com o Partido.

Para os efeitos desejados em *O Zero e o Infinito*, 1. está fora de causa, e embora não seja este o lugar indicado para discutir as purgas russas, devo acrescentar que as poucas provas existentes apontam para que os bolchevistas tenham sido falsamente incriminados. Partindo do princípio de que os acusados estavam inocentes — pelo menos daquilo que os acusavam —, então 2. seria a explicação do senso comum. Contudo, Koestler aposta na terceira, tese também subscrita pelo trotskista Boris Souvarine no seu panfleto *Cauchemar en URSS*[197]. Em última análise, Rubashov confessa porque não encontra razões para não o fazer. A justiça e a verdade objetiva há muito que deixaram de fazer sentido para ele. Há décadas que é apenas uma criatura do Partido e o que o Partido agora lhe exige é que confesse crimes que não cometeu. Embora tenha de ser pressionado e vergado antes de confessar, acaba por ter algum orgulho nessa sua decisão, sentindo-se até superior ao pobre do oficial czarista que está na cela ao lado e com ele comunica batendo na parede. O oficial czarista fica chocado quando descobre que Rubashov tenciona capitular. Da sua perspetiva «burguesa», todos se devem manter inabaláveis, até um bolchevista. A honra, diz ele, implica fazer o que se considera correto. «A honra só é útil sem espalhafato», responde-lhe Rubashov, batendo de volta na parede e refletindo com alguma satisfação que está a batucar com o *pince-nez*, enquanto o outro, uma relíquia do passado, com um monóculo. Tal como Bukharin[198], Rubashov «está a olhar para uma negra escuridão». Mas o

---

[197] Boris Souvarine (1895–1984), de ascendência russa e judaica, mas educado em França, foi membro fundador do Partido Comunista Francês e biógrafo de Estaline. Tendo abraçado entusiasticamente a Revolução Russa no seu início, sofreu uma progressiva desilusão com o comunismo, tendo deixado o Partido Comunista em 1924 e sendo uma das vozes mais críticas de Estaline. [N. da T.]

[198] Nikolai Bukharin (1888–1938) é a figura que serviu de inspiração à personagem de Rubashov na obra de Koestler. Uma das vítimas mais famosas das purgas estalinistas, Bukharin assinou, sob pressão, uma confissão de vários crimes, que depois retirou. Foi executado por traição em 1938. [N. da T.]

que é isto, que código, que lealdade, que noção do bem e do mal o levariam a desafiar o Partido e a suportar mais tormentos? Rubashov não sofre apenas de solidão, mas de um vazio interior. Ele próprio cometeu crimes mais graves do que os que estão a ser cometidos contra ele. Por exemplo, quando era enviado secreto do Partido na Alemanha nazi, Rubashov viu-se livre dos seguidores desobedientes denunciando-os à Gestapo. Curiosamente, são as recordações de uma infância de filho de proprietário rural que o ajudam a manter a sua força interior. Segundos antes de levar um tiro pelas costas, o que lhe vem à mente são as folhas do choupo na quinta do pai. Rubashov pertence à geração mais velha dos bolcheviques, quase totalmente dizimada pelas purgas, e que tinha a noção da arte, da literatura e de um mundo para lá da Rússia. Não podia ser maior o contraste entre Rubashov e Gletkin, o jovem membro da GPU[199] que conduz o interrogatório e é o típico «quadro partidário» sem curiosidade nem escrúpulos, um mero gramofone. Ao contrário de Gletkin, para Rubashov a revolução não é o ponto de partida, nem a sua mente era uma tábula rasa quando o Partido se assenhorou dela. Em última análise, a superioridade de Rubashov deve-se à sua origem burguesa.

Penso não ser possível argumentar que *O Zero e o Infinito* não passa de uma história de aventuras sobre uma personagem imaginária. É sem dúvida uma obra de cariz político, baseada na história e oferecendo uma interpretação de episódios controversos. Rubashov poderia ser Trotsky, Bukharin, Rakovsky, ou qualquer outra figura relativamente civilizada entre os velhos bolchevistas. Quando se escreve sobre os julgamentos de Moscovo, vemo-nos obrigados a

---

[199] GPU: polícia secreta russa da década de 1920, percursora do KGB. [N. da T.]

responder à pergunta «Porque é que os acusados confessaram?», e a nossa resposta implica uma escolha política. A de Koestler é, efetivamente, «Porque as pessoas tinham sido corrompidas pela revolução que serviam», o que praticamente equivale a dizer que as revoluções são más por natureza. Se partirmos do princípio de que os acusados dos julgamentos de Moscovo confessaram sob pressão, estamos simplesmente a dizer que foi só um grupo particular de revolucionários que se transviou. A culpa é dos indivíduos, não da situação. Contudo, as implicações da obra de Koestler são que um Rubashov no poder não seria melhor do que um Gletkin: ou antes, só seria melhor na medida em que a sua visão é pré-revolucionária. Koestler parece argumentar que a Revolução é um processo que corrompe e quem nela participa ou acaba como Rubashov ou como Gletkin. Não é só a questão de que «o poder corrompe»; o mesmo se passa com os meios usados para se lá chegar. Daí que todos os esforços no sentido de regenerar a sociedade *através de meios violentos* levem às celas do OGPU e que um Lenine leve a um Estaline, figura com quem se viria a assemelhar, se não tivesse morrido.

É evidente que Koestler não diz isto explicitamente e talvez nem tenha consciência do facto. Está a escrever sobre a escuridão, mas uma escuridão no que devia ser a hora de mais luz[200]. Às vezes, Koestler sente que o resultado podia ter sido outro. A ideia de que este ou aquele foi um «traidor» e que o processo deu para o torto graças à perversidade dos indivíduos está sempre presente no pensamento da esquerda. Mais tarde, em *Chegadas e Partidas*, o autor inclina-se ainda mais para uma posição antirrevolucionária, mas entre as

---

[200] O título original da obra é *Darkness at Noon*, em tradução literal, *A Escuridão ao Meio-dia*. [N. da T.]

duas obras há uma terceira, *Scum of the Earth*, texto puramente autobiográfico, que só tem uma relação indireta com as questões levantadas em *O Zero e o Infinito*. A sua escolha de vida fez com que fosse apanhado em França pelo estalar da guerra, e, sendo um estrangeiro e um conhecido antifascista, foi prontamente preso e metido na prisão pelo governo de Daladier. Passou os primeiros nove meses da guerra num campo de prisioneiros e depois, quando a França entrou em colapso, conseguiu escapar, viajando por rotas sinuosas até chegar à Inglaterra, onde foi mais uma vez mandado para a prisão por ser um estrangeiro oriundo de um país inimigo. Desta feita, contudo, foi libertado rapidamente. A obra tem valor como reportagem e, juntamente com mais uns poucos textos que escreveram com honestidade sobre o desastre, é um lembrete sobre o baixo nível a que pode descer a democracia burguesa. Neste momento, com a França recentemente libertada e a caça às bruxas aos colaboracionistas a decorrer em força, esquecemo-nos facilmente de que em 1940 vários observadores no terreno estimaram que 40% da população francesa era ativamente pró-Alemanha ou completamente apática. Livros de guerra que dizem a verdade nunca são bem aceites por quem não combateu, e a obra de Koestler não foi bem recebida. Ninguém ficou bem no retrato — nem os políticos burgueses, cuja ideia de lutar contra o fascismo era meter na prisão todos os esquerdistas que conseguiam apanhar, nem os comunistas franceses, efetivamente pró-nazis, que fizeram tudo o que foi possível para sabotar o esforço de guerra do país, nem as pessoas comuns, que tanto se deixaram levar por um charlatão como Doriot[201] como

[201] Jacques Doriot (1898–1945) foi membro do Partido Comunista Francês, mas após ter sido expulso do partido por divergências políticas, tornou-se num apoiante do fascismo, tendo lutado na Segunda Grande Guerra ao lado das forças alemãs. [N. da T.]

por políticos mais responsáveis. Koestler regista algumas extraordinárias conversas com outras vítimas do campo de concentração, admitindo que, tal como a maioria dos socialistas e comunistas de classe média, nunca tinha tido contacto com os verdadeiros proletários, mas tão só com uma minoria educada. A conclusão final é pessimista: «Sem educação das massas não há progresso social; sem progresso social não há educação das massas.» Em *Scum of the Earth*, Koestler deixa para trás a idealização das pessoas comuns. Já largou o estalinismo, mas ainda não é um trotskista. É esta a verdadeira ligação com *Chegadas e Partidas*, obra em que o que normalmente se designa por perspetiva revolucionária é abandonada, porventura definitivamente.

Chegadas e Partidas não é uma obra satisfatória. A pretensão de que é um romance não convence, sendo de facto um trato que pretende provar que as crenças revolucionárias são racionalizações de impulsos neuróticos. Numa simetria demasiado óbvia, o livro começa e acaba com uma mesma situação: a fuga para um país estrangeiro. Um jovem ex-comunista escapa da Hungria e dá à costa em Portugal, onde espera poder trabalhar para a Grã-Bretanha, na altura a única potência a fazer face à Alemanha. O seu entusiasmo esfuma-se um tanto quando percebe que o Consulado Britânico não tem interesse nele e o ignora durante vários meses, e no entretanto acaba-se-lhe o dinheiro e os refugiados mais espertos fogem para a América. A tentação do Mundo surge-lhe sob a forma de um propagandista nazi, a da Carne sob a forma de uma jovem francesa, e — depois de um esgotamento mental — a do Diabo na pessoa de um psicanalista. O psicanalista consegue arrancar-lhe o facto de o entusiasmo revolucionário não se fundar numa crença genuína na necessidade histórica, antes num complexo de culpa mórbido, oriundo num episódio de infância em que tentou cegar o irmão bebé. Quando surge a oportunidade de servir os Aliados, já não encontra razões para tal e está prestes a partir para a América quando os impulsos irracionais tomam de novo conta dele. Na prática não consegue abandonar a luta. No final do livro, encontramo-lo a pairar na escuridão dos céus, descendo em paraquedas em direção à sua terra natal, onde vai trabalhar como agente secreto britânico.

Como declaração política (e o livro não é muito mais do que isso), isto é insuficiente. É evidente que muitas vezes, talvez mesmo na maioria dos casos, o ativismo revolucionário pode ser o resultado de uma inadaptação pessoal. Quem luta contra a sociedade é normalmente quem tem razões de queixa, e as pessoas normais e sãs de espírito têm tão pouca atração pela violência ou a ilegalidade como pela guerra. O jovem nazi faz, na obra, uma observação muito arguta, afirmando que se vê logo o que está mal nos movimentos de esquerda pela fealdade das mulheres. Mas isto, no fim de contas, não invalidada a causa socialista. As ações têm consequências independentemente dos motivos. A motivação última de Marx pode muito bem ter sido a inveja e o ressentimento, mas nada disto prova que as suas conclusões estão erradas. Fazer com que o herói de *Chegadas e Partidas* tome a decisão final pelo mero instinto de não fugir à ação e ao perigo transforma subitamente a personagem numa figura estúpida. Com o seu historial anterior, saberia que algumas coisas têm de ser feitas, independentemente de as razões serem «boas» ou «más». A história tem de se mover em determinadas direções, mesmo que tenha de ser empurrada por neuróticos. Em *Chegadas e Partidas*, os ídolos são derrubados uns atrás dos outros. A Revolução russa degenerou, a Grã-Bretanha, simbolizada pelo cônsul idoso com os dedos distorcidos pela gota não é melhor, e o proletariado internacional com consciência de classe é um mito. Mas a conclusão (uma vez que, em última análise, Koestler e o seu herói «apoiam» a guerra) devia ser que vermo-nos livres de Hitler é um objetivo meritório, uma limpeza necessária cuja motivação é praticamente irrelevante.

Para que se possa tomar uma decisão política racional, é preciso ter uma imagem do futuro. De momento, Koestler parece não ter nenhuma, ou antes, ter duas que se eliminam mutuamente. Como objetivo último, Koestler acredita no Paraíso Terreno, o Estado do Sol que os gladiadores tentam fundar e que há centenas de anos enforma a imaginação de socialistas, anarquistas e heréticos da religião. Mas a sua inteligência diz-lhe que o Paraíso Terreno está cada vez mais fora do nosso alcance e que o que temos pela frente é o derramamento de sangue, a tirania e as privações. Recentemente, Koestler autodescreveu-se como um «pessimista de curto prazo». As desgraças avolumam-se no horizonte, mas no fim de contas tudo acabará em bem. Esta perspetiva está a ganhar terreno na intelectualidade e é o resultado da dificuldade, uma vez abandonada a crença religiosa tradicional, em aceitar o sofrimento inerente à vida terrena e, por outro lado, da constatação que construir uma vida digna de ser vivida é um problema muito maior do que até há pouco se pensava. Desde a década de 1930, o mundo não nos tem dado razões para otimismos. Nada se vislumbra a não ser uma pilha de mentiras, ódios, crueldade e ignorância, e, além dos problemas imediatos, outros ainda maiores, que só agora começam a entrar na consciência europeia, constituem uma séria ameaça que ensombra o horizonte. É bem possível que os problemas mais graves da humanidade *nunca* se possam resolver. Mas isso é também impensável! Quem se atreve, nos dias que correm, a olhar o mundo e a comentar com os seus botões: «Será tudo sempre assim, e não será melhor nem daqui a um milhão de anos»? Daí a crença quase mística de que não há solução para o presente, que toda a ação política é inútil, mas que algures no espaço-tempo a vida humana deixará de ser tão embrutecedora como é hoje.

A única saída é a do crente, que olha para esta vida como preparação para a próxima. Mas, nos nossos dias, poucos seres pensantes acreditam na vida além da morte e o seu número diminui a olhos vistos. As igrejas cristãs provavelmente não conseguiriam sobreviver pelos seus próprios meios se a sua base económica fosse destruída. O problema é restaurar a atitude religiosa aceitando ao mesmo tempo a morte como o fim de tudo. Os homens só conseguem ser felizes quando partem do princípio de que o objetivo da vida não é atingir a felicidade. Mas é pouco provável que Koestler aceite este facto. Na sua obra deteta-se uma visão hedonista bem vincada, e por isso não consegue encontrar uma posição política depois de ter largado o estalinismo.

O acontecimento central da vida de Koestler, a Revolução Russa, trouxe inicialmente enormes expetativas. Já nos esquecemos disso, mas há um quarto de século confiava-se plenamente que a Revolução Russa conduziria à Utopia, o que obviamente não aconteceu. Koestler é demasiado lúcido para não ver isto e demasiado sensível para não se lembrar dos objetivos originais. Além disso, do seu ângulo europeu, olha as purgas e as deportações em massa pelo que verdadeiramente são; ao contrário de Shaw ou Laski, não está a vê-las pelo lado errado do telescópio. Por isso, a sua conclusão é a seguinte: é a isto que conduzem as revoluções. Nada a fazer a não ser tornarmo-nos num «pessimista de curto prazo», isto é, ficar fora da política e criar uma espécie de oásis onde nós e os nossos amigos possamos manter a sanidade e esperar que as coisas melhorem daqui a uns cem anos. Na base disto está o seu hedonismo, que o leva a pensar que o Paraíso na terra é desejável. Contudo, desejável ou não, talvez não nos seja possível alcançá-lo. Talvez não seja possível erradicar todo o sofrimento humano, talvez a nossa escolha seja sempre entre o menor de dois males, e talvez o objetivo do Socialismo não seja a perfeição, mas tão-só a melhoria da nossa condição. Todas as revoluções falham, mas não falham todas do mesmo modo. É precisamente porque não quer admitir isto que Koestler foi dar temporariamente a um beco sem saída, e por isso também que *Partidas e Chegadas* se nos apresenta como uma obra superficial comparada com as anteriores.

Focus, 1946

4

«A VIDA SOB A ÓTICA DO VERME»: ORWELL E A CULTURA DE MASSA

Orwell é hoje reconhecido como um pioneiro dos estudos culturais, pela atenção, até aí inédita, à escrita «menor» das histórias aos quadradinhos, da literatura infanto-juvenil, do conto ou romance policial e até dos postais semiobscenos vendidos nas praias inglesas. Contra a ideia de que a literatura e a arte são um fenómeno reservado às elites, a sua atenção às manifestações escritas e visuais da cultura popular e de massas revela uma noção inclusiva da cultura, central à sua conceção de um socialismo democrático em que todos os cidadãos teriam uma contribuição a dar, e em que o intelectual podia e devia estar intimamente ligado à vida da nação. Por aí passava também um dos seus projetos principais: a revitalização da língua e da cultura inglesas, bem ancoradas na visão subversiva, irreverente e transgressiva do «homem comum», para Orwell um dos melhores antídotos contra a ditadura, a ortodoxia e todas as forças totalitárias que operavam na sua época.

Conhecer «a vida sob a ótica do verme», tomar o pulso ao sentir popular, levar a sério o que as massas leem e porque o leem era, portanto, indispensável a qualquer mudança em direção ao socialismo que efetuasse as ruturas necessárias sem, todavia, desfigurar a cultura e rasurar o passado da nação. Como afirma em «O Leão e o Unicórnio», com a «revolução tornamo-nos mais ingleses, não menos», e esse seu desiderato preside, indiscutivelmente, a tudo o que escreveu sobre a literatura ou a arte «menor», que os presentes ensaios discutem em pormenor. Sem atitudes de superioridade ou de condescendência, Orwell exerce os seus poderes de análise relativamente ao policial ou ao mundo «baixo» dos postais de praia com a mesma seriedade e entusiasmo com que se dedica ao *Ulisses* de James Joyce. E o que aprende nos primeiros sobre a mundividência do «homem comum» é de tanta relevância como aquilo que retira da experimentação brilhante do escritor modernista.

O declínio visível da cultura popular era, para Orwell, um sintoma preocupante. Seja a americanização do policial e da literatura juvenil, agora celebrando a figura do *gangster* em vez do «*gentleman* ladrão» e a do Super-homem em vez do miúdo traquina, seja a perda de popularidade dos postais de praia, agora relegados para um canto das tabacarias, este lamento por uma cultura popular inglesa em vias de extinção não é mera nostalgia, antes se deve às inquietações de Orwell sobre o futuro. Que mundo se constrói mitificando figuras que só reconhecem o poder e a violência? Como resistir a um totalitarismo que efetuará a homogeneização da cultura e eliminará tudo o que põe em causa as forças hegemónicas? Como evitar o monólogo do poder em vez da polifonia de vozes que existe em todas as sociedades? A resposta é, evidentemente, manter vivas essas tradições, dar-lhes espaço para se manifestarem e a possibilidade de coexistirem sem conflito com a cultura «erudita», num mundo que acolherá o intelectual tanto quanto o coro dos milhares de Sanchos Pança que zombam da autoridade e para quem os «sentimentos elevados não têm qualquer apelo».

Visão porventura ideal, assim como ideal é a noção, em *Mil Novecentos e Oitenta e Quatro*, de que «se há esperança, ela reside nas proles». O que Orwell queria evitar a todo o custo era, precisamente, o silenciar da oposição e o eliminar da dissidência, mantendo presente e bem audível «a voz da pança a rebelar-se contra a alma». É este, em última análise, o grande pesadelo da sua distopia: o mundo de um Raffles ou de um Donald McGill deixou de existir.

A Arte de Donald McGill

Quem não conhece as histórias aos quadradinhos expostas nas montras dos quiosques, ou os bilhetes postais coloridos, à venda por uns tostões, com a sua sucessão interminável de mulheres rechonchudas em fatos de banho apertados, de traço tosco e cores espampanantes, onde predomina o azul celeste e o vermelho berrante?

A pergunta devia ser retórica, mas, curiosamente, muita gente desconhece a sua existência, ou tem apenas uma ideia vaga de que só se encontram nas praias, como os *nigger minstrels*[202] ou os chupa-chupas de hortelã-pimenta. De facto, há-os à venda em todo o lado — no Woolworth's[203], por exemplo — e em grande profusão, com séries novas a saírem constantemente. Não se devem confundir com outros tipos de postais ilustrados, como aqueles muito sentimentais com cãezinhos e gatinhos, ou os subpornográficos que exploram os amores infantis. Os postais a que me refiro constituem um género muito próprio, especializando-se no humor «baixo» e ordinário e no tipo de piada sobre a sogra, a fralda do bebé

---

[202] *Nigger minstrels*: nas praias inglesas, era frequente a exibição de trupes de artistas itinerantes, com caras pintadas de negro, que cantavam e dançavam para divertir os veraneantes. [N. da T.]

[203] Woolworth's: armazéns populares. [N. da T.]

e as botas do polícia, distinguindo-se dos outros por não terem qualquer pretensão artística. Há meia-dúzia de editoras que os publicam, embora em momento algum pareça haver uma grande abundância de desenhadores.

Associo-os em particular ao nome de Donald McGill, não só porque ele é um dos mais prolíficos e indubitavelmente um dos melhores artistas da atualidade, mas também o mais representativo e o exemplo mais acabado dessa tradição. Quem ele é, não sei. Talvez um nome de marca, porque uma das séries se intitula «The Donald McGill comics», mas não há dúvida de que Donald McGill existe e tem um estilo que se reconhece de imediato. Uma apreciação geral dos postais revela que alguns não são de menosprezar como desenhos, mas seria puro diletantismo pretender que têm valor estético. Um postal humorístico não passa da ilustração de uma anedota, invariavelmente ordinária, e o seu sucesso mede-se pelo riso que provoca, tendo além disso apenas um interesse «ideológico». McGill é um desenhador competente, reconhecendo-se o toque do verdadeiro caricaturista nas caras das figuras, mas o que mais me interessa é ele ser típico, representando por assim dizer a norma do postal ilustrado humorístico. Sem serem de modo algum imitativos, os seus desenhos replicam exatamente o que esses postais são há perto de quarenta anos, pelo que se pode deduzir, a partir deles, o significado e objetivos do género no seu todo.

Comprem meia-dúzia, de preferência da autoria de McGill — se escolherem os mais cómicos da pilha, de certeza que a maioria será dele —, e espalhem-nos numa mesa. O que salta imediatamente à vista?

Numa primeira impressão, o que se nota é a sua enorme grosseria, além da constante obscenidade e das cores sempre horripilantes. O ambiente mental que deles transparece é de uma baixeza extrema, parcialmente resultado da natureza das piadas, mas sobretudo do traço grotesco, gritante e espampanante. Tal como nos desenhos das crianças, abundam as linhas fortes e os espaços vazios, e os gestos e atitudes das figuras são deliberadamente disformes, as caras de expressão vácua ou cheias de trejeitos, as mulheres monstruosas, verdadeiras figuras de paródia, de traseiros como os Hotentotes[204]. A segunda impressão, contudo, é de uma indefinível familiaridade. O que é que isto nos faz lembrar? A que se assemelha? Antes de mais, a todos os outros postais parecidos com estes, que na infância mirávamos embasbacados, mas acima de tudo recorda-nos algo tão tradicional como a tragédia grega, uma espécie de submundo de palmadas no rabo e sogras esgrouviadas que faz parte da consciência coletiva dos povos da Europa ocidental. Não que as piadas, em si mesmas, sejam necessariamente velhas e gastas. A indecência permite-lhes serem menos repetitivas do que as tiras das revistas respeitáveis, mas o tópico central, o *tipo* de piada que procuram criar, é sempre o mesmo. Alguns são genuinamente espirituosos, ao estilo de Max Miller[205], como por exemplo:

> «Eu levo sempre as meninas experientes a casa.»
> «Mas eu não sou experiente!»
> «É porque ainda não chegou a casa!»

---

[204] Hotentotes era o nome dado ao povo Bantu da África do Sul pelos colonizadores, que os consideravam «selvagens» e «bárbaros». Mas a referência no ensaio lembra a figura da «Vénus Hotentote», Sara Bartmann, trazida para Inglaterra no século XIX e exibida em *freak shows* (espetáculos de rua de supostas aberrações, como o Homem-Elefante) graças às suas coxas e nádegas protuberantes. [N. da T.]

[205] Max Miller (1894–1963), comediante inglês de *music-hall*, famoso pelas piadas ousadas. [N. da T.]

«Há anos que luto por um casaco de peles. Como é que arranjaste o teu?»

«Deixei de lutar.»

Juiz: «Meu caro Sr., o Sr. prevaricou. Dormiu ou não com esta mulher?»

Réu: «Sr. Juiz, não preguei olho toda a noite!»

Contudo, regra geral estes postais são mais humorísticos do que espirituosos, e valha a verdade, nos de Donald McGill os desenhos têm bastante mais piada do que o texto. É claro que a característica mais importante dos postais cómicos é a sua obscenidade, como discutirei adiante, mas, para já, eis uma análise rápida do seu conteúdo habitual, com as explicações necessárias.

Sexo. Mais de metade, talvez ¾ das piadas, são sobre sexo, que vai do mais inocente ao quase impossível de publicar. No topo da lista estão os bebés ilegítimos. Legendas típicas: «Pode-me trocar este amuleto da sorte por um biberão?», «Ela não me convidou para o batizado, por isso agora não vou ao casamento». A seguir, figuram os recém-casados, as solteironas, as estátuas nuas e as mulheres em fato de banho, que são *ipso facto* cómicos, bastando uma menção para despertar o riso. Piadas sobre maridos cornudos raramente aparecem, e não há qualquer referência à homossexualidade.

Convenções da piada sobre sexo:

a. O casamento só beneficia a mulher. Os homens só querem seduzir as mulheres, e as mulheres só andam à procura de casamento. Mulher nenhuma fica solteira por vontade própria.
b. O *sex appeal* desaparece por volta dos vinte e cinco anos de idade. Não se encontram pessoas bem-parecidas ou

bem conservadas de meia-idade. O casalinho apaixonado na lua-de-mel dá lugar à esposa mal-encarada e ao marido com ar desgraçado, de grande bigode e nariz vermelho, sem qualquer estádio intermédio.

Vida doméstica. A seguir ao sexo, o marido maltratado é o objeto mais frequente das piadas. Legenda típica: «Tiraram uma radiografia à mandíbula da sua mulher no hospital?» — «Não, tiveram de fazer um filme de animação».

Convenções:

a. Os casamentos felizes não existem.
b. Nenhum homem leva a melhor a uma mulher numa discussão.

Alcoolismo. Tanto os bêbedos como os abstémios são *ispo facto* hilariantes.

Convenções:

a. Todos os bêbedos têm ilusões de ótica.
b. O alcoolismo é coisa de homens de meia-idade. Não há jovens alcoólicos nem mulheres bêbedas.

Piadas de W.C. São relativamente poucas. Os penicos são *ipso facto* cómicos, assim como os quartos de banho públicos. Um postal típico mostra um chapéu de homem, arrastado pelo vento, a desaparecer nas escadas de um quarto de banho público de senhoras, com a seguinte legenda: «Um amigo na aflição.»[206]

---

[206] No original inglês «*A friend in need*», trocadilho que joga com o provérbio inglês *A friend in need is a friend indeed*, que se poderia traduzir por «Um amigo na aflição é um amigo do coração». [N. da T.]

Snobismo na classe trabalhadora. Muito nestes postais indica que se dirigem à faixa mais alta da classe trabalhadora ou à mais baixa da classe média. As anedotas giram em torno de malapropismos, analfabetismo, hh não aspirados e das maneiras boçais dos habitantes dos bairros sociais. Surgem com frequência megeras, do tipo das criadas do teatro, insultando-se mutuamente numa linguagem pouco feminina. Resposta típica: «Quem me dera que tu fosses uma estátua e eu fosse um pombo!» Desde o início da guerra, encontram-se alguns postais que tratam da evacuação de civis, sempre de um ponto de vista crítico. Além disso, há as piadas habituais sobre vagabundos, pedintes e criminosos, bem como a figura da criada cómica, do cabouqueiro, do barqueiro, etc., mas não vemos piadas contra os sindicalistas. Por regra, toda a gente com muito mais ou muito menos de £5 por semana é objeto de cómico, sendo o «ricaço» automaticamente uma figura ridícula tanto quanto o habitante do bairro de lata.

Figuras-tipo. Estrangeiros quase nunca aparecem. Dos estereótipos regionais, o escocês é o principal, fonte inesgotável de piadas. O advogado é invariavelmente um escroque e o padre é muito nervoso e um completo idiota, sempre a meter a pata na poça. Os jovens ricos e elegantes e os *dandies* ainda surgem de vez em quando, quase como na era eduardiana, com os seus fatos de cerimónia antiquados e de cartola, polainas e bengala. Outra figura que sobreviveu à sua época foi a *suffragette,* muito comum antes da Primeira Grande Guerra, e que, sendo demasiado valiosa para ser descartada, reaparece agora, exatamente com a mesma aparência física, na figura da conferencista feminista ou da fanática contra o alcoolismo. Nos últimos anos, nota-se a ausência de piadas sobre os Judeus, até aí bem mais achincalhados do que os Escoceses, piadas essas que desapareceram desde a chegada de Hitler ao poder.

Política. Qualquer episódio, culto ou atividade que seja atual e tenha potencial cómico (por exemplo, o «amor livre», o feminismo, A.R.P.[207] e o nudismo) surge imediatamente nos postais humorísticos, embora a orientação geral seja muito conservadora e a tendência política subjacente a de um radicalismo próprio de 1900. Em tempos normais, não só não são patrióticos, como até gozam ao de leve com o patriotismo, incluindo piadas sobre «God save the King», a bandeira nacional, etc. A situação na Europa só lhes chegou depois de 1939, num primeiro momento com anedotas sobre a proteção civil e os refúgios antiaéreos, ainda hoje uma das poucas piadas sobre a guerra que aí se encontram, tais como: uma mulher gorda presa na entrada de um refúgio antiaéreo; os guardas da proteção civil distraídos a olhar para uma rapariga a despir-se em frente a uma janela, que por esquecimento não tinha sido coberta com um pano preto. Alguns são anti-Hitler, mas sem grande espírito vingativo, como um (não de McGill) que mostra Hitler com a habitual hipertrofia do traseiro, curvado a apanhar uma flor. Legenda: «O que é que vocês fariam, ó rapaziada?» Isto representa o suprassumo do patriotismo destes postais. Ao contrário das revistas de quadradinhos, os postais cómicos não são propriedade de uma empresa monopolista, e ninguém pensa que possam influenciar a opinião pública, não havendo por isso sintomas de que procurem enaltecer a classe dirigente.

Regressemos à característica predominante dos postais humorísticos — o seu carácter obsceno. É o que os torna memoráveis e o que constitui a sua razão de ser, embora talvez isto não nos salte logo à vista.

---

[207] «A.R.P.: Air-raid precautions». Orwell refere-se às medidas da proteção civil que organizavam o abrigo nos refúgios antiaéreos durante a Segunda Grande Guerra. [N. da T.]

Um motivo recorrente e dominante destes postais é a mulher com um traseiro protuberante. Em perto de metade, ou mais de metade, mesmo quando a piada nada tem a ver com sexo, há sempre a mesma figura feminina, rechonchuda e voluptuosa, com um vestido tão apertado que parece uma segunda pele, e os seios ou as nádegas exageradamente volumosas, dependendo do ângulo do desenho. Não há dúvida de que estas imagens deixam escapar algo em geral reprimido, o que é natural num país cujas mulheres na juventude são em geral franzinas, se não mesmo magricelas. Mas a verdade é que os postais de McGill — e isto aplica-se a todos os postais do género — não são pornográficos, antes constituem uma sátira subtil à pornografia. As figuras das mulheres, quais Hotentotes, não pretendem ser retrato fiel, correspondendo, isso sim, à imagem ideal que qualquer inglês secretamente acalenta. Uma observação atenta dos postais de McGill revela-nos que este tipo de humor só faz sentido se o código moral for bastante rígido. Em jornais como o *Esquire*, por ex., ou *La Vie Parisienne*, o contexto imaginado das piadas é sempre a promiscuidade e a ausência de qualquer regra de conduta, ao passo que o contexto subjacente aos postais de McGill é o casamento. Os quatro tipos de anedota que predominam são sobre a nudez, as crianças ilegítimas, as solteironas e os recém-casados, nenhum dos quais seria considerado cómico numa sociedade verdadeiramente dissoluta ou tão-só «sofisticada». Os postais sobre os recém-casados têm sempre aquela falta de pudor bem-disposta dos casamentos de aldeia, onde ainda se considera hilariante coser sinos no colchão do leito nupcial. Num deles, por exemplo, o jovem noivo acaba de se levantar na manhã depois do casamento. «A nossa primeira manhã na casa nova, querida!», diz ele. «Vou à porta buscar o leite e o jornal e depois trago-te uma chávena de chá.» A imagem mostra a soleira da porta, com quatro jornais e quatro garrafas de leite. Ora isto pode ser obsceno, mas imoral não é, sugerindo que o casamento — coisa que o *Esquire* ou o *New Yorker* evitariam a todo o custo — é algo de profundamente importante e emocionante, o acontecimento marcante da vida de uma pessoa comum. O mesmo se passa com as anedotas sobre as mulheres chatas ou as sogras tiranas. Tudo isto implica a existência de uma sociedade estável, onde o casamento é indissolúvel e a solidariedade familiar é um dado adquirido. Que não haja pessoas bem-parecidas de meia-idade, já anteriormente referido, também lhe está associado. Nada medeia entre o par de namorados e o casal de meia-idade, sempre à bulha como o cão e o gato. O caso amoroso, ilícito, mas decoroso, que se encontrava recorrentemente nos jornais franceses, está ausente destes postais, o que reflete, numa dimensão cómica, a visão do mundo de uma classe trabalhadora para quem a juventude e a aventura — no fundo, a individualidade — terminam de vez com o casamento. Uma das maiores diferenças (e não distinções) entre as classes na Inglaterra atual é que a classe trabalhadora envelhece muito mais cedo. Não que as pessoas tenham uma expectativa de vida menor, desde que sobrevivam à infância, nem que percam a agilidade física mais cedo, mas a verdade é que rapidamente deixam de ter um aspeto jovem. Embora se observe por todo o lado, o fenómeno salta à vista quando o grupo etário mais velho se está a alistar no exército: os membros das classes média e alta parecem, em geral, ter menos dez anos do que os trabalhadores. A explicação mais comum para o facto reside na vida dura dos trabalhadores, mas é duvidoso que, hoje em dia, essa diferença seja significativa. Muito mais provável se me afigura que a classe trabalhadora atinja a meia-idade mais cedo simplesmente porque a aceita mais cedo, uma vez que manter uma aparência jovem depois dos trinta anos é em grande parte uma questão de vontade. A generalização será talvez abusiva, porque não se pode aplicar aos trabalhadores mais bem pagos, que vivem em bairros de habitação social e em apartamentos com maior conforto, mas mesmo estes encaram a questão de forma marcadamente diferente, numa perspetiva mais tradicionalista e consentânea com os princípios cristãos do que a das mulheres da alta-roda, que procuram manter a juventude com a ajuda do exercício físico, dos cosméticos e da recusa em engravidarem. Esta obsessão em manter a juventude a todo o custo, numa tentativa de continuarmos a ser sexualmente atraentes, e a impossibilidade de imaginarmos um futuro, não só para os nossos filhos, mas para nós próprios, como pessoas de meia-idade, é um fenómeno relativamente recente e ainda não completamente enraizado, estando provavelmente condenado a desaparecer quando o nível de vida baixar e a taxa de natalidade subir. «A juventude é sol de pouca dura»[208], como se costuma dizer, e a expressão bem traduz a opinião corrente e tradicional. E é precisamente esta sabedoria antiga que McGill e os colegas transmitem, talvez inconscientemente, quando passam sem transição do casal na lua-de-mel para aquelas duas figuras baças e sem fulgor, a mãe e o pai.

Já referi que os postais de McGill contêm prioritariamente anedotas sobre sexo, e uma grande percentagem, perto de 10%, é mais obscena do que qualquer outra publicação existente hoje em dia, levando ocasionalmente a tribunal os donos das papelarias que os vendem. Não fora o duplo sentido dos postais, muitos mais seriam processados. Basta um exemplo para demonstrar como isto é feito. Num postal, com a legenda «Não acreditaram nela», uma rapariga está a

[208] Citação da peça de Shakespeare, *Noite de Reis*, e ditame muito conhecido na cultura britânica. [N. da T.]

demonstrar algo, com as mãos à distância de cerca de 60 cm uma da outra, a uns amigos, que a olham de boca aberta. Na parede por trás dela está um peixe empalhado numa redoma de vidro e, ao lado, a fotografia de um homem de constituição atlética e quase nu. É evidente que não é ao peixe que ela se refere, mas o contrário nunca se poderia provar. Não sei se algum jornal inglês se atreveria a publicar este tipo de piada, mas a verdade é que nenhum o faz por norma. Encontra-se uma quantidade imensa de material vagamente pornográfico, como as revistas que exploram as pernas das mulheres, mas não existe uma literatura popular especializada na dimensão mais «ordinária» e burlesca do sexo. Anedotas como as de McGill, no entanto, são moeda corrente nas revistas e no *music-hall*, e ocasionalmente na rádio, quando a censura está distraída. Em Inglaterra existe um fosso profundo entre o que pode ser dito e o que pode ser publicado, e gestos e comentários que no palco não levantariam qualquer objeção dariam logo azo à condenação veemente do público se fossem passados a papel. (Comparem, por exemplo, o Max Miller em palco com a coluna semanal que ele escreve para o *Sunday Express*.) Os postais humorísticos são a única exceção a esta regra, a única forma sob a qual o humor «baixo» pode ser dado à estampa. Só neles e no teatro de variedades se podem explorar as piadas que gozam com os traseiros protuberantes, os cães e os candeeiros, e as fraldas dos bebés. Reconhecendo isto, facilmente se percebe o papel que estes postais, ainda que de modo despretensioso, têm vindo a desempenhar.

A sua função é darem expressão ao ponto de vista do Sancho Pança, uma atitude sobre a vida que Miss Rebecca West descreve deste modo: «Ter o maior gozo possível em dar palmadas nos rabos na cozinha dos fundos.» A dupla Dom Quixote e Sancho Pança, que mais não é do que a versão ficcional do velho dualismo entre o corpo e o espírito, aparece com mais frequência na literatura dos últimos quatro séculos, facto que não se explica por uma mera questão de imitação. A sua ocorrência e variações são múltiplas, incluindo Bouvard e Pécuchet, Jeeves e Wooster, Bloom e Daedalus, Holmes e Watson[209] (a variação Sherlock Holmes e Dr. Watson é particularmente subtil, porque as características físicas de cada uma das figuras estão invertidas). É por isso evidente que corresponde a algo de permanente na nossa civilização, não no sentido em que existe de forma «pura» na vida real, mas porque os dois princípios, a loucura nobre e elevada e a sensatez baixa e boçal, existem lado a lado em praticamente todos nós. Olhando para dentro, qual dos dois é cada um de nós? O Dom Quixote ou o Sancho Pança? Quase de certeza os dois ao mesmo tempo. Há uma parte de nós que aspira a ser herói ou santo, mas a outra é um homenzinho gorducho que só quer manter-se vivinho da silva, o nosso «eu» não oficial, a voz da pança a rebelar-se contra a alma. É o nosso «eu» que só pensa no conforto e sonha com camas macias, pouco trabalho, montes de cerveja e mulheres com formas «voluptuosas». É aquele que se ri dos nossos gestos nobres e nos encoraja a pensar primeiro em nós, que nos leva a sermos infiéis à mulher, a fugirmos às dívidas e tantas outras coisas. Se nos deixamos influenciar por ele ou não, isso já é outra questão, mas estaríamos a faltar à verdade se disséssemos que ele não é parte integrante de nós, assim como mentiríamos se afirmássemos que não somos

---

[209] Bouvard e Pécuchet são os heróis da obra homónima de Gustave Flaubert (1821–1880); Jeeves e Wooster, os protagonistas de uma série de romances cómicos da autoria de P. G. Wodehouse (1881–1975); Leopold Bloom e Stephen Daedalus surgem em *Ulisses* de James Joyce; e Sherlock Holmes e Dr. Watson são, evidentemente, a parelha tornada famosa por Sir Arthur Conan Doyle (1859–1930). [N. da T.]

também o Dom Quixote, embora em tudo o que dizemos e escrevemos se detete uma destas duas mentiras, normalmente a primeira.

Mas embora sob as mais variadas formas ele seja uma figura-tipo da literatura, na vida real, sobretudo devido ao modo como o mundo está organizado, a sua voz nunca tem direito a expressar-se. Há, com efeito, uma conspiração permanente e universal para fazermos de conta de que ele não existe, ou, no mínimo, que não tem valor. Os códigos legais e morais e os sistemas religiosos não têm espaço para uma visão humorística da vida, porque entendem que o que é cómico é subversivo e que toda a piada, em última análise, é como esborrachar uma tarte de ovos na cara de alguém. A razão pela qual a esmagadora maioria das anedotas são obscenas é precisamente porque todas as sociedades, por uma questão de sobrevivência, têm de insistir na manutenção de padrões sexuais e morais muito exigentes. Uma anedota porca não é, evidentemente, um ataque sério aos códigos morais, mas é ainda assim uma espécie de revolta mental, um desejo passageiro de que as coisas não fossem como são. O mesmo se passa com as anedotas sobre a covardia, a preguiça, a desonestidade ou outra qualidade que a sociedade não se pode dar ao luxo de encorajar, uma vez que tem sempre de pedir mais ao ser humano do que ele dará na prática. Tem de exigir a disciplina férrea, o sacrifício abnegado, o trabalho árduo, o pagamento dos impostos, a fidelidade conjugal, e tem de partir do princípio de que os homens encaram a morte na batalha como motivo de glória, e que as mulheres estão dispostas a esgotarem-se em partos e mais partos. Toda a literatura por assim dizer oficial se baseia nestes pressupostos. Nunca vejo as proclamações dos generais antes das batalhas, os discursos de *füheres* ou primeiros-ministros, as canções de solidariedade das *public schools* e dos partidos políticos de esquerda, os hinos nacionais, os panfletos contra o alcoolismo, as encíclicas papais ou os sermões contra o jogo e a contraceção, sem ouvir um coro que em surdina zomba disto tudo, composto pelos milhares de homens comuns para quem estes sentimentos elevados não têm qualquer apelo. Mas, apesar de tudo, os sentimentos nobres é que acabam por vencer, e os líderes que prometem sangue, suor e lágrimas[210] conseguem sempre mais dos seguidores do que aqueles que só oferecem segurança e boa vida. Em momentos de crise, os seres humanos transformam-se em heróis, as mulheres aguentam os partos e continuam a esfregar o chão da cozinha, os revolucionários recusam-se a falar mesmo sob tortura, e os navios de guerra vão ao fundo com o convés cheio de água, mas os canhões ainda a disparar. A questão é que o outro elemento que nos compõe, a nossa faceta preguiçosa, covarde, adúltera e desonesta, que está sempre dentro de nós, nunca se pode eliminar completamente, e de vez em quando tem de vir ao de cima e fazer-se ouvir.

Os postais humorísticos expressam precisamente este ponto de vista, de forma humilde, é certo, e menos importante do que o *music-hall*, mas ainda assim digna de atenção. Numa sociedade que ainda é predominantemente cristã, as anedotas são, naturalmente, quase todas sobre sexo. Numa sociedade totalitária (se é que ainda existiria a liberdade de expressão), provavelmente seriam acima de tudo sobre a preguiça ou a covardia, mas sem dúvida sobre comportamentos pouco heroicos. Não os devemos condenar por serem ordinários e feios, porque é precisamente isso que eles fazem questão de ser. O seu significado e mérito residem exata-

---

[210] Orwell refere-se com toda a probabilidade ao famoso discurso de Churchill na Câmara dos Comuns, em maio de 1940, em que pediu um voto de confiança no governo afirmando: «I have nothing to offer but blood, toil, tears and sweat.» [N. da T.]

mente na sua incorrigível grosseria, não só em termos de obscenidade, mas em tudo o resto. O mais leve traço de elevação seria a sua morte. Estes postais representam, enfim, a vida pela ótica do verme, um mundo semelhante ao do *music-hall*, onde o casamento ou é piada porca ou catástrofe hilariante, onde a renda da casa está sempre em atraso e as roupas puídas, onde o advogado é sempre um escroque e o escocês um sovina, onde os recém-casados fazem figuras tristes nos leitos hediondos das pensões de praia, e os maridos bêbedos, de narigão vermelho, chegam aos tombos a casa e dão com a mulher à espera deles, em camisa de noite, com o rolo da massa na mão. Que existam e tenham procura é, só por si, significativo. Como o *music-hall*, são uma espécie de Saturnália, uma revolta inconsequente contra a virtude, expressando apenas uma das tendências da mente humana, mas uma tendência que sempre existirá e que, tal como a água, arranjará sempre maneira de sair cá para fora. Em geral, os seres humanos aspiram à virtude, mas nem tanto assim, e não o tempo todo. Porque:

> [...] há o justo que perece na sua justiça, e há o ímpio que prolonga os seus dias na maldade. Não sejas demasiadamente justo, nem demasiadamente sábio; porque te destruirias a ti mesmo? Não sejas demasiadamente ímpio, nem sejas louco; porque morrerias fora do teu tempo?[211]

No passado, o tom dos postais humorísticos era facilmente incorporado na obra literária, como é o caso das tragédias shakespearianas, onde por entre os assassinatos há cenas cómicas em que se ouvem piadas não muito diferentes das de McGill. Mas tal não é já possível, e dessa forma de

---

[211] Citação da Bíblia, Livro do Eclesiastes,7:15. [N. da T.]

humor, central à nossa literatura até cerca de 1800, só nos restam estes toscos postais, vivendo mais ou menos à margem da legalidade nas montras dos quiosques. O cantinho do coração humano de que nos falam podia ter encontrado manifestações bem piores, e pela minha parte teria um desgosto enorme se eles deixassem de existir.

Horizon, 1941

Raffles e Miss Blandish

Quase meio século depois da sua criação, Raffles, «o larápio amador», continua a ser uma das personagens mais famosas da ficção inglesa. Poucos ignoram que integrava a seleção inglesa de críquete, vivia num apartamento de solteiro no Albany e roubava as mansões em Mayfair para onde era convidado. Precisamente por esta razão, Raffles e as suas proezas servem como o pano de fundo ideal para uma comparação com policiais mais modernos como *Não Enviem Orquídeas a Miss Blandish*[212].

A escolha é necessariamente arbitrária — podia ter optado por Arsène Lupin[213], por exemplo —, mas, seja como for, *Miss Blandish* e as histórias de Raffles[214] têm em comum o serem policiais que incidem no criminoso e não no detetive,

---

[212] *No Orchids for Miss Blandish* é um policial publicado em 1939, da autoria de James Hadley Chase (1906–1985), escritor inglês influenciado pela escola americana, como Orwell adiante refere. [N. da T.]

[213] Arsène Lupin é o protagonista das histórias policiais de Maurice Leblanc (1864–1941), também ele um *gentleman* e ladrão. [N. da T.]

[214] *Raffles*, *A Thief in the Night* e *Mr. Justice Raffles*, de E. W. Hornung (1866–1921). A terceira obra foi um falhanço, e só a primeira tem o ambiente típico destes contos. Hornung escreveu vários contos policiais, normalmente tomando o partido do criminoso. Um bom livro do mesmo género de *Raffles* é *Stiugaree* [N. do A.]

podendo deste modo ser comparados em termos sociológicos. *Miss Blandish* retrata o crime em versão *glamour* de 1939, *Raffles* em versão de 1900. O que pretendo salientar é a enorme diferença entre o ambiente moral das duas obras e a mudança de atitude por parte do público que esta provavelmente implica.

Hoje em dia, o charme de *Raffles* reside em parte na recriação da época, em parte na excelente qualidade técnica das histórias. Hornung era um escritor consciencioso e, dentro do género, competente. Quem valoriza acima de tudo a eficácia não pode deixar de admirar a sua obra. No entanto, o traço mais dramático de Raffles, aquilo que mantém a sua popularidade (ainda há pouco, no julgamento de um ladrão, o juiz referiu-se ao prisioneiro como «um Raffles da vida real») é ele ser um *gentleman*. Raffles é-nos apresentado — e isto é acentuado em inúmeros fragmentos do diálogo e em comentários ocasionais — não como um homem honesto que enveredou por maus caminhos, mas como um ex-aluno de uma *public school* que optou por uma vida de crime. O remorso, quando o sente, é quase puramente social: desonrou o nome do colégio, perdeu o direito de entrar na «boa sociedade», prescindiu do estatuto de amador e tornou-se num biltre. Nem Raffles nem Bunny têm a noção de que roubar é condenável em si mesmo, embora numa determinada ocasião Raffles se autojustifique afirmando displicentemente que «de qualquer maneira, a distribuição da propriedade é injusta». Nem um nem outro se vêm como pecadores, antes como renegados ou simplesmente proscritos. E o nosso código moral é ainda tão próximo do de Raffles que realmente sentimos que a sua situação é particularmente irónica. Um membro de um clube do West End que é ladrão! Só isto dá uma boa história, não é verdade? Mas se em vez disso fosse um canalizador ou um merceeiro que na realidade era ladrão? Haveria algo de fundamentalmente dramático no facto? Não, embora o tema da «vida dupla» e do crime encoberto pela respeitabilidade ainda fosse o mesmo. Até Charles Peace[215], com o seu cabeção branco de padre, parece menos hipócrita do que Raffles com o seu *blazer* de Zingari[216].

Raffles é, evidentemente, um grande desportista, e faz sentido que o seu desporto de eleição seja o críquete, o que permite um sem número de analogias entre a destreza do jogador e a do ladrão, além de ajudar a definir a verdadeira natureza dos seus crimes. O críquete não é um jogo assim tão popular em Inglaterra — nem de perto chega à popularidade do futebol, por exemplo —, mas dá expressão a um traço bem marcado do carácter inglês, a tendência para valorizar a «forma» ou o «estilo» em detrimento do sucesso. Aos olhos de um entusiasta do críquete, uma jogada de 10 pontos pode ser «melhor» (isto é, mais elegante) do que uma jogada de 100; o críquete é também um dos poucos jogos em que o amador pode bater o profissional. É um desporto em que são frequentes as esperanças goradas e as reviravoltas da sorte, e as regras são definidas de tal modo que a sua interpretação é em parte uma questão de ética. Quando Larwood usou o *bodyline bowling*[217] na Austrália, não estava efetivamente

---

[215] Famoso ladrão inglês do século XIX, conhecido pelos seus disfarces. [N. da T.]

[216] O *blazer* Zingari era usado pelos membros de um clube amador de críquete, I Zingari, e era às riscas pretas, amarelas e vermelhas. Nas ilustrações das edições originais, Raffles surge frequentemente com um *blazer* deste tipo. [N. da T.]

[217] *Bodyline bowling*: tática desenvolvida pela seleção inglesa em 1932–1933 para derrotar a seleção australiana; o arremesso da bola fazia com que esta, depois de bater no chão, chegasse ao adversário ao nível da face e não, como era habitual, ao nível do chão. Daí ter sido severamente criticada por ser uma técnica agressiva e intimidatória, embora em nada quebrasse as regras do jogo. [N. da T.]

a quebrar nenhuma regra, simplesmente a praticar algo que «não era críquete». Por ser um jogo que consome imenso tempo e é caro, o críquete é predominantemente um desporto da classe alta, mas para o resto do país está indissociavelmente ligado à ideia da correção e do respeito pelas regras, e a sua popularidade declinou paralelamente ao declínio da ideia tradicional de que «não se bate em quem já está no chão». O críquete não é um jogo do século xx, e quase todas as pessoas que abraçam a modernidade detestam-no. Os nazis, por exemplo, fizeram de tudo para desencorajar a sua prática, que se vinha generalizando na Alemanha antes e depois da última Guerra. Ao criar a figura de Raffles como jogador de críquete e ao mesmo tempo ladrão, Hornung não estava só a criar um disfarce plausível para a personagem, mas também a desenhar da melhor forma possível um nítido contraste moral.

Assim como *Grandes Esperanças* e *O Vermelho e o Negro*, *Raffles* é uma história sobre o snobismo, que se faz valer da precaridade da posição social do protagonista. Um autor menos hábil teria atribuído pergaminhos aristocráticos a este «*gentleman* ladrão», fazendo-o no mínimo um baronete. Mas Raffles vem da classe média-alta, e só é aceite pela aristocracia graças ao seu charme pessoal. «Estamos na alta sociedade, mas não fazemos parte dela» e «Eu só fui convidado porque sou bom jogador de críquete», diz Raffles a Bunny no final do livro. Tanto um como o outro aceitam sem discussão os valores da «alta sociedade», e lá se instalariam para sempre se conseguissem amealhar o suficiente com os roubos. A ruína que constantemente os ameaça é tanto mais negra quanto a sua pertença é duvidosa. Um duque que esteve na prisão continua a ser duque, mas um jovem «elegante» da alta-roda, se cair em desgraça, deixa de ser «elegante» e de estar na moda para todo o sempre. Os últimos capítulos da obra, depois de Raffles ser desmascarado e ter de assumir um nome falso, dão-nos a sensação de um crepúsculo dos deuses, um ambiente mental muito semelhante ao do poema de Kipling, «Gentleman's Rankers»: «Sim, o soldado cavaleiro / Que comprou seis cavalos com o seu próprio dinheiro», etc[218].

A partir daí, Raffles passa a fazer parte do «bando dos condenados». Pode ainda ter sucesso nos roubos, mas não há retorno ao Paraíso, que para ele significa Piccadilly e o Marylebone Cricket Club. Segundo o código de honra da *public school*, só há uma forma de se reabilitar: morrer em combate. Raffles morre na guerra contra os Bóeres (um leitor experiente tê-lo-ia previsto desde o início), assim se redimindo dos seus crimes aos olhos de Bunny e do seu criador.

Nem Raffles nem Bunny têm qualquer crença religiosa, nem sequer um verdadeiro código ético, mas tão-só algumas regras de comportamento que observam semi-instintivamente. É precisamente neste ponto que se torna evidente a grande diferença moral entre *Raffles* e *Miss Blandish*. Afinal, Raffles e Bunny são *gentlemen* e não violam as regras que se impõem. Algumas atitudes estão fora de causa e não são concebíveis, como abusar da hospitalidade: Raffles é bem capaz de roubar a casa onde está hospedado, mas a vítima é sempre um outro convidado e nunca o anfitrião. Do mesmo modo, recusa-se a cometer assassínios[219], evita a violência o mais que pode e prefere andar desarmado durante os assaltos.

---

[218] *Ranker*: soldados rasos de origem social alta, mas que ainda não tinham comprado a patente militar ou sido promovidos. O poema de Kipling descreve os costumes dissolutos destes soldados, atribuindo o facto à ambiguidade da sua posição social no exército. A expressão «bando dos condenados» é também retirada do poema. [N. da T.]

[219] De facto, Raffles mata uma pessoa e é o responsável mais ou menos direto pela morte de duas outras. Mas as três são estrangeiras e de comportamentos muito repreensíveis. Numa outra ocasião, Raffles considera seriamente

Para ele, a amizade é sagrada, e perante as mulheres comporta-se sem moral, mas como um perfeito cavalheiro. Está sempre disposto a correr riscos acrescidos em nome do «desportivismo» e às vezes até por razões estéticas, e é acima de tudo um grande patriota. Comemora o Jubileu de Diamante[220] («Há 60 anos, Bunny, que somos governados pela melhor soberana do mundo») mandando à Rainha, pelo correio, uma taça de ouro antiga roubada no Museu Britânico. Em parte por motivos políticos, rouba uma pérola que o imperador alemão ia dar a um dos inimigos da Grã-Bretanha, e quando as coisas começam a correr mal na Guerra dos Bóeres, não descansa enquanto não arranja maneira de ir lutar na frente de batalha, onde desmascara um espião à custa da revelação da sua própria identidade, acabando por se cobrir de glória ao cair vitimado por uma bala inimiga. Esta combinação de crime e patriotismo assemelha-o ao quase-contemporâneo Arsène Lupin, que também leva a melhor ao imperador alemão e limpa o passado sujo alistando-se na Legião Estrangeira.

É importante referir que, em termos modernos, os crimes de Raffles são de somenos. Para ele, £400 em joias roubadas é uma fortuna. E embora os detalhes físicos das histórias sejam convincentes, há nelas muito pouco sensacionalismo — poucos cadáveres, quase nenhum sangue, nada de crimes sexuais, nem sadismo ou perversões de qualquer espécie. Dá ideia de que os policiais, pelo menos os de melhor nível, se têm tornado muito mais violentos nos últimos vinte anos. Muitos dos policiais mais antigos nem sequer incluem um assassinato, como algumas das histórias de Sherlock

---

matar um chantagista, mas é uma convenção bem estabelecida do policial que matar um chantagista «não conta». [N. do A.]

[220] A referência é ao Jubileu de Diamante da Rainha Vitória, comemorando os sessenta anos do seu reinado. [N. da T.]

Holmes, que por vezes nem lidam com crimes puníveis por lei. O mesmo se passa com as histórias de John Thorndyke[221], e nas de Max Carrados[222] só uma minoria comporta um assassínio. Contudo, a partir de 1918, cada vez são mais raros os policiais que não incluem uma morte violenta, explorando-se com frequência os pormenores mais revoltantes dos desmembramentos e das exumações. Algumas das histórias de Peter Wimsey[223], por exemplo, revelam um fascínio extremamente mórbido por cadáveres. Os contos sobre Raffles, escritos da perspetiva do criminoso, são muito menos antissociais do que muitas das histórias modernas, narradas do ponto de vista do detetive, e a impressão que nos deixam é de alguma puerilidade. Pertenciam a uma era em que havia regras, por mais tontas que fossem, e em que se acreditava piamente que «isto não se faz». A linha divisória entre o Bem e o Mal é tão disparatada como os tabus das tribos da Polinésia, mas pelo menos tem a vantagem de, como nos tabus, ser aceite por todos.

E chega de Raffles. Mergulhemos agora na latrina. *Não Enviem Orquídeas a Miss Blandish*, de James Hadley Chase, foi publicado em 1939, mas atingiu o auge da popularidade em 1940, durante o ataque alemão a Inglaterra e os bombardeamentos do *Blitz*. Eis os contornos gerais da história:

Miss Blandish, filha de um milionário, é raptada por uns *gangsters*, que logo a seguir são surpreendidos e mortos por um outro *gang* ainda maior e mais bem organizado, que a mantém prisioneira, exige um resgate, e consegue extorquir

---

[221] John Thorndyke: protagonista das obras de R. Austin Freeman (1862–1943) e antecessor dos policiais centrados na medicina forense. [N. da T.]

[222] Max Carrados: protagonista das obras de Ernest Bramah (1868–1942), cujas histórias saíam na revista *The Strand* paralelamente às de Sherlock Holmes, com as quais rivalizavam em popularidade. [N. da T.]

[223] Peter Wimsey: protagonista dos policiais de Dorothy L. Sayers (1893–1957). [N. da T.]

meio milhão de dólares ao pai. O plano inicial era matar Miss Blandish logo que chegasse o resgate, mas um acaso faz com que ela sobreviva. Um dos membros do *gang* é um jovem de nome Slim, cujo maior divertimento consiste em espetar facas nas entranhas das pessoas. Na infância educou-se esquartejando animais vivos com uma tesoura enferrujada. Slim é sexualmente impotente, mas engraça com Miss Blandish. A mãe de Slim, o cérebro que comanda as operações do *gang*, vê nisto a oportunidade ideal para curar Slim da impotência, e decide manter Miss Blandish presa até Slim a conseguir violar, o que finalmente acontece, não sem grande esforço e persuasão e só depois de Miss Blandish ter sido espancada com um tubo de borracha. Entretanto, o pai de Miss Blandish contratou um detetive privado, e, graças a subornos e torturas, o detetive e a polícia conseguem encurralar e exterminar todo o *gang*. Slim escapa com Miss Blandish, mas é abatido depois de uma última violação, e o detetive prepara-se para restituir finalmente Miss Blandish à família. No entanto, esta ganhou tal gosto às carícias de Slim[224] que não consegue imaginar a vida sem ele, e atira-se da janela de um arranha-céus.

Mais alguns pontos merecem referência para se poderem apreciar todas as implicações da história. Para começar, é de notar a semelhança do enredo com o romance de Faulkner[225], *Santuário*. Em segundo lugar, a obra não é, como seria de esperar, da autoria de um borra-botas qualquer, antes exibe uma escrita de excelente qualidade, sem redundâncias nem notas dissonantes. Em terceiro lugar, o livro, quer na

---

[224] Outra leitura possível do final é que Miss Blandish está grávida. Mas a que referi acima está mais em sintonia com o ambiente de brutalidade da obra. [N. do A.]

[225] William Faulkner (1897–1962) é um dos grandes escritores do modernismo norte-americano, autor de obras como O *Som e a Fúria*. [N. da T.]

narrativa quer nos diálogos, é escrito em inglês americano; o autor, um inglês que (tanto quanto sei) nunca esteve nos Estados Unidos, parece ter-se transferido completamente em termos mentais para o submundo americano. Em quarto lugar, a obra vendeu, segundo informação da editora, nada mais nada menos do que meio milhão de exemplares.

Dei uma ideia dos contornos gerais do enredo, mas o conteúdo é muito mais sórdido e brutal do que sugeri acima. A obra inclui oito assassínios principais, um número incalculável de outras mortes e ferimentos ocasionais, uma exumação (com cuidadosa menção do fedor), o espancamento de Miss Blandish, a tortura de uma outra mulher com pontas de cigarro em brasa, uma cena de *strip-tease*, uma outra, de uma crueldade inaudita, em que é extraída uma confissão sob tortura, e muito mais do mesmo género. Parte-se do princípio de que os leitores são sexualmente sofisticados (numa cena, por exemplo, um dos *gangsters*, presumivelmente de tendências masoquistas, tem um orgasmo no momento em que é esfaqueado), bem como do pressuposto de que a corrupção e a ambição pessoal constituem a norma geral do comportamento humano. O detetive, por exemplo, é um malfeitor pouco melhor do que os *gangsters*, agindo praticamente pelos mesmos motivos, e procurando, tal como eles, ganhar os «*five hundred grand*»[226]. Em termos da mecânica do enredo, é preciso que Mr. Blandish esteja ansioso por reaver a filha, mas, além disto, a afeição, a amizade, um fundo bom e mesmo a boa educação mais básica são algo que não tem aqui lugar, assim como não cabe aqui, em grande medida, uma sexualidade normal. Em última análise, só uma motivação impera na história: a sede de poder.

Devo dizer que a obra não é pornográfica na aceção comum do termo. Ao invés da maioria dos livros que contêm

---

[226] Calão americano para $500 000. [N. da T.]

cenas de sadismo sexual, a ênfase é colocada na crueldade e não no prazer. Slim, o violador de Miss Blandish, tem «lábios húmidos, babosos» — um nojo, que pretende mesmo ser nojento. As cenas de crueldade para com as mulheres são quase uma mera formalidade, e os pontos altos da obra são constituídos por cenas em que homens exercem crueldade sobre outros homens, em particular a extração de confissão sob tortura de um *gangster*, Eddie Schultz, que é amarrado a uma cadeira, espancado na garganta com bastões de borracha, e desancado até lhe partirem os braços quando se tenta libertar. Numa outra obra da autoria de Chase, *He Won't Need it Now*, o herói, personagem que pretende inspirar simpatia pela sua nobreza de carácter, pisa violentamente a cara de outra personagem e esmaga-lhe os dentes rodando o calcanhar de um lado para o outro. Mesmo quando não ocorrem incidentes desta natureza, o ambiente mental destas obras é sempre o mesmo: o tema da luta pelo poder e do triunfo dos fortes sobre os fracos. Os *gangsters* mais poderosos exterminam os mais pequenos tão impiedosamente como um lúcio devora os peixinhos num lago, e a polícia mata os criminosos com a mesma crueldade com que o pescador mata o lúcio. Em última análise, nós só estamos do lado da polícia porque ela é mais bem organizada e tem mais poder, porque, de facto, a lei é ainda mais desonesta do que o mundo do crime. Os poderosos têm sempre razão: *vae victis*[227].

Como afirmei anteriormente, *Miss Blandish* atingiu o auge da popularidade em 1940, embora o sucesso da sua versão dramática se prolongasse para lá disso. Foi, de facto, algo que ajudou a aliviar o tédio dos bombardeamentos. No início da guerra, o *New Yorker* publicou um *cartoon* com um homenzinho a olhar para umas manchetes de jornal

---

[227] *Vae victis*: expressão latina que significa «pobres dos vencidos». [N. da T.]

onde se lia: «Grandes batalhas com tanques no norte de França», «Feroz batalha naval no Mar do Norte», «Violentas batalhas de aviação sobre o Canal da Mancha», etc., etc. O homenzinho está a dizer: «*Histórias de ação, por favor!*» Ele representava os milhões de pessoas entorpecidas para quem o mundo dos *gangsters* e das lutas de boxe é mais «real» e «duro» do que todas as guerras, revoluções, tremores de terra, fomes e pestilências juntas. Para os leitores de *histórias de ação*, a descrição dos bombardeamentos de Londres ou da luta dos partidos europeus na clandestinidade são meras «mariquices». Ao invés, uma mísera batalha entre *gangsters* de Chicago com meia-dúzia de mortos surge-lhes como genuinamente «dura». Este é um modo de pensar que se generaliza nos nossos dias. Os soldados estatelados nas trincheiras lamacentas, ao som das balas de metralhadora que assobiam por cima das cabeças, entretêm-se lendo uma história de *gangsters* americanos para enganar o tédio. E porque é que a história é tão fascinante? Precisamente porque fala de tiroteios de metralhadora! E nem os soldados nem qualquer outra pessoa acham este facto curioso, entendendo que uma bala imaginária é muito mais emocionante do que uma bala real.

Há uma explicação óbvia para isto: na vida real, normalmente nós somos vítimas passivas, enquanto nas histórias de aventuras nos podemos imaginar como o centro do mundo. Mas há mais. Relembro o facto curioso de *Miss Blandish* ser escrito — com alguns erros técnicos, talvez, mas competentemente — em inglês americano.

Na América existe uma vasta literatura do mesmo género de *Miss Blandish*. Além de livros, há uma variedade imensa de revistas *pulp*[228], cada uma apelando a fantasias diferentes,

---

[228] Depois do filme de Quentin Tarantino, *Pulp Fiction,* o termo generalizou-se e quase dispensa tradução. A *pulp fiction* era uma literatura de cordel

mas todas partilhando o mesmo ambiente mental. Algumas são explicitamente pornográficas, mas a grande maioria dirige-se claramente a sadistas e masoquistas. Vendidas a três *pence*, com o título de «Yank Mags»[229], estas revistas gozavam de uma popularidade considerável em Inglaterra, e quando a oferta secou graças à guerra, não se encontrou um substituto adequado. É certo que existem imitações inglesas das revistas *pulp*, mas não chegam aos calcanhares do original, assim como os filmes ingleses sobre criminosos ficam sempre aquém dos americanos em termos de brutalidade. Apesar disto, a carreira de Chase revela que a influência americana penetrou bem fundo. Não é só ele que vive no submundo imaginário dos *gangsters* de Chicago; são centenas de milhares de leitores de quem se espera que entendam expressões como *clipshop*[230] e *hotsquat*[231], que não têm de fazer mentalmente contas quando lhes aparece a expressão *fifty grand*[232], e que compreendem de imediato frases como «Johnny was a rummy and only two-jumps ahead of the nut-factory»[233]. Parece evidente que há um número considerável de Ingleses americanizados na língua e — acrescente-se — na visão moral, uma vez que *Miss Blandish* não suscitou protestos por parte do público. O livro acabou por ser retirado de circulação, mas só retrospetivamente, quando uma obra

---

que incluía histórias de aventuras, histórias de *gangsters*, policiais e outras mais ou menos pornográficas; a origem da palavra vem da pasta de papel (*pulp*) barata que era usada na impressão. [N. da T.]

229 Diz-se que eram importados como lastro dos navios, daí o preço baixo e o aspeto amarrotado dos livros. Desde o início da guerra que se começou a usar outro tipo de lastro mais eficaz, provavelmente gravilha. [N. do T.]

230 *Clipshop*: clube noturno, normalmente com *strip-tease*, que cobrava preços exorbitantes. [N. da T.]

231 *Hotsquat:* calão americano para cadeira elétrica. [N. da T.]

232 Calão para $5 000. [N. da T.]

233 Em tradução livre e calão aproximado: «Johnny era marado e com uns parafusos a menos na casa das máquinas.» [N. da T.]

posterior, *Miss Callagan Comes to Grief*, despertou a atenção das autoridades. A julgar pelas conversas informais que ouvi na altura, o leitor comum teve um frémito de excitação perante as obscenidades de *Miss Blandish*, mas não objetou ao livro no seu todo. A propósito, houve muitos leitores que pensaram que a obra era americana e tinha sido reeditada em Inglaterra.

As objeções que *deviam* ter sido levantadas por qualquer leitor — e que umas décadas mais cedo teriam certamente sido levantadas — dizem respeito à atitude equívoca face ao crime. *Miss Blandish* sugere implicitamente que ser-se criminoso só é repreensível se o crime não compensar. Compensa mais ser polícia, mas não há diferença em termos morais, porque a polícia usa em grande parte métodos criminosos. Num livro como *He Won't Need it Now*, a distinção entre o crime e as forças de prevenção quase desaparece, o que é uma novidade na ficção sensacionalista inglesa, onde até há pouco havia uma linha divisória bem nítida entre o certo e o errado, e era consensual que nos últimos capítulos a virtude triunfasse. São raras as obras inglesas em que se glorifica o crime (isto é, o crime moderno; piratas e salteadores são diferentes). Mesmo um livro como *Raffles*, como fiz notar, é governado por tabus poderosos, e toda a gente sabe que Raffles mais cedo ou mais tarde terá de expiar os crimes. Na América, tanto na vida como na ficção, a tendência para tolerar o crime e até para admirar o criminoso, desde que tenha sucesso, é muito mais vincada, o que em última análise tem contribuído para um aumento desmesurado da criminalidade. Já se escreveram livros sobre Al Capone[234] que, em termos de tom, pouco diferem das obras sobre Henry

---

[234] Al Capone (1899–1947) é o famoso, quase mítico, *gangster* americano que fez fortuna graças à Lei Seca, que proibia o consumo de bebidas alcoólicas. [N. da T.]

Ford[235], Estaline, Lord Northcliffe[236] e todos aqueles que, vindos de baixo, chegaram ao topo[237]. Recuando oitenta anos, encontramos uma posição semelhante de Mark Twain[238] relativamente a Slade, um bandido revoltante e herói de vinte e oito assassínios, bem como em relação aos *desperados*[239] em geral. Tiveram sucesso, subiram na vida e por isso eram dignos de admiração.

Um livro como *Miss Blandish*, ao contrário dos policiais mais antigos, não serve como mera evasão da realidade e escape para um mundo de ação imaginário. O escape é, no fundo, para um mundo de crueldade e perversão sexual. *Miss Blandish* apela ao instinto de poder, coisa que *Raffles* e os contos de Sherlock Holmes não faziam. Mas a atitude inglesa em relação ao crime não é tão superior à americana como posso ter dado a entender. Também ela se baseia no culto do poder, que se tem intensificado nos últimos vinte anos. Um escritor que vale a pena analisar é Edgar Wallace[240], especialmente em livros típicos como *The Orator* e as histórias de Mr. J. G. Reeder. Wallace foi um dos primeiros autores de histórias policiais a rejeitar a velha tradição do

---

[235] Henry Ford (1863–1947) é o bem conhecido magnata da indústria automóvel norte-americana. [N. da T.]

[236] Lord Nuffield (1877–1963) era dono de um império dos *media* e fundador do *Daily Mail*, um dos primeiros tabloides britânicos. [N. da T.]

[237] A expressão original é *the «log-cabin to White House» brigade*, referindo-se a um dos grandes mitos da América, consubstanciado na vida de Abraham Lincoln (nascido numa cabana de madeira e que chegou a presidente), segundo o qual a sociedade americana permite e encoraja a ascensão social mais fulgurante. [N. da T.]

[238] Mark Twain (1835–1910) é um dos mais famosos escritores humorísticos norte-americanos e autor de clássicos de literatura juvenil como *As Aventuras de Tom Sawyer* e *Huckleberry Finn*. [N. da T.]

[239] *Desperados*: os fora-da-lei do Oeste americano. [N. da T.]

[240] Edgar Wallace (1875–1932) foi dramaturgo, jornalista e autor de policiais de enorme sucesso. [N. da T.]

detetive privado, criando como protagonista um oficial da Scotland Yard. Sherlock Holmes é um amador, solucionando os problemas sem a ajuda da polícia, e mesmo, nas primeiras histórias, com a oposição desta. Assim como Lupin, Holmes é no fundo um intelectual, até mesmo um cientista, usando o raciocínio e a lógica para explicar os factos observados, sendo o seu intelecto constantemente contrastado com os métodos rotineiros da polícia. Wallace discordava radicalmente do que na sua opinião era uma visão caluniosa da Scotland Yard, e fez questão de denunciar explicitamente Holmes em vários artigos de jornal. O seu ideal era a figura do inspetor de polícia que apanha os criminosos, não graças à sua mente brilhante, mas porque faz parte de uma organização todo-poderosa. Daí o facto curioso de na maioria das suas histórias as «pistas» e a «dedução» não desempenharem um grande papel: o criminoso é sempre derrotado por uma incrível coincidência, ou porque, incompreensivelmente, a polícia já tinha um conhecimento prévio do crime. O tom das histórias não deixa margem para dúvidas de que a admiração de Wallace pela polícia é pura admiração pelo poder. Um detetive da Scotland Yard é a figura mais poderosa que Wallace consegue imaginar, ao passo que o criminoso é um fora-da-lei contra quem tudo é permitido, como os escravos condenados no circo romano. Os seus polícias agem de forma muito mais brutal do que a polícia real — batem nas pessoas sem provocação, disparam para o ar para as assustar, etc. — e muitas das histórias contêm um sadismo intelectual assustador (por exemplo, Wallace constrói as histórias de modo a que o criminoso seja enforcado no dia do casamento da heroína). Mas isto é um sadismo muito inglês: ou seja, inconsciente, sem sexo explícito e dentro da legalidade. O público britânico tolera um código penal muito severo e dá-lhe gozo assistir a julgamentos monstruosamente injustos de assassinos; mas tudo isso é melhor do que tolerar ou admirar o crime. Se há veneração pelos mandões, então mais vale que se venere a polícia e não o *gangster*. Wallace ainda retém a noção de que «isto não se faz», ao passo que em *Miss Blandish* tudo vale desde que nos leve ao poder. Não se reconhecem limites e a motivação está às claras. Chase é um sintoma bem pior do que Wallace, assim como a luta-livre é bem pior do que o boxe, ou o fascismo do que a democracia capitalista.

Da obra de William Faulkner, *Santuário*, Chase tirou só o enredo; o ambiente mental das duas obras não tem qualquer semelhança. As influências vêm de outras fontes, e esta em particular tem apenas um valor simbólico, representando um processo muito comum de vulgarização das ideias, que se intensificou na era da palavra impressa. Chase já foi descrito como «um Faulkner para as massas», mas seria mais exato designá-lo como «um Carlyle para as massas». É um escritor imensamente popular — muitos mais há na América, mas em Inglaterra ainda são uma raridade — que embarcou na moda do que agora se chama «realismo», isto é, a doutrina de que quem tem o poder tem sempre razão. A expansão do «realismo» tem vindo a revelar-se um dos traços fundamentais da história das ideias contemporânea. Porquê, é complicado de explicar. As interligações entre o sadismo, o masoquismo, o culto do sucesso, a veneração pelo poder, o nacionalismo e o totalitarismo são um tema muito vasto ainda pouco explorado, e mencioná-lo é ainda considerado quase como uma indelicadeza. Pegando no primeiro exemplo que me vem à memória, penso que nunca ninguém assinalou os elementos sádicos e masoquistas da obra de Bernard Shaw, e muito menos se sugeriu que o facto deve estar provavelmente relacionado com a admiração de Shaw pelos ditadores. Costuma-se equacionar vagamente fascismo e sadismo, mas quem o faz são normalmente pessoas que nada veem de errado no culto sabujo de Estaline. A verdade é que, evidentemente, os inúmeros intelectuais ingleses que beijam o traseiro de Estaline não são muito diferentes da minoria que vai ao beija-mão de Hitler ou Mussolini, nem dos peritos em eficiência que, na década de 1920, apregoavam «tem garra», «sê ambicioso», «cultiva uma personalidade forte» e «aprende a ser um homem-tigre», nem da geração mais velha de intelectuais, como Carlyle, Creasey[241] e quejandos, que faziam a vénia ao militarismo alemão. Todos eles idolatram o poder e a crueldade que conduz ao sucesso. Convém assinalar que o culto do poder se interliga com o fascínio pela crueldade e a perversidade *em si mesmas*. Um tirano é ainda mais digno de admiração quando é também um criminoso sanguinolento, e a expressão «os fins justificam os meios» significa muitas vezes que «os meios justificam-se por si se forem suficientemente desonestos». Esta noção influencia a perspetiva dos simpatizantes do totalitarismo e explica, por exemplo, o deleite de muitos intelectuais ingleses com o Pacto Russo-Germânico, de utilidade duvidosa para a URSS, mas completamente imoral, e como tal digno de admiração. As explicações, numerosas e autocontraditórias, foram deixadas para depois.

Até há bem pouco tempo, a história típica de aventuras dos povos de língua inglesa era uma história em que o herói lutava sempre *em desvantagem*. É o que acontece de Robin Hood a Popeye, o Marinheiro. O mito mais básico do mundo ocidental é provavelmente o de Jack, o Mata-Gigantes, mas teria de sofrer uma atualização e passar a ser Jack, o Mata-Anões, uma vez que existe já uma vasta literatura que ensina,

---

241 John Creasey (1908–1973), político liberal inglês e escritor de policiais. [N. da T.]

explícita ou implicitamente, que nos devemos aliar aos fortes contra os fracos. Muito do que por aí se escreve sobre política internacional é uma elaboração a partir deste tema central, e durante décadas expressões como «Respeito pelas regras do jogo», «Não se bate em quem já está no chão» e «Isto não é críquete»[242] suscitavam invariavelmente um esgar de troça em quem tinha algumas pretensões intelectuais. O que é relativamente novo é a norma-padrão, segundo a qual (a) o que está certo está certo e o que está errado está errado, seja qual for o vencedor, e (b) os fracos merecem o nosso respeito, estar a desaparecer também da literatura popular. Quando pela primeira vez li um romance de D. H. Lawrence, nos meus vinte anos, fiquei confuso com a falta de distinção entre personagens «boas» e «más». Parecia que o autor simpatizava tanto com umas como com outras, e isso era tão invulgar que me deixou completamente desorientado. Hoje em dia, ninguém espera encontrar heróis e vilões numa obra de qualidade, mas nos romances baratos ainda se conta com uma linha divisória muito nítida entre o certo e o errado e a legalidade e a ilegalidade. Em geral, as pessoas comuns ainda vivem num mundo em que o Bem e o Mal são valores absolutos, mundo esse a que os intelectuais há muito escaparam. Mas a popularidade de *Miss Blandish* e dos livros e revistas americanas com que é aparentado bem provam a rapidez com que a doutrina do «realismo» está a ganhar terreno.

Depois de lerem *Miss Blandish*, várias pessoas comentaram comigo: «Isto é fascismo puro.» É uma boa descrição da obra, embora ela não tenha qualquer relação com a política, e apenas um pouco mais com problemas de ordem social ou

---

[242] Como se depreende de uma referência anterior no ensaio, «It's not cricket» passou a ter uma aceção mais ampla, significando o fazer batota ou a falta de respeito pelas regras. [N. da T.]

económica. Tem apenas a mesma relação com o fascismo que, por exemplo, a obra de Trollope tem com o capitalismo oitocentista. *Miss Blandish* é um devaneio próprio de uma era totalitária. No seu mundo imaginário de *gangsters*, Chase apresenta, por assim dizer, uma versão destilada da cena política moderna, em que o bombardeamento de civis, o uso de reféns, a obtenção de confissões sob tortura, as prisões secretas, as execuções sem julgamento, os espancamentos com bastões de borracha, os afogamentos em latrinas, as falsificações sistemáticas de registos e estatísticas, as traições, os subornos e o colaboracionismo são coisas normais e moralmente neutras, mesmo admiráveis, quando feitas em grande escala e desavergonhadamente. O homem comum não tem um interesse direto na política e, quando lê, prefere que as grandes lutas mundiais sejam transpostas para uma história simples acerca de indivíduos. Figuras como Slim e Fenner interessam-lhe como não lhe interessaria algo sobre a G. P. U. ou a Gestapo. Só se idolatra o poder sob uma forma para nós inteligível: o miúdo de doze anos venera Jack Dempsey[243]; o adolescente do bairro de lata de Glasgow venera Al Capone; o aluno ambicioso de uma escola comercial venera Lord Nuffield; o leitor do *New Statesman* venera Estaline. Pode haver diferenças em termos de maturidade intelectual, mas não as há relativamente à visão moral. Há trinta anos, os heróis da ficção popular nada tinham em comum com os *gangsters* e detetives da obra de Chase, e os ídolos da intelectualidade liberal inglesa eram também figuras relativamente benignas. Entre Holmes e Fenner, por um lado, e entre Abraham Lincoln e Estaline, por outro, vai uma distância semelhante.

---

[243] Jack Dempsey: famoso boxista profissional americano da década de 1920. [N. da T.]

Talvez não se devam tirar conclusões apressadas sobre o sucesso do livro de Chase. É possível que seja um fenómeno isolado, causado pela mistura de tédio e a brutalidade da guerra[244]. Mas se este tipo de obras se aclimatizasse em Inglaterra, em vez de ser uma mera importação americana mal digerida, então haveria razão para preocupações. Quando escolhi *Raffles* como contraponto de *Miss Blandish*, fi-lo deliberadamente, porque, segundo as normas da época, *Raffles* era moralmente dúbio. Como já referi, o protagonista não tem código moral, não é religioso e não tem qualquer consciência social, apenas possui por assim dizer um conjunto de reflexos condicionados do sistema nervoso de um *gentleman*. Dá-se uma pancada no nervo respetivo (que se chama «desporto», «amigalhaço», «mulher», «rei e pátria», etc.) e salta logo a reação devida. Na obra de Chase não há nem *gentlemen* nem tabus. A emancipação é total. Freud e Maquiavel chegaram aos subúrbios. Comparando o ambiente de colégio de rapazes de um dos livros com a crueldade e a corrupção do outro, somos levados a pensar se o snobismo, tal como a hipocrisia, não é um instrumento de controle do comportamento cujo valor, do ponto de vista social, tem sido subestimado.

Horizon, 1944

---

[244] Não foi moda passageira; além da versão teatral referida pelo autor, a versão fílmica de 1948 passou a ser um clássico do filme negro britânico (readaptado em 1971), e a peça foi reencenada em 1978. Como é sabido, a violência dos policiais, que Orwell tanto temia, generalizou-se. [N. da T.]

À Vinda de Bangor

O reaparecimento de *Helen's Babies*[245], no seu momento áureo um dos livros mais populares em todo o mundo — só dentro do Império Britânico havia vinte edições piratas, tendo o autor recebido, no total, apenas £40 pelas centenas de milhares de exemplares vendidos —, vai trazer boas recordações a todos os amantes da leitura com mais de trinta e cinco anos. Não que a presente edição seja inteiramente satisfatória. É um livrinho baratucho, com ilustrações de fraca qualidade, várias das palavras em dialeto americano foram cortadas, e não inclui, como era costume em edições anteriores, o segundo volume, *Other People's Children*. Ainda assim, é bom ver nas bancas uma nova edição de *Helen's Babies*. Nos últimos tempos, era quase uma raridade, apesar de ser uma das melhores obras da pequena biblioteca de livros americanos que eram de leitura obrigatória para quem nasceu por altura da viragem do século.

---

[245] *Helen's Babies*, da autoria de John Habberton (1842–1921) e publicado em 1876, foi um dos mais populares livros infanto-juvenis do século XIX. Aí se contam as aventuras de Harry Burton, solteirão, que fica a tomar conta de dois sobrinhos enquanto os pais estão fora, com consequências hilariantes. Além de Orwell, que também a inclui na sua lista dos «bons maus livros», também Kipling e Chesterton elogiaram a obra. [N. da T.]

Os livros que se leem na infância, sobretudo os maus e os bons maus livros[246], criam na mente uma espécie de mapa falso do mundo, uma série de terras fabulosas que nos servem de refúgio pela vida fora e, nalguns casos, sobrevivem até a uma visita aos países reais que supostamente representam. As pampas, a Amazónia, as ilhas de coral do Pacífico, a Rússia, terra da bétula e do samovar, a Transilvânia com os seus boiardos e vampiros, a China de Guy Boothby[247], a Paris de Du Maurier[248] — a lista podia continuar infinitamente. Mas um país imaginário que eu adquiri muito cedo chamava-se América. Se me detiver no termo «América», pondo deliberadamente de lado a sua existência real e convocando apenas a minha visão infantil do país, vejo duas imagens — um quadro compósito, claro, de que omito muitos detalhes.

Uma é a de um rapaz sentado numa sala de aula com paredes de pedra estucadas. Usa suspensórios, a camisa tem remendos, e no verão anda descalço. Num canto da sala de aula há um balde de água e a respetiva concha. O pequeno vive numa quinta, numa casa igualmente de pedra estucada, que está hipotecada. Tem o sonho de vir a ser Presidente e faz parte das suas tarefas empilhar cavacas para a lareira. Em segundo plano, mas dominando completamente o quadro, está uma enorme Bíblia preta. A outra imagem é a de um homem alto e angular, o chapéu amarrotado puxado para a

---

[246] No ensaio homónimo, publicado em 1945, Orwell define os «bons maus livros» (terminologia que retira de Chesterton), como sendo aqueles que «não tendo pretensões literárias, continuam a ler-se bem muito depois de outros mais sérios terem caído no esquecimento» (*Complete Works*, vol. XVII, 348). [N. da T.]

[247] Orwell refere-se à obra de Guy Boothby (1867–1905), escritor australiano de histórias de aventuras, muitas delas protagonizadas pelo vilão Dr. Nikola, que vive em Xangai, é mestre de ocultismo e tem o sonho de dominar o mundo. [N. da T.]

[248] George Du Maurier (1834–1896), autor franco-britânico mais conhecido pelo romance gótico *Trilby*, um *best-seller* no final do século XIX. [N. da T.]

frente sobre os olhos, encostado a uma cerca de madeira a afiar um pau. A mandíbula move-se lenta, mas incessantemente. De quando em quando, saem-lhe da boca frases lapidares como «A mulher é a besta mais casmurra que há, tirando a mula», ou «Se não sabes o que queres fazer, não faças nada»; mas em geral é um esguicho de tabaco de mascar que irrompe do buraco entre os dentes da frente. A estas duas imagens se resumem as minhas primeiras impressões da América. E de entre elas, a primeira — que penso representar a Nova Inglaterra, e a segunda o sul do país — era a que mais me atraía.

Os livros de onde as retirei são, evidentemente, obras que ainda hoje é possível levar a sério, tais como *Tom Sawyer* e *A Cabana do Pai Tomás*[249], mas era nos textos menores, agora praticamente esquecidos, que se encontrava todo o sabor e a riqueza da prosa americana. Será que ainda se lê *Rebecca of Sunnybrook Farm*, que manteve a sua popularidade por tanto tempo que chegou a ser filmado, com Mary Pickford como protagonista? E a série de livros da «Katy», de Susan Coolidge (*Katy na Escola*, e por aí adiante), que, embora para raparigas e por isso «piegas», tinham o fascínio das coisas estrangeiras. *As Mulherzinhas* e *Boas Esposas*, de Louisa M. Alcott, ainda são, creio eu, intermitentemente publicadas e têm os seus admiradores incondicionais. Na infância, adorava as duas, embora gostasse menos da terceira obra da trilogia, *Homenzinhos*. Aquela escola modelo onde o pior dos castigos era bater com a palmatória no mestre-escola, segundo o princípio de que «isto me dói mais a mim do que te dói a ti», era difícil de engolir.

---

[249] Dois dos grandes clássicos da literatura infanto-juvenil americana, *Tom Sawyer* é a conhecida obra de Mark Twain, contando as aventuras do protagonista que vive numa cidadezinha do Missouri; *A Cabana do Pai Tomás*, de Harriet Beecher Stow, é um romance muito sentimental sobre a escravatura. [N. da T.]

Helen's Babies pertencia ao mesmo mundo de *Mulherzinhas*, e deve ter sido publicado na mesma altura[250]. E depois havia Artemus Ward[251], Bret Harte e várias canções, hinos e baladas, além de poemas sobre a Guerra Civil, como «Barbara Fritchie» («"Dispara se quiseres contra os meus cabelos brancos, mas poupa a bandeira nacional", disse ela») e «Little Gifford of Tennessee». E havia outros livros, mas tão obscuros que nem merecem menção, e ainda contos em revistas em que, e é só do que me lembro, parecia que a quintarola estava sempre penhorada. Ou *Beautiful Joe*, versão americana de *Black Beauty*[252], que às vezes se conseguia arranjar nos caixotes de livros baratos dos alfarrabistas. Todas estas obras foram escritas antes de 1900, mas algo desse sabor especificamente americano prolongou-se pelo nosso século, por exemplo, nos suplementos coloridos do Buster Brown[253] e até nas histórias do «Penrod» de Booth Tarkington[254], escritas

---

[250] Em termos gerais, Orwell estava correto. *Mulherzinhas* foi publicado em 1868–69 e *Helen's Babies* em 1876. [N. da T.]

[251] Artemus Ward é o pseudónimo de Charles Farrar Browne (1834–1867), escritor e humorista americano, amigo de Mark Twain e, tal como ele, ganhando dinheiro com leituras públicas da sua obra. Para alguns, um dos primeiros *stand-up comedians* americanos. [N. da T.]

[252] A sobejamente conhecida história de *Black Beauty*, da autoria de Anna Sewell (1820–1878) e publicado em 1877, conta a vida de um cavalo pelas suas próprias palavras. O antropomorfismo da obra encoraja a empatia do público relativamente ao sofrimento do cavalo, tendo contribuído para a expansão de grupos de defesa dos direitos dos animais. *Beautiful Joy* (1877), da canadiana Margaret Marshall Saunders (1861–1947), segue este modelo, mas desta vez o protagonista é um cão. [N. da T.]

[253] Buster Brown é a personagem de uma banda desenhada criada por Richard. F. Outcault (1863–1928) em 1902. Buster Brown é o protótipo da criança traquina, sempre a pregar partidas e a meter-se em sarilhos, sendo depois castigado pela mãe, mas nunca arrepiando caminho. [N. da T.]

[254] Booth Tarkington (1869–1946) foi um dos mais populares e premiados autores americanos do início do século XX, tendo ganho por duas vezes o prestigiado Pulitzer Prize for Fiction. A sua série de obras sobre Penrod, muito

por volta de 1910. Haverá até ecos do mesmo nos livros sobre animais de Ernest Thompson Seton[255] (*Wild Animals I have Known*, etc.), que hoje em dia perderam popularidade, mas que antes de 1940 faziam as crianças chorar baba e ranho, tal como *Misunderstood*[256] na geração anterior.

Mais tarde, a minha imagem da América do século XIX ganhou contornos mais precisos graças a uma canção ainda bastante conhecida e que, penso, se encontra num compêndio de canções para alunos escoceses. Nos dias que correm, em que é quase impossível arranjar livros, não consegui deitar a mão a um exemplar, e tenho de citar fragmentos de memória. Começa assim:

> À vinda de Bangor
> No comboio do Leste vem
> Tez bronzeada da caça
> Nos bosques do Main
> Suíças bem farfalhudas
> Barba e bigode vistoso
> Senta-se um estudante
> Alto, esguio e garboso.

---

ao jeito de *Tom Sawyer*, conta as aventuras de um rapaz de onze anos no Midwest de antes da Grande Guerra. [N. da T.]

[255] Ernest Thompson Seton (1860–1946) escreveu obras de aventuras sobre animais selvagens, como os lobos, lutando contra a sua demonização na cultura americana. As histórias, baseadas na sua experiência pessoal, mas muito sentimentais, criaram um género de histórias de animais muito popular desde então. [N. da T.]

[256] *Misunderstood* (1869), da escritora inglesa Florence Montgomery (1843–1923), conta histórias sobre a infância do ponto de vista da criança, procurando explicar e evitar os mal-entendidos entre pais e filhos que resultam de uma visão adulta do mundo, sem compreensão da psicologia infantil. [N. da T.]

Pouco, depois, um casal de idosos e uma «rapariga da aldeia», descrita como «bela e *petite*», entram na carruagem. Fagulhas voam em todas as direções, e não tarda que o estudante apanhe uma no olho: a rapariga da aldeia consegue tirá-la, para escândalo do casal de idosos. Pouco depois o comboio entra num túnel, «escuro como a noite egípcia», e quando sai para a luz do dia, a rapariga está ruborizada e a explicação para o facto surge logo a seguir:

> Apareceu de rompante
> Um brinquinho pequenino
> Na barba hórrida do estudante!

Não sei a data da canção, mas o carácter primitivo do comboio (sem luz nas carruagens e o episódio das fagulhas era um acidente normal) indica que o texto se situará em pleno século XIX.

O que relaciona esta canção com *Helen's Babies* é antes de mais uma espécie de doce inocência — o clímax, aquilo que supostamente nos vai deixar algo chocados, é um episódio que seria o *início* de qualquer texto picante moderno — e, em segundo lugar, uma certa vulgaridade de linguagem misturada com pretensiosismo cultural. *Helen's Babies* pretende ser uma obra humorística, quase uma farsa, mas está pejada de termos como «de fino gosto» e «elegância senhoril», e o seu humor vem de os desastres acontecerem tendo como pano de fundo um refinamento estudado. «Bonita, inteligente, de boa compostura, elegantemente vestida, sem traços de *flirt* ou daquela languidez da mulher da moda, ela suscitou em mim sentimentos da maior admiração» — assim é descrita a figura da heroína, e noutros passos como sendo «de porte altivo, cheia de vitalidade, bem vestida e de boa compostura, olhos vivos, tez clara, sorridente e observadora». Vislumbres deliciosos de um mundo já desaparecido encontram-se em comentários como: «Penso que foi o responsável pelos arranjos florais da feira de S. Sofonias no inverno passado, não foi, Mr. Burton? Foi o arranjo floral mais bonito da estação.» Mas apesar de arcaísmos como *twas*[257], *parlour*[258] em vez de sala de estar, *chamber*[259] em vez de quarto e *real* usado adverbialmente, o livro não ficou marcadamente «datado», e muitos dos seus admiradores pensam ter sido escrito por volta de 1900. Na verdade, é de 1875, algo que se depreende de evidências internas, uma vez que o herói, de vinte e oito anos de idade, é um veterano da Guerra Civil.

O livro é muito curto e a história simples. A irmã de um jovem solteiro convence-o a tomar conta da casa e dos sobrinhos, de três e cinco anos de idade, enquanto ela e o marido vão de férias por quinze dias. As crianças dão-lhe cabo do juízo com uma sucessão infindável de travessuras como, por exemplo, caírem em poças de água, engolirem veneno, atirarem as chaves para um poço, cortarem-se com lâminas de barbear e assim por diante, mas também facilitam o namoro com a «rapariga encantadora que eu adorava de longe já desde há um ano». Tais acontecimentos têm lugar num subúrbio de Nova Iorque, uma sociedade que surge como extraordinariamente tranquila, formal, doméstica e, no nosso entender de hoje, nada americana. Todas as ações são ditadas pela etiqueta. Passar por uma carruagem cheia de senhoras com o chapéu às três pancadas é uma experiência traumática, acenar na igreja a um conhecido é má educação, ficar noivo depois de dez dias de namoro, uma *gaffe* social imperdoável. Estamos habituados a pensar na sociedade americana como mais rude, aventureira e, num

---

[257] *Twas*: corrupção de *it was*. [N. da T.]

[258] *Parlour*: termo antiquado para salinha de estar. [N. da T.]

[259] *Chamber*: termo formal para quarto; aposentos. [N. da T.]

sentido cultural, mais democrática do que a nossa, e aprendemos com escritores como Mark Twain, Walt Whitman[260] e Bret Harte, já para não falar das histórias de índios e *cowboys* dos semanários, a pintá-la como um mundo anárquico e sem lei, povoado por figuras excêntricas e bandidos, sem raízes nem tradições. Este aspeto da América do século XIX existiu de facto, mas, nos estados mais populosos do Leste, parece ter sobrevivido por mais tempo do que em Inglaterra uma sociedade parecida com a de Jane Austen[261]. E é difícil não achar que era uma sociedade melhor do que a que surgiu com a industrialização mais adiante nesse século. As figuras de *Helen's Babies* ou de *Mulherzinhas* podem ser algo ridículas, mas não foram corrompidas. Têm qualquer coisa que só pode ser descrito como integridade, ou uma boa moral, alicerçada em parte numa religiosidade inconsciente. Parte-se do princípio que todos vão à igreja ao domingo de manhã e dão-se graças às refeições e reza-se antes de se ir para a cama, divertem-se as crianças com histórias da Bíblia, e, se elas pedem uma canção, provavelmente será «Glory, Glory, Halleluja». Deve ser também um sintoma de saúde espiritual a morte ser frequentemente mencionada na literatura ligeira da altura. O «Bebé Phil», irmão de Budge e Toddie, morreu pouco antes da ação de *Helen's Babies* ter início, e as várias referências ao «caixãozinho» dele são de cortar o coração. Um escritor moderno, ao escrever uma história deste tipo, teria evitado os caixões a todo o custo.

---

[260] Walt Whitman (1819–1892) é o grande bardo americano, celebrando a diversidade, multiplicidade e amplidão da América em verso livre, sem constrangimentos formais e numa linguagem acessível às pessoas comuns. [N. da T.]

[261] Jane Austen (1775–1817), como é bem sabido, é uma das maiores escritoras do realismo inglês, retratando nas suas obras o mundo restrito, com regras sociais bem vincadas, da *gentry* ou fidalguia rural. [N. da T.]

As crianças inglesas continuam a ser americanizadas através dos filmes, mas o entendimento comum já não considera que os livros americanos sejam os melhores para as crianças. Quem, sem quaisquer reservas, educaria os filhos na leitura de livros de banda desenhada bem coloridos em que um cientista produz bombas atómicas em laboratórios subterrâneos, enquanto o Super-homem voa em flecha por entre as nuvens, balas de metralhadora a fazerem-lhe ricochete no peito como ervilhas, e louras platinadas são violadas, ou quase, por robôs de metal e dinossauros de tamanho monstruoso? Vai uma longa distância do Super-homem à Bíblia e à pilha de cavacas. Os livros infantis mais antigos, ou os que eram lidos por crianças, tinham não só uma inocência mas uma espécie de alegria ingénua, uma sensação de otimismo despreocupado que era, certamente, o produto da liberdade e segurança sem precedentes de que a América gozou durante o século XIX. É isso que relaciona livros que de outro modo parecem tão distantes uns dos outros como *Mulherzinhas* e *Life on the Mississipi*[262]. A sociedade descrita no primeiro é reservada, livresca e doméstica, enquanto o segundo fala de um mundo desbragado cheio de bandidos, minas de ouro, duelos, bebedeiras e antros de jogo, mas em ambos se deteta essa confiança inabalável no futuro e a sensação de liberdade e oportunidade.

A América do século XIX era um país rico e vazio, que passava ao largo dos acontecimentos mais marcantes do resto do mundo, e em que ainda não se faziam sentir o pesadelo duplo que assola o homem moderno, o desemprego e a ingerência do estado. As distinções sociais existiam, mais marcadas do que as de hoje em dia, e havia pobreza (se bem

---

[262] *Life on the Mississipi* (1883) é um livro de memórias da autoria de Mark Twain, contando a sua vida de piloto de um barco a vapor no Mississipi. [N. da T.]

se lembram, em *Mulherzinhas* a família a certa altura está em tais dificuldades económicas que uma das filhas vende o cabelo ao barbeiro), mas não havia, como hoje em dia, uma sensação generalizada de impotência. Existia sempre lugar para mais um e quem trabalhava no duro tinha a certeza de poder ganhar a vida — tinha até a certeza de poder ficar rico, crença comum que até era, em termos gerais, verdade para a maioria da população. Por outras palavras, a civilização americana do século XIX era o capitalismo no seu melhor. Pouco depois da Guerra Civil, a situação começou, inevitavelmente, a deteriorar-se. Mas durante algumas décadas, pelo menos, a vida na América era muito mais divertida do que na Europa — havia mais coisas a acontecer, mais cor, mais variedade, mais oportunidade — e os livros e as canções desse período irradiam a inocência da infância. Daí a popularidade de *Helen's Babies* e de outra literatura «ligeira», que levou as crianças inglesas de há trinta ou quarenta anos a terem um conhecimento teórico de guaxinins, marmotas, esquilos, nogueiras, melancias e outros fragmentos exóticos da cena americana.

Tribune, 26 de novembro de 1946

O Declínio dos Assassínios Ingleses

Uma tarde de domingo, de preferência antes da guerra. A mulher já adormeceu na cadeira de braços e as crianças foram mandadas dar um longo passeio. Recostados no sofá, óculos pendurados no nariz, abrimos o *News of the World*. O rosbife e o *yorkshire pudding*[263], ou o porco assado com molho de maçã, seguidos do doce de canela e passas, e empurrados, por assim dizer, por uma chávena de chá bem forte, criaram o ambiente propício. O cachimbo esfumaça suavemente, as almofadas do sofá confortam-nos o traseiro, as labaredas bailam na lareira, a atmosfera é quente e acolhedora. Neste cenário idílico, o que que é que nos apetece ler?

Naturalmente, sobre um assassínio. Mas que tipo de assassínio? Se analisarmos os crimes que mais prazer deram ao público britânico, os assassinatos que toda a gente conhece em termos gerais, que deram origem a romances e foram constantemente repisados nos semanários, reconhecem-se os mesmos traços de família na maioria deles. O período áureo ou a era isabelina, por assim dizer, dos nossos crimes, parece situar-se mais ou menos entre 1850 e 1925, e os criminosos

---

[263] Os *yorkshire puddings* são uma espécie de bolas ocas de massa à base de farinha e banha, e normalmente acompanham os assados, com o molho da carne no interior. [N. da T.]

cuja fama persiste até aos dias de hoje são: Dr. Palmer of Rugel, Jack, o Estripador, Neill Cream, Mrs. Maybrick, Dr. Crippen, Seddon, Joseph Smith, Armstrong, e Bywaters e Thompson[264]. Além destes, por volta de 1919 houve ainda um outro caso célebre que se encaixa nesta categoria, mas cujo nome não menciono porque a pessoa em causa foi absolvida.

Dos nove casos mencionados, pelo menos quatro serviram de base a romances, um foi transformado em melodrama, e a literatura que os acompanha, sob a forma de artigos de jornal, tratados de criminologia e memórias de advogados e funcionários da polícia, encheria uma considerável biblioteca. É difícil imaginar um crime recente em Inglaterra que persista na memória de forma tão íntima e permanente, não só porque perante a violência dos acontecimentos exteriores a sua importância tende a desvanecer-se, mas porque o tipo de crime que prevalecia tem vindo a mudar. A principal *cause célèbre* dos anos de guerra foi o chamado «crime do queixo fendido»[265], já reportado num panfleto popular; o relato *verbatim* do

---

[264] Dr. Palmer of Ruger foi acusado em 1855 de assassinar um amigo e vários membros da família com estricnina; Jack the Ripper é por demais conhecido, não só por assassinar prostitutas no East End de Londres, mas porque a sua identidade permanece até hoje um mistério; Neill Cream seria hoje considerado um *serial killer*, tendo envenenado múltiplas vítimas, no Canadá e em Inglaterra, nas décadas de 1870 e 1880; Mrs. Maybrick foi acusada (provavelmente injustamente) de assassinar o marido com arsénio em 1889; Dr. Crippen, homeopata americano sediado em Londres, assassinou a mulher, enterrando-a debaixo das lajes da cave, fugindo depois de barco para os EUA com a amante, disfarçada de homem, tendo sido preso e repatriado; Frederick Seddon foi condenado por ter envenenado uma hóspede em 1912; Joseph Smith foi outro *serial killer*, enforcado pelo assassinato de três mulheres; Herbert Armstrong, solicitador, assassinou a mulher e um colega com arsénio e foi enforcado em 1921; Edith Bywaters e Frederick Thompson foram executados em 1923 pelo assassinato do marido de Edith. [N. da T.]

[265] «*The cleft-chin murder*», como ficou conhecido, graças ao queixo fendido de uma das vítimas, foi perpetrado por Elizabeth Jones e Karl Hulten em 1944; a versão que Orwell nos conta é exata a todos os títulos. [N. da T.]

julgamento foi publicado no ano passado pela Jarrolds com uma introdução de Mr. Bechhofer Roberts. Antes de voltar a este caso sórdido e lamentável, cujo interesse é apenas sociológico e porventura jurídico, deixem-me tentar definir o que os leitores dos semanários querem dizer quando afirmam truculentamente que «os crimes já não são o que eram».

Considerando os nove assassinatos acima referidos, podemos começar por excluir Jack, o Estripador, que é um caso aparte. Dos oito restantes, seis foram casos de envenenamento e oito dos dez criminosos pertenciam à classe média. De uma forma ou de outra, o sexo foi um motivo forte em todos eles, à exceção de dois, e em pelo menos quatro dos casos, a respeitabilidade — a intenção de manter uma posição segura na vida, ou de não perder o estatuto social graças a um escândalo como o divórcio — foi uma das razões principais para o crime. Em mais de metade deles, o objetivo foi deitar a mão a uma quantia de dinheiro como uma herança ou um prémio de seguro, mas o valor em causa era quase sempre relativamente pequeno. Na maioria dos casos, o crime só foi sendo descoberto lentamente, fruto de uma investigação cuidadosa que teve origem em suspeitas de vizinhos ou familiares; em quase todos eles houve uma coincidência dramática, em que a mão da Providência foi bem visível, ou um daqueles episódios que um romancista nunca teria coragem de inventar, como a fuga de Crippen para o outro lado do Atlântico, com a amante disfarçada de homem, ou Joseph Smith tocando «Nearer, my God, to Thee» no harmónio enquanto a mulher se afogava no quarto ao lado. O ambiente de todos estes crimes, excetuando o de Neill Cream, era essencialmente doméstico; das doze vítimas, sete eram os próprios cônjuges do criminoso.

Tendo isto em mente, é fácil reconstruir o crime «perfeito» para um leitor do *News of the World*. O assassino deveria ser um homenzinho pertencente a uma classe profissional, como, por exemplo, um dentista ou solicitador, de vida absolutamente respeitável, habitando num bairro suburbano de classe média, de preferência em vivenda geminada, o que permitiria aos vizinhos ouvir barulhos suspeitos vindos do outro lado da parede. Deveria ser um presidente da secção local do Partido Conservador, um não-conformista reconhecido e um defensor acérrimo dos movimentos antialcoolismo, que apenas enveredou por maus caminhos devido à paixão pecaminosa pela secretária ou pela mulher de um profissional seu rival, e que só arranjou coragem para cometer o crime depois de uma longa e penosa luta interior. Tendo tomado a decisão, planeá-la-ia com a maior astúcia, tendo apenas escorregado num pormenor insignificante e imprevisível. O meio escolhido seria, evidentemente, o veneno. Em última análise, só teria optado pelo crime porque este lhe surgia como menos vergonhoso, e menos desprestigiante profissionalmente, do que ser apanhado num adultério. Com este ambiente de fundo, um crime pode adquirir qualidades dramáticas e até trágicas que o tornam memorável e nos fazem sentir pena tanto da vítima como do agressor. A maioria dos crimes que mencionei têm traços deste cenário e, em três dos casos, incluindo o que não identifiquei, a história muito se aproxima da que esbocei acima.

Compare-se agora com o «crime do queixo fendido», que não tem qualquer profundidade emocional. Foi só por sorte que as duas pessoas envolvidas cometeram aquele crime específico, e só por acaso não cometeram uma série de outros. O pano de fundo não era o ambiente doméstico, antes o anonimato dos salões de dança e os falsos valores dos filmes americanos. Os criminosos eram uma ex-empregada de café de dezoito anos chamada Elizabeth Jones e um desertor americano, que se fazia passar por oficial, de nome Karl

Hulten. Só estiveram juntos seis dias e é até duvidoso que antes de serem presos soubessem o nome verdadeiro um do outro. Tinham-se conhecido por acaso numa casa de chá e na mesma noite foram dar uma volta num camião roubado ao exército. Jones autodescrevia-se como uma artista de *strip--tease*, o que não era estritamente verdade (só tinha dado um espetáculo, que fora desastroso), declarando que queria fazer algo de arriscado, como ser amante de um *gangster*. Hulten, por seu lado, proclamava ser um importante *gangster* de Chicago, o que também era falso. Passaram por uma rapariga de bicicleta e, para mostrar que era duro, Hulton atropelou-a com o camião, tendo-lhe posteriormente roubado os parcos xelins que ela tinha em sua posse. Numa outra ocasião, agrediram uma rapariga a quem tinham oferecido boleia, roubaram-lhe o casaco e a mala e atiraram-na ao rio. Por último, e com a maior desfaçatez, assassinaram um taxista por causa das £8 que tinha no bolso. Separaram-se pouco depois. Hulton foi apanhado porque, estupidamente, tinha ficado com o carro do morto, e Elizabeth Jones confessou tudo espontaneamente à polícia. Em tribunal, cada um tentou incriminar o outro. Nos intervalos dos crimes, parecem ter-se comportado com a maior das friezas: gastaram as £8 do taxista nas corridas de cães.

A avaliar pelas cartas, o caso da rapariga tem um certo interesse psicológico, mas o assassínio cativou o público porque serviu de distração no meio dos bombardeamentos e da Batalha da França. Jones e Hulten cometeram os assassínios ao som das V1 e foram condenados ao som das V2[266]. O interesse veio também do facto de o homem ter sido condenado à morte e a rapariga à prisão, como era costume em

[266] V1 e V2 foram das primeiras bombas voadoras, mísseis guiados usados na Segunda Grande Guerra. [N. da T.]

Inglaterra. Segundo Mr. Raymond, a comutação da pena da mulher causou indignação geral e o ministro do Interior recebeu resmas de telegramas; as palavras «Forca com ela!» cobriam as paredes da sua terra natal, ao lado de desenhos de uma figura balançando no cadafalso. Tendo em conta que, no nosso século, só dez mulheres foram enforcadas na Grã-Bretanha e que a prática tem vindo a cair em desuso dado o sentimento popular contra a pena de morte, é difícil não sentir que este clamor a favor da execução de uma rapariga de dezoito anos se deve em parte aos efeitos embrutecedores da guerra. De facto, toda esta história absurda, com o seu ambiente de salões de dança, cinemas apalaçados, perfume barato, nomes falsos e carros roubados pertence na sua essência a um período de guerra.

É talvez significativo que o crime mais badalado dos tempos recentes tenha sido cometido por um americano e por uma inglesa que estava em parte americanizada. Mas é difícil de acreditar que este caso fique na memória como o dos antigos crimes domésticos de envenenamento, produtos de uma sociedade estável, em que a hipocrisia generalizada fazia com que crimes tão graves como o homicídio fossem pelo menos motivados por sentimentos fortes.

Tribune, 15 de fevereiro de 1946

5

«UMA ATITUDE DE ESPANTO E DESLUMBRAMENTO PERANTE O UNIVERSO»: ORWELL E A NATUREZA

O amor de Orwell pela natureza é uma faceta desconhecida da maioria dos/as leitores/as e, deve dizer-se, pouco acentuada pela crítica, porventura porque se entende que não pode coexistir harmoniosamente com os intuitos de um escritor eminentemente político. No entanto, ela perpassa, mais ou menos discretamente, tudo o que escreveu. Não é por acaso que Winston Smith e Julia tentam fugir aos tentáculos do estado totalitário passeando no campo, assim como não é coincidência que, para o fazerem, tenham de quebrar as regras impostas por esse estado. A solidão, a contemplação da natureza e o amor pela infinita variedade do mundo material são, *em Mil Novecentos e Oitenta e Quatro*, atos subversivos que restauram a individualidade e a privacidade, tentativas de fuga ao controle do omnipresente e omnipotente *Big Brother*, não podendo, por isso, passar impunes.

Desde cedo amante de passeios pelo campo e bom conhecedor da fauna e da flora inglesas, Orwell teve a sorte de usufruir de uma infância de pescarias e brincadeiras nos bosques, e mais tarde, já escritor, de poder fugir de Londres e ir viver numa aldeola com meia dúzia de casas, rodeada de campos de cultivo, onde improvisou uma quintarola, cultivando legumes e criando cabras. E quem duvida que o autor de *A Quinta dos Animais* não conhecia bem os «traços de personalidade» de porcos, corvos, gatos e cavalos de carga? A «Nota Autobiográfica» é bem expressiva do seu gosto pelas atividades campestres e do ódio ao seu oposto, a «civilização da máquina», essa perigosa celebração do progresso tecnológico e apologia simplista dos «paraísos de betão e aço» (como ele diz em *O Caminho para Wigan Pier*), com todos os seus efeitos desumanizadores.

Numa época, como a nossa, em que a natureza é explorada economicamente, como recurso aparentemente sem limites (éticos ou financeiros), Orwell fala hoje diretamente às nossas preocupações ambientais. Elogiando a modesta roseira comprada num armazém barato, insurgindo-se contra as formas artificialmente organizadas de lazer ou celebrando a chegada da primavera através da observação da desova do sapo, a sua imagem da natureza funciona sempre como um antídoto contra as forças opressoras da modernidade e do totalitarismo.

Sem sentimentalismos bacocos nem nostalgias estéreis, Orwell assume frontalmente esta sua vertente, pesem embora as críticas de que foi alvo por parte dos/as leitores/as, que muitas vezes o acusavam de conservadorismo, passadismo e escapismo. Nada mais injusto, porque, como os ensaios bem demonstram, Orwell retira sempre conclusões «políticas» a partir dos fenómenos naturais que tanto o fascinam e enquadra o seu amor pela natureza num projeto amplo de uma sociedade mais justa, mais equilibrada, mais feliz e, acima de tudo, mais humana. Para ele, a natureza devolve-nos precisamente aquilo que nos define como seres humanos, tornando-nos deste modo mais aptos a lidar com o mundo *anti natura* que vamos construindo.

Não há, assim, no seu entender, qualquer incompatibilidade entre o combate pelo socialismo democrático e o amor pela natureza. Também nesta medida se nota o pioneirismo de Orwell: o ativismo em defesa do ambiente seria, para ele, uma forma mais do que legítima de lutar por um mundo melhor, tanto quanto o empenhamento político-partidário mais tradicional. E, na sua qualidade de escritor, Orwell incorpora (como se lê em «Porque Escrevo») o seu «amor pela superfície do mundo» e o «prazer nos objetos sólidos e em fragmentos soltos de informação inútil» numa visão abrangente e multifacetada do real circundante, em que o tangível, o efémero, o pormenor e os aparentemente fúteis prazeres do quotidiano (como a chegada da primavera) assumem um papel fulcral na luta por um mundo mais são.

As I Please

[...]

Recebi há pouco de um leitor uma carta criticando-me por ser muito «negativo» e «estar sempre a atacar tudo». Mas a verdade é que vivemos num tempo em que não há muitas razões para festejar. No entanto, eu gosto de elogiar quando encontro motivos para isso, e por isso faço questão de escrever umas linhas — infelizmente, terão de ser retrospetivas — louvando as rosas do Woolworth's.

Nos bons velhos tempos em que nada, no Woolworth's, custava mais de seis *pence*, as roseiras eram um dos produtos de maior sucesso. Eram sempre plantas muito jovens, que floriam no segundo ano, mas não me lembro de alguma me ter secado. O mais interessante é que nenhuma delas, ou quase nenhuma, era da variedade indicada na etiqueta. Uma que eu comprei como sendo uma Dorothy Perkins acabou por ser uma lindíssima rosa branca e pequena, com um centro amarelo, uma das melhores trepadeiras que já tive. Uma roseira polianta identificada como amarela saiu vermelho forte. Outra, que devia ser uma Albertina, era realmente como a Albertina, mas ainda mais dupla, e deu uma profusão imensa de flores. Estas roseiras eram como um presente-surpresa e havia sempre a hipótese de se descobrir uma variedade nova, a que por direito podíamos dar o nome de John Smithii ou qualquer coisa do género.

No último verão, passei pela *cottage* onde vivi antes da guerra[267]. A roseirinha branca, que não tinha mais altura do que uma fisga de criança quando a plantei, era agora um arbusto pujante e a Albertina (ou lá o que era) asfixiava uma parte da cerca numa profusão de flores cor-de-rosa. Ambas haviam sido plantadas em 1936. E pensei eu: «Tudo isto por seis *pence*!» Não sei bem qual o tempo de vida de uma roseira; penso que dez anos deve ser a média. E durante todo esse tempo, as rosas trepadeiras florescem durante um mês ou seis semanas por ano, e as rosas arbustivas, mais ou menos uns quatro meses. Tudo isto por seis *pence* — o preço, antes da guerra, de dez cigarros, ou de uma caneca e meia de cerveja, ou de uma assinatura semanal do *Daily Mail*, ou de vinte minutos no ar irrespirável de um cinema!

Tribune, 21 de janeiro de 1944

[Reagindo ao artigo, Orwell recebeu a seguinte carta de uma leitora, publicada no jornal a 4 de fevereiro com o título «Sentimentality» e citada nos Complete Works, *Vol. XVI, 78:]*

«Que pena que os parágrafos soltos de *As I Please* sejam de natureza tão irregular! Depois de uns comentários interessantes e elucidativos sobre as críticas ao radioamadorismo, parecia que o restante espaço fora atribuído a Godfrey Winn[268] em vez de

[267] De 1936 a 1940, Orwell viveu numa *cottage* na pequena aldeia de Wallington, Hertfordshire. O quintal à frente da casa ainda hoje exibe as roseiras que, segundo os entendidos, são descendentes das que Orwell aí plantou. [N. da T.]

[268] Godfrey Winn (1906–1971) foi um escritor, ator e jornalista, mais conhecido pela sua coluna semanal no *Daily Mirror*, «Dear Betty», onde dava conselhos sentimentais a um público feminino. [N. da T.]

a George Orwell. É lamentável que o *Tribune*, que, consciente ou inconscientemente, promove critérios literários de alto nível nos seus leitores, tenha publicado tal passo, saturado como está de nostalgia burguesa e em que o sentimento dá lugar a uma sensibilidade doentia. É óbvio que a humilde rosa que ao vento sopra não traz "pensamentos mais fundos que as lágrimas"[269] ao autor, que se dirige a leitores de *best sellers* e filmes sentimentais, em vez de àqueles que prezam e apreciam uma escrita de qualidade. Lembremos que os primeiros são em número extremamente reduzido entre o público regular do *Tribune*.»

Eileen E. Purber

[A resposta de Orwell foi a seguinte:]

«Tive muito interesse em saber que gostar de flores é um sinal de "nostalgia burguesa". Se assim é, somos todos burgueses. Uma das características mais marcantes da classe trabalhadora deste país é o seu amor por flores, que explica não só os vasos de flores pendurados nas janelas, onde as capuchinhas tentam florir no meio da fumarada londrina, mas também faz com que os trabalhadores do campo passem as suas horas de lazer a tratarem dos jardins, muitas vezes cultivando rosas em vez de legumes. Ou será que "burguês" se aplica à extravagância de gastar seis *pence* numa roseira — num país em que poucos trabalhadorcs gastam mcnos dc um xclim por dia cm cigarros?»

[269] A leitora cita os últimos versos da «Ode. Intimações da Imortalidade» do mais famoso poeta romântico inglês, William Wordsworth (1770–1850). «To me the meanest flower that blows can give / Thoughts that often lie too deep for tears» («A humílima flor que treme com o vento / Traz-me pensamentos às vezes mais fundos que as lágrimas»). [N. da T.]

Algumas Reflexões sobre o Sapo-comum

Muito antes da andorinha e do junquilho, e não muito depois do galanto, o sapo saúda a chegada da primavera à sua maneira, saindo do buraco onde se enfiara no outono e arrastando-se o mais depressa que pode até à primeira poça de água que encontra a jeito. Qualquer coisa — um frémito na terra ou simplesmente a subida de 1 ou 2 graus na temperatura do ar — o avisa de que está na hora de acordar, embora, de vez em quando, alguns mais dorminhocos faltem à chamada e fiquem a dormir por mais um ano — pelo menos, já me aconteceu mais de uma vez desenterrar um no jardim, vivo e de boa saúde, no pino do verão.

Nesta altura, depois do longo jejum, o sapo tem um ar espiritual, qual beata no final da Quaresma. Os seus movimentos são lânguidos, mas resolutos, o corpo encolheu, e os olhos, por contraste, parecem maiores do que o habitual. Só então reparamos que o sapo tem os olhos mais belos de toda a criação, de um dourado que lembra a pedra semipreciosa usada nos anéis de sinete e que julgo chamar-se crisoberilo.

Depois de entrar na água, o sapo passa uns dias a recuperar o peso comendo pequenos insetos, até ter engordado e voltado ao tamanho normal, seguindo-se uma fase de grande excitação sexual. Ao macho, em particular, só lhe interessa abraçar qualquer coisa, e se lhe pusermos à frente um pau ou até um dedo, agarra-se-lhe com uma força surpreendente até perceber que aquilo não é uma fêmea. É frequente encontraemos uma massa informe de dez ou vinte sapos, às voltas e voltas dentro de água, todos agarrados uns aos outros sem distinção de sexo. Aos poucos e poucos lá se vão separando e juntando em casais, com o macho bem assentado nas costas da fêmea. Por esta altura já se distingue o macho da fêmea, porque o primeiro é mais pequeno e mais escuro e está sempre por cima, com os braços à volta do pescoço dela. Um ou dois dias depois, os ovos formam como que um longo cordão que se vai enrolando nos caniços até se tornar invisível. Passadas umas semanas, a água borbulha de minúsculos girinos, que crescem rapidamente: primeiro despontam as pernas de trás, depois as da frente, e por último cai-lhes a cauda. Finalmente, a meio do verão, uma nova geração de sapos, mais pequenos do que a unha do nosso polegar, mas de formas absolutamente perfeitas, sai rastejando da água e retoma o eterno ciclo da vida.

Resolvi escrever sobre a desova dos sapos porque este é, para mim, um dos fenómenos mais fascinantes da primavera, e porque, ao contrário da cotovia e da prímula, nunca foi celebrado na poesia. É verdade que muitas pessoas detestam os répteis e os batráquios, e não estou a sugerir que, para gozarmos a primavera, seja necessário interessarmo-nos pelos sapos. Há também o açafrão-da-primavera, a tordoveia, o cuco, as acácias, etc. O mais importante é que os prazeres da primavera estão à disposição de todos e são inteiramente gratuitos. Mesmo na mais esquálida das ruas, a primavera faz-se anunciar por um sem número de sinais, sejam eles o azul mais forte de uma nesga de céu vislumbrado por entre as chaminés de tijolo, ou o verde mais vivo do sabugueiro que desponta por entre as ruínas de um bombardeamento. De facto, é notável como a Natureza continua a existir, por assim dizer à revelia do mundo oficial, mesmo no coração de Londres. Já tenho visto peneireiros a sobrevoar os depósitos da Companhia do Gás em Deptford, e já ouvi um concerto magistral de um melro no meio da Euston Road. Deve haver centenas de milhares, se não milhões, de pássaros num raio de quatro milhas de distância, e é reconfortante saber que nenhum deles paga um tostão de renda de casa.

E quanto à primavera, nem as estreitas e escuras ruelas à volta do Banco de Inglaterra a conseguem eliminar, porque ela penetra em todo o lado, como aqueles gases venenosos que se insinuam por entre os filtros mais potentes. Chamamos-lhe um «milagre», e a expressão, gasta e estafada, adquiriu nos últimos cinco ou seis anos um sentido renovado. Depois dos invernos rigorosos que temos tido, a vinda da primavera parece realmente um milagre, porque a cada ano que passa nos custa mais acreditar que ela acabará por chegar. Desde 1940 que eu, todos os meses de fevereiro, me convenço que é desta feita que o inverno não se vai embora. Mas Perséfone, tal como o sapo, regressa do reino dos mortos sempre na mesma altura. De repente, em finais de março, o milagre acontece e o bairro degradado em que vivo transfigura-se. Na praceta, o alfeneiro enfarruscado fica de repente de um verde vivo, os castanheiros enchem-se de folhas novas, os junquilhos estão em flor, os goivos cobrem-se de rebentos, o uniforme dos polícias pinta-se de um azul positivamente agradável, o peixeiro sorri aos clientes e até os pardais têm uma cor diferente, tendo sentido a suavidade do ar e arranjado coragem para tomar banho, o primeiro desde setembro último.

É incorreto ou imoral ter prazer na primavera e na mudança das estações? Isto é, será politicamente reprovável, enquanto todos sofremos na pele (ou devíamos sofrer) as grilhetas do capitalismo, afirmar que a vida é mais bela graças ao cantar do melro, ao dourado dos elmos no outono, ou a outro fenómeno natural que não custa dinheiro e que não tem, como dizem os diretores dos jornais de esquerda, uma «dimensão de classe»? Há quem pense que sim. Sei por experiência própria que qualquer alusão à «Natureza» num dos meus artigos me vale uma série de cartas insultuosas dos leitores, e embora a acusação mais frequente seja a de «sentimentalismo», outras duas ideias se lhe associam. Uma delas é de que o prazer que temos nos processos naturais encoraja a passividade política, no pressuposto de que todos devemos estar descontentes e de que devemos multiplicar as nossas queixas e revindicações em vez de tirarmos partido daquilo que temos. A outra ideia é que vivemos na era da máquina e que, portanto, odiar a máquina ou querer minorar a tirania que ela sobre nós exerce é uma atitude passadista, reacionária e um tanto ridícula. Como fundamentação, alega-se muitas vezes que o amor pela Natureza não passa de uma excentricidade das sociedades urbanas que não fazem a mínima ideia do que é lidar com a Natureza. Segundo o argumento, os que são obrigados a fazê-lo não têm amor nenhum pela terra, nem qualquer interesse por pássaros e flores que não seja estritamente utilitário. Para se gostar do campo tem de se viver na cidade, visitando-o apenas uma vez por outra, em passeio de fim de semana, na época mais quente do ano.

Esta última ideia é fácil de refutar. A literatura medieval, por exemplo, em que se incluem as baladas populares, revela um entusiasmo quase georgiano pela Natureza, e a arte de sociedades agrárias como a chinesa ou a japonesa tem como tema central as árvores, as flores, os rios e as montanhas. A segunda noção parece-me incorreta por razões mais subtis. Não há dúvida de que devemos estar descontentes, e não chega tirar partido do pouco que temos, mas se eliminarmos o prazer que extraímos dos processos naturais, que futuro estamos a construir para nós mesmos? Se já não se pode gozar a chegada da primavera, como poderemos ser felizes num mundo utópico em que não é preciso trabalhar? O que faríamos com o tempo livre que a máquina nos proporcionaria? Sempre me pareceu que, se os nossos problemas económicos e políticos se resolvessem de vez, a vida se tornaria mais simples e não mais complexa, e que o prazer que experimentamos em encontrar as primeiras prímulas seria muito maior do que o de comer um sorvete ao som de um *Wurlitzer*[270]. Preservar o gosto que nos vem na infância pelas árvores, peixes, borboletas — e voltando ao meu exemplo inicial, os sapos-comuns — contribui para a construção de um futuro mais decente e mais pacífico, enquanto pregar a doutrina de que só o betão e o aço são dignos de admiração é criar seres humanos que não terão escape para o excesso de energia a não ser o ódio e a veneração pela figura do líder.

Seja como for, a primavera já chegou, mesmo à Londres N.1., e ninguém nos pode impedir de a gozarmos — uma reflexão que muito nos tranquiliza. Quantas vezes, ao observar o acasalamento do sapo, ou ao ver duas lebres numa luta de boxe por entre o feno verde, me lembrei de todos os figurões importantes que, se pudessem, me proibiriam de ter prazer na cena. Felizmente, não o podem fazer. Desde que não estejamos doentes, esfomeados, aterrorizados ou presos num calabouço ou colónia de férias, a primavera ainda é a primavera. As bombas atómicas empilham-se nas fábricas, os polícias patrulham as ruas, as mentiras jorram dos altifalantes, mas a terra ainda gira à volta do sol, e nem os ditadores nem os burocratas, por muito que desaprovem o fenómeno, têm conseguido arranjar maneira de acabar com ele.

Tribune, 12 de abril de 1946

---

[270] *Wurlitzer*: firma que produziu as primeiras *jukeboxes*, onde se enfiava uma moeda para ouvir música nos cafés e *snack bars*. [N. da T.]

Estâncias de Lazer

Há uns meses, recortei de uma daquelas revistas de capa reluzente uns parágrafos escritos por uma jornalista sobre as estâncias de lazer do futuro. A autora tinha acabado de chegar de Honolulu, onde pelos vistos os rigores da guerra não se fizeram sentir muito. No entanto, «um piloto comercial [...] disse-me que, com todo o espírito inventivo mobilizado nesta guerra, era uma pena que ninguém tivesse ainda arranjado maneira de um homem cansado, mas amante da boa vida, poder relaxar, descansar, jogar póquer, beber e fazer amor, tudo ao mesmo tempo e durante vinte e quatro horas por dia, de modo a regressar cheio de energia, de baterias recarregadas e pronto para voltar ao trabalho». Este encontro tinha-lhe recordado um outro, recente, com um empresário que estava a projetar «um complexo de lazer que, nas suas palavras, irá rivalizar em popularidade com as corridas de cães e os salões de baile de outrora». O sonho do empresário é descrito com algum pormenor:

Os planos desenhavam um espaço de vários hectares sob um teto deslizante — uma vez que o clima britânico é imprevisível — e cujo núcleo central, constituído por um imenso salão de baile, tinha um soalho de plástico translúcido iluminado por baixo. Em redor agrupam-se vários espaços com outras funcionalidades, a níveis diferentes. Bares com varandim, restaurantes com vistas soberbas para os telhados da cidade e réplicas ao nível do rés-do-chão. Uma série de pistas de *skittles*[271]. Duas lagoas azuis: uma, com ondas intermitentes, para os bons nadadores; e outra, calma e estival, para os que gostam de chapinhar na água. Lâmpadas simuladoras da luz solar criam a ilusão de se estar no pino do verão quando o teto não se abre para revelar um sol quente num céu limpo. Filas de espreguiçadeiras para as pessoas se reclinarem, de óculos escuros e calções, e se irem bronzeando sob os raios infravermelhos dos candeeiros.

Música a sair pelos milhares de grelhas ligadas a um palco central de distribuição, onde tocam orquestras de dança e sinfónicas, ou se sintoniza um programa radiofónico, difundido através de amplificadores. No exterior, dois parques de estacionamento com capacidade para mil carros cada, um gratuito, outro um *drive-in* com cinema ao ar livre, filas de carros à espera de passar nas cancelas, e o filme escarrapachado num ecrã gigante em frente a uma plateia de automóveis. Empregados fardados controlam o trânsito, oferecem água e ajuda gratuita, e vendem gasolina e gasóleo. Raparigas vestidas com calças de cetim branco servem em bandejas os pratos e bebidas encomendados do *buffet*.

Quando ouço expressões como «estância de lazer», «espaço de diversões» ou «aldeia turística», lembro-me sempre da muito citada estrofe inicial do poema de Coleridge, «Kubla Kahn»:

> Kubla Kahn ordenou que em Xanadu
> Se erigisse grandiosa estância de recreio:

---

[271] *Skittles*: jogo inglês muito semelhante ao famoso *bowling* americano. [N. da T.]

Onde corria o Alph, o rio sagrado,
Através de incomensuráveis grutas
Até a um mar que nunca o sol reflete.
Terra fértil por mais de vinte léguas
De muralhas e torres foi cercada:
Onde, em jardins alegres, de arroios entremeados,
Floria basto arvoredo de incenso perfumado;
E onde bosques, vetustos como os morros,
Envolviam soalheiros alfobres verdejantes. [272]

Mas está-se a ver que Coleridge se enganou redondamente. Borrou logo a pintura com a referência a «rios sagrados» e «grutas incomensuráveis». Nas mãos do tal empresário, o projeto de Kubla Kahn seria algo completamente diferente. As cavernas, agora com ar condicionado, iluminação subtil e a rocha original soterrada sob camadas de plástico colorido, seriam transformadas em casas de chá ao estilo árabe, caucasiano ou havaiano. No Alph, o rio sagrado, seria construída uma barragem para permitir uma piscina artificialmente aquecida, enquanto o «mar que nunca o sol reflete», agora iluminado por baixo com luzes elétricas cor-de-rosa, seria juncado por gôndolas venezianas autênticas, oferecendo cruzeiros de barco ao som de rádios. As florestas e «alfobres verdejantes» do poema de Coleridge seriam arrasados para dar lugar a campos de ténis com cobertura de vidro, um coreto, um rinque de patinagem e talvez um campo de golfe de nove buracos. Em suma, tudo aquilo que uma pessoa «amante da boa vida» pode vir a desejar.

---

[272] O poema de Samuel Taylor Coleridge (1772–1834) é um dos mais famosos na literatura inglesa do romantismo. Texto visionário, composto sob o efeito do ópio, o poema começa por descrever o palácio de verão de Kubla Kahn, imperador mugal, enaltecendo a Natureza como fonte de criatividade artística. [N. da T.]

Não tenho dúvidas de que, um pouco por todo o lado, se estejam a planear, e provavelmente a construir, estâncias de lazer exatamente como esta. Com toda a probabilidade, ficarão inacabadas — o futuro que nos espera se encarregará disso —, mas elas traduzem fielmente a noção que o homem civilizado moderno tem do que é o prazer. Nos cinemas apalaçados e nos imponentes salões de baile da atualidade, bem como nos hotéis, restaurantes ou paquetes de luxo, já parcialmente se obtém um efeito semelhante. E um cruzeiro ou uma Lyons Corner House[273] já nos dão mais do que uma antevisão deste paraíso futuro. Analisando-o, encontram-se as seguintes características:

a. Nunca se está sozinho.
b. Nunca se faz nada sem companhia.
c. A vegetação bravia e tudo o que é elemento natural foi eliminado da vista.
d. A luz e a temperatura são sempre artificialmente reguladas.
e. Não se pode escapar ao som da música.

A música — e se possível deve ser a mesma música para toda a gente — é o ingrediente mais popular, e o seu objetivo é impedir o pensamento e as conversas abafando todo o ruído natural, como o cantar dos pássaros, o assobiar do vento e outras intromissões indesejadas. O rádio já é conscientemente usado por muitos para este efeito, e em inúmeras casas inglesas nunca se desliga literalmente o aparelho;

[273] Abertas em 1909, os Lyons Corner House eram armazéns compostos por restaurantes enormes e opulentos, com vários andares, salas temáticas e música ao vivo dia e noite, oferecendo outros serviços como cabeleireiro e marcação de bilhetes para o teatro, pastelaria e charcutaria, *take-away*, etc. [N. da T.]

quando muito, de tempos a tempos roda-se o botão para continuar a sintonizar apenas música ligeira. Conheço pessoas que têm o rádio ligado durante as refeições e continuam a falar em tal tom de voz que nem o rádio nem as conversas se ouvem devidamente. Ora, isto tem um objetivo claro: a música impede-nos de ter uma conversa séria ou até coerente, e o tagarelar das vozes impede-nos de dar a atenção devida à música, assim se evitando que nos aconteça aquela coisa temível, sermos obrigados a pensar. Porque:

> As luzem nunca podem apagar-se.
> A música tem sempre de tocar,
> Para não vermos onde estamos;
> Perdidos numa floresta assombrada,
> Meninos assustados com o escuro
> Que nunca foram felizes nem bons.[274]

É difícil não ter a sensação de que o objetivo inconsciente de todos os prazeres típicos do mundo moderno é o retorno ao útero materno. Porque também aí nunca se estava sozinho, nunca se via a luz do dia, a temperatura era constante, não tínhamos de nos preocupar com comida ou trabalho, e os pensamentos (se é que os havia) eram abafados por um pulsar ritmado e contínuo.

Quando se olha para o conceito, totalmente diferente, de Coleridge de uma «estância do prazer», nota-se logo que este gira em torno de jardins circulares ou cavernas redondas, rios, florestas e montanhas com «desfiladeiros profundos, românticos» — em suma, gira à volta do que se entende por Natureza. Mas a noção de que se deve admirar a Natureza

---

[274] Excertos do poema «September 1, 1939», de W. H. Auden, uma reflexão crítica sobre a década de 1930 no momento inicial da Segunda Grande Guerra. [N. da T.]

e sentir uma espécie de temor religioso na presença de glaciares, desertos ou cascatas está intimamente ligada à nossa sensação de pequenez e insignificância perante o poder do universo. A lua é bela porque não podemos lá chegar, o mar é impressionante porque não se pode atravessar em segurança. Mesmo o prazer que se retira da contemplação de uma flor — e isto aplica-se até ao botânico que sabe tudo e mais alguma coisa sobre flores — depende em parte do seu mistério essencial. Mas o poder do homem sobre a Natureza tem vindo gradualmente a aumentar. Graças à bomba atómica, somos literalmente capazes de mover montanhas: segundo se diz, até de alterar o clima terrestre com o aquecimento dos gelos polares e a irrigação do Sahara. Sendo assim, não será mero sentimentalismo ou obscurantismo preferir o cantar dos pássaros ao *swing*[275], ou desejar que se preservem algumas manchas de verde bravio à superfície da terra, em vez de a cobrirmos de *Autobahnen* iluminadas por luz artificial?

A questão só se coloca porque o Homem, ao explorar o universo físico, nunca se preocupou em se descobrir a si mesmo. Muito daquilo que passa por prazer mais não é do que o destruir da consciência. Se começássemos por perguntar o que é o Homem, quais as suas necessidades, ou como se pode ele exprimir da melhor forma, descobria-se logo que ter apenas o poder de evitar o trabalho e viver do berço à campa sob luz artificial e ao som de música enlatada não é razão suficiente. O Homem precisa de calor humano, da sociedade, do lazer, do conforto e da segurança; mas também precisa de solidão, de trabalho criativo e de uma atitude de espanto e deslumbramento perante o universo. Se se reconhecesse isto, e se usássemos a ciência e a tecnologia de forma eclética,

---

[275] Com origem nos EUA, o *swing* é uma variante do *jazz*, muito popular nas décadas de 1930 e 1940. [N. da T.]

aplicando sempre o mesmo teste — isto torna-me mais ou menos humano? —, seria óbvio que o suprassumo do prazer não está em relaxar, descansar, jogar póquer, beber e fazer amor simultaneamente. E o horror instintivo que as pessoas sensíveis têm à crescente mecanização da vida não surgiria como um sentimentalismo arcaico, mas justificar-se-ia amplamente. Porque o Homem só continua a ser humano se conseguir manter algumas bolsas de simplicidade na sua vida, ao passo que a tendência de muitas das invenções modernas — em particular o cinema, o rádio e o avião — é o enfraquecimento da consciência, o embotamento da curiosidade e o retorno, em geral, à condição de animal.

Tribune, 11 de janeiro de 1946

6

«UMA FAMÍLIA EM QUE OS MEMBROS ERRADOS DETÊM O CONTROLE»: ORWELL E A IDENTIDADE INGLESA

A reflexão de Orwell sobre questões de índole identitária é absolutamente central a todo o seu pensar, reunindo muitas das suas outras preocupações e interagindo de perto com o seu ideário político. Nesta medida, os dois ensaios desta secção servem de remate a uma coletânea que pretendeu divulgar algumas facetas menos conhecidas do autor ou acentuar outras que, embora já do domínio público, não têm tido a expressão que merecem. Uma delas, ainda hoje enfatizada, sobretudo nos países anglo-saxónicos, é a imagem de Orwell como o suprassumo da «Englishness», ou seja, uma figura tipicamente inglesa, grande patriota e amante das tradições, representando, ele próprio, o melhor que a cultura inglesa tem para oferecer. Essencialmente conservadora, esta perspetiva esquece ou ignora as inúmeras críticas, algumas bem contundentes, feitas à sociedade inglesa, e a urgência, claramente expressa no último ensaio, com que advoga uma «revolução» que mude o país de alto a baixo, para que, paradoxalmente, este se possa manter igual a si mesmo.

«A Lua sob as Águas», imagem do *pub* ideal, poderá parecer, pela aparente frivolidade do tema e curta extensão, uma peça menor, quando colocada ao lado de «O Leão e o Unicórnio», um dos ensaios mais arrojados e substanciais do autor. No entanto, em ambas se nota o intuito de Orwell de identificar o que constitui a cultura de um povo, analisar os seus traços principais e propor alterações que, no seu entender, se revelariam como positivas. Sem o lastro teórico com que, hoje em dia, lidamos com a matéria, Orwell revela-se ainda perspicaz no modo como encara as ambiguidades e ambivalências da questão da identidade: é possível dizer o que constitui a «essência» de um povo, apesar das inúmeras divisões raciais, económicas, regionais e outras, particularmente óbvias num país tão heterogéneo como a Grã-Bretanha? Não serão os estereótipos nacionais meras generalizações abusivas e, como tal, injustas? Como se cria um sentido de unidade nessa imensa diversidade existente em todas as nações? E que terão em comum os Ingleses de hoje com os do passado, que assim permita identificar as linhas de continuidade que sustentam a cultura nacional? E como conciliar o amor pelo país com o intuito belicista, agressivo e militarista, do patriotismo tradicional?

Perguntas de difícil resposta, tanto na altura como hoje em dia, mas a que Orwell tenta responder encarando de frente as dificuldades e «ensaiando» possíveis soluções para os problemas, insistindo sempre na ideia de que o medo da revolução é infundado, que a identidade nacional não é fixa nem imutável, e que qualquer alteração deverá ser sempre fundada numa cultura comunitária. A metáfora da Inglaterra como uma família (disfuncional, diríamos hoje) acentua as dinâmicas de poder que privilegiam os mais velhos, já caducos; faz notar como nela abundam as ovelhas ronhosas e os esqueletos nos armários; menciona a existência de tabus sobre os assuntos mais espinhosos; e conclui que quem detém o controle faz tudo para manter o *statu quo*. Mas reconhece também que há uma linguagem e memórias comuns que unem os seus membros, algo que poderá ser potencializado e integrado no projeto político de construção do socialismo.

Afinal, segundo Orwell, o ideário socialista e o espírito da nação não se contradizem um ao outro; pelo contrário, ambos abraçam valores semelhantes, como a decência e a justiça.

«O Leão e o Unicórnio» é o texto mais programático que Orwell escreveu. A um tempo celebratório e crítico do povo inglês, dá-nos também conta de um projeto de implantação do socialismo que efetuaria ruturas e manteria continuidades, desestabilizando estruturas tradicionais, mas mantendo tudo o que, na tradição, pode ser aproveitado produtivamente na nova configuração política por ele defendida. O *pub*, expressão mais acabada de uma forma de lazer comunitária, aí continuaria a ter um lugar central. E o leão e o unicórnio, o brasão de armas real que representa a união política entre esses velhos rivais, a Inglaterra e a Escócia, continuaria a ser a imagem icónica de um país que abraça a diversidade e até mesmo as oposições e contradições, unindo-se à volta da revolução socialista que o tornará mais igual a si mesmo se, como reza o poema de Shakespeare, «a Inglaterra na sua própria verdade se quedar».

Decorrendo claramente do ambiente de guerra e destinando-se a lembrar aos seus conterrâneos as razões que justificavam a luta contra o fascismo, «O Leão e o Unicórnio» é um ensaio que reúne as grandes linhas de reflexão do autor, e o texto em que mais explicitamente desenha a sua proposta de reorganização interna e de reposicionamento externo do país. E, apesar de Orwell ter admitido, mais tarde, que a sua suposta revolução acabou por não se concretizar, os ideais expressos no ensaio serviram-lhe de orientação para o resto da vida e da sua carreira de escritor, oferecendo-nos, ainda hoje, e independentemente das suas conclusões, um modelo de interrogação sobre a identidade nacional que se mantém válido.

A Lua sob as Águas

O meu *pub* preferido, o A Lua sob as Águas[276], situa-se a dois minutos de uma paragem de autocarro, mas, como fica numa travessa, os bêbedos e os desordeiros não dão com ele, nem aos sábados à noite.

A clientela, embora razoavelmente numerosa, é composta sobretudo por clientes habituais, que se sentam na mesma cadeira todas as noites e vão ao *pub* tanto pela conversa como pela cerveja.

Quando nos interrogam sobre as nossas preferências em matéria de *pubs*, parece natural considerar a cerveja em primeiro lugar, mas o que mais me agrada no A Lua sob as Águas é o que se costuma designar por «ambiente».

Para começar, a arquitetura e o mobiliário são intransigentemente vitorianos. Não há mesas com tampos de vidro nem outras infelicidades modernas, e também não há vigas de madeira falsas, nem recantos de lareira, nem painéis de

---

[276] Os nomes de *pubs* em Inglaterra são tradicionalmente pitorescos e têm origem nas imagens das placas penduradas à entrada, que informavam um público analfabeto do tipo de loja em causa. Os nomes evocam elementos da natureza (como The Swan ou The Spread Eagle), a heráldica ou a realeza (The King's Arms, The Royal Oak), ou profissões (The Carpenter's Arms), entre outros. [N. da T.]

plástico mascarado de carvalho. O verniz da madeira com os seus veios, os espelhos decorativos por trás do bar, as lareiras de ferro fundido, o teto com os seus floreados amarelecidos pelo tabaco, a cabeça de touro embalsamada na prateleira por cima do fogo — tudo exala aquele conforto sólido e feio do século XIX.

No inverno há geralmente uma boa lareira acesa em pelo menos dois dos bares, e a disposição vitoriana das salas evita que os clientes tenham de se acotovelar. Há um bar público[277], um *saloon*, um bar para senhoras, um *bottle-and-jug* para quem não tem coragem de comprar publicamente a cerveja para o jantar e, no andar de cima, uma sala de refeições. Os jogos só são permitidos no bar público, de modo que nas outras salas pode-se circular à vontade sem andarmos sempre a fugir aos dardos que voam pela sala[278].

No A Lua sob as Águas há sempre calma e silêncio suficientes para se poder conversar. Não se ouve rádio nem piano e, mesmo na noite de Natal ou em ocasiões semelhantes, a cantoria é sempre decorosa.

As empregadas de bar conhecem a maioria dos clientes pelo nome e interessam-se pessoalmente por eles. São todas de meia-idade — duas delas têm o cabelo pintado de cores surpreendentes — e chamam «querido» a toda a gente («querido» e não «amor»: *pubs* onde as empregadas nos tratam por «amor» têm sempre um ambiente desagradável e algo ordinário).

---

[277] Os *pubs* ingleses eram constituídos por várias salas ou bares: um público, com a cerveja mais barata, o *saloon*, com decoração de melhor qualidade e preço da cerveja mais alto, e o *bottle-and-jug*, onde se podia comprar cerveja para levar para casa, em garrafa ou numa vasilha trazida pelo cliente. [N. da T.]

[278] Um dos jogos preferidos nos *pubs* ingleses é o dos dardos, muitas vezes com competições semanais. [N. da T.]

Ao contrário da maioria dos *pubs*, o A Lua sob as Águas vende tabaco e cigarros, assim como aspirinas e selos, e, simpaticamente, deixam-nos usar o telefone.

Não se servem jantares, mas há um balcão de *snacks* onde se arranja sempre uma sanduiche de salsicha de fígado, mexilhões (a especialidade da casa), queijo, *pickles* e aqueles biscoitos enormes com sementes de alcaravia que só se encontram nos *pubs*.

No andar de cima, seis dias por semana, pode-se comer um almoço bom e substancial — por exemplo, uma peça de carne assada com dois legumes e um bolo para sobremesa — por apenas três xelins.

O que torna este almoço particularmente agradável é poder acompanhá-lo com cerveja preta à pressão. Desconfio que nem 10% dos bares londrinos servem cerveja preta à pressão, mas o A Lua sob as Águas é um dos que o faz. É uma cerveja suave e cremosa, que sabe ainda melhor em caneca de estanho.

O A Lua sob as Águas tem especial cuidado com os recipientes em que serve as bebidas, nunca cometendo o erro, por exemplo, de servir um quartilho de cerveja num copo sem asas. Além das canecas de vidro e de estanho, também tem daquelas canecas de porcelana cor de morango que são muito agradáveis e já quase não se veem em Londres. As canecas de loiça passaram de moda há trinta anos, porque a maioria das pessoas gosta de beber cerveja num copo transparente, mas na minha opinião a cerveja sabe muito melhor num recipiente de porcelana.

A grande surpresa do A Lua sob as Águas é o jardim. Segue-se por um corredor estreito à saída do *saloon* e encontra-se um jardim amplo, de árvores frondosas, sob as quais há mesinhas pintadas de verde com cadeiras de ferro à volta. No topo do jardim há baloiços e escorregas para as crianças.

Nos finais de tarde de verão encontram-se sempre grupos de famílias sentadas à sombra das árvores a beber cerveja ou cidra a copo ao som dos gritos das crianças a descerem pelos escorregas. Junto ao portão estão estacionados os carrinhos de bebé com os mais pequeninos.

Embora sejam muitas as virtudes do A Lua sob as Águas, penso que o jardim é a sua melhor característica, porque permite que toda a família vá ao *pub*, em vez de a mãe ter de ficar em casa a tomar conta do bebé enquanto o pai sai sozinho.

E embora, estritamente falando, as crianças só tenham acesso ao jardim, acabam também por entrar no *pub* e até a ir buscar as bebidas dos pais. Julgo saber que isto é proibido, mas a verdade é que a lei merece ser desrespeitada, porque este disparate puritano de excluir as crianças — e até certo ponto as mulheres — é o que transforma o *pub* num antro de bebida, em vez de, como devia, ser um local de reunião familiar.

O A Lua sob as Águas é o meu ideal do que um *pub* deve ser, pelo menos os da zona de Londres. (As qualidades que se esperam de um *pub* de província são ligeiramente diferentes.)

Mas chegou o momento de revelar algo que o leitor perspicaz e desiludido já deve ter adivinhado — o A Lua sob as Águas não existe.

Isto é, até pode haver um *pub* com este nome, mas, se há, eu não o conheço nem sei de nenhum *pub* que reúna todas estas características.

Conheço *pubs* onde a cerveja é boa e onde se servem refeições, outros onde se pode comer mas que são barulhentos e atravancados, e outros onde há paz e sossego mas a cerveja é em geral amarga. E quanto a jardins, assim de repente só me lembro de três *pubs* em Londres que os têm.

Mas sejamos justos: conheço alguns *pubs* que quase chegam ao A Lua sob as Águas. Mencionei dez características que o *pub* ideal deve ter e conheço um *pub* que tem oito delas. Mas nem esse tem cerveja preta à pressão ou canecas de porcelana.

E se alguém conhecer um *pub* que tenha cerveja preta à pressão, boas lareiras, refeições baratas, um jardim, empregadas maternais e nada de rádio, eu gostaria muito de saber onde é, mesmo que tenha um nome tão prosaico como The Red Lion ou The Railway Arms.

Evening Stardard, 9 de fevereiro de 1946

O Leão e o Unicórnio.
O Socialismo e o Génio Inglês

Parte I. Inglaterra, a nossa Inglaterra[279]

1

No preciso momento em que escrevo, seres humanos altamente civilizados sobrevoam os céus tentando matar-me.

Não sentem por mim qualquer inimizade enquanto indivíduo, nem eu por eles. Estão simplesmente a «cumprir o seu dever», como se costuma dizer. Não tenho dúvidas de que a maioria são pessoas de boa-fé e respeitadoras da lei, a quem nunca passaria pela cabeça assassinar alguém na vida privada. Por outro lado, se um deles conseguir o feito de me fazer ir pelos ares com uma bomba certeira, não vai perder o sono por isso. Está a servir a pátria, algo que o absolve de todos os pecados.

---

[279] A expressão «England, your England» ecoa o famoso poema de William Ernest Henley (1849–1903), «England, my England», cujos versos iniciais, «What have I done for you / England, my England?», «O que fiz por ti / Inglaterra, minha Inglaterra?», transmitem o sentimento patriótico do serviço à pátria. A alteração que Orwell efetua no verso é significativa, indicando o seu repensar de nacionalismos estreitos e acríticos, sem prescindir do patriotismo tal como o entendia. [N. da T.]

O mundo moderno não se entende cabalmente se não reconhecermos a influência poderosíssima do patriotismo e da lealdade à nação. Em certas circunstâncias pode desabar, a determinados níveis civilizacionais é inexistente, mas como força *positiva* nada lhe chega aos calcanhares. Nem o cristianismo nem o socialismo internacionalista se lhe comparam. Hitler e Mussolini chegaram ao poder nos respetivos países porque entenderam isto, ao passo que os seus adversários não o compreenderam.

Também é necessário admitir que as divisões entre as nações se fundamentam em diferenças de perspetiva muito reais. Até há pouco, achava-se correto dizer que os seres humanos são todos parecidos uns com os outros, mas só quem não quer ver pode afirmar que o comportamento humano não difere muito de país para país. O que se passa num seria impensável acontecer noutro. As purgas de junho efetuadas por Hitler[280] nunca poderiam ter tido lugar em Inglaterra. E os Ingleses são, entre os países europeus, dos mais marcadamente diferenciados. A antipatia que quase todos os estrangeiros sentem pelo nosso modo de vida é um reconhecimento indireto do facto. Poucos europeus aguentam viver em Inglaterra, e até os Americanos se sentem mais em casa na Europa continental.

Quando se regressa a Inglaterra vindo do estrangeiro, tem-se imediatamente a sensação de respirar um ar diferente. Logo nos primeiros momentos, dezenas de detalhes conspiram nesse sentido. A cerveja é mais amarga, as moedas mais pesadas, a erva mais verde, os anúncios mais espampanantes. A multidão dos grandes centros urbanos, com a suas caras doces e ossudas, os dentes estragados e os modos

---

[280] Orwell refere-se ao episódio conhecido como «A Noite das Facas Longas», em que Hitler, recém-chegado ao poder, orquestrou a execução sem julgamento prévio de muitos opositores, nomeadamente as chefias da SA, organização paramilitar do Partido Nazi, cujo poder temia. [N. da T.]

bem-educados, é muito diferente da europeia. Mas, depois, a vastidão do país engole-nos e perdemos temporariamente a sensação de que a nação inteira tem traços de carácter únicos e identificáveis. Será que as nações existem mesmo? Não somos apenas quarenta e seis milhões de indivíduos, todos diferentes? E a diversidade, o caos! O ressoar das socas nas cidades industriais de Lancashire, o vaivém de camiões na circunvalação de Londres, as filas de espera à frente dos Centros de Emprego, o ruído incessante das máquinas de *flippers* nos *pubs* do Soho, as solteironas, no seu passo vigoroso a caminho da Sagrada Comunhão por entre a neblina das manhãs de outono — tudo isto são fragmentos, mas fragmentos *característicos* da cena inglesa. Como se pode discernir um padrão em tamanha confusão?

Mas sempre que falamos com estrangeiros, ou lemos livros e jornais estrangeiros, a ideia volta a impor-se. Sim, *há* de facto algo de distinto e reconhecível na civilização inglesa, uma cultura tão individualizada como a espanhola. É qualquer coisa que tem a ver com pequenos-almoços substanciais e domingos deprimentes, cidades envoltas em fumo e estradas que serpenteiam, campos verdejantes e marcos de correio vermelhos. Tudo isto lhe dá um sabor muito próprio. E é contínua, estendendo-se pelo futuro e pelo passado, e algo nela persiste como num ser vivo. O que têm em comum a Inglaterra de 1940 e a de 1840? Mas, afinal, o que temos nós em comum com a criança de cinco anos cuja fotografia a nossa mãe exibe na prateleira por cima da lareira? Nada, a não ser que, por acaso, somos a mesma pessoa.

Acima de tudo é a *nossa* civilização, somos *nós mesmos*. Por mais que a detestemos ou nos riamos dela, nunca seremos felizes por muito tempo longe dela. Os *suet puddings*[281]

[281] O *suet pudding*, sendo, como Orwell indica, especificamente inglês, não tem equivalente direto em português. É uma sobremesa cuja massa, cozida

e os marcos de correio vermelhos entram-nos na alma. Boa ou má, é nossa, pertencemos-lhe e do lado de cá da cova nunca escaparemos às marcas que nos deixou.

E, entretanto, a Inglaterra, assim como o resto do mundo, está a mudar. E, como tudo o resto, só pode mudar em determinadas direções, que até certo ponto se podem prever. Isto não é afirmar que o futuro é fixo, mas tão-só que certas alternativas são possíveis e outras não. Uma semente pode dar fruto ou não, mas a semente de nabo nunca dará uma cherovia. Por isso mesmo, é extremamente importante decidir o que a Inglaterra é antes de pensar no papel que o país pode vir a desempenhar neste momento determinante por que estamos a passar.

2

As características nacionais não são fáceis de identificar, e quando as isolamos acabam por parecer meras trivialidades sem relação umas com as outras. Os Espanhóis são cruéis com os animais, os Italianos não fazem nada sem grande algazarra, os Chineses têm o vício do jogo. É óbvio que nada disto interessa em si mesmo. No entanto, tudo tem as suas causas e mesmo os Ingleses terem os dentes estragados pode dizer-nos muito sobre a realidade do país.

Eis algumas das generalizações sobre a vida inglesa que a maioria dos observadores dariam como certas. A primeira é que os Ingleses não têm talento artístico. Não são tão musicais como os Alemães ou os Italianos e a pintura e a escultura nunca floresceram em Inglaterra como em França. Outra

---

a vapor, é feita à base de banha (*suet*), com um recheio de passas e especiarias. [N. da T.]

seria que, entre os Europeus, os Ingleses não se destacam pelos seus dons intelectuais. Têm horror ao pensamento abstrato e não sentem necessidade de uma filosofia ou de uma «mundividência» sistemática. E não porque sejam «práticos», como os Ingleses gostam de se gabar. Basta olhar para os modelos de planeamento urbano ou de abastecimento de água, a sua teimosia em se apegarem a tudo o que está fora de moda e é incómodo, uma ortografia que desafia a análise e um sistema de pesos e medidas que só faz sentido a quem compila livros de aritmética, para se perceber que pouco lhes importa a eficiência. Mas têm alguma capacidade de agir sem pensar em demasia. A sua mundialmente conhecida hipocrisia — a duplicidade em relação ao império, por exemplo — decorre disto. Além disso, em momentos de crise grave, a nação inteira une-se de repente e age por uma espécie de instinto, de facto um código de conduta entendido por quase todos, embora nunca explicitamente formulado. A frase cunhada por Hitler para descrever os Alemães, «um povo de sonâmbulos», melhor se aplicaria aos Ingleses. Não que ser-se sonâmbulo seja grande motivo de orgulho.

Mas convém assinalar um traço inglês de menor importância, muito bem vincado mas pouco comentado, o nosso amor pelas flores. É uma das primeiras coisas que se nota ao chegar do estrangeiro, especialmente no sul de Inglaterra. Não entra isto em contradição com a indiferença inglesa pelas artes? De facto, não, porque se encontra até em quem não possui sentido estético. Mas liga-se a um outro traço inglês que é tão parte de nós que mal damos por ele, isto é, o vício dos *hobbies* e das atividades de tempos livres, ou seja, o carácter eminentemente *privado* da vida inglesa. Somos uma nação de amantes de flores, mas também de colecionadores de selos e de cupões de descontos, de criadores de pombos-correio, de carpinteiros amadores, de jogadores de dardos e de fãs de palavras-cruzadas. A cultura verdadeiramente nativa gira à volta do que, sendo comunitário, não é oficial — o *pub*, o futebol, a jardinagem, a lareira e uma «boa chávena de chá». Ainda se acredita quase tanto na liberdade individual como no século XIX. Mas isto nada tem a ver com a liberdade económica, ou seja, o direito de explorar os outros em nome do lucro. É antes a liberdade de termos uma casa só nossa, de fazermos o que bem entendermos nos tempos livres, de escolhermos as nossas próprias atividades de lazer em vez de ser alguém, lá do cimo, a escolhê-las por nós. Um termo que soa muito mal aos ouvidos ingleses é «bisbilhoteiro». É óbvio, claro, que esta liberdade, mesmo puramente privada, é uma causa perdida. Como todos os povos modernos, os Ingleses estão a ser contados, etiquetados, recrutados obrigatoriamente e «coordenados». Mas os seus impulsos puxam na direção contrária, e o tipo de arregimentação que se lhes pode impor terá de ser modificado em função disso. Nada de comícios partidários, de Movimentos de Juventude[282], nada de camisas de cor, ou de perseguição aos judeus, ou de manifestações «espontâneas». E nada de Gestapo, com toda a probabilidade.

No entanto, em todas as sociedades, as pessoas comuns têm até certo ponto de viver *contra* a ordem estabelecida. A cultura inglesa genuinamente popular é algo que existe por baixo da superfície, à revelia do oficial, e que as autoridades não veem com bons olhos. O que salta à vista, quando se olha de frente para as pessoas comuns, sobretudo nas grandes cidades, é que não são puritanas. São jogadores inveterados, bebem tanto quanto as suas posses o permitem, adoram piadas porcas e usam mais palavrões que o resto do mundo.

---

[282] Orwell refere-se a organizações como a «Juventude Hitleriana», ou os «Bailli» italianos, forças paramilitares de jovens pertencentes respetivamente ao partido nazi e fascista. [N. da T.]

E têm de satisfazer o gosto face a leis extraordinariamente hipócritas (regulamentando a venda de álcool ou os bilhetes da lotaria), destinadas a incomodar toda a gente, mas que na prática tudo permitem. Além disso, as pessoas comuns largaram há muito tempo a crença religiosa. A Igreja Anglicana nunca teve grande apelo entre a população, sendo apenas apanágio da fidalguia rural, e as seitas não-conformistas[283] só influenciaram minorias. No entanto, tendo esquecido o nome de Cristo, retêm ainda sentimentos profundamente cristãos. O culto do poder, essa nova religião que vigora na Europa e já infetou a intelectualidade inglesa, não chegou às pessoas comuns, ainda intocadas pela política do poder. O «realismo» pregado na imprensa japonesa e italiana chocá-los-ia sobremaneira. Muito se aprende acerca do espírito da Inglaterra a partir dos postais humorísticos exibidos nas montras das papelarias baratas, uma espécie de diário onde os Ingleses, sem se aperceberem disso, registam o que são. A sua visão do mundo antiquada, as gradações do snobismo, a mistura de obscenidade e hipocrisia, a sua grande mansidão e a atitude moral perante a vida bem se espelham neles.

A brandura da civilização inglesa é talvez o seu traço mais característico, percetível logo que se põe pé em solo inglês. É uma terra onde os condutores de autocarro têm boas maneiras e os polícias não carregam armas. Não há outro país habitado por brancos onde seja tão fácil empurrar alguém para fora do passeio. E a isto se acrescenta o que um observador europeu muitas vezes menospreza por ser «decadência» ou hipocrisia, o ódio inglês à guerra e ao militarismo. O facto tem raízes fundas na história, é mais forte nas classes média-baixa e trabalhadora e, embora abalado

---

[283] As seitas não-conformistas, como os quakers, os puritanos e os presbiterianos, entre muitas outras, separaram-se da Igreja Anglicana, a Igreja oficial inglesa. [N. da T.]

por sucessivas guerras, continua a resistir. Ainda perdura a memória viva de os «casacas vermelhas» serem vaiados na rua e os donos de *pubs* respeitáveis proibirem a entrada aos soldados. Em tempo de paz, mesmo quando o desemprego atinge os dois milhões, é difícil encher as fileiras de um minúsculo exército regular cujas patentes são ocupadas pela fidalguia rural e um estrato muito especializado da classe média, e os soldados rasos são trabalhadores rurais e proletários oriundos dos bairros de lata. A maioria da população nem tem conhecimentos nem tradição militar, e a sua atitude perante a guerra é invariavelmente defensiva. Político algum chegaria ao poder prometendo conquistas ou «glórias» militares, e os Hinos ao Ódio não os entusiasmam. Na última guerra, as canções inventadas pelos soldados e cantadas de moto próprio não eram revanchistas, antes cheias de humor e satiricamente derrotistas[284]. O único inimigo referido pelo nome é o sargento-mor.

Em Inglaterra, as manifestações de orgulho patriótico, com o acenar de bandeirinhas e o cantar do hino, pertencem apenas a uma minoria. O patriotismo do homem comum não é expressado verbalmente, nem sequer é consciente, e a sua memória da história não retém o nome de uma única vitória militar. Tal como outras literaturas, a inglesa está cheia de poemas de guerra, mas é de notar que os que granjearam popularidade são sempre histórias de desastres ou retiradas, não havendo, por ex., qualquer poema popular sobre as Batalhas de Trafalgar ou Waterloo[285]. A batalha

[284] Por exemplo: «Pró raio da tropa não quero eu ir / Não quero, não quero, mais nenhuma luta / Quero não mais vaguear / Eu prefiro é mesmo em casa ficar/ A viver dos ganhos de uma puta». Mas não foi neste espírito que lutaram. [N. do A.]

[285] Batalhas travadas contra os Franceses durante as Guerras Napoleónicas, em que os Ingleses saíram vitoriosos. [N. da T.]

liderada por Sir John Moore[286], que na Corunha travou uma luta desesperada de retaguarda antes de escapar pelo mar (exatamente como em Dunkirk!), tem mais apelo do que uma vitória retumbante. O poema de guerra mais comovente em toda a literatura inglesa é sobre uma brigada de cavalaria que carregou na direção errada[287]. E relativamente à última guerra, os quatro nomes que efetivamente ficaram gravados na memória popular foram Mons, Ypres, Gallipoli e Passchendaele, todos eles desastres. Os nomes das batalhas que finalmente destroçaram o exército alemão são totalmente desconhecidos do público em geral.

A razão pela qual o antimilitarismo inglês revolta os observadores estrangeiros é que ele ignora a existência do Império Britânico, parecendo, assim, pura hipocrisia. Afinal, os Ingleses absorveram ¼ da terra e mantiveram o domínio graças ao seu enorme poderio naval. Como se atrevem, então, a dizer mal da guerra?

É bem verdade que os Ingleses são hipócritas relativamente ao império. Na classe trabalhadora, esta hipocrisia toma a forma de ignorar que o império existe. Mas a sua antipatia pelo exército regular é um instinto perfeitamente correto. Comparativamente falando, a marinha emprega um número relativamente pequeno de pessoas e é um meio defensivo exterior que não afeta diretamente a política interna. Há ditaduras militares por todo o lado, mas uma ditadura naval é impensável. O que os Ingleses de quase todas as

---

[286] Outra batalha das Guerras Napoleónicas, em que o general John Moore conseguiu travar as forças do marechal Soult, apesar das pesadas baixas e de se ter visto obrigado a uma retirada estratégica. Sir John Moore foi atingido nessa batalha por uma bala de canhão e a sua morte celebrada como heroica. [N. da T.]

[287] Orwell refere-se ao poema «A Carga da Brigada Ligeira», já referido no ensaio sobre Kipling. [N. da T.]

classes abominam do fundo do coração é a figura do oficial fanfarrão, o chocalhar das esporas e o estampido das botas. Décadas antes de Hitler chegar ao poder, o termo «prussiano» significava praticamente o mesmo que «nazi» significa hoje em dia. Tão profundos são estes sentimentos que, nos últimos dez anos, os oficiais do exército, em tempo de paz, trajam à civil quando estão fora de serviço.

Um indicador rápido, mas razoavelmente certo, do ambiente social de um país é o passo das tropas nos desfiles militares, uma espécie de ritual de dança, um pouco como o balé, exprimindo uma determinada filosofia de vida. O passo de ganso[288], por exemplo, é um dos espetáculos mais horrendos do mundo, muito mais aterrador do que um bombardeiro de voo picado. É uma afirmação nua e crua de poder, que inclui, de forma consciente e deliberada, a visão de uma bota a esmagar uma face[289]. O carácter intimidatório faz parte da sua essência, porque o que efetivamente diz é: «Sim, sou horrendo, mas ninguém se atreve a rir-se de mim», tal como o *bully* que faz carantonhas à vítima. Porque não se usa o passo de ganso em Inglaterra? Sabe Deus quantos oficiais do exército não teriam o maior prazer em o instituir. Mas não é usado porque as pessoas na rua se iriam rir dele. A partir de certo nível, as exibições militares só são possíveis em países onde as pessoas comuns não têm coragem de se rir do exército. Os Italianos só adotaram o passo de ganso quando a Itália passou a ser definitivamente controlada pela Alemanha e, como seria de esperar, não executam o passo tão bem como os Alemães. O governo de Vichy[290], se

---

[288] O passo de ganso era típico das forças nazis. [N. da T.]

[289] A mesma imagem é usada em *Mil Novecentos e Oitenta e Quatro* como símbolo do poder esmagador do totalitarismo. [N. da T.]

[290] O governo francês de Vichy aceitou a ocupação alemã, sendo por muitos considerado como traidor à pátria. Tendo evacuado a capital de Paris para

sobreviver, irá certamente exigir uma postura mais rígida nos desfiles do que resta do exército francês. No inglês, a coreografia é exigente e complicada, cheia de ecos do século XVIII, mas definitivamente sem arrogância; o passo não é mais do que a formalização do andar. Pertence a uma sociedade governada pela espada, sim, mas uma espada que nunca é desembainhada.

E, no entanto, a brandura da civilização inglesa mistura-se com barbaridades e anacronismos. O direito penal é tão antiquado como os mosquetes da Torre de Londres. O correspondente inglês das tropas de assalto nazis é o juiz que assina a pena de morte, um velho mandão cheio de gota, com a mente presa ao século XIX, distribuindo castigos bárbaros. Em Inglaterra, as pessoas ainda são enforcadas e açoitadas com chicotes, castigos tão obscenos como cruéis, mas que nunca suscitaram reações de repúdio genuinamente populares. As pessoas aceitam-nos (e Dartmoor e Borstal[291]) tal como aceitam o clima. Faz parte da «lei», partindo-se do princípio de que é inalterável.

Isto lembra-nos um traço inglês da maior importância — o respeito pela lei e a constitucionalidade, a crença de que «a lei» está acima do Estado e do indivíduo, algo cruel e estúpido, evidentemente, mas de todo o modo *incorruptível*.

Não que se pense que a lei é justa. É bem sabido que há uma lei para os ricos e outra para os pobres, mas as pessoas não aceitam as implicações do facto e acreditam piamente que a lei, sendo o que é, será respeitada, indignando-se

---

a chamada zona livre de Vichy, o seu líder, Marechal Pétain, assinou um armistício com Hitler, mantendo assim, supostamente, parte da França «livre», mas, de facto, sob controle germânico. Momento complicado da história do país, Pétain e o seu governo são ainda hoje objeto de acesa controvérsia. [N. da T.]

[291] Dartmoor é uma das mais conhecidas prisões inglesas, e Borstal refere-se aos centros de detenção de jovens. [N. da T.]

quando não é. Afirmações como «Não me podem meter dentro, não fiz nada de mal» ou «Isso não se faz, é contra a lei» fazem parte integrante do ambiente inglês. Os inimigos declarados da sociedade sentem isto de forma tão profunda como qualquer outra pessoa, e a ideia encontra-se por vezes na literatura sobre a experiência da prisão, por ex. em *Walls Have Mouths*, de Wilfred Macartney[292], ou *Jail Journey*, de Jim Phelan[293], nas solenes idiotices que se ouvem nos julgamentos dos objetores de consciência, em cartas aos jornais escritas por eminentes professores marxistas, tudo apontando os «erros» do sistema judicial britânico. Lá bem no fundo toda a gente acredita que a lei pode, deve ser e em geral é administrada com imparcialidade. A noção totalitária de que a lei não existe, só o poder, nunca se enraizou aqui. Até a intelectualidade só a aceita em teoria.

Mas uma ilusão pode tornar-se numa meia-verdade, assim como a máscara altera a expressão de um rosto. Os bem conhecidos argumentos alegando que democracia e totalitarismo são «a mesma coisa» ou que «tão mau é um como o outro» nunca levam isso em conta. Em última análise, seria dizer que ter meia carcaça é o mesmo que não ter pão nenhum. Em Inglaterra ainda se acredita em conceitos como justiça, liberdade e verdade objetiva. Podem ser uma ilusão, mas são ilusões muito poderosas. A crença nelas influencia a conduta, e a vida da nação é diferente graças a elas. Como

---

[292] A obra de Wilfred Macartney (1899–1970) descreve uma década passada na prisão por espionagem a favor da URSS. Orwell publicou uma elogiosa recensão do livro em *The Adelphi*, novembro de 1936 (veja-se *Complete Works*, vol X, 514-515). [N. da T.]

[293] Jim Phelan (1895–1966), revolucionário irlandês e apoiante do Irish Citizen Army, que lutava pela independência da Irlanda, foi condenado à pena de morte pelo assalto a um posto de correio em Inglaterra. Comutada a pena, Phelan passou 13 anos na prisão, tendo escrito várias memórias da experiência. [N. da T.]

prova disso, olhem em volta. Onde estão os bastões de borracha e o óleo de rícino? A espada ainda está embainhada, e, enquanto lá permanecer, a corrupção só pode chegar até um certo ponto. O sistema eleitoral inglês, por ex., é uma fraude perpetrada quase às claras, favorecendo de mil e uma maneiras os interesses das classes mais ricas. Mas, até se darem alterações profundas no espírito do povo, não pode ser *completamente* corrupto. Não se chega a uma assembleia de voto deparando-nos com homens de pistola em punho a dizer-nos em quem votar, nem há irregularidades na contagem dos votos, nem subornos diretos. A hipocrisia até pode funcionar como uma poderosa salvaguarda. O juiz que assina a pena de morte, essa criatura maléfica de vestes encarnadas e peruca de crina de cavalo, a quem só talvez a dinamite possa ensinar em que século vive, mas que seguirá sempre a letra da lei e em circunstância alguma aceitará luvas, é uma das figuras mais simbólicas do país. Ele representa essa estranha mistura de realidade e ilusão, de embuste e decência, essa subtil rede de compromissos através dos quais a nação continua a ser o que é.

3

Tenho vindo a falar de «nação», «Inglaterra» e «Grã-Bretanha» como se quarenta e cinco milhões de pessoas pudessem de algum modo ser tratadas como uma unidade. Mas não é bem sabido que a Inglaterra é composta por duas nações, os ricos e os pobres[294]? Alguém tem a veleidade de

294 A expressão, famosa na cultura inglesa, vem do romance de Disraeli, *Sybill or The Two Nations* (1845), que retrata uma Inglaterra dividida em duas nações que, segundo Disraeli, «não têm relações nem simpatia mútua; que ignoram os hábitos, pensamentos e sentimentos uma da outra, como se

pensar que há algo em comum entre quem ganha £1000 000 por ano e £1 por semana? E os leitores galeses e escoceses devem sentir-se ofendidos porque usei o termo «Inglaterra» mais vezes do que «Grã-Bretanha», como se toda a população vivesse em Londres e nos condados circundantes, e o norte e o leste do país não tivessem uma cultura própria.

Tomemos primeiro uma questão menor para melhor entender o problema. É certo que as chamadas «raças» britânicas sentem que são muito diferentes umas das outras. Um escocês, por exemplo, não ficará grato se lhe chamarem inglês. Esta hesitação está bem patente nos nada mais nada menos do que seis termos com que designamos estas ilhas — Inglaterra, Bretanha[295], Grã-Bretanha, Ilhas Britânicas, Reino Unido e, em momentos de grande exaltação patriótica, Albion. E as diferenças entre o norte e o sul de Inglaterra afiguram-se-nos muito significativas. Mas é como se todas estas diferenças se esbatessem quando um par de ingleses são confrontados com um europeu. É raro encontrar um estrangeiro, com exceção dos americanos, que saiba distinguir entre um inglês e um escocês, até mesmo entre um inglês e um irlandês. A um francês, um bretão e um auvérnio parecem pessoas completamente diferentes, e a pronúncia marselhesa é uma piada habitual em Paris. E, no entanto, nós falamos da «França» e dos «Franceses» como uma entidade única e uma civilização singular, que de facto não é. O mesmo se passa relativamente a nós. Vistos de fora, até o *cockney* e o natural de Yorkshire revelam grandes semelhanças de família.

---

vivessem em zonas diferentes ou habitassem outro planeta; que são de estirpe diferente, se alimentam de comida diferente e têm modos diferentes, e não são governadas pelas mesmas leis: *os ricos e os pobres*». [N. da T.]

[295] Em português, reservamos o termo «Bretanha» para a área com esse nome no noroeste da França; em inglês, ele surge também como abreviatura de «Grã-Bretanha», sendo a província francesa designada por Brittany. [N. da T.]

E mesmo a diferença entre pobres e ricos diminui quando contemplamos a nação de fora para dentro. Os desequilíbrios económicos em Inglaterra são inquestionáveis, maiores, aliás, do que em qualquer outro país europeu, e basta olhar em volta para nos darmos conta deles. Em termos económicos, a Inglaterra é certamente duas nações, se não mesmo três ou quatro. Mas, ao mesmo tempo, as pessoas *sentem-se* membros de uma só nação e têm consciência de que são mais parecidas umas com as outras do que com um estrangeiro. O patriotismo é normalmente mais forte do que o ódio de classe e sempre muito mais poderoso do que o internacionalismo. Com a exceção de um momento breve em 1920 (o movimento «Tirem a pata da Rússia»[296]), a classe trabalhadora britânica nunca pensou ou agiu em termos de internacionalismo. Durante dois anos e meio assistiu impávida ao estrangulamento dos seus camaradas espanhóis sem os ajudar, sequer, com uma única greve[297]. Mas quando o seu próprio país (a terra de Lord Nuffield e Mr. Montagu Norman[298]) estava em perigo, a sua atitude foi muito diferente. No momento em que a invasão de Inglaterra parecia

---

[296] Orwell refere-se à campanha «Hands off Russia», lançada por socialistas e comunistas ingleses em 1919, com o fito de impedir a intervenção britânica na Revolução Russa e o apoio ao Exército Branco, que combatia os bolchevistas. [N. da T.]

[297] É verdade que os ajudaram em parte com donativos. Ainda assim, o dinheiro angariado pelos vários fundos de apoio à Espanha não chegou a 5% do dinheiro gasto no totobola em igual período. [N. do A.]. Orwell refere-se, evidentemente, à Guerra Civil de Espanha. Os sindicatos ingleses não se mobilizaram em defesa dos congéneres espanhóis, mas muitos indivíduos da classe trabalhadora juntaram-se às Brigadas Internacionais ou a outros contingentes de tropas na luta contra Franco. Orwell conhecia alguns, como Bob Smillie, membro, tal como ele, das brigadas do POUM em Huesca. [N. da T.]

[298] Montagu Norman foi o governador do Banco de Inglaterra de 1920 a 1944. [N. da T.]

certa, Anthony Eden[299] apelou pela rádio a voluntários para a defesa civil[300]. Nas primeiras vinte e quatro horas, duzentos e cinquenta mil homens responderam à chamada, e mais um milhão no mês seguinte. Basta comparar estes números com, por exemplo, o número de objetores de consciência, para nos apercebermos do peso enorme das lealdades tradicionais comparadas com as novas.

Em Inglaterra, o patriotismo manifesta-se de forma diferente consoante a classe, mas é um elo de ligação entre todas elas. Só a intelectualidade europeizada lhe é imune. Enquanto força *positiva*, é mais vincada na classe média do que na alta — as *public schools* menos prestigiadas, por exemplo, têm mais tendência para as manifestações patrióticas do que as mais famosas —, mas o número de traidores entre os ricos, do tipo Laval-Quisling[301], é provavelmente muito pequeno. Na classe trabalhadora, o patriotismo é profundo mas inconsciente, e o coração de um trabalhador não bate mais forte perante a bandeira nacional. Mas as famosas «insularidade» e «xenofobia» inglesas são bastante mais vincadas na classe

---

[299] Anthony Eden ocupou vários cargos no Ministério dos Negócios Estrangeiros durante a década de 1930, sendo depois nomeado por Churchill secretário de Estado da Guerra em 1940. Uma das figuras mais proeminentes do partido Conservador e braço-direito de Churchill, Eden teve um fim de carreira trágico, quando em 1956, então primeiro-ministro, presidiu ao vergonhoso episódio da crise do Suez, tendo-se demitido e caído em desgraça. [N. da T.]

[300] Os chamados Local Defence Volunteers tinham deveres de proteção civil em tempo de guerra, tais como monitorizar o *blackout* ou encaminhar a população para os abrigos aéreos em caso de bombardeamento. Orwell serviu na formação que lhe sucedeu, The Home Guard, depois de ter sido rejeitado pelo exército por razões de saúde. [N. da T.]

[301] Pierre Laval, primeiro-ministro francês de 1931 a 1932 e de 1935 a 1936, deixou o partido socialista e fez uma deriva à direita que o levou a reconhecer a anexação da Abissínia por Mussolini. Ficou na história como exemplo de colaboracionista, sendo julgado por traição e condenado à pena de morte em 1945. Vidkun Quisling foi o primeiro-ministro norueguês durante a ocupação alemã, também posteriormente executado por traição. [N. da T.]

trabalhadora do que na burguesia. Os pobres são, em todos os países, mais nacionalistas do que os ricos, mas a classe trabalhadora inglesa destaca-se pelo seu horror aos hábitos estrangeiros. Mesmo quando são obrigados a viver fora do país por longos períodos de tempo, recusam-se a habituar-se à comida ou a aprender línguas. A maioria dos ingleses da classe trabalhadora considera efeminado pronunciar corretamente uma palavra estrangeira. Durante a guerra de 14–18, estiveram em contacto com estrangeiros a um nível raramente possível. O único resultado foi trazerem de volta um ódio a todos os Europeus, exceto os Alemães, em quem admiraram a coragem. Quatro anos em solo francês e nem ganharam gosto pelo vinho. A insularidade dos Ingleses, a sua recusa em levarem a sério os estrangeiros é uma tontice que às vezes se paga caro. Mas tem o seu lugar na mística da Inglaterra, e os intelectuais que a tentaram destruir acabaram por fazer mais mal do que bem. No fundo, é a mesma qualidade do carácter inglês que repele os turistas e mantém longe os invasores.

E voltamos, deste modo, a duas características que apontei, aparentemente ao acaso, no início da última secção. Uma é a falta de talento artístico, o que significa talvez dizer que os Ingleses se situam fora da cultura europeia. Porque, de facto, há uma arte em que têm revelado grande talento, a literatura. Mas esta é a única arte que não atravessa fronteiras. A literatura, especialmente a poesia, e em particular a poesia lírica, são como uma piada de família, com pouco ou nenhum valor fora do grupo de falantes da língua. Com exceção de Shakespeare, os melhores poetas ingleses não são conhecidos na Europa, nem sequer de nome. Os únicos que têm um vasto público leitor são Byron, que é admirado pelas razões erradas[302], e Oscar Wilde, de quem sentem pena por

---

[302] Lord Byron (1788–1824) é um dos maiores vultos do romantismo inglês, conhecido na Europa não só como poeta, mas por ter lutado na guerra

ser vítima da hipocrisia inglesa[303]. E relacionado com isto, embora de forma indireta, está a falta de faculdades filosóficas e da necessidade de um sistema estruturado de conceitos ou do uso de lógica por parte da maioria dos Ingleses.

Até certo ponto, o sentimento de unidade nacional é um substituto para a «mundividência». Precisamente porque o patriotismo é praticamente universal e nem os ricos lhe são imunes, há momentos em que de repente toda a nação se move em conjunto e age da mesma forma, como uma manada de gado perante o lobo. Um desses momentos aconteceu, reconhecidamente, aquando do desastre em França. Depois de oito meses em que se interrogaram vagamente sobre o significado da guerra, num ápice toda a gente soube o que havia a fazer: primeiro, evacuar o exército de Dunkirk; depois, impedir uma invasão. Foi como o acordar do gigante. Depressa! Perigo à vista! Os filisteus veem sobre ti, Sansão[304]. E depois a ação rápida e unânime — e depois, infelizmente, a recaída imediata no sono. Numa nação dividida, teria sido esse o momento exato para o surgimento de um movimento pacifista. Mas significa isto que o instinto dos Ingleses os vai levar sempre a fazer o que está correto? De forma alguma, apenas que lhes vai dizer que façam sempre o mesmo. Nas eleições de 1931, por exemplo, todos cometemos o mesmo erro em perfeita sintonia. Somos tão cegamente obstinados

---

da independência da Grécia contra o Império Otomano. Faleceu, aliás, de septicemia, em Mesolóngi — e não no campo de batalha, como sugere a lenda criada à volta da figura. [N. da T.]

[303] Oscar Wilde era um homossexual mais ou menos assumido numa época em que a homossexualidade era punida por lei. O escândalo da sua relação com Lord Alfred Douglas levou-o a tribunal, onde foi condenado a dois anos de prisão. Wilde partiu depois para o exílio em França, onde faleceu. [N. da T.]

[304] Ver Bíblia, Juízes, 16:20. [N. da T.]

como os porcos de Gadarena[305]. Mas duvido muito que se possa dizer que nos empurraram colina abaixo contra a nossa vontade.

Daí que a democracia britânica não seja uma fraude tão grande como se poderia pensar. Um observador estrangeiro repara apenas nas enormes desigualdades económicas, nas injustiças do sistema eleitoral, no controle exercido pelas classes dominantes na imprensa, na rádio e na educação, e conclui que democracia é apenas um termo bem-educado para ditadura. Mas isso ignora o vasto consenso entre quem governa e quem é governado. Por muito que custe admitir, entre 1931 e 1940 o governo de unidade nacional representava com toda a probabilidade a vontade da maioria da população. Tolerou os bairros de lata, o desemprego e uma política externa covarde. É verdade, mas assim aconteceu com a opinião pública. Foi um período de estagnação e os seus líderes naturais eram mediocridades.

Pese embora a campanha de uns poucos milhares de esquerdistas, é quase certo que a esmagadora maioria dos Ingleses apoiava a política externa de Chamberlain[306], e mais, é quase certo que o próprio Chamberlain travava a mesma luta interior do que as pessoas comuns. A oposição via-o como uma figura sinistra e calculista, orquestrando pela

---

305 A referência é a um episódio da Bíblia (Marcos, 1:20), em que Jesus cura um homem possuído por demónios, expulsando-os e fazendo-os entrar numa vara de porcos, que prontamente foge colina abaixo e se atira de um precipício para o mar, afogando-se. [N. da T.]

306 Orwell refere-se à Política de Apaziguamento de Chamberlain, que aceitou a invasão italiana da Etiópia e a da Sudetenland (parte da Checoslováquia) pela Alemanha, assinando com Hitler um tratado em Munique, de onde regressou triunfal, convencido da boa-fé do ditador nazi. Como veio a provar-se, Chamberlain fez um grosseiro erro de cálculo, sendo acusado de ter vendido o país e de não o ter preparado para uma guerra inevitável. Quando Hitler invadiu a Polónia, e perante a falta de apoio parlamentar para o seu governo, Chamberlain demitiu-se, falecendo pouco depois, em 1940. [N. da T.]

calada a venda do país a Hitler, mas mais provavelmente Chamberlain era apenas um velho estúpido fazendo o melhor que podia na sua estreiteza de vistas. De outra forma, é difícil explicar as contradições da sua política, bem como a incapacidade de perceber as opções que se lhe apresentavam. Tal como as massas, não queria pagar o preço nem da paz nem da guerra, e a opinião pública esteve sempre do seu lado, apoiando políticas incompatíveis umas com as outras. Esteve do seu lado quando Chamberlain foi a Munique, quando tentou um acordo com a Rússia, quando deu garantias à Polónia, quando honrou esse compromisso e quando finalmente entrou na guerra sem grande convicção. Só quando os resultados desta política se tornaram claros é que a população se virou contra ele, isto é, contra a sua própria letargia dos sete anos anteriores. E então o povo escolheu Churchill, o líder que mais se ajustava ao seu estado de espírito e que pelo menos sabia que as guerras não se ganham sem luta. Talvez mais tarde escolham outro líder, que perceberá que só as nações socialistas lutam com eficácia.

Quero eu dizer com tudo isto que a Inglaterra é uma democracia genuína? Não, nem um leitor assíduo do *Daily Telegraph*[307] engoliria isso.

A Inglaterra é o país mais assolado por distinções de classe à face da terra. É um país de snobismo e privilégio, governado maioritariamente por velhos tontos. Mas o cômputo geral terá de incluir também o facto de existir uma unidade emocional, a tendência dos seus habitantes para sentirem o mesmo e agirem em conjunto em momentos de crise aguda. Entre as grandes nações europeias, é a única a não precisar de mandar milhares dos seus conterrâneos para o exílio ou para os campos de concentração. Neste preciso momento,

[307] O *Daily Telegraph* é um jornal conservador britânico. [N. da T.]

quase um ano depois do início da guerra, jornais e panfletos insultando o governo, elogiando o inimigo e clamando pela rendição ainda se vendem nas ruas quase sem interferência. Isto deve-se menos ao respeito pela liberdade de expressão do que pela noção que não faz diferença nenhuma. Um jornal como o *Peace News*[308] não representa uma ameaça à segurança nacional, porque se sabe que 95% da população não tem interesse em o ler. A nação está unida por laços invisíveis. Em tempos normais, a classe dirigente gere mal o país, rouba, sabota e leva-nos à ruína; mas deixem falar a opinião do povo, deixem aquela classe levar um puxão vindo de baixo, que não pode ignorar, e é difícil eles não reagirem. Os escritores de esquerda que denunciam toda a classe dirigente como «pró-fascista» fazem uma generalização abusiva e redutora. É duvidoso que haja traidores conscientes até no interior da clique de políticos responsáveis pela situação atual. A corrupção em Inglaterra raramente é desse tipo. Em geral, as pessoas enganam-se a si mesmas e a mão direita não sabe o que a esquerda anda a fazer. E, sendo inconsciente, a corrupção também é limitada, como se vê claramente na imprensa inglesa. A imprensa inglesa é honesta ou desonesta? Em tempos normais, é profundamente desonesta. Os jornais mais importantes vivem da publicidade, e os anunciantes exercem uma censura indireta sobre as notícias. No entanto, penso não haver um único jornal em Inglaterra que possa ser diretamente subornado com dinheiro vivo. Na França da Terceira República, era bem sabido que, com exceção de uns poucos, os jornais podiam ser comprados ao balcão como quem compra cem gramas de queijo. A vida pública em Inglaterra nunca foi *ostensivamente* escandalosa, nem chegou a um nível de desintegração que dispense o embuste.

---

[308] O *Peace News* era um jornal pacifista e de simpatias pró-nazis. [N. da T.]

A Inglaterra não é nem a joia do famoso passo de Shakespeare[309], nem o inferno descrito pelo Dr. Goebbels[310]. Antes se assemelha a uma família, uma daquelas bafientas famílias vitorianas, sem muitas ovelhas ronhosas, mas com os segredos inconvenientes fechados a sete chaves num armário. Uma família com parentes ricos que têm de ser bajulados e parentes pobres terrivelmente maltratados, e em que há uma enorme conspiração de silêncio sobre a origem dos rendimentos. Uma família onde os jovens são sempre contrariados e a maior parte do poder está nas mãos de tios irresponsáveis e tias entrevadas. Ainda assim, é uma família, com uma linguagem própria e memórias comuns, que cerra fileiras mal avista o inimigo. Uma família em que os membros errados detêm o controle — isso é talvez, em poucas palavras, a definição mais exata da Inglaterra.

4

É provável que a Batalha de Waterloo tenha sido efetivamente ganha nos campos de jogos em Eton[311], mas as batalhas iniciais de todas as guerras subsequentes perderam-se nesse mesmo local. Uma das facetas dominantes da vida inglesa dos últimos setenta e cinco anos tem sido o declínio das capacidades da classe dirigente.

---

309 O passo referido é da peça de Shakespeare, *Richard II*, e constitui uma glorificação da pátria que é famosa na cultura inglesa. [N. da T.]

310 Joseph Goebbels era o ministro da Propaganda de Hitler. Durante a Segunda Grande Guerra, Goebbels utilizou os novos meios de comunicação, como a rádio, para minar o moral dos aliados. [N. da T.]

311 A famosa frase «The battle of Waterloo was won on the playing fields of Eton» é atribuída ao duque de Wellington, significando que o treino militar e desportivo das *public schools* seria responsável por formar o carácter dos oficiais do exército britânico e, portanto, pelas vitórias inglesas. [N. da T.]

Entre 1920 e 1940, este processo deu-se com a rapidez de uma reação química. E, no entanto, no momento em que escrevo, ainda é possível falar de uma classe dirigente. Como uma faca que tem dois gumes e três cabos sobresselentes, a franja mais elevada da sociedade inglesa ainda é praticamente a mesma que no século XIX. A partir de 1832, a aristocracia rural foi perdendo poder, mas, em vez de desaparecer ou de fossilizar, foi criando laços matrimoniais com os comerciantes, industriais e financeiros que a tinham substituído e muito rapidamente os transformou em cópias exatas de si mesma. Um armador ou dono de fábrica de têxteis abastado arranjou um alibi como *gentleman* de província, enquanto os filhos aprendiam os maneirismos necessários nas *publics schools,* inventados precisamente com esse fito. A Inglaterra foi sendo governada por uma aristocracia constantemente recrutada entre os novos-ricos. Tendo em conta a energia desses *self--made men* e o estarem a comprar a entrada numa classe que tinha, pelo menos, uma tradição de serviço ao país, poder-se-ia esperar que dali saíssem governantes muito capazes.

E, no entanto, a classe dirigente acabou por entrar em declínio, perdeu qualidades e arrojo, por fim mesmo a sua implacabilidade, de tal modo que uns emproados como Eden e Halifax[312] surgiam destacadas como homens de talento excecional. E, quanto a Baldwin[313], nem merece o epíteto de emproado. Era simplesmente um zero à esquerda. A má gestão

---

[312] Lord Halifax (1881–1959), membro do Partido Conservador, teve vários cargos ministeriais durante a década de 1930, sendo apoiante da Política de Apaziguamento de Chamberlain. Durante a guerra manteve temporariamente funções governamentais, mesmo depois de Churchill se tornar primeiro-ministro, sendo depois nomeado embaixador nos EUA. [N. da T.]

[313] Stanley Baldwin (1867–1947), membro do Partido Conservador, foi primeiro-ministro nas décadas de 1920 e 1930, tendo ficado sobretudo associado aos efeitos da Grande Depressão em Inglaterra, uma vez que, enquanto líder do governo de unidade nacional, perseguiu políticas de contenção

dos problemas internos durante a década de 1920 já fora suficientemente grave, mas a política externa britânica entre 1931 e 1939 é uma das sete maravilhas do mundo. Porquê? Que é que aconteceu? Porque é que os estadistas ingleses tomaram, em todos os momentos decisivos, as decisões erradas com uma espécie de instinto infalível?

O problema subjacente é que a posição das classes endinheiradas já não tinha justificação. Abancaram ali, no centro de um grande império e de uma rede financeira mundial, retirando lucros e dividendos e gastando-os — em quê? Faça-se-lhe justiça, a vida dentro do Império Britânico era, a certos níveis, bastante melhor do que fora dele. No entanto, o império estava subdesenvolvido, a Índia dormitava na Idade Média, os Domínios eram um vazio, negando ciosamente a entrada aos estrangeiros, e a Inglaterra definhava, cheia de bairros de lata e de desempregados. Os únicos que beneficiaram definitivamente do sistema foram apenas o milhão e meio que habitava as casas senhoriais. Além disso, a tendência para a aglutinação de pequenos negócios em grandes empresas restringiu cada vez mais as funções da classe endinheirada, transformando-os em meros *proprietários*, com gestores e técnicos encarregados do trabalho que antes lhes competia. Há muito que em Inglaterra existia uma classe inteiramente sem qualquer função, vivendo do dinheiro investido nem eles sabiam bem em quê, a classe dos «ricos ociosos», cujas fotografias se encontram em jornais como o *Tatler* e o *Bystander*[314], para quem tem interesse nisso. A existência de pessoas como estas é a todos os títulos

---

orçamental e de manutenção de uma moeda forte que só agravaram a crise económica da altura. [N. da T.]

[314] O *Tatler* e o *Bystander* eram revistas de moda, com artigos sobre a alta sociedade britânica. [N. da T.]

injustificável. São pura e simplesmente parasitas, menos úteis à sociedade do que as pulgas ao cão.

Em 1920 havia já um considerável número de pessoas com consciência do facto. Em 1930, já eram milhões. Mas a classe dirigente britânica não podia, obviamente, admitir nem para si mesma que a sua utilidade tinha chegado ao fim. Se assim fosse, teriam de abdicar, porque não lhes seria possível transformarem-se em bandidos, como os milionários americanos, apegando-se deliberadamente a privilégios injustos e derrotando a oposição através de subornos e do uso de gases lacrimogéneos. Afinal de contas, pertenciam a uma classe com certas tradições, tinham frequentado as *public schools*, onde a morte pela pátria, se necessária, é o primeiro e mais importante dos Mandamentos. Tinham de se sentir verdadeiramente patriotas, mesmo quando pilhavam os seus compatriotas. É claro que só tinham uma saída — a estupidez. Só podiam manter a sociedade como lhes convinha se fossem *incapazes* de perceber que a melhoria é possível. E conseguiram, por difícil que isto seja, fixando os olhos no passado e recusando-se a enfrentar as mudanças à sua volta.

Isto explica muito da Inglaterra. Explica o declínio da vida rural, uma vez que a manutenção de um pseudo-feudalismo afasta da terra os trabalhadores mais ambiciosos. Explica o imobilismo das *public schools*, que pouco mudaram desde a década de 1880. Explica a incompetência militar, que espantou o mundo vezes sem conta. Desde a década de 1850, as guerras em que a Inglaterra se envolveu começaram sempre com uma série de desastres, e quem depois salvou a situação foram pessoas de estatuto social relativamente baixo. Os oficiais de patente, recrutados na aristocracia, nunca se conseguiram preparar para uma guerra moderna, porque se o fizessem teriam de admitir para si mesmos que o mundo está a mudar. Apegaram-se a métodos e armamento obsoletos, olhando inevitavelmente cada guerra como uma repetição da anterior. Antes da Guerra dos Bóeres prepararam-se para a guerra dos Zulus[315], antes de 1914 para a dos Bóeres, e antes da presente guerra para a de 1914. Neste preciso momento, centenas de milhares de soldados continuam a ser treinados no uso da baioneta, uma arma que hoje em dia só serve para abrir latas de conserva. É de notar que a marinha e, ultimamente, a força aérea sempre foram mais eficientes do que o exército regular, mas a marinha só está parcialmente sob a órbita da classe dirigente, e a força aérea ficou praticamente fora dela.

Admitamos que, em tempo de paz, os métodos da classe dominante britânica serviram bem os seus propósitos e foram manifestamente tolerados pela população. Apesar das enormes injustiças, a Inglaterra nunca foi dilacerada por lutas de classe nem sofreu perseguições da polícia secreta. O império beneficiou de uma paz como nenhum outro de extensão comparável. Na sua imensa vastidão, quase ¼ da zona terrestre, havia menos homens armados do que um pequeno estado das Balcãs consideraria necessário. Olhando para a classe dirigente britânica de uma perspetiva meramente liberal e *negativa*, viver sob o seu domínio tem alguns pontos positivos. Os seus membros eram bem melhores do que os homens verdadeiramente modernos, os nazis e os fascistas, mas era óbvio que há muito estavam impreparados para um ataque vindo do exterior.

Não conseguiam lutar contra o nazismo ou o fascismo porque não os entendiam. Nem teriam possibilidade de resistir ao comunismo, se este fosse uma força poderosa na Europa Ocidental. Para entender o fascismo, teriam de ter

---

[315] A Guerra dos Zulus decorreu em 1879, entre o Império Britânico e o Reino dos Zulus. Depois de algumas derrotas iniciais, o exército britânico venceu a guerra, terminando com o domínio zulu na região e consolidando a presença colonial britânica no centro e sul do continente africano. [N. da T.]

estudado as teorias socialistas, o que os levaria a perceber que o sistema em que viviam era injusto, ineficaz e ultrapassado. Mas era precisamente isto que tinham sido treinados para não encarar. Lidaram com o fascismo exatamente como os oficiais de cavalaria lidaram com as metralhadoras em 1914 — fazendo de conta que não existiam. Depois de anos de agressões e massacres, só compreenderam o facto de Hitler e Mussolini serem inimigos do comunismo. E portanto, segundo este argumento, *tinham* de ser amigos da classe dos capitalistas britânicos. Daí o espetáculo verdadeiramente horrendo de membros conservadores do Parlamento festejarem as notícias de navios ingleses, transportando provisões para ajuda ao governo republicano espanhol, haverem sido bombardeados por aviões italianos. Mesmo quando finalmente começaram a perceber que o fascismo constituía um perigo e que a sua natureza era essencialmente revolucionária, o imenso esforço militar ao seu alcance e o tipo de táticas que usava estavam para lá da compreensão deles. Aquando da Guerra Civil Espanhola, qualquer um com um conhecimento político adquirido num panfleto barato sobre o socialismo sabia bem que, se Franco vencesse, o resultado seria estrategicamente mau para a Inglaterra; e, mesmo assim, generais e almirantes que haviam dedicado uma vida inteira ao estudo da guerra foram incapazes de perceber o facto. Uma veia de ignorância política deste tipo perpassa toda a vida oficial inglesa, de ministros a embaixadores, de cônsules a juízes, de magistrados a polícias. O polícia que prende um «vermelho» não percebe as teorias que ele prega; de outro modo, a sua função de guarda-costas das classes privilegiadas ser-lhe-ia menos simpática. Há razões para acreditar que até a espionagem militar é prejudicada pela ignorância das novas doutrinas económicas e as ramificações dos partidos na clandestinidade.

A classe dirigente britânica não estava completamente errada ao pensar que o fascismo estava do seu lado. É um facto que qualquer rico, a não ser que seja judeu, tem mais a temer do comunismo ou do socialismo democrático do que do fascismo. Nunca se deve esquecer isto, porque quase toda a propaganda alemã e italiana se destina a encobri-lo. O instinto natural de homens como Simon, Hoare[316], Chamberlain, etc., era negociar um acordo com Hitler. Mas — e aqui entra em jogo a peculiaridade da Inglaterra a que já me referi, ou seja, o sentimento profundo de solidariedade nacional — só o poderiam fazer desmantelando o império e condenando a população a uma situação de semiescravatura. Uma classe verdadeiramente corrupta, como em França, teria feito isso sem hesitar. Mas em Inglaterra as coisas não tinham ido tão longe. Não se encontram facilmente políticos na vida pública inglesa que façam discursos vergonhosamente sabujos sobre «o nosso dever de lealdade para quem nos conquistou». Vacilando entre os rendimentos e os princípios, era impossível a homens como Chamberlain não escolherem o pior dos dois mundos.

Prova de que a classe dirigente inglesa é em geral *moralmente* bem formada é a sua disponibilidade, em tempo de guerra, para morrer pelo país. Nas campanhas recentes na Flandres, morreram vários duques, condes e quejandos, o que não aconteceria se estas pessoas fossem os escroques cínicos que às vezes se diz que são. É importante compreender a sua motivação, sem o que não podemos prever as suas ações. O que se pode esperar deles não é traição ou covardia física; antes estupidez, sabotagem inconsciente e um instinto infalível para fazerem disparate. Não têm mau fundo, ou não

[316] John Simon (1873–1954) foi ministro da Economia de 1937 a 1940. Samuel Hoare (1880–1959) teve também algumas pastas ministeriais na época. Ambos eram seguidores fiéis da linha política de Chamberlain. [N. da T.]

completamente; são simplesmente ineducáveis. Só quando perderem o dinheiro e o poder é que os mais novos de entre eles começarão a perceber em que século vivem.

5

A estagnação do Império entre as duas guerras afetou a Inglaterra em geral, mas teve um efeito particularmente significativo em duas importantes subdivisões da classe média. Uma delas é a classe militar e imperialista, geralmente conhecida como os *Blimps*, a outra os intelectuais de esquerda. Estes dois tipos, aparentemente hostis e opostos simbólicos — o coronel na reserva, de cachaço grosso e cérebro diminuto, qual dinossauro, e o intelectual de testa alta e abaulada e pescoço esguio — estão ligados mentalmente e interagem constantemente um com o outro; seja como for, são em grande parte oriundos do mesmo tipo de família.

Há trinta anos, a classe dos *Blimps* já estava a perder vitalidade. As famílias de classe média celebradas por Kipling, essas famílias prolíficas de cultura média-baixa, cujos filhos, oficiais do exército e da marinha, se espalharam pelo império, do Yukon ao Irradwaddy, qual enxame de moscas sobre dejetos, já estavam a desaparecer antes de 1914. O que as matou foi o telégrafo. Num mundo cada vez mais pequeno e mais governado por Whitehall, de ano para ano havia menos espaço para a iniciativa individual. Homens como Clive, Nelson, Nicholson e Gordon[317] já não teriam lugar no Império

[317] Todas estas figuras tiveram um papel ativo na expansão e/ou manutenção do Império Britânico e gozaram, por isso, do estatuto de heróis: Robert Clive (1725–1774) foi instrumental na colonização da Índia, adquirindo vastas zonas do continente em nome da British East India Company; Horatio Nelson (1758–1805) foi, como é sabido, o almirante que derrotou as forças

Britânico moderno. Em 1920, o poder de Whitehall estendia-se praticamente aos cantos mais remotos do império. Homens bem-intencionados e ultracivilizados, de fato escuro e chapéu alto de feltro, com os guarda-chuvas bem enroladinhos pendurados do braço esquerdo, impunham a sua visão obstipada da Malásia à Nigéria, de Mombaça a Mandalai. Os antigos heróis da expansão imperial viram-se reduzidos à condição de mangas de alpaca, cada vez mais soterrados por resmas de papel e atolados em burocracia. No início da década de 1920[318], era possível observar, um pouco por todo o império, os oficiais mais velhos e de épocas mais espaçosas a espernearem impotentes perante as mudanças em curso. A partir daí tornou-se praticamente impossível convencer jovens capazes e ambiciosos a entrarem na administração colonial. E o que se verificou no mundo oficial verificou-se também no mundo do comércio. Os grandes monopólios engoliram milhares de pequenos comerciantes, e o comércio, em vez de ser uma aventura por terras indianas, passou a ser a ocupação de quem se senta num banquinho de escritório em Bombaim ou Singapura. E a verdade é que a vida em Bombaim ou Singapura era muito mais aborrecida e segura do que a vida em Londres. O sentimento imperialista manteve-se forte na classe média, sobretudo graças à tradição familiar, mas o emprego na administração colonial deixou de ter apelo. Poucos homens com qualidades passaram para lá do Suez sem serem obrigados a isso.

---

napoleónicas na Batalha de Trafalgar; John Nicholson (1822–1857) era administrador colonial e reprimiu o motim na Índia em 1857; Charles Gordon (1833–1885) lutou no exército colonial na China e no Sudão, de que foi Governador-geral, tendo resistido quase um ano a um cerco de insurretos que acabou por lhe custar a vida. [N. da T.]

[318] Exatamente quando o próprio Orwell serviu na Indian Imperial Police (de 1922 a 1927). O conhecimento do modo de funcionamento do império é, portanto, resultado da sua experiência. [N. da T.]

Mas o enfraquecimento geral do imperialismo, e até certo ponto do moral dos britânicos, que teve lugar durante a década de 1930, deveu-se em parte aos esforços da intelectualidade de esquerda, ela própria uma excrescência resultante da estagnação do império.

É de notar que neste momento, a intelectualidade é toda de «esquerda». O último intelectual de direita foi provavelmente T. E. Lawrence[319]. Desde mais ou menos 1930, quem se pode descrever como «intelectual» tem vivido numa situação de permanente descontentamento com a ordem existente. É necessariamente assim, porque a sociedade, tal como está organizada, não tem espaço para ele. Num império que estagnava, não se desenvolvendo nem se desmoronando, e numa Inglaterra governada por figuras cuja qualidade principal era a estupidez, ser «esperto» era suspeito. Se alguém tivesse cabeça para perceber os poemas de T. S. Eliot ou as teorias de Karl Marx, os chefões faziam questão de o manter afastado de cargos importantes. Os intelectuais só encontraram lugar para si mesmos nas revistas literárias ou nos partidos políticos de esquerda.

A mentalidade dos intelectuais ingleses de esquerda é bem visível em meia dúzia de publicações semanais ou mensais

---

[319] T. E. Lawrence (1888–1935), também conhecido como Lawrence of Arabia, foi um arqueólogo, escritor e militar inglês. Orientalista eminente, Lawrence conviveu de perto com os Beduínos, por quem tinha grande admiração, adotando até alguns dos seus hábitos, como o vestuário. No final da Primeira Grande Guerra, o governo inglês faltou às promessas, feitas pelo próprio Lawrence, de proteger os árabes contra os seus inimigos, deixando-o daí em diante com um sentimento de culpa pela traição. Figura controversa, quer pela sua adoção da causa árabe como pela sua provável, mas nunca publicamente assumida, homossexualidade, a sua obra *Os Sete Pilares da Sabedoria* foi um sucesso incontestável. O seu estatuto de herói da cultura britânica foi reforçado pelo filme homónimo de David Lean (1962), com Peter O'Toole e Omar Sharif. [N. da T.]

cuja característica mais saliente é a atitude negativa, de lamúria constante, e a total ausência de críticas construtivas. Pouco mais aí se encontra do que o carpir de uma classe que nunca esteve, nem espera vir a estar, numa posição de poder. Outro traço marcante é a falta de profundidade emocional de quem vive no mundo das ideias e tem pouco contacto com a realidade física. Muitos intelectuais de esquerda foram pacifistas pouco convictos até 1935, berraram estridentemente a favor da guerra entre 35 e 39, e depois, quando a guerra estalou, esfriaram prontamente outra vez. Em termos gerais, se bem que não completamente exatos, pode-se afirmar que os mais «antifascistas» durante a Guerra Civil de Espanha são agora os mais derrotistas. E subjacente a tudo isto, o facto mais relevante da intelectualidade inglesa — está desligada da cultura popular do país.

De todo o modo, intencionalmente, a intelectualidade inglesa é europeizada. Vão buscar a culinária a Paris e as opiniões a Moscovo, formando uma espécie de ilha dissidente no meio do patriotismo geral do país. A Inglaterra é provavelmente a única grande nação cujos intelectuais se envergonham da sua nacionalidade. Nos círculos intelectuais de esquerda, é ponto assente que ser inglês tem qualquer coisa de vergonhoso e é um dever desdenhar de tudo o que é instituição inglesa, desde as corridas de cavalos aos *suet puddings*. Será estranho, mas é inquestionavelmente verdade, que um intelectual inglês tem mais vergonha em se perfilar durante o hino nacional do que em roubar a caixa das esmolas. Durante os anos críticos, muitos esquerdistas foram minando aos poucos e poucos o moral dos Ingleses, tentando espalhar ideias às vezes frouxamente pacifistas, às vezes violentamente pró-Rússia, mas sempre antibritânicas. Não se sabe ao certo qual o efeito disto, mas algum teve, sem dúvida. Se os Ingleses sofreram durante anos de baixo moral, de tal modo que as nações fascistas os consideravam «decadentes» e portanto presa fácil numa guerra, a sabotagem intelectual da esquerda foi parcialmente responsável. Tanto o *New Statesman* como o *News Chronicle*[320] se insurgiram contra o Acordo de Munique, mas ambos tiveram a sua quota parte de responsabilidade no facto. Dez anos a descascar nos *Blimps* afetou até os próprios *Blimps* e tornou ainda mais difícil recrutar jovens inteligentes para as forças armadas. Dada a estagnação do império, a classe média militar diminuiria de qualquer modo, mas o espalhar de um esquerdismo superficial acelerou o processo.

É óbvio que a posição especial dos intelectuais ingleses nos últimos dez anos, enquanto criaturas puramente *negativas* e exclusivamente anti-Blimps, foi um subproduto da estupidez da classe dirigente. A sociedade não lhes encontrava utilidade, e eles não tinham para si que a devoção pela pátria é devida «nos bons e nos maus momentos»[321]. Tanto os *Blimps* como os intelectuais partiram do princípio, como se fosse lei da natureza, de que há um divórcio entre o patriotismo e a inteligência. Quem é patriota lê a *Blackwood's Magazine*[322] e dá graças a Deus publicamente por não ser

---

[320] O *New Statesman* era (e é) uma revista de esquerda, fundada em 1913 por membros da Fabian Society, Sydney e Beatrice Webb e portanto com ligações ao movimento socialista. Orwell teve uma relação complicada com a revista, onde publicou inúmeros textos, mas que recusou publicar a sua defesa das milícias do POUM junto das quais lutou em Espanha. O *News Chronicle* esteve em circulação de 1930 a 1960, sendo entendido como jornal apoiante do Partido Liberal e geralmente defendendo posições antifascistas. [N. da T.]

[321] A expressão original, «*for better or for worse*», faz parte da tradicional cerimónia de núpcias, expressando o compromisso entre os noivos de se apoiarem mutuamente nos bons e nos maus momentos. Daí a metáfora do divórcio que Orwell usa na frase seguinte. [N. da T.]

[322] A *Blackwood's Magazine* esteve em circulação de 1817 a 1980. De cariz conservador, incluía contos e ensaios, além de artigos noticiosos, sendo muito popular em todo o império. [N. da T.]

«uma grande cabeça». Quem é intelectual desdenha da bandeira nacional e olha a coragem física como algo de bárbaro. É óbvio que esta convenção não pode continuar. Os intelectuais de Bloomsbury[323], com o seu esgar automático, estão tão ultrapassados como o coronel de cavalaria. Uma nação moderna não se pode dar ao luxo de incluir nem uns, nem outros. O patriotismo e a inteligência têm de se associar de novo. Que estejamos em guerra, e numa guerra muito peculiar, talvez torne isto possível.

6

Nos últimos vinte anos, um dos desenvolvimentos mais importantes em Inglaterra tem sido a expansão da classe média tanto para cima como para baixo. Isto aconteceu a uma tal escala que a divisão tradicional da sociedade em capitalistas, proletários e *petit bourgeois* (pequenos proprietários) se tornou praticamente obsoleta.

Em Inglaterra, a propriedade e o poder financeiro estão concentrados nas mãos de uns poucos. Não são muitas as pessoas que, na Inglaterra moderna, são efetivamente *donas* de algo a não ser roupa, mobília e talvez uma casa. O campesinato há muito que desapareceu, o lojista independente está a ser destruído, o pequeno negociante diminui a olhos vistos. Mas, ao mesmo tempo, a indústria moderna é tão complicada que não funciona sem um vasto número de gestores,

---

[323] Orwell refere-se ao Bloomsbury Group, um grupo de intelectuais, artistas e escritores que impulsionaram o modernismo. A ele pertenceram figuras como Virginia Woolf e o marido, Leonard Woolf, E. M. Forster e o economista John Maynard Keynes. Estetas e vanguardistas, representam na obra orwelliana o intelectual desligado da cultura popular, produzindo obras herméticas e elitistas. [N. da T.]

vendedores, engenheiros, químicos e técnicos de toda a espécie, ganhando salários muito razoáveis. E estes, por seu lado, exigem uma classe profissional de médicos, advogados, professores, artistas, etc., etc. Ou seja, o capitalismo aumentou tendencialmente a classe média e não contribuiu, como dantes se pensava, para a sua extinção.

Mas ainda mais importante do que isto é o alargamento das ideias e hábitos de classe média à classe trabalhadora. A classe trabalhadora tem hoje, a todos os níveis, condições de vida muito melhores do que há trinta anos. Isto deve-se em parte aos esforços dos sindicatos, em parte ao avanço da ciência em si mesma. Nem sempre se percebe que, dentro de limites muito circunscritos, o nível de vida de um país pode subir sem a correspondente subida de salários. Até certo ponto, a civilização pode levantar-se pelos fundilhos. Por mais injusta que seja a sociedade, alguns avanços técnicos acabam por beneficiar toda a comunidade, porque certos bens são necessariamente propriedade comum. Um milionário, por exemplo, não pode iluminar as ruas só para si, deixando-as às escuras para as outras pessoas. Hoje em dia, praticamente todos os habitantes das sociedades civilizadas usufruem de boas estradas, água potável, proteção policial, bibliotecas de empréstimo livre e alguma forma de educação gratuita. A educação pública em Inglaterra tem sido subfinanciada, mas mesmo assim tem melhorado graças à dedicação dos professores e os hábitos de leitura têm vindo a aumentar significativamente. Cada vez mais, ricos e pobres leem os mesmos livros, veem os mesmos filmes e ouvem os mesmos programas de rádio, e as diferenças nos respetivos modos de vida têm vindo a diminuir numa era de produção em massa de roupas baratas e de melhoria das condições de habitação. Na aparência exterior, as roupas dos ricos e dos pobres, especialmente no caso das mulheres, diferem muito menos do que há trinta ou mesmo há quinze anos. E no que diz respeito à habitação, a Inglaterra ainda tem bairros de lata que são uma vergonha nacional, mas nos últimos dez anos tem havido um aumento da construção, sobretudo por parte das autarquias. A casa de um bairro social moderno, com o seu quarto de banho e luz elétrica, é mais pequena do que a vivenda de um corretor da bolsa, mas é reconhecivelmente o mesmo tipo de casa, ao passo que a cabana de um lavrador é de ordem diferente. E uma pessoa que cresceu num bairro de habitação social é provavelmente — de facto, é *visivelmente* — muito mais de classe média na sua mundividência do que o habitante de um bairro de lata.

O efeito deste processo é a suavização dos costumes, acentuada por os métodos industriais modernos, não exigindo o mesmo esforço físico, deixarem as pessoas com mais energia ao fim de um dia de trabalho. Muitos dos trabalhadores das indústrias leves têm, de facto, uma atividade menos manual do que um médico ou um merceeiro. Nos seus gostos, hábitos, maneiras e visão do mundo a classe trabalhadora e a classe média estão a aproximar-se. As distinções injustas permanecem, mas as diferenças efetivas esbatem-se. O «proletário» de outrora — aquela figura de camisa sem colarinho, com a barba por fazer e os músculos deformados pelo trabalho pesado — ainda existe, mas está a diminuir a olhos vistos, só predominando nas zonas onde se localiza a indústria pesada no norte do país.

A partir de 1918, surgiu algo que nunca tinha existido em Inglaterra: pessoas de classe social indeterminada. Em 1910, todos os habitantes se podiam «situar» de imediato através da roupa, maneiras e pronúncia. Hoje em dia já não. Já assim não é sobretudo nas cidades recentes que se desenvolveram graças aos automóveis baratos e à mudança da indústria para o sul. O embrião de uma futura Inglaterra encontra-se mais facilmente na zona das indústrias leves e ao longo das principais vias de comunicação. Em Slough, Dagenham, Barnet, Letchworth, Hayes — um pouco por toda a parte, de facto, nos arredores das maiores cidades —, o antigo está a dar lugar ao novo. Nessa imensa selva de vidro e tijolo, as distinções bem vincadas das antigas cidades, com os seus bairros de lata e as suas mansões, ou do campo, com as suas casas senhoriais e as suas cabanas esquálidas, já deixaram de existir. Há gradações significativas de rendimentos, mas é o mesmo tipo de vida que se vive a níveis diferentes, em apartamentos funcionais ou habitação social, ao longo das estradas de cimento e na democracia nua das piscinas públicas. É uma vida irrequieta, sem lugar para a cultura, girando em torno da comida enlatada, do *Picture Post*[324], do rádio e do motor de combustão interna. É uma civilização em que as crianças crescem com um conhecimento íntimo dos magnetos e na completa ignorância da Bíblia. A ela pertencem os que integram o mundo moderno e nele se sentem em casa, os técnicos, os trabalhadores mais qualificados e bem pagos, os pilotos de aviação e respetivos mecânicos, os especialistas de rádio, produtores de filmes, jornalistas de tabloides e químicos industriais. É todo um estrato indeterminado a que as velhas distinções de classe já não se aplicam.

Se não sairmos vencidos, esta guerra vai erradicar de vez a maioria dos privilégios de classe. De dia para dia diminui o número de pessoas que os querem manter. E não devemos temer que o país perca o seu sabor muito peculiar por a organização social estar a mudar. As novas cidades na periferia de Londres, no seu vermelho-tijolo, são apenas a erupção cutânea que acompanha a mudança. Seja qual for a evolução

---

[324] O *Picture Post* era uma revista ilustrada sobre cinema e rádio, com artigos sobre as estrelas e as celebridades da moda. [N. da T.]

da Inglaterra depois da guerra, ela terá muitas das características que enumerei acima. Os intelectuais que gostariam de a ver mais russófila ou germanófila vão ter uma desilusão. A mansidão, a hipocrisia, a irreflexão, o respeito pela lei e o ódio aos uniformes cá continuarão, juntamente com os *suet puddings* e o céu enevoado. É preciso um grande desastre, como a ocupação prolongada por uma potência estrangeira, para destruir uma civilização. A Bolsa será demolida, a carroça puxada a cavalo dará lugar ao trator, as casas senhoriais serão transformadas em colónias de férias para crianças, o torneio de críquete entre Eton e Harrow[325] cairá no esquecimento, mas a Inglaterra continuará a ser a Inglaterra, qual animal que se estende infinitamente pelo passado e pelo futuro e, como todo o ser vivo, tem o poder de mudar e continuar a ser o mesmo.

Parte II: Merceeiros em Guerra[326]

1

Dei início a este livro ao som dos bombardeamentos alemães, e escrevo agora o segundo capítulo sob o barulho ensurdecedor de um bombardeamento cerrado. Clarões de luz amarelada incendeiam os céus, estilhaços caem com estrépito nos telhados, e a Ponte de Londres está a cair, a cair, a

---

[325] Um dos jogos mais famosos de críquete, entre as duas mais prestigiadas *public schools* do país. [N. da T.]

[326] A expressão original, «*Shopkeepers at War*», joga ironicamente com a suposta definição que Napoleão teria dado, muito pejorativamente, dos ingleses: «*The English are a nation of shopkeepers*», ou seja, uma nação de lojistas. Numa tradução menos exata, mas porventura mais de acordo com o espírito da frase: «A Inglaterra é uma nação de merceeiros.» [N. da T.]

cair[327]. Basta saber ler um mapa para se perceber que o perigo é mortal. Não estou a dizer que já estamos vencidos ou que a derrota é inevitável. Com toda a probabilidade, o resultado dependerá da nossa vontade. Mas neste momento estamos em sérios apuros, prestes a bater no fundo, e aqui chegámos graças aos disparates que continuamos a fazer e que nos afundarão de vez se não nos emendarmos rapidamente.

O que esta guerra demonstrou sem sombra de dúvidas é que o capitalismo — ou seja, o sistema em que a terra, as fábricas, as minas e os transportes estão na posse de privados e são geridos com o único fito do lucro — *não funciona*. Não dá conta do recado. Há anos que isto é evidente para milhões de pessoas, mas nada mudou porque não havia verdadeira urgência, vinda de baixo, em alterar o sistema, e os que estão no cimo treinaram-se para ser impenetravelmente estúpidos na matéria. Os argumentos e a propaganda não levaram a nada. Os donos e senhores da propriedade não arredaram pé e proclamaram que assim é que as coisas estão bem. Mas a conquista da Europa por parte de Hitler desacreditou *fisicamente* o capitalismo. A guerra, com todos os seus males, é, em última análise, um teste irrefutável de poder, como uma daquelas máquinas de feira que medem a força dos punhos. Só uma força extraordinária nos devolve o dinheiro pago, e não há maneira de fazer batota e enganar a máquina.

Quando se inventou a hélice, houve uma grande controvérsia, durante anos, para decidir se os vapores movidos a hélice eram melhores do que os de roda de pás. Estes, como tudo o que é obsoleto, tinham os seus defensores acérrimos, que usavam argumentos engenhosos. Por fim, um distinto almirante atou um vapor propulsionado a hélice a um

---

327 Referência a uma conhecida canção infantil: «London Bridge is falling down / Falling down, falling down / London bridge is falling down / My Fair Lady». [N. da T.]

movido a roda de pá, com a mesma potência, e ligou os motores. A questão ficou resolvida de uma vez por todas. Assim foi com o que se passou nos campos da Noruega e da Flandres. Provou-se de uma vez por todas que uma economia planificada é mais forte do que uma sem planeamento. Mas é necessário neste momento dar alguma definição desses termos tão usados e abusados, socialismo e fascismo.

Normalmente define-se socialismo como «coletivização dos meios de produção». Posto de forma rudimentar: o Estado, representando a totalidade da nação, está na posse de tudo, e as pessoas são funcionários estatais. Isto *não* significa que a população seja espoliada dos seus bens pessoais, como roupa e mobília, mas significa, *sim*, que os bens produtivos, tais como a terra, as minas, os navios e a maquinaria, estão na posse do Estado. Deste modo, o Estado é o único produtor em larga escala. Não é certo que o socialismo seja um sistema em tudo superior ao capitalismo, mas não há dúvida de que, ao contrário do capitalismo, resolve o problema da produção e do consumo. Em tempos normais, a economia capitalista não consome tudo aquilo que produz, de tal modo que há sempre excedentes (trigo queimado em fornos, arenques devolvidos ao mar, etc., etc.) e sempre desemprego. Em tempo de guerra, contudo, tem dificuldade em produzir tudo aquilo de que necessita, porque nada é produzido a não ser que alguém lucre com isso. Numa economia socialista, estes problemas não existem. O Estado limita-se a calcular a quantidade de bens necessários e tenta garantir a sua produção, que só está limitada pela dimensão da força laboral e a quantidade de matérias-primas. Para fins internos, o dinheiro deixa de ser uma entidade misteriosa e omnipotente e passa a uma espécie de cupão ou cartão de racionamento, emitido em quantidade suficiente para permitir a compra dos bens de consumo disponíveis no momento.

No entanto, nos últimos anos tornou-se claro que «coletivização dos meios de produção» não chega como definição de socialismo. É necessário acrescentar-lhe também o seguinte: igualdade aproximada de rendimentos (não precisa de ser mais do que aproximada), democracia política e abolição dos privilégios hereditários, em particular na educação. Estas condições são uma salvaguarda essencial contra o reaparecimento de um sistema de classes. A propriedade centralizada não tem significado a não ser que a maioria da população tenha mais ou menos o mesmo nível de vida e algum meio de controle sobre o governo. O «Estado» pode muito bem descambar num partido político autoeleito, e a oligarquia e o privilégio, baseados no poder em vez de na riqueza, podem regressar.

E, posto isto, o que é o fascismo?

O fascismo, pelo menos na versão germânica, é uma forma de capitalismo que pede emprestadas ao socialismo apenas as características que lhe são úteis para fins bélicos. Internamente, a Alemanha tem muito em comum com um estado socialista. A propriedade privada não foi abolida, ainda há capitalistas e trabalhadores, e — isto é o mais importante e a razão pela qual os ricos, no mundo inteiro, tendem a simpatizar com o fascismo — em termos gerais os capitalistas e os trabalhadores são os mesmos do que antes da revolução nazi. Mas, ao mesmo tempo, o Estado, quer dizer, o Partido Nazi, assumiu o controle de tudo. Controla o investimento, as matérias-primas, as taxas de juro, o horário laboral, os salários. O dono da fábrica ainda é dono dela, mas para todos os efeitos está reduzido ao estatuto de gestor. As pessoas são, de facto, empregados estatais, embora os salários variem muito. A extraordinária *eficiência* de um tal sistema, a eliminação do desperdício e dos entraves, torna-se clara. Em sete anos construiu a máquina de guerra mais poderosa de sempre.

Mas as ideias subjacentes ao fascismo são irreconciliáveis com as que sustentam o socialismo. Em última análise, o ideal do socialismo é um estado-mundo de seres humanos livres e iguais. Enquanto para o socialismo os direitos humanos são um dado adquirido, o nazismo pressupõe o contrário. A força motriz do nazismo é a ideia da *desigualdade* entre os seres humanos, a superioridade dos alemães relativamente às outras raças e o direito da Alemanha de governar o mundo. O nazismo não reconhece qualquer obrigação fora do contexto do *Reich* alemão. Eminentes professores catedráticos nazis «provaram» vezes sem conta que só o homem nórdico é verdadeiramente humano e até lançaram a ideia de que povos não-nórdicos (como nós) podem acasalar com gorilas! Assim, embora exista no estado alemão uma espécie de versão de socialismo de guerra, a sua atitude perante as nações subjugadas é a da mera exploração. A função de Checos, Polacos, Franceses, etc., é simplesmente produzirem os bens de que a Alemanha precisa, recebendo de volta o mínimo indispensável para se evitar uma rebelião aberta. Se nos conquistarem, nós vamos provavelmente servir para construir o armamento das futuras guerras que Hitler planeia contra a Rússia e a América. Os nazis tencionam, de facto, criar algo como um sistema de castas, com quatro castas principais, correspondendo de perto às castas da religião hindu. No topo está o Partido Nazi, em segundo lugar vem a população alemã e em terceiro a população europeia conquistada. Em quarto e último lugar vêm as raças de cor, os «semissímios», como Hitler lhes chama, reduzidos abertamente à escravatura.

Por mais horrendo que tal sistema nos pareça, a verdade é que *funciona*. E funciona porque é um sistema planificado e orientado para um propósito definido, a conquista do mundo, não permitindo que os interesses individuais, seja do capitalista, seja do trabalhador, se interponham na sua concretização. O capitalismo britânico não funciona porque é um sistema competitivo em que o lucro individual é e tem de ser sempre o objetivo principal. É um sistema em que as várias forças puxam em sentido contrário e os interesses do indivíduo estão muitas vezes em oposição aos do Estado.

Durante os anos críticos, o capitalismo britânico, com a sua enorme capacidade industrial e uma reserva inigualável de trabalho qualificado, não esteve à altura da difícil tarefa de se preparar para uma guerra. À escala moderna, a preparação para uma guerra implica direcionar a maior parte do orçamento do estado para a construção de armamento, o que significa cortar nos bens de consumo. Um bombardeiro, por exemplo, tem um preço equivalente a cinquenta automóveis pequenos, ou oito mil pares de meias de seda, ou um milhão de carcaças. É evidente que não se pode ter *muitos* bombardeiros sem baixar o nível de vida do país. Ou armas ou manteiga[328], como disse o marechal Göring. Mas, na Grã-Bretanha de Chamberlain, a transição era impossível. Os ricos recusavam a necessária subida dos impostos, e enquanto os ricos são visivelmente ricos não se podem lançar impostos mais altos sobre os pobres. Além disso, se o lucro é o objetivo principal, o produtor não tem qualquer incentivo para deixar de produzir bens de consumo e passar a produzir armamento. A primeira obrigação de um homem de negócios é para com os seus acionistas. Talvez a Inglaterra precise de tanques, mas se calhar é mais lucrativo produzir automóveis. Impedir que o material de guerra caia nas mãos

---

[328] A expressão «*guns vs. butter*», embora usada pelos jornais americanos em 1916 (a propósito da polémica produção de nitratos para fertilizantes ou munições), foi retomada por Hermann Göring, chefe da Força Aérea alemã, que afirmou em 1936 que as armas trariam poder à Alemanha, enquanto a manteiga só engordaria os alemães. A partir daí, a expressão generalizou-se nos meios de comunicação, denotando as escolhas de diferentes governos entre o uso de recursos para fins pacíficos ou bélicos. [N. da T.]

do inimigo é do senso comum, mas vender nos mercados com preços mais favoráveis é um dever do negócio. Em finais de agosto de 1939, os empresários ingleses atropelavam-se uns aos outros num frenesim para venderem estanho, borracha, cobre e goma-laca à Alemanha — e isto com a noção clara e inequívoca de que a guerra ia eclodir daí a uma ou duas semanas. Tão sensato como vender a alguém a lâmina que nos vai degolar, mas era «um bom negócio».

E os resultados estão à vista. Desde 1934 que era bem sabido que a Alemanha estava a proceder ao rearmamento. Desde 1936, quem tivesse olhos na cara sabia que a guerra estava para vir. Desde Munique era simplesmente uma questão de quando estalaria. A guerra eclodiu em 1939. *Oito meses depois* descobriu-se que, em termos de equipamento, o exército britânico pouco melhor estava do que em 1918. Vimos os nossos soldados a lutarem desesperadamente em direção à costa com um avião contra três, com carabinas contra tanques, com baionetas contra metralhadoras. Nem havia revólveres suficientes para todos os oficiais. Um ano depois, o exército regular ainda tinha cerca de trezentos mil capacetes de metal em falta. E antes disso houvera até uma escassez de uniformes — isto num país que é um dos maiores produtores mundiais de lã!

O que aconteceu foi que toda a classe endinheirada, recusando-se a aceitar mudanças no seu estilo de vida, fechou os olhos ao fascismo e à guerra moderna. E os tabloides propagaram um falso otimismo, porque vivem da publicidade e portanto precisam de manter o comércio a funcionar dentro da normalidade. Ano após ano, a imprensa controlada por Beaverbrook[329] assegurou-nos em grandes parangonas

---

[329] Max Aitken, Baron Beaverbrook (1879–1964) foi um magnata da imprensa e proprietário de jornais de grande circulação, como o *Daily Express* e o *Evening Standard*. Foi também detentor de vários cargos governamentais

que NÃO VAI HAVER GUERRA e no início de 1939, Lord Rothermere[330] ainda descrevia Hitler como «um grande *gentleman*». E enquanto a Inglaterra sofria, nos momentos mais desastrosos, com a escassez de tudo o que era material de guerra, exceto navios, não há registos de falta de automóveis, casacos de pele, gramofones, batom, chocolates ou meias de seda. E alguém tem a veleidade de dizer que a mesma contenda entre o lucro privado e a necessidade pública não continua ainda? A Inglaterra está a lutar pela vida, mas os negócios lutam sempre pelo lucro. Não se abre um jornal sem ver os dois processos a desenrolarem-se lado a lado. Na mesma página, o governo incentiva-nos a poupar e o vendedor de algum luxo inútil a gastar dinheiro. «Lend to Defend»[331], mas «A Guinness faz bem à saúde». Comprem um *Spitfire*[332], mas também Haig and Haig, creme da Pond's e chocolates «Black Magic».

Mas há um motivo de esperança — a mudança visível na opinião pública. Se sobrevivermos à guerra, a derrota na Flandres acabará por ser um ponto de viragem decisivo na história inglesa. A classe trabalhadora, a classe média e algumas secções da comunidade empresarial puderam aperceber-se, graças a esse espetacular desastre, da podridão intrínseca do

---

no governo de Churchill, como ministro da Produção e, mais tarde, da Informação. [N. da T.]

330 Igualmente magnata da imprensa, Lord Rothermere (1868–1940) era dono do *Daily Mirror* e do *Evening News*, e figura declaradamente simpatizante de Hitler. [N. da T.]

331 *Slogan* de uma campanha de incentivo à poupança e à compra de dívida pública, como forma de financiamento do governo em tempo de guerra. Literalmente: «Emprestar para defender.» [N. da T.]

332 *Spitfire*: o avião de combate britânico mais famoso da Segunda Grande Guerra. Pilotado por um único aviador, e graças ao seu motor Rolls-Royce, o *Spitfire* era uma aeronave extremamente eficiente e de alta performance, sendo determinante na eventual vitória sobre a Luftwaffe. [N. da T.]

capitalismo privado. Antes disso, o caso contra o capitalismo nunca se tinha *provado*. A Rússia, a única nação definitivamente socialista, era um país atrasado e longínquo. Todas as críticas esbarravam nos esgares de desdém dos banqueiros e no riso metalizado dos corretores da bolsa. Socialismo? Ah! ah! ah! E de onde há de vir o dinheiro? Ah! ah! ah! Os senhores da propriedade estavam bem seguros de si e não arredavam pé. Mas depois do colapso da França, surgiu algo que lhes calou o riso, algo que não se podia resolver nem com livros de cheques nem com polícias — os bombardeamentos. Zzzzz — buuuum! Que é isto? Oh, só uma bomba a cair na Bolsa de Valores. Zzzzz — buuuum! Mais uns hectares de zonas lucrativas nos bairros de lata que foram pelos ares. Hitler terá um lugar assegurado na história pelo menos como o homem que fez com que a City of London ficasse de cara à banda. Pela primeira vez na vida, quem estava confortável ficou desconfortável e os otimistas profissionais tiveram de admitir que alguma coisa não corria bem. Sempre é um grande passo em frente. Daqui em diante, a horrível tarefa de tentar convencer essas pessoas artificialmente estupidificadas de que uma economia planificada pode ser melhor do que o «vale tudo» desregrado em que o pior vence sempre — essa tarefa nunca mais será tão difícil como era dantes.

2

A diferença entre o socialismo e o fascismo não é primordialmente uma questão de técnica. Não se pode mudar de um sistema para outro como quem instala uma máquina nova numa fábrica e depois continuar como se nada fosse, com as mesmas pessoas em posições de chefia. É óbvio que isto implica também uma profunda alteração nos centros de poder. Sangue novo, homens novos, ideias novas — no verdadeiro sentido da palavra, uma revolução.

Falei acima do bom senso da Inglaterra e da sua homogeneidade, desse patriotismo que perpassa todas as classes como um elo de ligação. Depois de Dunkirk, quem tinha olhos para ver já se apercebera disto. Mas seria absurdo pretender que a promessa desse momento já se cumpriu. Com toda a probabilidade, a maioria da população está pronta para as grandes mudanças que são necessárias, mas essas mudanças ainda nem começaram.

A Inglaterra é uma família em que os membros errados detêm o controle. Somos governados quase inteiramente por ricos ou por quem assume posições de chefia graças a direitos hereditários. Muito poucas destas pessoas são conscientemente traidores, alguns nem assim são tão palermas, mas enquanto classe são totalmente incapazes de nos conduzir à vitória. Não têm capacidade para tal, mesmo se os seus interesses materiais não os fizessem tropeçar constantemente. Como fiz notar acima, foram artificialmente estupidificados. E independentemente do resto, a lei do dinheiro significa que somos governados maioritariamente por velhos — ou seja, por pessoas que não sabem em que século vivem nem compreendem o inimigo contra o qual lutam. No início da guerra, o mais desolador foi ver que a geração mais velha conspirou para fazer de conta que estávamos de volta à guerra de 14–18. A velhada regressou em força, com vinte anos a mais e a caveira mais visível sob a face. Ian Hay[333] continuava a animar as tropas, Belloc escrevia artigos sobre

---

[333] John Hay Beith (1876–1952), militar, mas mais conhecido como o escritor Ian Hay, publicou em 1915 *The First Hundred Thousand*, uma versão humorística, acrítica e propagandística da Primeira Grande Guerra, que se tornou num *best seller* instantâneo. [N. da T.]

estratégia, Maurois[334] falava na rádio, Bairnsfather[335] desenhava os seus *cartoons*. Um chá das cinco de fantasmas. E esta situação pouco se alterou. O choque do desastre trouxe à ribalta alguns homens capazes, como Bevin[336], mas em geral ainda somos comandados por quem passou os anos de 1931 a 1939 sem descobrir que Hitler era um perigo. Há toda uma geração de ineducáveis que ainda nos aperta as goelas, qual colar de cadáveres.

Basta considerar qualquer um dos problemas desta guerra — sejam eles questões mais vastas de estratégia ou pequenos detalhes de organização interna — para se perceber que, enquanto a estrutura social da Inglaterra for a mesma de sempre, os avanços necessários não terão lugar. Devido à sua posição e educação, a classe dirigente está inevitavelmente a lutar pelos seus próprios privilégios, que de modo algum são conciliáveis com o interesse público. É um erro pensar que os objetivos de guerra, a estratégia, a propaganda e a organização da indústria existem em compartimentos herméticos. Eles interagem uns com os outros. Cada plano estratégico,

---

334 André Maurois (1885–1967), escritor francês com inúmeras ligações à cultura britânica. Na Primeira Grande Guerra serviu de intérprete e oficial de ligação junto do exército britânico. A obra que relata a experiência, *Les silences du Colonel Brumble,* foi traduzida para inglês e teve grande sucesso. Na Segunda Grande Guerra, Maurois foi nomeado observador oficial do governo francês no exílio e acompanhou as tropas inglesas na Bélgica. [N. da T.]

335 Charles Bairnsfather (1887–1959) era um conhecido cartoonista, criador da figura do Old Bill, o típico soldado *cockney* da Primeira Grande Guerra. Na Segunda Grande Guerra, foi o cartoonista oficial do exército americano. [N. da T.]

336 Ernest Bevin (1881–1951), sindicalista e político do Partido Trabalhista, foi ministro do Trabalho durante a guerra, usando a oportunidade não só para promover o esforço de guerra mas também os direitos dos trabalhadores e a posição dos sindicatos. Opositor declarado tanto do nazismo como do comunismo, veio a ser ministro dos Negócios Estrangeiros no pós-guerra, estando envolvido na criação da NATO. [N. da T.]

cada método tático, até cada arma trazem consigo o selo da sociedade que as produz. A classe dirigente britânica está a lutar contra Hitler, figura que sempre olhou, e muitos ainda olham hoje, como o seu protetor contra o bolchevismo. Isto não significa que sejam traidores deliberados, antes que em todos os momentos decisivos provavelmente vacilarão, se encolherão e cometerão erros.

Até que Churchill e o seu governo puseram algum travão no processo, desde 1931 que vêm cometendo erros com um instinto infalível. Ajudaram Franco a derrubar o governo espanhol, embora quem não fosse um perfeito imbecil lhes poderia ter dito que uma Espanha fascista seria hostil à Inglaterra. Alimentaram o arsenal italiano durante o inverno de 1939–40, embora fosse óbvio para toda a gente que a Itália nos atacaria na primavera. Em benefício de umas poucas centenas de milhares de investidores, estão a transformar a Índia de amiga em inimiga. E, além disto, enquanto as classes endinheiradas permanecerem no poder, a nossa estratégia só poderá ser *defensiva*, porque cada vitória representa uma mudança do *statu quo*. Como podemos nós expulsar os Italianos da Abissínia sem que isso ressoe aos ouvidos das raças de cor no nosso próprio império? Como podemos, até, esmagar Hitler sem correr o risco de colocar no poder os socialistas e os comunistas alemães? Os esquerdistas, nas suas lamúrias de que «isto é uma guerra capitalista» e o «imperialismo britânico» está a lutar pelos despojos, estão a entender tudo às avessas. A última coisa que as classes endinheiradas querem é conquistar mais território. Isso seria simplesmente embaraçoso. O seu objetivo de guerra (tão inatingível como inconfessável) é simplesmente salvaguardarem o que já têm.

Internamente, a Inglaterra ainda é um paraíso de ricos, apesar das balelas acerca da «igualdade de sacrifícios». Ao mesmo tempo que os trabalhadores são instados a trabalhar mais horas, anúncios a pedir «Mordomo. Família de um, empregados oito» ainda aparecem nos jornais. As vítimas dos bombardeamentos no East End sofrem com a fome e a falta de alojamento, enquanto as de maiores posses se metem nos carros e fogem para as suas casas de campo. A defesa civil engrossa até ao milhão em poucas semanas, e ordens vindas de cima organizam-na de modo a que as posições de comando sejam reservadas a quem tem bons rendimentos. Até mesmo o sistema de racionamento visa essencialmente os pobres, ao passo que quem ganha mais de £2 000 por ano praticamente não é afetado. Um pouco por toda a parte, o privilégio está a desbaratar a boa vontade. Nestas circunstâncias, até mesmo a propaganda se torna impossível. Os *posters* vermelhos criados pelo governo de Chamberlain no início da guerra para apelar ao patriotismo bateram os recordes da baixeza. Mas, de facto, não poderiam ser de outro modo, porque como podiam Chamberlain e os seus seguidores correr o risco de suscitar na população um forte sentimento *antifascista*? Quem fosse genuinamente contra o fascismo seria também contra o próprio Chamberlain e todos os que tinham ajudado Hitler a chegar ao poder. O mesmo se passou com a propaganda para o exterior. Em todos os discursos do Lord Halifax não há uma única proposta concreta que levasse um europeu a arriscar a ponta do seu dedo mindinho. Pois que objetivo de guerra pode ter Halifax, ou alguém como ele, a não ser fazer o relógio recuar a 1933?

O génio nativo do povo inglês só se pode libertar através da revolução. Revolução não significa bandeirinhas vermelhas e lutas de rua, antes uma alteração fundamental das estruturas de poder. Se irá acontecer sem derramamento de sangue dependerá do tempo e do lugar. Nem significa a ditadura de uma só classe. Aqueles que, em Inglaterra, compreendem que a mudança é necessária e são capazes de a levar a cabo não estão confinados a uma única classe, embora, valha a verdade, muito poucos com mais de £2 000 por ano aí se incluam. O que é preciso é a revolta das pessoas comuns contra a ineficácia, o privilégio de classe e uma chefia de velhos. Nem é primordialmente uma questão de mudança de governo. Os governos britânicos representam, em geral, a vontade do povo, e se a estrutura mudar a partir de baixo, teremos o governo de que precisamos. Os embaixadores, generais, oficiais e administradores coloniais senis e pró-fascistas são mais perigosos do que os ministros, cujos disparates são, por natureza, feitos em público. Temos de lutar contra o privilégio que perpassa a vida do país, contra a noção de que um atrasado mental educado na *public school* tem mais qualidades de chefia do que um mecânico inteligente. Embora haja, entre eles, alguns *indivíduos* honestos e capazes, temos de acabar com o domínio férreo da classe endinheirada no seu todo. A Inglaterra tem de assumir contornos mais verdadeiros, e o país que existe logo abaixo da superfície, nas fábricas e nas sedes dos jornais, nos aeroplanos e nos submarinos, tem de tomar as rédeas do próprio destino.

A curto prazo, igualdade de sacrifícios e «comunismo de guerra» são ainda mais importantes do que mudanças económicas radicais. A nacionalização da indústria é indispensável, mas ainda mais urgente é o desaparecimento imediato de monstruosidades como mordomos e «rendimentos próprios». A razão mais provável para o governo republicano espanhol ter conseguido manter a luta durante dois anos e meio, desafiando todas as probabilidades, foi a ausência de grandes desníveis económicos. O povo sofreu terrivelmente, mas o sofrimento foi igual para todos. Quando o soldado raso não tinha cigarros, o general também não. Se houvesse igualdade de sacrifícios, o moral de um país como a Inglaterra seria inquebrantável. Mas, de momento, apela-se meramente ao patriotismo tradicional, que é mais profundo aqui do que noutros lados, mas não é um poço sem fundo. Mais cedo ou mais tarde, será preciso lidar com quem diz: «Eu não estaria pior sob o governo de Hitler.» Mas que resposta se pode dar — isto é, uma resposta que fosse ouvida — se o soldado comum arrisca a vida por 2 xelins e 6 dinheiros por dia, enquanto damas avantajadas se passeiam de Rolls-Royce e pequinês ao colo?

Esta guerra vai provavelmente durar três anos e significará trabalho árduo e excessivo, invernos gélidos e deprimentes, comida sensaborona, falta de atividades de lazer e bombardeamentos prolongados. O nível de vida baixará inevitavelmente, porque a guerra implica a produção de armamento em vez de bens de consumo. A classe trabalhadora sofrerá horrores e *aguentará* tudo isso quase indefinidamente, desde que saiba a razão da luta. Não são covardes, nem sequer internacionalistas. Suportarão o que os trabalhadores espanhóis suportaram e ainda mais. Mas exigirão provas de uma vida melhor para eles e para os filhos no futuro. E a melhor prova que se lhes pode dar será quando, sobrecarregados de trabalho e de impostos, virem os ricos a sofrer mais do que eles. E se os ricos estrebucharem aos guinchos, tanto melhor.

Tudo isto está ao nosso alcance, se houver vontade para tal. Não é verdade que a opinião pública não tenha influência em Inglaterra. Nunca se faz ouvir sem conseguir algo, e as mudanças para melhor ocorridas nos últimos seis meses são da sua responsabilidade. Mas o progresso é tão lento como o dos glaciares e só temos aprendido com os desastres. Foi preciso Paris cair para nos vermos livres de Chamberlain, e para nos vermos livres, ainda que parcialmente, de Sir John

Anderson[337] foi preciso o sofrimento desnecessário de milhares de habitantes do East End. Não vale a pena perder uma batalha só para enterrar um cadáver. Porque lutamos contra uma inteligência célere e maléfica, e o tempo urge, e

> A História aos vencidos poderá dizer
> Paciência! Mas dela não esperem ajuda ou perdão.[338]

3

Nos últimos seis meses, muito se tem falado de uma Quinta Coluna[339]. De tempos a tempos, uns loucos que ninguém conhece são presos por fazerem discursos a favor de Hitler, e muitos refugiados alemães têm sido metidos em campos de prisioneiros, algo que de certeza nos prejudica na Europa. É claro que a ideia de um exército substancial e bem organizado, uma Quinta Coluna que apareceria de repente nas ruas armada até aos dentes, como na Holanda ou na Bélgica, é absolutamente ridícula. No entanto, há realmente

---

337 Sir John Anderson (1882–1958) foi o responsável pela organização da defesa civil e da proteção antiaérea nos primeiros meses da guerra, passando depois a ministro do Interior e da Segurança Interna. O seu nome ficou ligado à criação do *Anderson shelter*, um abrigo antiaéreo barato e fácil de montar, embora de eficácia duvidosa. A posição de Orwell reflete as muitas críticas feitas ao sistema de proteção civil do East End, bairro de classe trabalhadora, sobretudo comparativamente aos recursos usados em bairros mais abastados. [N. da T.]

338 Orwell cita os últimos dois versos do poema de W. H. Auden, «Spain», «*History to the defeated / May say Alas but cannot help nor pardon*». [N. da T.]

339 Expressão cunhada pelo General Emilio Mola em 1936, que afirmou que, além das quatro colunas do exército franquista avançando sobre Madrid, uma quinta funcionava na clandestinidade, no interior da cidade, minando as defesas republicanas. [N. da T.]

uma Quinta Coluna, e só se pode entender se percebermos como a Inglaterra pode ser derrotada.

Não parece provável que uma guerra venha a ser ganha com bombardeamentos aéreos. A Inglaterra pode muito bem ser invadida e conquistada, mas a invasão seria de alto risco, e se falhasse ia certamente deixar-nos mais unidos e mais livres dos *Blimps* do que antes. Além disso, se a Inglaterra fosse ocupada por tropas estrangeiras, os Ingleses compreenderiam que haviam sido derrotados e continuariam a luta. É duvidoso que pudessem ser subjugados de forma permanente ou que Hitler quisesse manter um milhão de homens aboletados nestas ilhas. Ser-lhe-ia mais útil ter um governo liderado por ---- ou por ---- (preencham vocês os espaços em branco). Não será possível, com toda a probabilidade, forçar os Ingleses a renderem-se, mas podem sucumbir ao tédio ou à bajulação, ou deixarem-se enganar, desde que, como em Munique, não percebam que estão a capitular. E isto pode acontecer mais facilmente quando a guerra está a correr bem do que quando corre mal. O tom intimidatório de grande parte da propaganda alemã e italiana é um erro de psicologia, porque só atinge os intelectuais. Relativamente ao público em geral, a melhor abordagem passava por dizer: «Bem, vamos declarar um empate.» No momento em que haja uma proposta de paz neste sentido, os pró-fascistas levantarão a voz.

Mas afinal, quem são os pró-fascistas? A ideia de uma vitória de Hitler agrada aos muito ricos, aos comunistas, aos seguidores de Mosley, aos pacifistas e a determinados grupos católicos. E se a situação interna se deteriorar, o estrato mais pobre da classe trabalhadora pode passar a uma posição derrotista, embora não ativamente pró-Hitler.

A natureza muito heterogénea desta lista demonstra o arrojo da propaganda alemã e a sua disponibilidade em oferecer tudo a toda a gente. Mas as várias forças pró-fascistas não atuam conscientemente em conjunto e operam de forma diversificada.

Os comunistas têm de ser considerados pró-Hilter[340], e assim continuarão, a não ser que a política russa sofra uma mudança, mas têm pouca influência. Os *Camisas Negras* de Mosley, embora neste momento não deem nas vistas, representam um perigo ainda maior, graças aos apoios de que provavelmente gozam nas forças armadas. Ainda assim, mesmo no seu auge, os seguidores de Mosley não deviam somar mais do que cinquenta mil. O pacifismo é uma curiosidade psicológica mais do que um movimento político. Muitos dos pacifistas mais radicais, depois de começarem com a renúncia total à violência, acabaram por abraçar com entusiasmo a causa hitleriana, entretendo até algumas ideias antissemitas. Isto pode ser interessante, mas não tem grande importância. O pacifismo «puro», subproduto do poderio naval, só tem apelo a quem leva uma vida muito protegida. Além disso, sendo negativo e irresponsável, não inspira grande devoção. Só perto de 15% dos membros da Peace Pledge Union pagam as suas quotas. Nenhum destes grupos de pessoas conseguiria formar um movimento antiguerra pelos seus próprios meios, mas poderiam facilitar uma rendição negociada por parte de um governo de traidores. Como os comunistas franceses, é possível que se venham a tornar agentes semiconscientes dos milionários.

---

340 Convém lembrar que a URSS e a Alemanha assinaram um pacto de não-agressão em 1939 (também conhecido como o Pacto Molotov-Ribbentrop), estabelecendo as respetivas zonas de influência. O pacto só se desfez em junho de 1941, quando a Alemanha atacou posições soviéticas na Polónia, na chamada Operação Barbarossa. No momento em que Orwell escreve, portanto, os dois países eram aliados de guerra. [N. da T.]

Mas o verdadeiro perigo vem de cima. Não devemos ir na conversa de Hitler quando ele afirmou recentemente ser o amigo dos pobres, o inimigo da plutocracia, etc. O verdadeiro Hitler encontra-se em *Mein Kampf* e na forma como age. Nunca perseguiu os ricos, exceto os judeus ou os que se lhe opuseram frontalmente. Defende uma economia centralizada, que rouba grande parte do poder ao capitalista, mas deixa intacta a estrutura da sociedade. O Estado controla a indústria, mas ainda há ricos e pobres, quem manda e quem obedece. Portanto, estando contra o socialismo genuíno, a classe endinheirada sempre esteve do seu lado. Isto ficou claro como água durante a Guerra Civil Espanhola, e claro ficou quando a França se rendeu. O governo fantoche de Hitler não é composto por trabalhadores, antes por *gangs* de banqueiros, generais senis e políticos corruptos de direita.

Este tipo de traição ostensiva e consciente tem menos hipóteses de vingar em Inglaterra; de facto, nem deverá haver quem a tente. No entanto, a quem paga a taxa máxima de impostos, esta guerra surge como uma briga tresloucada de família a que se deve pôr fim a todo o custo. Não há dúvidas de que um movimento a favor da «paz» já esteja em marcha algures nas altas esferas; com toda a probabilidade, até tem um governo sombra. A oportunidade chegará não no momento da derrota, mas nalgum período de estagnação, quando ao tédio se venha acrescentar o descontentamento. Não falarão de rendição, mas tão-só de paz; e com toda a certeza convencer-se-ão a eles mesmos e convencerão o resto da população de que é tudo em prol da pátria. Um exército de desempregados, chefiado por milionários, a citar o Sermão da Montanha[341] — esse é que é o perigo em que se

[341] O Sermão da Montanha (Evangelho Segundo S. Mateus, 5–7) contém a famosa frase «Bem-aventurados os pobres de espírito, porque deles é o Reino dos Céus», sendo entendido como uma defesa dos fracos e oprimidos. [N. da T.]

incorre. Mas ele evitar-se-á se houver um nível razoável de justiça social. A dama no Rolls-Royce é mais prejudicial ao moral do que uma frota inteira dos bombardeiros de Göring.

Parte III: A Revolução Inglesa

1

A revolução inglesa começou há alguns anos e ganhou ímpeto depois das tropas voltarem de Dunkirk. Como tudo em Inglaterra, acontece de forma inconsciente e ensonada, mas está em marcha. A guerra acelerou o processo, mas também aumentou, desesperadamente, a necessidade da sua rapidez.

Progresso e reação já deixaram de ser rótulos de partidos políticos. Se quisermos identificar o momento exato, podemos dizer que a distinção entre esquerda e direita se esboroou quando o *Picture Post* chegou às bancas. Qual a linha política da revista? Ou do *Cavalcade*[342], ou dos programas radiofónicos de Priestley, ou dos artigos de fundo do *Evening Standard*? Nenhum encaixa nas antigas classificações, apenas apontam para a existência de uma multidão de pessoas desfiliadas, que nos últimos anos perceberam que nem tudo estava bem. Mas como uma sociedade sem classes e sem proprietários é normalmente apelidada de «socialista», vamos chamar assim à sociedade para que nos encaminhamos. A guerra e a revolução são inseparáveis. Nunca se estabelecerá o que no Ocidente designamos por socialismo

---

[342] *Cavalcade* era uma revista australiana, dirigida a um público de cultura média-baixa, com resumos simplificados das notícias, muito ao jeito do *Reader's Digest* americano. [N. da T.]

sem derrotarmos Hitler; por outro lado, não podemos derrotar Hitler se continuarmos, económica e socialmente, no século XIX. Passado e futuro estão em guerra um com o outro e temos dois anos, ou um ano, possivelmente apenas uns meses, para garantir a vitória do futuro.

Não se pode esperar que este ou outro governo semelhante efetue as mudanças necessárias de moto próprio. A iniciativa tem de vir de baixo, o que significa a emergência de algo inédito, um movimento socialista que tenha efetivamente o apoio das massas. Mas antes de mais, é preciso compreender porque falhou o socialismo.

Em Inglaterra só houve sempre um único partido socialista com peso e relevância, o Partido Trabalhista. Não conseguiu efetuar mudanças significativas porque, exceto em questões puramente internas, nunca teve uma política genuinamente independente. Sempre foi e continua a ser primordialmente um partido dos sindicatos, lutando pela subida dos salários e a melhoria das condições de trabalho, o que significa que, durante os anos críticos, tinha um interesse direto na prosperidade do capitalismo britânico. Muito em particular, tinha interesse na manutenção do Império Britânico, uma vez que a riqueza da Inglaterra vinha em grande parte da Ásia e da África. O nível de vida dos membros dos sindicatos que o Partido Trabalhista representa depende, indiretamente, do suor dos *coolies* indianos. Ao mesmo tempo, o Partido Trabalhista era um partido socialista, usando toda a fraseologia socialista e pensando em termos de um anti-imperialismo antiquado, prometendo, assim, uma compensação às raças de cor. Tinha de apoiar a «independência» da Índia, assim como o desarmamento e o «progresso» em geral. Mas toda a gente sabia que isto era um disparate. Numa era de tanques e bombardeiros, países agrícolas atrasados como a Índia e as colónias africanas não são mais independentes do que um cão ou um gato. Se o Partido Trabalhista chegasse ao poder com maioria absoluta e de imediato oferecesse à Índia qualquer forma de independência, a Índia seria imediatamente absorvida pelo Japão, ou dividida entre o Japão e a Rússia.

Três políticas coloniais se abririam a um governo trabalhista. Uma seria continuar a administrar o império da mesma forma que antes, deixando cair qualquer pretensão de socialismo. Outra seria conceder a «liberdade» aos povos subjugados, o que na prática significaria entregá-los ao Japão, à Itália e a outras potências predadoras, causando incidentalmente uma quebra radical do nível de vida britânico. Uma terceira seria criar uma política imperial *positiva*, tentando transformar o império numa federação de estados socialistas, uma espécie de versão mais flexível e livre da União das Repúblicas Soviéticas. Mas a história e os antecedentes do Partido Trabalhista fazem disto uma impossibilidade. Estamos a falar de um partido ligado aos sindicatos, de vistas estreitas e provincianas, sem interesse em questões imperiais e sem contacto com quem efetivamente aguenta o império como um todo. Teria de entregar a administração da Índia e da África e a defesa do império a uma classe de homens diferente e tradicionalmente hostil ao socialismo. E paira a sombra da dúvida sobre se um governo trabalhista verdadeiramente decidido à mudança se faria obedecer. Apesar de um número considerável de simpatizantes, o Partido Trabalhista não tem apoios na marinha, pouco ou nada na força aérea, nenhuns na administração colonial e se calhar nem na administração pública. Em Inglaterra, a sua posição é sólida mas não inabalável, e fora de Inglaterra as suas políticas principais estão na mão dos seus inimigos. Chegado ao poder, teria de enfrentar sempre o mesmo dilema: cumprir as promessas e arriscar a revolta, ou continuar com a mesma política dos conservadores e deixar cair o socialismo. Os líderes trabalhistas nunca encontraram solução para isto, e de 1935 em diante é duvidoso que estivessem interessados em ser governo. Tinham degenerado em Oposição Permanente.

Além do Partido Trabalhista, existem alguns partidos extremistas, dos quais o mais forte era o Partido Comunista. Os comunistas tiveram grande influência no Partido Trabalhista entre 1920 e 26 e 1935 e 39. O papel mais relevante que desempenharam, assim como a ala mais à esquerda do movimento trabalhista, foi alienar a classe média do socialismo.

A história dos últimos sete anos tornou perfeitamente claro que o comunismo não tem hipóteses na Europa Ocidental. O apelo do fascismo é muitíssimo maior. Os comunistas foram sendo extirpados, de país em país, em favor dos seus inimigos mais modernos, os nazis. Nos países de língua inglesa nunca tiveram grandes apoios. A crença que pregavam só apelava a um tipo raro e especial de pessoas, sobretudo à intelectualidade de classe média, que deixou de ter amor pelo seu próprio país, mas ainda sente a necessidade do patriotismo, e por isso canalizou os sentimentos patrióticos para a Rússia. Em 1940, depois de vinte anos de trabalho e de gastarem fortunas, os comunistas britânicos mal chegavam aos vinte mil membros, de facto um número inferior ao do seu início em 1920. Os outros partidos marxistas são ainda de menor importância. Sem o dinheiro e o prestígio da Rússia por trás, estavam acorrentados às doutrinas oitocentistas da luta de classes ainda mais do que os comunistas. Ano após ano continuaram a pregar esta antiquada bíblia, sem tirarem ilações de isso não lhes arranjar adeptos.

E o movimento fascista de origem interna também não vingou. As condições materiais não eram suficientemente más, nem surgiu um líder convincente. Seria preciso procurar muito para se encontrar uma figura tão vazia de ideias como Sir Oswald Mosley. É tão oco como uma cabeça de alho chocho. Até lhe escapa o facto elementar de que o fascismo não pode ofender o sentimento nacional. O movimento foi sempre uma imitação sabuja do estrangeiro, o uniforme e o programa copiados da Itália e a continência da Alemanha, com o ódio aos judeus colado posteriormente à matroca, uma vez que, no início, alguns dos seus apoiantes mais proeminentes eram judeus. Uma figura da cepa de um Bottomley[343] ou de um Lloyd George poderia eventualmente ter criado um movimento fascista britânico, mas tais líderes só surgem quando há necessidade psicológica deles.

Depois de vinte anos de estagnação e de desemprego, o movimento socialista no seu todo foi incapaz de produzir uma versão do socialismo que apelasse às massas. O Partido Trabalhista representava o reformismo tímido, os marxistas olhavam o mundo moderno sob a lente do século XIX. Ambos ignoravam os problemas agrários e coloniais e ambos antagonizaram a classe média. A estupidez sufocante da propaganda de esquerda espantou classes inteiras de pessoas indispensáveis, como os gerentes das fábricas, os aviadores, os oficiais da marinha, os camponeses, os empregados de escritório, os lojistas e os polícias. Todos eles tinham sido ensinados a pensar no socialismo como algo que ameaçava o seu modo de vida, uma coisa subversiva, estrangeirada e «antibritânica», como diriam eles. Só os intelectuais, a fação menos produtiva da classe média, gravitou em torno do movimento.

Um partido socialista com vontade genuína de conseguir algo teria começado por enfrentar vários factos que ainda hoje são tabu nos círculos de esquerda. Teria reconhecido que a Inglaterra é mais unida do que a maioria dos países,

---

[343] Horatio Bottomley (1860–1933), jornalista, membro do Parlamento e figura carismática, famoso pelos seus discursos patrióticos na Primeira Grande Guerra. Caiu em desgraça quando foi acusado de vender fraudulentamente títulos da dívida pública. [N. da T.]

que os trabalhadores britânicos têm mais a perder do que as suas algemas[344] e que as diferenças de perspetiva de classe para classe se estão a esbater rapidamente. Em termos gerais, teria reconhecido que a velha «revolução proletária» é uma impossibilidade. Mas no período entre as duas guerras não surgiu qualquer programa socialista que fosse a um tempo revolucionário e exequível; basicamente, porque ninguém queria de facto mudanças radicais. Os líderes trabalhistas queriam continuar na mesma, recebendo os seus salários e trocando periodicamente de lugar com os conservadores. Os comunistas queriam continuar na mesma, no seu martírio confortável, somando inúmeras derrotas e culpando os outros por isso. A intelectualidade de esquerda queria continuar na mesma, a desdenhar dos *Blimps* e a minar o moral da classe média, mas mantendo, apesar disto, a sua posição privilegiada nas franjas do capitalismo. A política do Partido Trabalhista tinha-se tornado numa variante do conservadorismo, a política «revolucionária» um jogo de faz de conta.

Mas agora as circunstâncias mudaram e os anos de sonolência chegaram ao fim. Ser socialista já não significa desancar em teoria num sistema com que na prática se está razoavelmente satisfeito. Desta vez, a crise é real, e os filisteus veem mesmo sobre ti, Sansão. Teremos de transformar palavras em atos, ou perecemos. É bem sabido que a Inglaterra não tem hipótese de sobreviver com a atual estrutura social, e temos de convencer outros disso e levá-los a agir. Não podemos ganhar a guerra sem estabelecer o socialismo, e não podemos estabelecer o socialismo sem ganhar a guerra. Neste momento é possível, como não era em tempo de paz, ser ao mesmo tempo revolucionário e realista. Um movimento

---

[344] Orwell ecoa a famosa frase de Marx no *Manifesto Comunista*: «O proletariado nada tem a perder a não ser as suas algemas.» [N. da T.]

socialista que leve atrás de si as massas, expulse os pró-fascistas das posições de chefia, elimine as injustiças mais flagrantes e mostre à classe trabalhadora uma causa pela qual vale a pena lutar, que arrebate a classe média em vez de a antagonizar, que crie uma política imperial viável em vez da habitual mistura de embuste e utopia, que associe o patriotismo e a inteligência — pela primeira vez, esse movimento está ao nosso alcance.

2

Que estejamos em guerra significa que o socialismo passou de palavra abstrata a política concretizável.

Um pouco por toda a Europa, provou-se a ineficácia do capitalismo privado. A sua injustiça ficou mais do que provada no East End de Londres. O patriotismo, contra o qual os socialistas por longo tempo lutaram, é agora uma alavanca que está nas suas mãos. Quem noutras alturas se agarra desesperadamente a uns privilégios miseráveis, larga mão deles rapidamente quando o país está em perigo. A guerra é o maior agente da mudança, acelerando todos os processos, apagando as pequenas distinções, trazendo a realidade das coisas à superfície. Acima de tudo, mostra ao indivíduo que ele não é *apenas* um indivíduo. Só quem tem consciência disto está disposto a morrer no campo de batalha. Neste momento, não é tanto uma questão de prescindir da vida, antes do lazer, do conforto, da liberdade económica e do prestígio social. Há muito poucas pessoas em Inglaterra que verdadeiramente queiram ver o país conquistado pela Alemanha. Se se tornar claro que derrotar Hitler significa erradicar o privilégio de classe, a grande classe das pessoas medianas, aqueles que ganham entre £6 por semana e

£2 000 por ano, ficará provavelmente do nosso lado. São pessoas absolutamente indispensáveis, porque nelas se inclui a maioria dos peritos técnicos. É óbvio que o snobismo e a ignorância política de pessoas como os aviadores e os oficiais da marinha será um grande problema. Mas sem aviadores e comandantes de contratorpedeiros não nos aguentávamos nem uma semana. Só os podemos cativar invocando o patriotismo. Um movimento socialista inteligente *pode e deve* usar o seu patriotismo em vez de o insultar, como até aqui.

Mas digo eu que não haverá oposição? Claro que não, seria ingénuo pensar assim.

Haverá uma luta política renhida, e sabotagem, consciente ou inconsciente, por todo o lado. A certa altura, poderá ser necessário recorrer à violência. Facilmente se imagina uma rebelião pró-fascista a eclodir na Índia, por exemplo. Teremos de lutar contra o suborno, a ignorância e o snobismo. Os banqueiros e os grandes empresários, os proprietários da terra e os investidores, os oficiais de traseiro preênsil, todos se constituirão como forças de bloqueio. Até a classe média estrebuchará quando vir o seu modo de vida ameaçado. Mas precisamente porque o sentido de unidade nacional do país nunca se desintegrou, porque o patriotismo é mais forte que o ódio de classe, prevalecerá com toda a probabilidade a vontade da maioria. Não se imaginam mudanças radicais sem causar ruturas no país; mas a minoria traidora será muito mais reduzida em tempo de guerra do que noutra altura qualquer.

A mudança da opinião pública está bem à vista, mas não se pode contar que aconteça com a rapidez suficiente e de moto próprio. Esta guerra é uma corrida entre a consolidação do império hitleriano e o desenvolvimento de uma consciência democrática. Bem se vê a luta a desenrolar-se furiosamente pelo país inteiro — no Parlamento e no governo, nas fábricas e nas forças armadas, nos *pubs* e nos abrigos antiaéreos, nos jornais e na rádio. A cada dia há pequenas derrotas e pequenas vitórias. Morrison para o Ministério da Segurança Interna[345] — um passo em frente. Cancelados os programas radiofónicos de Priestley — um passo atrás[346]. É uma luta entre quem tateia e quem não aprende, entre os jovens e os velhos, entre os vivos e os mortos[347]. Mas é necessário que o descontentamento prevalecente seja canalizado para um objetivo produtivo e não se limite a ser força de bloqueio. Chegou a altura de ser *o povo* a definir os objetivos de guerra. O que se pretende é um programa de ação simples e concreto, que pode ser amplamente publicitado, e em torno do qual se mobilize a opinião pública.

Dou abaixo uma sugestão em seis pontos do tipo de programa de que precisamos. Os três primeiros ocupam-se de questões de política interna, os três seguintes são sobre o império e o resto do mundo:

I. Nacionalização da terra, das minas, do caminho de ferro, dos bancos e das grandes indústrias.
II. Redução dos rendimentos, de tal forma que o rendimento líquido mais alto na Grã-Bretanha não seja mais do que dez vezes superior ao mais baixo.
III. Reforma do sistema de ensino em moldes democráticos.
IV. Concessão imediata do estatuto de Domínio à Índia, com a possibilidade de se tornar independente depois da guerra.

---

[345] Herbert Morrison (1888–1965), membro do Partido Trabalhista, saiu em 1940 do Ministério da Administração Interna para o mais prestigiado Ministério da Segurança Interna. [N. da T.]

[346] Os programas radiofónicos semanais de J. B. Priestly na BBC foram efetivamente cancelados, por pressão dos conservadores no governo de Churchill, pelo seu carácter supostamente demasiado esquerdista. [N. da T.]

[347] Lembre-se que o título inicial do ensaio era «The Quick and the Dead», precisamente «Os Vivos e os Mortos» (Ver «Nota Autobiográfica»). [N. da T.]

V. Constituição de um Conselho Geral do Império, em que os povos de cor se encontrem representados.
VI. Declaração formal de aliança com a China, a Abissínia e todas as outras vítimas dos poderes fascistas.

A tendência geral deste programa é inequívoca. Destina-se, ostensivamente, a transformar esta guerra numa guerra revolucionária e a Inglaterra numa democracia socialista. Não incluí deliberadamente nada que uma pessoa normal não possa entender e justificar. Poderia ser publicado, neste formato, na primeira página do *Daily Mirror*, mas para efeitos desta obra convém oferecer algum desenvolvimento.

I. *Nacionalizações*. A nacionalização da indústria faz-se de uma penada, mas o processo em si mesmo é longo e complicado. O que se pretende é que a propriedade das indústrias essenciais passe formalmente para as mãos do Estado, em representação das pessoas comuns. Uma vez concretizada, vai ser possível eliminar a classe dos meros *proprietários*, que vivem não do que produzem, mas graças a títulos ou ações. A propriedade estatal implica, portanto, que ninguém pode viver sem trabalhar. Se isto acarretará uma mudança rápida na gestão da indústria é duvidoso. Num país como a Inglaterra, não se pode deitar abaixo a estrutura toda e começar do nada, muito menos em tempo de guerra. A maioria das unidades industriais continuará inevitavelmente com o mesmo pessoal de antes e os antigos donos e diretores continuarão nos seus postos, mas agora como empregados do Estado. Há razões para pensar que muitos pequenos capitalistas aceitarão de bom grado uma situação deste tipo. A resistência virá dos grandes capitalistas, dos banqueiros, dos senhorios e dos ricos ociosos, a classe com rendimentos superiores a £2 000 por ano — que, mesmo contando os dependentes, não excede o meio milhão de pessoas. A nacionalização das terras agrícolas implica erradicar os proprietários que arrendam as terras e os que recebem o dízimo, mas sem interferir necessariamente nos lavradores. É difícil imaginar uma reorganização da agricultura inglesa que não mantivesse como unidades as quintas atuais, pelo menos no início. O lavrador, desde que competente, continuará como empregado assalariado, algo que praticamente já é, com a desvantagem acrescida de se ver obrigado a ter lucro e de estar permanentemente endividado aos bancos. O Estado não interferirá provavelmente no pequeno comércio e na pequena propriedade rural. Seria um erro grave começar por vitimizar, por exemplo, a classe dos pequenos agricultores, pessoas indispensáveis, em geral competentes, e cujo bom trabalho depende muito de se sentirem «senhores de si mesmos». Mas o estado estabelecerá com certeza limites à propriedade da terra (provavelmente quinze hectares no máximo) e não permitirá a propriedade da terra em zonas urbanas.

A partir do momento em que os bens produtivos sejam declarados propriedade do Estado, as pessoas comuns sentirão, o que não acontece agora, que o Estado *são elas mesmas*. Nessa altura estarão preparadas para os sacrifícios que nos esperam, com ou sem guerra. E mesmo que superficialmente a Inglaterra pareça não ter mudado, no dia em que as nossas principais indústrias sejam formalmente nacionalizadas o domínio de uma só classe terá chegado ao fim. Daí em diante, a ênfase mudará da propriedade para a gestão, do privilégio para a competência. É bem possível que as nacionalizações por si mesmas tragam menos mudanças sociais do que as dificuldades coletivas que a guerra nos irá impor. Mas é um primeiro passo decisivo, sem o qual uma *verdadeira* reconstrução não será possível.

II. *Rendimentos.* Limitar os rendimentos implica estabelecer um salário mínimo, o que implica por sua vez a gestão de uma moeda interna, baseada simplesmente na quantidade de bens de consumo disponíveis. E isto, por seu lado, implica um sistema de racionamento mais apertado do que o agora existente. Não vale a pena, neste momento da história do mundo, sugerir que todos os seres humanos tenham *exatamente* os mesmos rendimentos. Já se provou vezes sem conta que, sem alguma recompensa monetária, não há incentivo para se aceitarem determinadas tarefas. Por outro lado, a recompensa monetária não precisa de ser substancial. Na prática, será impossível limitar os rendimentos de forma tão rígida como sugeri acima. Haverá sempre fugas e anomalias, mas não há razão para a variação normal não ser de dez para um. Dentro destes limites, é possível uma igualdade relativa. Uma pessoa que ganha £3 por semana e outra com £1 500 por ano podem-se sentir como criaturas da mesma espécie, ao passo que o duque de Westminster[348] e os sem-abrigo que pernoitam nos bancos em frente ao rio não podem.

III. *Educação*. Em tempo de guerra, a reforma da educação terá de ser mais promessa do que outra coisa. Não estamos em posição de aumentar a escolaridade obrigatória nem o número de professores nas escolas primárias. Mas alguns passos poderiam ser dados de imediato no sentido de democratizar o sistema de ensino. Poder-se-ia começar por abolir a autonomia das *public schools* e das universidades mais antigas e por as encher de alunos bolseiros do Estado, escolhidos simplesmente em função das suas capacidades. De momento, a educação das *public schools* é em parte um exercício de preconceito de classe e em parte um imposto que a classe média paga para ter o direito de entrar em determinadas profissões. É certo que o sistema está a

[348] O duque de Westminster era um dos grandes proprietários de casas e terrenos em Londres. [N. da T.]

mudar. A classe média já se revolta contra o alto preço da educação e, se continuar por mais um ou dois anos, a guerra levará a maioria das *public schools* à bancarrota. A evacuação de civis também está a produzir pequenas alterações, mas ainda se corre o perigo de as instituições mais antigas, as que conseguirão aguentar por mais tempo as tempestades financeiras, sobreviverem de uma forma ou de outra, tais pústulas a supurar snobismo. E quanto às dez mil escolas «privadas» que a Inglaterra possui, a vasta maioria só merece a extinção pura e simples. Não passam de empreendimentos de natureza comercial e em muitos casos o nível de educação fornecido é mais baixo do que o de uma escola primária. Só existem graças à noção, muito generalizada, de que há algo de vergonhoso em se ser educado nas instituições públicas. O Estado podia contrariar esta ideia declarando-se responsável por *toda* a educação, mesmo que de início isto não passasse de um gesto. Precisamos de gestos tanto quanto de ações. A chamada «defesa da democracia» é obviamente um disparate se o que determina se uma criança dotada irá ter a educação que merece for um mero acidente de nascença.

IV. *A Índia.* O que se deve oferecer à Índia não é a «liberdade», o que, como disse acima, é impossível, antes uma aliança ou parceria — numa palavra, a igualdade. Mas também devemos dizer aos Indianos que se podem separar de nós se quiserem. Sem isso, não haverá igualdade na pareceria, e nunca se acreditará que estamos a defender os povos de cor do fascismo. Mas é um erro pensar que, se os Indianos tivessem a liberdade de cortar as amarras, o fariam de imediato. Se o governo britânico lhes *oferecesse* a liberdade, recusá-la-iam, porque assim que tenham o poder de se separar, cessam as razões para o fazerem.

Uma separação completa dos dois países seria desastrosa tanto para a Índia como para a Inglaterra, e os indianos inteligentes têm bem consciência disto. Nas circunstâncias presentes, a Índia não só não tem possibilidade de se defender como de prover à sua subsistência. A administração do país depende de um conjunto de peritos (engenheiros, técnicos florestais, ferroviários, soldados, médicos), predominantemente ingleses, que seria impossível substituir em menos de cinco ou dez anos. Além disso, o inglês é a língua franca principal e praticamente toda a intelectualidade indiana é profundamente anglicizada. A transferência para um outro governo estrangeiro — porque, se os Ingleses se pusessem a marchar da Índia para fora, os Japoneses, Russos, Alemães e Italianos estavam logo lá caídos — traria uma enorme perturbação. Os Japoneses, Russos, Alemães e Italianos seriam incapazes de administrar a Índia mesmo ao baixo nível de eficiência do Império Britânico, porque não têm as reservas necessárias de peritos técnicos ou o conhecimento da língua e da situação *in loco*, e provavelmente não ganhariam a confiança de mediadores indispensáveis como a classe dos eurásios[349]. Se a Índia fosse pura e simplesmente «libertada», isto é, privada da proteção militar dos Ingleses, o resultado imediato seria a conquista por outra força estrangeira, seguida da fome, que mataria milhões de pessoas em poucos anos.

O que a Índia necessita é de poder criar uma constituição própria sem interferência dos Ingleses, mas no âmbito de uma parceria que assegure a proteção militar e o aconselhamento técnico. E isso é impensável até haver um governo socialista em Inglaterra. Nos últimos oitenta anos, a Inglaterra

---

[349] Com efeito, os eurásios funcionavam como mediadores culturais graças a uma educação britânica e ao encorajar do que hoje se designa por «mimetismo» — a reprodução de ideias, valores e hábitos britânicos —, que supostamente tornaria os súbditos coloniais em cópias (ainda assim sempre imperfeitas...) dos colonizadores. Veja-se a referência à figura de um eurásio em «Um Enforcamento». [N. da T.]

tem travado artificialmente o desenvolvimento da Índia, em parte pelo medo da concorrência, se a indústria indiana fosse de alto nível, em parte porque um povo atrasado é mais fácil de dominar do que uma população civilizada. É já um lugar comum dizer que o indiano médio sofre mais às mãos dos seus conterrâneos do que dos britânicos. Os pequenos capitalistas indianos exploram os trabalhadores urbanos implacavelmente, o lavrador vive do berço à cova sob o jugo do agiota. Mas tudo isto é um resultado indireto do domínio britânico, cujo objetivo semiconsciente é manter a Índia o mais atrasada possível. As classes mais fiéis aos Ingleses são os príncipes, os proprietários rurais e a comunidade empresarial — em geral, as mais reacionárias e que mais proveito tiram da manutenção do *statu quo*. No momento em que a Inglaterra deixasse de explorar a Índia, o equilíbrio de forças mudaria por completo. Os britânicos já não precisariam de bajular os ridículos príncipes indianos, com os seus elefantes dourados e exércitos de papelão, nem de impedir o crescimento dos sindicatos indianos, nem de acicatar a luta entre muçulmanos e hindus, nem de proteger a vida desprezível dos agiotas, nem de receber as vénias sabujas dos pequenos oficiais, nem de preferir um gurkha semibárbaro a um bengali educado. Quando deixar de correr o rio de dividendos que flui diretamente dos corpos dos *coolies* indianos para as contas bancárias das velhotas respeitáveis de Cheltenham, o nexo das relações entre o *sahib* e o nativo, em toda a sua arrogância ignorante de um lado e inveja subserviente do outro, terminará de uma vez por todas. Ingleses e Indianos poderão trabalhar lado a lado em prol do desenvolvimento da Índia e da aprendizagem das artes, o que, até agora, foi sistematicamente impedida de fazer. Que percentagem do pessoal britânico agora existente aceitaria uma situação destas — que significaria deixarem de ser *sahibs* daí em diante

— é uma outra questão. Mas, em geral, muito há a esperar dos jovens e daqueles oficiais (engenheiros civis, agrários e florestais, doutores e educadores) que têm uma formação científica. Os quadros superiores, os governadores das províncias, os comissários, juízes, etc., são um caso perdido; mas são também os mais facilmente substituíveis.

É mais ou menos isto que eu entendo como o estatuto de Domínio a ser oferecido à Índia por um governo socialista. É a oferta de uma parceria entre iguais até à altura em que o mundo deixe de ser governado pelos bombardeiros. Mas a isto se deve acrescentar o direito incondicional à independência, única forma de provar que estamos de boa-fé. E o que se aplica à Índia aplica-se, *mutatis mutandis*, à Birmânia, à Malásia e à maioria das nossas possessões em África.

Os pontos V e VI explicam-se a si próprios. Indicam as condições preliminares essenciais à nossa reivindicação de que esta guerra está a ser travada para protegermos povos pacíficos contra a agressão fascista.

Será um sonho impossível pensar que uma política como esta possa vir a ter apelo em Inglaterra? Há um ano, mesmo há seis meses, eu diria que sim, mas agora já não. E além disso — aqui está a oportunidade específica do momento atual — poderia ter a publicidade necessária. Nos dias que correm há uma imprensa semanal considerável, com uma circulação de milhões e disponível para popularizar — se não *exatamente* o programa delineado acima, pelo menos uma política em linhas semelhantes. Existem até três ou quatro jornais diários que estariam dispostos a olhá-la favoravelmente. Tal é a distância percorrida nos últimos seis meses.

Mas será esta política viável? Isso depende inteiramente de nós.

Alguns dos pontos mencionados poderiam ser concretizados de imediato, outros levariam anos ou décadas, e mesmo assim nunca seriam completamente conseguidos. Nenhum programa político é realizado na sua totalidade, mas o que importa é declarar que esta, ou algo de semelhante, é a nossa política. A *direção* é sempre o que conta mais. Esperar que o presente governo se comprometa a uma política que signifique transformar esta guerra numa revolução é, evidentemente, irrealista. Na melhor das hipóteses, este é um governo de compromisso, com Churchill montado em dois cavalos como um acrobata de circo. Medidas como a limitação dos rendimentos exigem antes de mais uma mudança de poder que afaste a velha classe dirigente. Se durante o inverno a guerra passar por outro período de estagnação, na minha opinião devíamos lutar pela realização de eleições, algo que o Partido Conservador tentará desesperadamente evitar. Mas mesmo sem eleições poderemos ter o governo desejado, se a vontade for forte e urgente. Um bom empurrão vindo de baixo e a coisa consegue-se. Quanto a quem poderia integrar um tal governo, não sei dizer. Só sei que os homens certos aparecerão quando o povo quiser, porque são os movimentos que criam os líderes, e não os líderes que criam os movimentos.

Daqui a um ano, talvez mesmo seis meses, se ainda não tivermos sido conquistados, assistiremos ao emergir de algo inédito, um movimento socialista especificamente *inglês*. Até aqui só houve o Partido Trabalhista, criado pela classe trabalhadora mas sem ter como objetivo uma mudança fundamental, e o marxismo, uma teoria alemã interpretada por russos e transplantada, sem sucesso, para Inglaterra. Nada que realmente fale diretamente ao coração do povo inglês. Ao longo de toda a sua história, o movimento socialista inglês nunca produziu uma música que ficasse no ouvido — nada como *La Marseillaise* ou *La Cucaracha*, por exemplo. Quando surgir um movimento socialista especificamente inglês, os marxistas, como todos aqueles que se acham donos do passado, serão seus inimigos figadais e denunciá-lo-ão inevitavelmente como «fascismo». Declarar que a luta contra os nazis nos tornará a nós próprios em «nazis» já se tornou um lugar comum por parte dos intelectuais mais tíbios de esquerda. Mais valia dizerem que, se lutarmos contra negros, também ficaremos negros. Para nos transformarmos em «nazis», teríamos de ter por trás toda a história da Alemanha. As nações não escapam ao passado lá por fazerem uma revolução. Um governo socialista inglês transformará a nação de alto a baixo, mas as marcas da nossa civilização continuarão a ser visíveis, essa civilização peculiar que tenho vindo a discutir.

O socialismo inglês não será doutrinário nem mesmo lógico. Abolirá a Câmara dos Lordes, mas provavelmente não a monarquia. Deixará anacronismos e pontas soltas um pouco por todo o lado, os juízes com as suas ridículas perucas de crina de cavalo e o leão e o unicórnio nos botões das fardas militares. Não estabelecerá uma ditadura de classe explícita. Reagrupar-se-á em torno do Partido Trabalhista e a sua base de apoio será o movimento sindical, mas atrairá grande parte da classe média e muitos dos filhos mais novos da burguesia. Os cérebros a comandá-lo virão dessa classe indeterminada dos trabalhadores mais qualificados, dos peritos técnicos, dos aviadores, cientistas, arquitetos e jornalistas, aqueles que se sentem em casa na era da rádio, do betão e do aço. Mas nunca perderá contacto com a tradição de compromisso e a crença numa lei acima do Estado. Fuzilará os traidores, mas dar-lhes-á previamente um julgamento solene, e de vez em quando ilibá-los-á de culpas. Esmagará as revoltas com rapidez e crueldade, mas não interferirá na liberdade de expressão oral e escrita. Os partidos políticos com nomes diferentes continuarão a existir, as seitas revolucionárias continuarão a publicar os seus panfletos a que ninguém liga. Extinguirá a Igreja oficial, mas não perseguirá qualquer religião. Irá manter uma reverência vaga pelos valores da moral cristã, e de vez em quando referir-se-á à Inglaterra como «um país cristão». A Igreja Católica far-lhe-á guerra, mas as seitas não-conformistas e o grosso da Igreja Anglicana acabarão por o aceitar. Revelará um poder de assimilação do passado que espantará os observadores estrangeiros e ocasionalmente os fará duvidar de que se deu, de facto, uma revolução.

Mas ao mesmo tempo terá feito o essencial. Terá nacionalizado a indústria, diminuído os rendimentos e estabelecido um sistema de educação sem constrangimentos de classe. A sua natureza revelar-se-á no ódio que os ricos que sobreviverem pelo mundo fora nutrirão por ele. Não pretenderá desintegrar o império, mas transformá-lo-á numa federação de estados socialistas, libertados não tanto da bandeira britânica como do jugo do agiota, do grande investidor e do oficial britânico de cabeça dura. A sua estratégia de guerra será diferente da dos estados baseados na propriedade, porque não terá receio das consequências revolucionárias de um regime deposto. Não terá o menor escrúpulo em atacar países hostis na sua neutralidade ou em fomentar revoltas em colónias inimigas. Lutará de tal forma que, mesmo vencido, a sua memória será um perigo para o conquistador, como a memória da Revolução Francesa foi para a Europa de Metternich[350]. Os ditadores temê-lo-ão como não temem o atual regime britânico, mesmo que a sua capacidade bélica fosse dez vezes maior.

---

[350] Klemens von Metternich (1773–1859) foi chanceler e ministro dos Negócios Estrangeiros do Império Austríaco, e arquiteto da paz com a França. [N. da T.]

Mas, neste momento, em que a sonolência da Inglaterra ainda se faz sentir e o contraste ofensivo entre riqueza e pobreza continua a existir por todo o lado, mesmo no meio das bombas, como me atrevo eu a dizer que tudo isto se *irá* passar?

Porque se chegou a uma altura em que é possível prever o futuro em termos de uma simples alternativa. Ou transformamos esta guerra numa luta revolucionária (não digo que a nossa política tenha de ser *exatamente* a delineada acima, apenas algo em linhas semelhantes) ou perdemos a guerra, e muito mais por acréscimo. Será possível dizer muito em breve se caminhamos num ou noutro sentido. Mas, de todo o modo, o que é certo é que não podemos ganhar mantendo a presente estrutura social. As nossas forças físicas, morais ou intelectuais não podem ser verdadeiramente mobilizadas.

3

O patriotismo nada tem a ver com o conservadorismo. De facto, é o seu oposto, uma vez que é a devoção a algo que está em constante mudança mas ao mesmo tempo se sente, misticamente, como o mesmo. É a ponte entre o passado e o presente. Nenhum revolucionário verdadeiro foi alguma vez um internacionalista.

Nos últimos vinte anos, as posições negativas, indolentes, que estão na moda entre os intelectuais de esquerda ingleses, o esgar de desdém relativamente ao patriotismo e à coragem física, os esforços constantes no sentido de minar o moral e espalhar uma atitude hedonista, de o-que-é-que-eu-ganho--com-isso, perante a vida, só causaram danos. Teriam sido prejudiciais mesmo se vivêssemos nesse universo mole da

Liga das Nações que faz parte do seu imaginário. Numa era de *führers* e de bombardeiros seriam um desastre. Goste-se ou não, o preço da sobrevivência é ser duro. Uma nação treinada no pensamento hedonista não sobrevive face a povos que trabalham como escravos e se reproduzem como coelhos e cuja indústria principal é a guerra. Os socialistas ingleses de quase todas as cores quiseram tomar posição contra o fascismo, mas ao mesmo tempo encorajaram os seus compatriotas a serem antibelicistas. Não conseguiram, porque em Inglaterra as lealdades tradicionais são mais fortes do que as recentes. Mas, apesar da inflamada retórica «antifascista» dos jornais de esquerda, que hipóteses teríamos tido, quando chegou verdadeiramente a luta contra o fascismo, se o inglês médio fosse essa figura em que o *New Statesman*, o *Daily Worker* e até o *News Chronicle* o queriam transformar?

Antes de 1935, praticamente todos os esquerdistas em Inglaterra eram vagamente pacifistas. Depois disso, os mais estridentes aderiram entusiasticamente ao movimento da Frente Popular[351], simplesmente uma forma de evitar o problema colocado pelo fascismo. «Antifascista» passou a ser um termo puramente negativo — «contra» o fascismo, sem ser «a favor» de qualquer política discernível — e o que lhe estava subjacente era a ideia peregrina de que, se fosse preciso, os russos travariam as nossas batalhas. É espantoso como esta ilusão custa a desfazer-se. Todas as semanas chegam uma chusma de cartas aos jornais alegando que, se o governo não tivesse conservadores, os Russos não poderiam deixar de fazer um volte-face e ficar do nosso lado. Ou que nos basta publicitar os nossos sonantes objetivos de guerra

[351] The Popular Front foi uma aliança de esquerda, formada no final da década de 1930, sobretudo para resistir à Política de Apaziguamento de Chamberlain. [N. da T.]

(vejam-se obras como *Unser Kampf*[352] e *A Hundred Million Allies — If We Chose*[353]) e de imediato a população europeia pegaria infalivelmente em armas para nos ajudar. Sempre a mesma ideia — olhem para o estrangeiro à procura de inspiração e arranjem quem vá à luta por nós. Por trás disto está esse terrível complexo de inferioridade dos Ingleses, a noção de que já não são uma raça bélica e não têm capacidade de resistir.

Em boa verdade, não há razões, no imediato, para pensar que alguém vá travar as nossas lutas, exceto os Chineses, que já o fazem há três anos. Os Russos podem ser obrigados a passar para o nosso lado mediante um ataque direto, mas já deixaram sobejamente claro que não enfrentarão o exército alemão se houver maneira de o evitar. E, de todo o modo, não é provável que o espetáculo de um governo de esquerda em Inglaterra lhes agrade. O atual regime russo deve ser certamente hostil a qualquer revolução no Ocidente. E os povos europeus subjugados rebelar-se-ão quando Hitler cambalear, mas não antes disso. Os nossos potenciais aliados não são os Europeus, antes os Americanos, que necessitarão de um ano para mobilizar recursos, mesmo que consigam convencer o *Big Business*, e, por outro lado, os povos de cor, que não podem estar sentimentalmente do nosso lado até a nossa própria revolução ter começado. Durante um longo período de tempo, um ano ou dois, se calhar três, a

---

[352] *Unser Kampf* é uma obra da autoria de Sir Richard Acland (1906–1990), membro do Parlamento pelo Partido Liberal, que depois deixou para fundar o Common Wealth Party, de orientação socialista. [N. da T.]

[353] Escritos antes de a guerra alastrar à Grécia. [N. do A.]

A Hundred Million Allies — If We Chose é da autoria de Kingsley Martin (1897–1969), jornalista e editor da revista de esquerda *New Statesman*. Orwell, colaborador da revista, teve vários conflitos com a figura, que se recusou a publicar um artigo seu sobre a Guerra Civil de Espanha, por ir contra a linha de orientação estalinista. [N. da T.]

Inglaterra terá de ser o amortecedor do mundo. Temos de aguentar os bombardeamentos, a fome, o trabalho excessivo, a gripe, o tédio e as ofertas traiçoeiras de paz. É, portanto, manifestamente um tempo para subir o moral e não para esmorecermos. Em vez de assumir automaticamente a atitude antibritânica típica da esquerda, é melhor considerar como seria o mundo se a cultura de expressão inglesa perecesse. Porque seria uma infantilidade pensar que os outros países de expressão inglesa, incluindo os EUA, não seriam afetados por uma derrota da Inglaterra.

Lord Halifax e a sua tribo acreditam que, uma vez finda a guerra, tudo voltará a ser como dantes. De volta aos fragmentos mal-amanhados de Versalhes[354], de volta à «democracia», isto é, ao capitalismo, de volta às filas de desempregados e aos Rolls-Royce, aos chapéus altos cinzentos e às calças largas às risquinhas, in *saecula seculorum*. É óbvio que nada disto vai acontecer. Uma imitação tosca poderia eventualmente acontecer no caso de uma paz negociada, mas não por muito tempo. O capitalismo *laissez-faire* está morto[355]. A escolha é entre o tipo de sociedade coletivista que Hitler estabelecerá e a que irá surgir se ele for derrotado.

Se Hitler ganhar a guerra, consolidará o domínio sobre a Europa, a África e o Médio Oriente e, se os seus exércitos ainda tiverem forças para isso, açambarcará vastos territórios pertencentes à Rússia. Construirá uma sociedade com um

---

[354] A expressão original «*crazy pavements of Versailles*» refere-se a um tipo de chão em que as lajes são deliberadamente partidas e arbitrariamente justapostas. Orwell evoca provavelmente a Paz de Versalhes, que também recolocou, em composição diferente, o mosaico da Europa após a Primeira Grande Guerra. [N. da T.]

[355] É interessante verificar que Mr. Kennedy, o embaixador americano em Londres, comentou ao regressar a Nova Iorque, em outubro de 1940, que, como resultado da guerra, «a democracia acabou». Por democracia queria ele dizer, evidentemente, o capitalismo privado. [N. do A.]

escalonamento de castas, em que o *Herrenvolk* germânico (a «raça superior» ou «aristocrática») governará os povos eslavos e outros inferiores, cuja função será produzir bens agrícolas a preços baixos. Reduzirá os povos de cor de uma vez por todas à escravidão total. O grande problema que os poderes fascistas têm relativamente ao imperialismo britânico é este se estar a desintegrar. Mediante a presente linha de evolução, daqui a vinte anos a Índia será uma república de camponeses ligada à Inglaterra apenas por uma aliança voluntária. Os «semissímios» a que Hitler tem tanto asco estarão a pilotar aviões e a fabricar metralhadoras. O sonho fascista de um império esclavagista terá chegado ao fim. Por outro lado, se perdermos a guerra, estaremos simplesmente a entregar as nossas vítimas a outros senhores e donos que, chegados de fresco, ainda não terão criado escrúpulos.

Mas está muito mais em causa do que o destino dos povos de cor. Aqui se digladiam duas visões da vida incompatíveis uma com a outra. «Entre a democracia e o totalitarismo», segundo Mussolini, «não pode haver compromissos». As duas crenças nem poderão coabitar por longos períodos de tempo. Enquanto a democracia existir, mesmo na versão imperfeita da Inglaterra, o totalitarismo corre um perigo mortal. O mundo de expressão inglesa é perseguido pela ideia da igualdade entre os homens, e, sendo mentira dizer que tanto nós como os Americanos praticamos o que pregamos, mesmo assim a noção *existe*, e é bem capaz de um dia se tornar realidade. Se esta não perecer, da cultura de expressão inglesa acabará por sair uma sociedade de seres humanos livres e iguais. Mas é precisamente o conceito da igualdade entre os homens — a noção «judaica» ou «judaico-cristã» de igualdade — que Hitler veio ao mundo para destruir. Sabe Deus que ele já o disse vezes sem conta. Um mundo em que o homem negro fosse tão bom como o branco e em que o judeu fosse tratado como ser humano enche-o de horror e desespero como a nós a ideia de uma escravatura sem fim.

É importante não esquecer o quanto estes dois pontos de vista são irreconciliáveis. É muito provável que haja uma reação pró-Hitler no seio da intelectualidade de esquerda nos próximos meses. Já há sinais premonitórios disso. Os sucessos de Hitler apelam à vacuidade destas pessoas e, no caso das que têm tendências pacifistas, ao seu masoquismo. Já se sabe de antemão o que vão dizer. Para começar, recusar-se-ão a admitir que o capitalismo britânico se está a tornar em algo diferente, ou que a derrota de Hitler terá outro significado além de uma vitória dos milionários britânicos ou americanos. E com base nisto alegarão que, afinal, a democracia «é o mesmo que» ou «tão má como» o totalitarismo. Não há *muita* liberdade de expressão em Inglaterra; logo, *não há mais* do que na Alemanha. Estar desempregado é uma experiência terrível; logo, não é *pior* do que as câmaras de tortura da Gestapo. Ou seja, duas negativas produzem uma positiva[356] e meia carcaça é o mesmo que pão nenhum.

Mas, na realidade, seja qual for a natureza da democracia e do totalitarismo, não é verdade que sejam a mesma coisa e nunca seriam, mesmo se a democracia britânica fosse incapaz de evoluir no futuro. A conceção continental de um estado militarizado, com a sua polícia secreta, censura da literatura e trabalho forçado, é completamente diferente do de uma democracia marítima mais solta, com os seus bairros

[356] No original «*two blacks make a white*», frase que joga por um lado com a expressão feita «*two blacks don't make a white*», ecoando também o conhecido dito «*two wrongs don't make a right*». Em todos os casos, o significado aponta para a forma como duas entidades da mesma natureza podem (ou não) produzir uma de sentido contrário. No contexto, o que Orwell argumenta é que, mesmo havendo falhas graves na democracia britânica, elas não podem ser equiparadas à natureza terrível do totalitarismo, embora, segundo ele, a intelectualidade de esquerda assim o entendesse. [N. da T.]

de lata e desemprego, as greves e as políticas partidárias. É a diferença entre o poder terrestre e o naval, entre a crueldade e a ineficácia, entre a mentira deliberada e a autoilusão, entre o membro da SS e o cobrador da renda. E ao escolher entre uma e outra estamos a escolher não só com base no que são agora, mas no que se poderão vir a tornar. No entanto, em certo sentido, é irrelevante se a democracia, com todos os seus pontos fortes ou fracos, é «melhor» do que o totalitarismo. Para optar, teríamos de ter critérios absolutos. A grande questão é de que lado estarão as nossas simpatias nos momentos decisivos. Os intelectuais que tanto gostam de comparar a democracia ao totalitarismo, e de «provar» que os dois são igualmente maus, são simplesmente pessoas frívolas que nunca levaram um embate da realidade. Demonstram ter a mesma compreensão superficial do fascismo agora, quando começam a namoriscá-lo, do que tinham há um ou dois anos, quando barafustavam contra ele. A questão não é se ser ou não a favor de Hitler é um tópico apropriado a um painel de debate, antes «São genuinamente a favor? Estão preparados para ser governados por ele? Querem ou não querem ver a Inglaterra conquistada?». Seria melhor ter certezas quanto a isto em vez de se pactuar displicentemente com o inimigo. Na guerra, a neutralidade é impossível; na prática, ou estamos de um lado ou do outro.

Na hora da verdade, quem foi educado na tradição ocidental não pode aceitar a visão do mundo do fascismo. É importante perceber isso *agora* e compreender todas as suas implicações. A civilização de expressão inglesa, na sua preguiça, hipocrisia e injustiça, é o único grande obstáculo que Hitler enfrenta. Ela é a prova viva que contradiz todos os dogmas «infalíveis» do fascismo, e por isso todos os escritores fascistas se conjugam há anos para afirmar que tem de ser destruída. A Inglaterra tem de ser «exterminada», «aniquilada», tem de «deixar de existir». Em termos estratégicos, seria possível que a guerra acabasse com Hitler firmemente de posse da Europa, o Império Britânico intacto e o poder naval da Inglaterra pouco afetado. Mas ideologicamente tal não será possível; se Hitler nos propusesse um acordo desta natureza, seria traiçoeiramente e com o fito de conquistar indiretamente a Inglaterra ou de renovar o ataque em momento mais oportuno. Não se pode dar ao luxo de deixar que a Inglaterra seja uma espécie de funil por onde passam ideias perigosas do outro lado do Atlântico em direção à Europa. E regressando à nossa perspetiva, temos perante nós uma questão vastíssima, a importância crucial de preservar a nossa democracia mais ou menos como a conhecemos. Mas *preservar* é sempre *ampliar*. A escolha que enfrentamos não é só entre a vitória e a derrota, mas entre a revolução e a apatia. Se aquilo por que lutamos for destruído, será em grande parte graças aos nossos atos.

Poderia acontecer que a Inglaterra desse os primeiros passos em direção ao socialismo, transformasse esta guerra numa revolução e mesmo assim fosse derrotada. É um cenário imaginável. Mas, por mais horrível que isso fosse para qualquer adulto, seria ainda assim menos fatal do que a «paz de compromisso» em que alguns ricos e os seus assalariados depositam as esperanças. A ruína final da Inglaterra consumar-se-ia se um governo inglês agisse sob as ordens de Berlim. Mas isso não acontecerá se a Inglaterra entretanto acordar, porque nesse caso a derrota seria inequívoca, a luta continuaria e a ideia sobreviveria. A diferença entre morrer a lutar e depor as armas sem luta não é de modo algum uma questão de «honra» ou de heroísmo infantil. Hitler já afirmou que *aceitar* a derrota destrói a alma de um povo. Isto pode soar a palavreado oco, mas de facto é inteiramente verdade.

A derrota de 1870[357] não diminuiu a influência mundial da França, e a Terceira República teve mais influência, intelectualmente falando, do que a França de Napoleão III. Mas a paz que Pétain, Laval e quejandos aceitaram só se pode comprar através da extinção da cultura nacional. O governo de Vichy gozará de uma independência espúria na condição de destruir as marcas distintivas da cultura francesa: o espírito republicano, o secularismo, o respeito pelo intelecto e a ausência de preconceito de cor. Nós não podemos ser *completamente* conquistados se tivermos previamente efetuado a nossa revolução. Até poderemos ver as tropas alemãs a marcharem por Whitehall, mas um processo, em última análise fatal para os sonhos de grandeza alemães, já terá tido início. O povo espanhol foi derrotado, mas o que aprendeu naqueles inesquecíveis dois anos e meio voltará, qual *boomerang*, para atingir os fascistas espanhóis.

No início da guerra, citava-se com frequência um passo bombástico de Shakespeare. Se bem me recordo, até Chamberlain o referiu uma vez:

> Levantem as armas os três cantos da Terra
> Serão surpreendidos. Nada a lamentar
> Se a Inglaterra na sua própria verdade se quedar.[358]

Perfeitamente correto, se o interpretarmos bem. Mas a Inglaterra tem de assumir a sua própria verdade, e não o faz quando mete os refugiados que nos procuram em campos de concentração, ou quando os diretores de empresas se socorrem de expedientes para evitar o imposto sobre a riqueza.

---

[357] Orwell refere-se à derrota francesa na Guerra Franco-Prussiana, iniciada por Otto von Bismarck, para promover a unidade da Alemanha. [N. da T.]

[358] Shakespeare, *Rei João*, Ato V, cena VII. [N. da T.]

Adeus ao *Tatler* e ao *Bystander*, adeus à dama no Rolls--Royce. Os herdeiros de Nelson e de Cromwell não estão na câmara dos Lordes, mas nos campos e nas ruas, nas fábricas e nas forças armadas, nos *pubs* e nos jardins dos subúrbios; e de momento ainda são oprimidos por uma geração de fantasmas. Comparada com a tarefa de trazer a verdadeira Inglaterra à superfície, mesmo a vitória, por essencial que seja, é secundária. Com a revolução, tornamo-nos mais ingleses, não menos. Está fora de causa desistirmos antes de tempo, fazermos compromissos, salvarmos «a democracia», ficarmos parados. Nada fica parado neste mundo. Ou acrescentamos ao legado ou vamos perdê-lo, ou nos engrandecemos ou encolhemos, ou andamos para a frente ou regredimos. Eu acredito na Inglaterra e acredito que iremos avançar.

Londres, Secker and Warburg, 1941